Collection dirigée par Glenn Tavennec

L'AUTRICE

Gina Chen écrit des romans qui se déroulent dans des mondes fantastiques peuplés d'héroïnes, d'anti-héroïnes et de ruses entraînant des tas de rebondissements. Artiste autodidacte diplômée en informatique, elle a toujours un projet sur le feu. Elle vit en Californie du Sud, où le soleil est aussi abondant que les salons de thé.

Violet made of thorns est son premier roman publié.

Retrouvez tout l'univers de
VIOLET MADE OF THORNS
sur les réseaux sociaux de la Collection R

COLLECTION R

GINA CHEN

VIOLET MADE OF THORNS

Traduit de l'anglais (États-Unis) par Cécile Ardilly

Éditrice : Elsa Whyte

Loi n° 49-956 du 16 juillet 1949
sur les publications destinées
à la jeunesse et aux jeunes adultes

Titre original : *Violet Made of Thorns*
First published in the United States by Delacorte Press,
an imprint of Random House Children's Books,
a division of Penguin Random House LLC, New York.

ISBN 978-2-221-26668-7
ISSN 2258-5932
Dépôt légal : avril 2023
Éditions Robert Laffont – 92, avenue de France, 75013 Paris

Pour les lecteurs qui ont cru en moi
avant que j'ose y croire moi-même

Capitale du Soleil
District de l'Université
District de la Lune
District des Arts

District de la Rivière
District du Palais
District des Jardins
District du Marché

1.

Aujourd'hui, le prince Cyrus doit revenir à la capitale avec une épouse, sinon gare aux conséquences. Depuis la Tour de la Prophétesse, le point culminant de la Capitale du Soleil, je distingue des processions d'étendards qui battent au vent, dans les champs proches de la ville ; c'est le cortège royal qui approche résolument des portes sud. Les foules contenues par des cordons de sécurité s'amassent dans les rues pour accueillir leur prince. Six mois se sont écoulés depuis que Cyrus s'en est allé faire le tour du continent, depuis qu'il est parti « puiser la sagesse auprès des terres et des peuples généreux qui les habitent ».

Ou un truc dans le genre. Je n'ai pas écouté son allocution de départ jusqu'au bout.

Sa tournée consistait surtout à trouver une épouse – le remède à sa malédiction. Cyrus s'est bien gardé de mentionner ce détail dans son discours. Si je le sais, c'est parce que son père, le roi Emilius, l'a par la suite réprimandé pour cette omission ; alors c'est moi qui ai dû en parler dans ma propre adresse à la population, quelques jours plus tard, lorsque j'ai annoncé avoir rêvé d'une nouvelle prophétie.

Le plus grand avantage quand on est Prophétesse, ce n'est ni la tour, ni le confort, ni l'accès privilégié au roi. C'est que les gens avalent tout ce que vous dites.

— La capitale était moins animée en l'absence de Son Altesse. Ça m'a manqué de voir toutes ces filles s'agiter pour le sauver, commente la femme à la peau mate assise à ma table divinatoire. Tout ça va probablement changer pour de bon. Il a dû choisir notre prochaine reine à présent, non ?

Si Cyrus a suivi mes conseils, oui.

— Il a intérêt, je marmonne en détournant les yeux de la fenêtre.

— Pardon ?

— J'ai dit « oui, il *l'a rencontrée* ».

Je décoche un sourire énigmatique à mon unique cliente. Avec le retour du cortège, je ne m'attendais pas à recevoir de la visite à la tour aujourd'hui. Cette femme a le teint hâlé d'une travailleuse. Pas du genre à faire la queue pour apercevoir un visage royal ; ses mains calleuses reposent sur le marbre de ma table divinatoire, paumes tournées vers le ciel.

— Si vous faites référence à la prophétie que j'ai reçue avant le départ de Son Altesse, mon rêve m'a annoncé que « le prince Cyrus rencontrera son épouse avant la fin de son voyage ». Rien de plus, rien de moins.

Elle acquiesce d'un hochement de tête.

— Je ne me rappelais pas les mots exacts que vous aviez employés…

— Les mots exacts sont cruciaux.

J'ai arpenté cette pièce pendant quatre nuits, pesant chacun de ces termes, et je refuse qu'on les déforme maintenant qu'ils prennent enfin toute leur importance. Je soulève mes jupons et m'assieds face à elle en rejetant ma lourde tresse par-dessus mon épaule. Plus vite cette séance s'achèvera, plus tôt ces bavardages cesseront. Alors je pourrai me diriger vers le palais et accueillir le prince.

— Que voulez-vous que je voie ?

La femme remue les sourcils. Ma sécheresse l'offusque, même si elle se garde bien de le dire.

— Ma seule préoccupation est la saison de la récolte, Maîtresse éclairée Violet. Tout ce qui concerne l'avenir de ma ferme. Je prie les Parques de se montrer clémentes.

Je n'aime pas m'adonner à ces lectures divinatoires, mais le roi insiste pour que j'interagisse avec les habitants de manière régulière afin qu'ils se fient à celle sur qui reposent les prophéties du royaume. C'était soit ça, soit jouer l'entremetteuse, et franchement, tout plutôt que de me coltiner des bouffons amoureux. Ça me donne envie de vomir.

Je pose mes mains sur les siennes, et la caresse de mes doigts contre sa peau provoque une étincelle dans mon esprit. Je ferme les yeux et me concentre sur les lignes de sa paume, les creux et les cicatrices, le sang qui palpite sous l'épiderme – le moindre vestige physique de son histoire personnelle qui puisse me servir à ancrer ma magie. Dans ma vision intérieure, je trouve les fils qui relient son âme aux aléas de ce monde :

Une ferme à flanc de colline, tapissée de fleurs de fée dorées.

Des virées mensuelles à la Capitale du Soleil.

Une autre ferme dans les régions frontalières. La famille ? La maison d'un amant ? À l'horizon se profilent les Bois Sacrés, Fairywood.

De longues journées de labeur dans les champs, des travaux s'étirant jusqu'à la nuit…

Et ainsi de suite.

Les fils les plus nets sont ceux qui se sont déjà déroulés – ses souvenirs. Les fils de son avenir, en revanche, m'apparaissent plus flous, leurs significations contradictoires. Les Parques sont des déesses capricieuses, et l'avenir change sans cesse. Si je ne vois pas directement le futur, il peut m'arriver de sentir les intentions des Parques : un mauvais présage est semblable à une bourrasque humide avant l'orage ; une opportunité à venir m'évoque un plongeon dans du miel chaud. Mais la plupart du temps, les Parques préfèrent cacher leur jeu.

Sauf, bien sûr, quand elles en ont décidé autrement.

Mes clients doivent se contenter du peu que je devine. Ils n'ont pas le choix, je suis la seule Prophétesse du royaume d'Auveny. Ce n'est pas une coïncidence. Il existe neuf Voyantes connues au monde ; chacune d'entre nous au service d'une cour – nous sommes trop utiles pour qu'on nous laisse en paix. On raconte qu'à Yue, une Prophétesse est capable de voir venir les tempêtes à partir des ondulations à la surface d'un étang, et qu'une autre, à Verdant, peut prédire toutes les dates de naissance.

À dix-huit ans, je suis la plus jeune des Prophétesses, cueillie dans les rues de la Capitale du Soleil il y a sept ans. Tout ce que je sais faire, c'est rêver, lire les fils, et mentir.

— Je ne pense pas que vous ayez de souci à vous faire, je murmure à la femme tandis que mon esprit scrute son avenir embrumé. (J'embellis mes visions floues avec des détails issus de ses souvenirs.) Vos fleurs de fée vont bien pousser cette année. Cependant restez assidue. N'errez pas autant, peut-être, et demeurez à votre ferme.

Quand je rouvre les yeux, la femme retire ses mains.

— Les Parques sont généreuses – c'est très bon à savoir, dit-elle. Autre chose ?

Je radote jusqu'à ce qu'elle paraisse enfin satisfaite. Me remerciant, elle jette quelques pièces d'argent dans la fontaine asséchée devenue le récipient des offrandes, puis elle quitte la tour.

Je lance un regard par-dessus le rebord du bassin en forme de coquillage et lâche un soupir. Je ne compte pas sur la monnaie, étant donné que le palais pourvoit à tous mes besoins, mais à l'époque de la précédente Prophétesse, la fontaine débordait d'offrandes. Depuis que je suis en fonction, elle est devenue… poussiéreuse.

Et avec le retour de Cyrus, ma réputation va empirer.

Dehors, les acclamations s'élèvent par vagues. Pas la peine de regarder par la fenêtre pour savoir que le cortège royal a franchi les portes de la ville. La cour se prépare à cet événement quasiment depuis que le prince est parti. Le roi Emilius étant de plus en plus malade, on s'attend à ce que Cyrus monte sur le trône avant la fin de l'année. C'est le moment ou jamais de chercher à obtenir une faveur de sa part.

Mes mâchoires se contractent. Ça vaut pour moi aussi.

Il y a sept ans, Messagère Felicita, la Prophétesse d'alors – que les étoiles guident son âme –, a prononcé son ultime prophétie :

« *La terre se couvrira de sang rouge, de roses et de guerre. Le prince… son cœur sera damnation ou salut. Il se peut que sa décision nous sauve tous. Son épouse… tout repose sur elle ! Une malédiction, une malédiction, une malédiction maudite… dieux du ciel, méfiez-vous…* »

Et sur ces paroles, elle s'est éteinte. D'après une servante alors à son chevet, la bouche de la Messagère s'est figée grande ouverte, et elle avait le poing serré sur sa gorge comme si elle s'était battue contre une force invisible pour s'exprimer. Même dans la mort, on n'avait pas pu décrisper son corps.

Le royaume avait alors plongé dans la paranoïa. Felicita avait-elle prédit la fin d'Auveny ? La fin du monde ? Pourquoi le prince Cyrus en était-il le catalyseur ? À son décès, je suis devenue la nouvelle Prophétesse, mais à cette époque, je n'étais encore qu'une enfant, une gamine frêle déguisée dans de la soie et jouant la comédie. En réalité, j'étais comme tout le monde. Perdue. Je n'ai jamais rêvé de la prophétie annoncée par Felicita.

L'absence de réponses de ma part ne m'a pas valu une grande popularité.

Nous avons cherché de l'aide auprès des Voyantes des terres voisines et les avons averties en retour, mais elles n'avaient entrevu aucun mauvais présage de leur côté. L'ancienne Prophétesse de Balica nous a fait envisager le fait que, peut-être – si Felicita n'avait pas parlé sous le coup de la fièvre –, sa vision concernait un futur lointain. Autrement dit, nous avions le temps.

Ainsi, à chaque nouvelle saison, chaque gala, chaque visite de haut dignitaire étranger, le royaume retient son souffle, priant pour que Cyrus trouve le grand amour. Sur ce point, la prophétie de Felicita était claire comme de l'eau de roche : l'avenir dépend entièrement du prince. De son choix d'épouse.

En sept ans, Cyrus n'a choisi personne. Une sinistre prophétie pèse sur ses épaules et monsieur fait *la fine bouche.*

Mais il ne va pas pouvoir repousser ce moment éternellement.

Je me dirige vers le palais pour constater de mes yeux le résultat de sa tournée. Une courte distance, grâce à la passerelle qui relie l'entrée de ma tour à l'extrémité nord des jardins du palais. Sans elle, je devrais descendre les deux cents marches jusqu'au pied de la tour, bien en contrebas sur les berges du fleuve Julep. La Tour de la Prophétesse n'est qu'un vestige noueux de Fairywood, les Bois Sacrés qui couvraient autrefois le continent – cette tour n'a pas été construite, elle a *poussé,* et à ce titre elle n'a pas été conçue pour être pratique.

La légende raconte que l'une des premières Prophétesses a érigé un si haut monument pour pouvoir vivre parmi les étoiles. Les prouesses de ce genre étaient monnaie courante lorsque les Bois Sacrés étaient vastes, les nations rares, et que la terre transpirait la magie. Je ne l'aurais sans doute pas cru s'il ne m'était arrivé quelquefois de rêver de fils anciens – remontant à des âges où les arbres dépassaient les montagnes, où des myriades de fées illuminaient les canopées, et où nous autres humains n'étions pas les seules créatures douées de raison à errer dans les bois.

Aujourd'hui, la Tour de la Prophétesse détonne, tout simplement. Elle se hérisse dans le ciel comme un croc, un tronc pétrifié d'un vert saisissant qui contraste avec les bâtiments de la ville autour. Une brise s'immisce sous mes jupes tandis que je traverse la passerelle qui m'en éloigne. La Capitale du Soleil disparaît derrière le marbre du palais et ses flèches dorées. Je franchis une grille et les jardins se déploient devant moi : un patchwork de parterres de fleurs bien nets, de fontaines sculptées et d'arbres ornementaux.

En chemin, j'ai droit à quelques salutations : un bref hochement de tête ou une révérence, accompagnés d'un « Messagère » murmuré du bout des lèvres – d'autres savent que je me fiche des formalités. Je me faufile discrètement le long d'un sentier, entre le labyrinthe végétal et une rangée de bégonias fraîchement taillés, et je parviens à l'une des entrées de service du palais avec un tout petit peu de terre sous les semelles de mes escarpins.

À l'intérieur, les bavardages vont bon train. Mes sourcils se froncent ; ce que j'entends me perturbe. Et surtout ce que je n'entends *pas* !

Je gravis l'escalier qui mène aux appartements royaux et les conversations s'estompent derrière moi. Les gardes postés devant la chambre de Cyrus paraissent gênés de me voir, mais ils ne cherchent pas à me stopper.

J'ouvre la double porte à la volée.

— Ne la laissez pas entrer… Violet, dehors !

Mes yeux se posent sur Cyrus, debout près de sa garde-robe, à moitié habillé. *Urgh.* Il est encore plus beau qu'avant.

Cyrus Lidine d'Auveny semble tout droit sorti d'un conte de fées : cultivé, spirituel – enfin, quand il daigne vous adresser la parole –, et beau à en tomber même sans les artifices de la magie. Son sourire a fait tourner davantage de têtes dans le royaume que la plus virulente des canicules.

À l'aube de son dix-neuvième anniversaire, il s'est étoffé. Ses muscles se sont développés, enrobant son corps frêle d'adolescent. Aujourd'hui, ses habits lui vont comme un gant et soulignent sa silhouette athlétique. La couleur lui est revenue aux joues, naguère si pâles en raison d'une maladie d'enfance. Enfin, il s'est débarrassé de son air de jouvenceau en coupant sa tignasse rousse.

Mais certaines choses ne changent jamais, comme le regard méprisant qu'il m'adresse tandis que je reste plantée là. Les mois passés chacun de son côté n'ont pas atténué l'animosité que nous nourrissons l'un pour l'autre.

Une vie entière n'y suffirait pas.

— Tu ne peux pas entrer ici comme dans un moulin…, s'emporte Cyrus.

— C'est pourtant ce que j'ai fait, je murmure en retour en parcourant la pièce des yeux.

Je suis la seule autre personne présente, ce qui me met la puce à l'oreille. Son lit n'est pas défait ; sa baignoire est vide. Je n'ai aperçu aucun domestique au rez-de-chaussée, aucune dame de compagnie collée à une nouvelle venue. Ce qui soulève la question suivante :

— Où est-elle ?

Cyrus se tourne face au miroir et finit de boutonner son gilet.

— Qui ?

— Notre future princesse. Celle que *tu vas épouser*.

— Ce ne sont pas tes affaires.

Je m'avance à grands pas vers lui, ma tresse se balançant comme un pendule dans mon dos, et je me place entre la glace et le prince, qui pousse un soupir blasé.

— Bien au contraire. Ce sont mes affaires. (Si je n'avais pas été malnutrie dans ma petite enfance, j'aurais été assez grande aujourd'hui pour le regarder droit dans les yeux. Le fait est qu'il mesure une dizaine de centimètres de plus que moi, ce qui me force à lever le menton pour le foudroyer du regard.) J'ai annoncé au peuple que tu trouverais une épouse, et te voilà sans personne à ton bras. *Ne fais pas* de moi une menteuse.

— Morale de l'histoire, tu n'aurais pas dû mentir en premier lieu.

Mes yeux s'étrécissent. Cyrus m'ignore ; il enfile une veste brodée d'oiseaux.

Ce n'était rien qu'un petit mensonge de rien du tout, un truc censé calmer les mauvaises langues. À l'automne dernier, on a rapporté que les Bois Sacrés se décomposaient aux abords de la frontière, et que des pétales de rose rouge sang voletaient à travers les villages à la nuit tombée. La panique gagnant la population, le roi Emilius m'a demandé d'interroger l'avenir à la recherche d'indices reflétant la prophétie de Felicita.

Mais à ma grande frustration, mes nuits n'ont rien donné, mes rêves sont restés résolument stériles.

Aussi, quand Cyrus est parti en tournée, ai-je inventé une jolie histoire pour apaiser la cour.

Le prince Cyrus rencontrera son épouse avant la fin de son voyage.

Un petit mensonge passe comme une lettre à la poste. C'est à peine si on le remarque, et quand bien même, il n'y a pas de quoi en faire tout un plat. Il faut bien que Cyrus finisse par trouver chaussure à son pied de toute façon. Les admiratrices, ce n'est pas ce qui manque. Les femmes tombent comme des mouches sur son passage. Il a l'embarras du choix ! Je n'ai rien fait de plus que de lui fixer une échéance.

— D'accord, dis-je, les bras croisés. Je n'ai pas réellement rêvé que tu allais trouver une épouse. Je n'aurais même pas dû avoir à en rêver ! Tu devrais avoir choisi une femme depuis longtemps. Tant que la prophétie de Felicita sera suspendue au-dessus de ta tête comme une épée de Damoclès, les gens vivront dans la peur, et ils craindront aussi pour ton règne. On pense que *tu es maudit.* On ne le dit pas devant toi, évidemment. Je n'ai fait que te donner un peu de répit, petit prince. Du répit et de l'espoir.

Cyrus ajuste ses boutons de manchettes en forme de tête de lion. Il poursuit d'un ton monocorde :

— On se soucie plus des apparences que de la prophétie, à ce que je vois.

Je montre les dents.

— Je peux très bien m'inquiéter de deux choses à la fois.

— Évidemment : la précarité de ta réputation et l'opinion que mon père a de toi.

— Les dernières patrouilles de contrôle sont revenues la semaine dernière. Elles ont trouvé des arbres en décomposition dans Fairywood.

— Je suis au courant. Je les ai vus de mes yeux. (Il finit de tripoter ses habits et me contemple. Je ne soutiens qu'un bref instant son regard avant qu'il ne le détourne.) Mon père aurait déjà dû envoyer des troupes pour les brûler.

— Mais *la racine du problème…*

— … repose sans doute dans l'ultime prophétie de Felicita, certes, mais je n'y peux rien. Ce n'est pas moi qui choisis quand et de qui je tomberai amoureux.

La prophétie de Felicita ne mentionnait qu'une épouse – il n'est pas forcément question d'amour –, mais Cyrus est un indécrottable romantique ; il croit que ça compte. Autrement, il fêterait déjà ses trois ans de mariage arrangé avec une princesse verdantaise.

— Tu ne fais aucun effort, dis-je d'un ton narquois.

Cyrus secoue la tête.

— Je refuse de faire croire que la prophétie peut être brisée. Je ne donnerai pas de faux espoirs à mon peuple. Un point, c'est tout.

Il pivote en direction de la porte, quitte ses appartements et s'engouffre dans le couloir où grouillent les courtisans. Je lui emboîte le pas et les observe lever sur le prince un regard plein d'attente. Cyrus arbore un sourire éblouissant qu'il efface brutalement de son visage dès qu'il atteint l'escalier et dévale les marches, les évitant tous. Deux gardes font barrage derrière lui mais je me faufile entre eux.

Je baisse la voix.

— Dis-moi au moins que tu as un plan pour canaliser le mouvement de panique qui va s'emparer de ton peuple ?

— Je n'ai pas l'intention d'en discuter avec *toi*, marmonne-t-il.

— *Moi ?* dis-je sur le même ton, les doigts pressés contre ma poitrine.

— Toi, qui n'as pas loupé une seule occasion de me discréditer depuis des années.

— Des années que tu n'aurais pas vécues si je ne t'avais pas sauvé la vie.

Cyrus me foudroie du regard. Il a horreur que j'évoque le souvenir de notre rencontre. Moi, j'adore raviver cette histoire.

Parvenu au rez-de-chaussée, il tourne brusquement pour esquiver la foule qui se dirige vers nous dans l'atrium. Les tapis étouffent le bruit saccadé de ses pas tandis qu'il tente de tous nous semer, mais je maintiens l'allure, la soie bleue de mes jupes voletant dans mon sillage.

— Ce n'est pas qu'une question de prophétie, dis-je sans le lâcher d'une semelle. (De nombreux ducs sont loin d'être ravis de son ascension. Ils trouvent Cyrus trop *honnête.*) Le Conseil brandira contre toi la peur. Te jugera impropre à monter sur le trône. Aux yeux de tous *tu es maudit* ! Qu'est-ce que tu ne comprends pas dans cette expression ?

Sa bouche se pince en une ligne fine. Cyrus sait que j'ai raison.

— Le Conseil ferait mieux de s'occuper de ses territoires plutôt que des dernières paroles d'une prophétesse fébrile qui n'a fourni aucun détail, aucune date. Demain, nous pourrions être anéantis par un tremblement de terre, une crue ou une comète, et personne ne s'en soucie.

— Tes paroles sont sensées, mais les gens sont aussi allergiques à la logique que je le suis à la poussière de fée. Petit prince…

Il virevolte brusquement face à moi et je manque de lui rentrer dedans. L'ourlet de sa cape me caresse les pieds.

— Tu ne veux même pas de moi comme roi. Pourquoi devrais-je t'écouter ?

J'ai comme une boule amère coincée dans la gorge. Je déglutis avec peine. Parce qu'il *sera* roi. Peu importe la panique qui gagne le peuple. Peu importe ce que le Conseil pense. En fin de compte, Cyrus obtient toujours ce qu'il veut.

— Soit on gaspille notre énergie à se quereller, soit on apprend à travailler en équipe. On n'est pas obligés de s'apprécier pour prendre les bonnes décisions.

— Et si je ne veux pas collaborer avec toi ?

— Tu seras bien obligé, un jour ou l'autre. Je suis ta Prophétesse.

— Je pourrais faire en sorte que ça change.

Je ricane, par habitude, mais son regard a quelque chose de glacial. On se chamaille pourtant comme ça depuis toujours – non, Cyrus ne pourrait pas me congédier. Il n'a pas le cran qu'il faut pour prendre ce genre de décision. Destituer une Prophétesse, c'est du jamais-vu. Nous sommes trop peu nombreuses à travers le monde.

Je m'humecte les lèvres.

— Tu as beau me haïr, tu as besoin de moi.

Arrogant de ma part, peut-être, mais c'est le seul argument que je trouve pour le mettre au pied du mur.

Les coins de sa bouche se retroussent, seul indice me signalant que notre conversation l'a un peu amusé.

— Vraiment ?

Il me tourne le dos et je le suis du regard tandis qu'il dévale le couloir en direction des portes dorées de la Chambre du Conseil. Un valet l'accueille d'une révérence, et Cyrus disparaît dans la salle.

La plupart des quatorze ducs ou leurs délégués sont arrivés il y a une semaine à l'occasion de la séance biannuelle. Beaucoup de faste et très peu de progrès tandis qu'ils se querellent au sujet des impôts et des allocations versées à la Garde des Dragons, pour le maintien de l'autorité sur leurs territoires respectifs. Auveny est la plus vaste et la plus riche des trois nations du Continent du Soleil – surpassant la république de Balica située au sud et le royaume de Verdant au-delà de Fairywood et des montagnes orientales –, un statut qui encourage un mélange d'ambition et de complaisance de la part de nos dirigeants. On se flatte d'être un royaume modèle, où même les sujets les plus pauvres disposent de droits et d'égales chances de succès.

Donc on se prend pas mal au sérieux aussi.

Trop de baratin pour que je prenne la peine d'écouter aux portes, mais les nouvelles les plus croustillantes ne tarderont pas à fuiter. Les secrets se répandent comme une traînée de poudre dans la Capitale du Soleil. Et si un sujet en particulier requiert l'attention de la Prophétesse, le roi Emilius en personne me convoquera.

Après que Cyrus a rejoint la Chambre du Conseil, je vais attendre la fin de la réunion dans la bibliothèque, à l'étage. Je passe de nombreux après-midi parmi les volumes soigneusement sélectionnés. Ils ont beau être barbants, ils me permettent de mettre un nom sur les choses étranges qui peuplent mes rêves. Je ne me suis jamais vraiment aventurée en dehors des collines parcourues par le fleuve de la capitale. Mon devoir m'oblige à rester là, et je tâche d'être aussi présente que l'exige mon statut. On m'adresse déjà bien assez de reproches comme ça ; inutile d'ajouter *fainéante* à la liste.

Je feuillette le carnet de voyage d'un illustre explorateur yuenien du Continent de la Lune, quand j'entends le bruit sec d'une porte qui s'ouvre brutalement, suivi par un brouhaha. Ça ne fait même pas une heure. Après avoir reposé mon livre, je remonte parmi une foule croissante jusqu'à la source du vacarme, ce qui me mène au jardin principal, où lord Rasmuth du Septième Territoire et lord Ignacio du Treizième se querellent.

Ce dernier tape violemment du pied, faisant fuir les oiseaux alentour qui s'envolent loin dans le ciel.

— Au diable l'efficacité ! beugle Ignacio. Le prince est toujours maudit ! Je ne lui prêterai pas serment d'allégeance tant qu'il n'aura pas trouvé de reine – et encore !

Malgré ma petite taille, je détonne parmi la foule avec ma longue tresse noir de jais et ma tenue miroitante. Autour, les regards interrogateurs commencent à se tourner vers moi dans l'attente de réponses – précisément la situation que je souhaitais éviter.

Je lâche un profond soupir tandis que ma voisine drapée d'un châle fait mine de se tourner trois fois de suite dans ma direction, comme pour trouver le courage de m'aborder. La quatrième fois, elle se jette à l'eau, après une brève révérence.

— Messagère, il n'y aura donc pas de mariage ? Vous avez pourtant annoncé…

— … que Sa Majesté trouverait l'amour véritable avant la fin de son *voyage,* dis-je en insistant sur le dernier mot. Pas à la fin de sa tournée. De toute évidence, son voyage n'est pas encore achevé.

Voilà pourquoi il est crucial d'employer les mots exacts.

Je m'éclipse, prétextant un mal de tête. Me faufilant à travers la foule pour regagner le palais, je constate l'impact de ma réponse, qui se répand à travers les habitants comme une traînée de poudre, à en juger par les expressions de surprise et les murmures que je rencontre sur mon passage. La nouvelle aura contaminé l'ensemble de la ville d'ici la tombée de la nuit.

Les bruits de pas de Cyrus résonnent non loin de là, indiquant que Son Altesse ne répondra à *aucune* question pour le moment. Il me dépasse et les pans de sa veste claquent dans son sillage tandis qu'il se dirige vers l'aile où se trouvent les bureaux de son père.

Je ne peux m'empêcher de le prendre à partie.

— Ça m'ennuie de te dire que je t'avais prévenu, petit prince… Attends une seconde… non ! en fait ça ne m'ennuie pas tant que ça. *Je t'avais prévenu !*

Il ne prend même pas la peine de s'arrêter pour me lancer un regard noir.

La tentative de rébellion de Cyrus nous met tous les deux dans une position délicate, lui le premier. Le roi Emilius connaît les humeurs de son fils par cœur. Malgré les sourires diplomates qu'ils arborent en public, Cyrus se dispute encore plus avec son père qu'avec moi – et autant dire qu'il ne sort jamais gagnant de ces prises de bec. Je le sais parce que jamais de ma vie je n'ai entendu le roi céder sur un sujet.

Pour ma part, j'ai toujours été dans les bonnes grâces du roi, ce que Cyrus ne me pardonne pas. Le respect de son père se conquiert difficilement, comme un trésor qu'on irait subtiliser dans la tanière d'un dragon. Ce respect me protégera même après l'ascension de Cyrus. Le roi Emilius continuera de tirer les ficelles d'Auveny après avoir transmis la couronne à son fils ; quant aux ducs du Conseil, tous nommés par ses soins, ils lui seront toujours loyaux et c'est là que réside véritablement le pouvoir.

Le rideau de la nuit tombe sur le ciel peu après mon retour à la tour. Je savoure ces heures où il est trop tard pour qu'on vienne requérir mes services. Dans ma chambre, j'allume un feu dans l'âtre et je me fais couler un bain chaud. Je dénude mes épaules et déboutonne ma jupe, passe mon chemisier et mon fourreau par-dessus ma tête.

Je plonge ensuite dans la baignoire et me frotte à la lueur des flammes. Les anciennes cicatrices ont presque disparu de ma peau badigeonnée de savon. Ma chevelure forme autour de moi une flaque noire comme de l'encre et embaume l'eau parfumée.

À me voir aujourd'hui, on ne devinerait pas que je suis née pauvresse, misérable souillon, que j'ai grandi dans les bas quartiers du District de la Lune. Aujourd'hui, je dispose de ma propre tour pourvue de sa baignoire en porcelaine et d'un lit drapé de soie. Je sais lire et écrire, je mange aussi bien que la famille royale, et tous s'inclinent devant moi.

Pourtant un titre et une tour n'effacent pas la peur que j'inspire aux gens, la peur d'une chose qui leur échappe. À leurs yeux, je ne suis qu'une étrangère que la magie, cette chose mystérieuse qui leur donne la chair de poule, habite ; jamais je ne ferai le poids. Je ferais mieux de tâcher de m'en souvenir lorsque je prends le prince de haut, même si j'ai raison.

Après m'être séchée, j'enfile un peignoir et m'affale dans mon lit, épuisée.

À l'instant où mes paupières se ferment, un tintement résonne en bas.

Puis le bruit se répète : *kak-kak-kak.*

Le vaisselier serait-il mal calé ?

Kak-kak-kak-kak-kak.

Ricanements.

Mon cœur tambourine à mes oreilles. Aucune raison que j'aie de la compagnie. Je me glisse hors du lit, saisis dans le noir le premier objet à portée de main – une brosse avec une longue poignée posée près de la baignoire. Je retiens mon souffle et descends l'escalier à pas de loup, veillant à ne pas faire grincer les marches.

Dans l'obscurité totale, je fais le tour de la pièce en tâtant les murs, mais le seul bruit qui me parvient est le son de mes pieds effleurant le plancher.

Il n'y a personne. J'interroge tout de même les ténèbres, rien que pour me rassurer.

— Qui est là ?

Un sifflement résonne, comme une langue qui entrerait en contact avec un métal brûlant. J'effectue un grand arc de cercle en brandissant la brosse devant moi, et je heurte un objet, le projetant sur le sol dans un grand fracas.

Un plateau en bois et un bol. J'expire.

Un éclat de rire s'élève.

Ha-ha-ha.

Vi-o-let.

Je pivote une nouvelle fois en titubant. L'écho de mon prénom demeure figé à l'arrière de mon crâne, ici et nulle part à la fois.

Quel nom

approprié

tu portes,

Vi-o-let.

Les mots se superposent comme des couches successives – de nombreuses voix semblent fusionner en une seule. Mon cœur bat à tout rompre ; ce n'est pas un son humain.

Vile.

Vi-o-let.

Violet de la Lune.

Je n'ai jamais entendu ces voix et pourtant elles me paraissent familières, instinctives, innées, comme une partie de mon âme.

Même si je pense connaître la réponse, je demande :

— Qui êtes-vous ?

Deux lueurs vacillent dans le noir. Mon souffle se bloque dans ma gorge. Rien ne produit ce genre de lumière dans cette pièce.

C'est nous qui t'accordons ton pouvoir, malheureuse.

La brosse tendue devant moi, j'approche de la source lumineuse à tâtons, contournant avec maladresse le plateau que j'ai renversé. Je reconnais le coin vers lequel je me dirige : la fontaine des offrandes, où mes clients jettent présents et pièces. Sculptée au sommet de celle-ci, une statuette sans visage à qui ils adressent parfois leurs prières.

Auparavant sans visage.

La statuette en cuivre bleu, polie par les années, ressemble à peine à une silhouette, encore moins à une Parque, et ce depuis que je la connais. C'est une antiquité, qui remonte à une époque aussi ancienne que celle de la première Prophétesse.

Mais en m'approchant, je m'aperçois que les lignes de la sculpture représentent une femme, d'une froideur placide, drapée d'un vêtement qui dégringole en cascade à ses pieds. Ses yeux sont animés d'une flamme bleue. Et de sa bouche se déverse un chœur de voix :

Sept années de gagnées,
une vie due.
Tu as sauvé le garçon couronné
qui nous appartenait.
Détourné sa mort
pour pouvoir vivre dans cette tour.
Le moment est venu de rembourser ta dette.

Les souvenirs resurgissent : le prince courant à travers la place du marché du District de la Lune. Moi, l'écartant de la trajectoire d'une charrette tirée par un cheval qui l'aurait écrasé. Nous étions à peine plus que des enfants à cette époque. Felicita était encore en vie. Il y a si longtemps.

Toutes les veines de mon corps palpitent, conscientes d'un danger insaisissable.

— Je ne comprends pas. C'est une menace ?

Il y a toujours un prix à payer quand on défie la destinée.
Une vie due.

Le garçon doit mourir
avant la fin de l'été,
ou tu brûleras.

— Pourquoi ? Je n'ai pas…

Ma main tenant le manche en bois de la brosse, seul lien qui me rattache à la réalité, se met à trembler. Mes pieds s'engourdissent.

Le garçon doit mourir
car tous les contes ont une FIN.

Un courant d'air balaie la pièce – à moins que ce ne soit mon esprit qui me joue des tours ? Est-ce ainsi que Felicita a perdu la tête ? Je ne suis pas vraiment en train de parler avec les dieux. C'est impossible.

Les voix retentissent encore, assourdissantes. Elles emplissent l'obscurité.

LE MOMENT EST VENU,
ENFIN, ENFIN,
LE SANG, LES ROSES, ET LA GUERRE.

J'abats l'extrémité de la brosse contre la statuette. Le buste s'écrase par terre. Des volutes de fumée noire jaillissent de son socle de marbre brisé et s'écoulent dans le bassin de la fontaine en tissant une toile. Un ricanement rebondit contre les murs. Je prends ma tête entre mes mains en gémissant.

Je deviens folle. C'est insensé. Je fouille le sol à la recherche de quelque chose, n'importe quoi, qui puisse faire cesser ces rires atroces, et je me coupe la main sur des débris de marbre. La douleur est vive et un cri m'échappe. Des éclairs fendent la nuit. La pièce vibre, comme frappée par la foudre divine.

TU N'ES PAS DIGNE DE QUELQUE AMOUR QUI PUISSE TE SAUVER.

J'inhale de la fumée.

La tour s'enflamme.

Je me réveille en suffoquant, hantée par le souvenir de la cendre, les mains enroulées autour de ma gorge, les jambes emmêlées dans les draps. J'ai la peau en feu pendant un court instant. En un éclair, la nuit redevient sombre et froide. Au-dessus de moi, les pierres incrustées dans le plafond de la tour étincellent, indemnes, comme si elles avaient été témoins de la scène.

Lentement, je lâche mon cou.

Était-ce une prophétie ou… ? Qu'est-ce que ça pourrait être d'autre ? Une hallucination ? Les images étaient tellement réalistes…

Cela ne ressemblait à aucune des prophéties que j'ai connues. Aucune ne s'est jamais adressée à moi directement.

Aucune ne m'a jamais *menacée.*

Rejetant mes couvertures, je me glisse hors du lit et enfile un peignoir d'une main fébrile. Un filet d'air glacé s'insinue le long de mes jambes lorsque je pousse la porte-fenêtre du balcon pour m'appuyer contre la balustrade. L'aube point à l'horizon. Les toits écailleux de la Capitale du Soleil miroitent en contrebas. Au-delà des murs d'enceinte de la cité, les terres se fondent dans des vallées ombragées.

Je questionne le ciel :

— Qu'est-ce que vous voulez ?

Aucune réponse. Peut-être parce que je ne crois pas en l'influence des Parques, pas vraiment en tout cas. Et que font les dieux de leurs journées, à part chercher la moindre raison de se sentir insultés ?

Mon souffle jaillit de mes lèvres et se condense en volutes semblables à de la fumée. Ce qui me perturbe le plus, c'est le rappel de la prophétie de Felicita : *du sang, des roses, et la guerre.* Si cette prédiction était vraie… si elle était *là, sur le point de se réaliser…*

Ce serait parce que j'ai sauvé la vie de Cyrus il y a sept ans ?

Les Parques auraient voulu qu'il meure ? Pourquoi ?

On pense que parce que je bénéficie de la Vue, ce pouvoir incroyable qui me permet de voir ce que nul autre ne voit, je suis une sorte de messagère des dieux. Comme si je comprenais quoi que ce soit à ces forces obscures et aux rouages de ma magie. Je rêve depuis des années ; et à présent j'entends des voix…

Mais je ne sais jamais pourquoi.

Si les Parques contrôlent notre avenir, je ne comprends pas à quelle fin. Ici, à Auveny, la croyance veut que les Parques nous jugent. Que si on se montre généreux, honnête, pas trop bavard, tolérant, indulgent, il se peut qu'elles tissent les fils de notre existence de manière qu'on trouve l'amour et qu'on gagne bien notre vie. Tout le monde a entendu parler de la fille au cœur d'or du meunier qui épousa un homme riche, de la servante qui amadoua la bête et la changea en prince, de ces filles pieuses enfermées dans une tour attendant qu'un preux chevalier les délivre.

Mais je ne peux croire en quoi que ce soit qui prétende me connaître mieux que je ne me connais moi-même.

Je suis meilleure menteuse que prophétesse. Je ne pense pas qu'il existe une raison à notre destinée. Je ne pense pas que le monde soit juste. Je crois aux loups – aux escrocs et aux hommes de pouvoir qui affichent leur cruauté comme un talent. Qui ont les dents qui rayent le parquet, et n'attendent pas qu'on les y autorise pour dévorer leur part. Ils savent que l'avenir ne vaut pas mieux qu'un dé pipé, alors ils prennent l'initiative de le truquer eux-mêmes.

Les rois et leurs ducs écrivent l'avenir à grand renfort de mensonges et de sourires. Cette force me parle bien plus que n'importe quelle voix désincarnée dans la nuit.

Je ferme les yeux et ses paroles me reviennent. *Le garçon doit mourir avant la fin de l'été, ou tu brûleras.*

« Ou » : si ce n'est pas une menace, c'est un choix.

Autrement dit, s'il meurt, je m'en sortirai.

Je m'agrippe au garde-fou à en faire blanchir mes articulations. Pour l'instant, ce ne sont que des mots. Pour l'instant, ce n'est qu'un cauchemar.

Personne n'a besoin de savoir.

Un dernier regard en direction du ciel silencieux, et je regagne la tour en refermant la porte-fenêtre du balcon derrière moi.

2.

À mon réveil, je découvre une tache de sang sur mes draps. Mon cycle a repris plus tôt que prévu – une surprise désagréable en une matinée qui s'annonce déjà mauvaise. Je mets le linge de lit en boule et le dispose dans une corbeille, où une femme de chambre le récupérera.

À l'étage inférieur, la statuette de la fontaine aux offrandes est intacte, dépourvue de visage, et douce au toucher. C'était donc bien un rêve. La nuit dernière n'en est que plus troublante.

Car mes rêves se réalisent toujours.

Je couvre la statuette d'un tissu et parcours du regard la salle de divination. Elle est exactement pareille qu'hier. Pas grand-chose de remarquable : une table et des chaises pour mes lectures, un petit coin détente avec un tapis et des fauteuils, une cheminée. Une pagaille, amoncelée par des Prophétesses pendant des siècles. Or on n'ose rien jeter de peur de commettre un blasphème. J'ai pris le taureau par les cornes et j'ai tout fichu dans des placards pour de bon.

Dehors, une cloche tinte. Je cligne des yeux ; un détail me titille. J'oublie quelque chose.

Un autre tintement. *Dong.*

Zut ! Mon rendez-vous hebdomadaire avec le roi…

Dong.

Merde. Je penche furtivement la tête par la fenêtre. Un autre tintement de cloche résonne à la tour horloge et huit autres suivront, à en juger par la position du soleil dans le ciel.

Je ne me suis *pas réveillée.* Je suis *en retard.*

Satané cauchemar, satané… machin. Ce n'est pas pour prendre exemple sur le prince, mais j'ai d'autres chats à fouetter que de me pencher sur des mises en garde nocturnes cryptiques, qui me semblent vraiment idiotes à la lumière du jour. Le roi Emilius ne me menace peut-être pas par le feu, mais lorsqu'il est déçu son regard ferait faner n'importe quelle rose de son jardin.

Or je ne le déçois jamais.

Je passe un coup de peigne dans mes cheveux et les attache à l'aide d'une pince ; pas le temps de les tresser. J'enfile une chemise propre et ma robe d'apparat chatoyante comme un ciel bleu azuré. L'habit de la Prophétesse est un héritage auvenien, taillé dans les cieux, à en croire la légende. Le tissu varie en fonction de la météo.

Il possède des manches très amples. J'attrape deux petits pains froids dans l'âtre, en enfourne un dans ma bouche, et fourre l'autre dans l'une de mes manches bouffantes. Pourvu que je ne fasse pas tomber des miettes aux pieds de Sa Majesté en secouant les bras, les étoiles m'en préservent, mais mieux vaut en prendre le risque que d'avoir le ventre qui gargouille.

Je me rue vers le palais. Dans le parc, je m'aperçois de la présence de trop nombreux étrangers sur les sentiers pavés. Davantage de gardes patrouillent également, quoique d'un pas alangui, comme s'il n'y avait pas de réel danger.

Aurais-je oublié quelque chose d'autre ?

Suivant le flot des gens, je contourne le bâtiment pour rejoindre l'avant du palais dont l'entrée est bloquée par un public tapageur richement vêtu. Devant les grilles extérieures, où s'amasse une foule encore plus importante, des gardes laissent entrer des personnes au compte-gouttes.

Mon regard fouille les visages et se pose sur une fille nerveuse, plantée au pied des marches, qui paraît suffisamment jeune et impressionnable. Je m'éclaircis la voix avant de lui parler :

— Qu'est-ce que ces gens attendent ?

— Oh ! Messagère ! (Elle se prosterne. Sa robe est simple et je n'ai pas le souvenir que cette jeune fille appartienne à une famille noble. Si les gardes autorisent l'accès à des gens ordinaires, c'est que se tient une audience ouverte au public.) Le prince va faire une annonce à propos du bal.

— Du *quoi* ?

— Le bal. Vous n'avez pas vu les affiches ? Elles sont placardées partout en ville.

Elle brandit un papier que je lui arrache aussitôt des mains.

VOUS ÊTES TOUS CONVIÉS À

la Ménagerie masquée

Le 11 de l'Annesol,

les portes du palais ouvriront à 19 heures

pour révéler un spectacle unique.

Les jeunes femmes sont attendues.

Mesdemoiselles, revêtez votre plus belle tenue.

Masque obligatoire.

Notre prince sera présent.

Voilà donc ce qu'a donné la petite discussion du roi avec son fils la nuit dernière : un bal de dernière minute.

— Merci.

Je rends la feuille à la jeune fille en m'efforçant de ne pas afficher un trop grand sourire. Un problème de moins à gérer.

Il faut encore que j'entre dans le palais ; je me fraie un passage à l'intérieur. Je regrette bientôt d'avoir emporté mon petit déjeuner : le premier petit pain tombe par terre ; quant au deuxième, il finit ratatiné. Sur mon passage, les têtes se tournent et les pieds remuent ; les gens s'écartent dès qu'ils me reconnaissent.

La salle d'audience est pleine à craquer et il y règne une chaleur étouffante dans laquelle se presse un fatras transpirant de coiffes à plumes et de froufrous dans des tons pastel, à l'honneur cette saison. Tout le monde s'est donné beaucoup de mal pour faire bonne impression. Certains ont même apporté leurs fées qui, sous l'effet de la chaleur, se sont évanouies sur les chapeaux, émettant une petite lueur vacillante, signe qu'elles sont affaiblies.

Il fut un temps où les fées étaient réservées aux indigents ; elles étaient censées protéger les bons et les malchanceux ; on les apercevait rarement en dehors des Bois Sacrés. Les créatures magiques ont toutes un instinct de collectionneuses ; parmi elles, les fées avaient pour habitude de collectionner les meilleurs humains, même si ce genre de discours risquerait de vous attirer des regards noirs. Aujourd'hui, les fées suivent n'importe quel crétin né avec une cuiller d'ambroisie dans la bouche. La précieuse ambroisie qu'on tire du nectar des fleurs de fée de Fairywood est l'unique monnaie d'échange que les fées acceptent car c'est la seule chose qui les enivre.

Lorsque le roi Emilius s'est aperçu de la forte demande en enchantements prodigués par les fées, il a encouragé les fermiers auveniens à maîtriser la culture des fleurs de fée. Le commerce de ces fleurs est depuis devenu notre première source de revenus. Impossible de se promener dans les beaux quartiers de la Capitale du Soleil sans croiser des fées virevoltant dans les airs.

Vous pouvez avoir le cœur aussi noir qu'une citrouille pourrie, il vous suffira de troquer quelques gouttes d'ambroisie pour qu'une fée discipline votre chevelure, transforme votre rire en la plus douce des mélodies, et vous vête d'une robe si majestueuse que vous ne pourrez même plus passer la porte de la salle de bal. Seuls les plus riches peuvent se payer les services d'une telle créature au quotidien ; je devine lesquels parmi l'assemblée ont eu recours à la magie pour améliorer l'aspect de leur peau : ce sont ceux dont le maquillage ne dégouline pas sur leur visage.

Allons ! À quoi bon être bon et bienveillant ? C'est l'apanage des laids et des miséreux.

Le roi Emilius est assis sur le rebord de l'estrade, les mains appuyées sur sa canne ; ça fait des semaines que je ne l'ai pas vu afficher une si belle mine. Il m'adresse un signe de tête et un sourire, et une bouffée de soulagement me gagne ; il n'a pas attendu. Mes épaules se détendent aussitôt. Je lui renvoie son sourire et manque de me prendre les pieds dans les manches volumineuses d'un habit.

La princesse Camilla se tient sur le devant de la salle également, entourée de ses dames de compagnie. Impossible de la rater ; elle est la sœur jumelle de Cyrus et possède les mêmes atouts que son frère, auxquels s'ajoute un halo de tresses couleur miel. Un chouia plus grande que son frère, les courtisans la qualifierait de gracieuse s'ils ne la trouvaient pas si musclée, elle qui pratique à outrance l'escrime et la chasse.

En me voyant émerger de la foule, elle sourit, prend ma main gantée et passe son bras sous le mien afin de m'entraîner dans une petite conversation privée.

— Une chasse à l'épouse pour mon petit frère. Il est vraiment devenu adulte. (Elle est née une demi-heure avant lui.) Le temps passe à une vitesse !

Je parcours la salle du regard à la recherche du seul autre visage amical que je pourrais y trouver.

— Dante n'est pas là ?

Il devrait être encore plus facile à repérer que Camilla. Rares sont les Balicans parmi les courtisans. Mais je ne vois nulle part sa silhouette dégingandée ni sa crinière de boucles noires.

— J'ai cru qu'il viendrait avec toi, réplique-t-elle.

Et moi j'ai cru qu'il serait collé aux basques de Cyrus. Maintenant que celui-ci est de retour, Dante va redevenir son ami au lieu du mien ; pour cette raison aussi, j'aurais préféré que le prince se fasse dévorer par un dragon et ne revienne jamais. Dante est le seul à qui je pourrais confier ce qui s'est passé cette nuit.

L'assemblée se tait. Mon attention se porte sur la scène.

Cyrus est monté sur l'estrade, vêtu d'un élégant manteau pourpre au revers brodé d'un soleil. Il est si parfait qu'il n'a même pas l'air de transpirer.

— Bienvenue, déclare-t-il en se composant un sourire charmant.

Toutes les jeunes femmes, leur feuillet à la main, s'élancent vers lui et se pressent contre les cordes en velours qui les canalisent ; un soupir collectif énamouré s'élève de l'assistance.

Grands dieux, tout est tellement facile pour lui ! Ça me rend folle.

Cyrus entame son discours de manière plutôt triviale ; il aborde son voyage à travers le continent. Il loue le développement des frontières, remercie les cours de Balica et de Verdant pour leur accueil chaleureux, et rit d'une rencontre fortuite avec des fées égarées se rendant à la capitale.

— Quant au bal…

— Votre Altesse, l'interrompt une voix rocailleuse depuis le balcon. Bien que nous aimions faire la fête, nous nous attendions à un mariage, pas à un bal. Que s'est-il passé ?

Mon regard se lève et je me renfrogne. Je ne me rappelle pas le nom de celle qui s'est exprimée, en revanche je sais qu'il s'agit de la dernière femme de lord Ignacio. Se chargerait-elle de semer la zizanie pour le compte du duc ?

Le roi Emilius agite sa main flétrie pour inciter Cyrus à changer de sujet, mais le prince ne fait qu'arborer son sourire le plus séduisant.

— Il ne s'est rien passé. J'ai rencontré beaucoup de jeunes femmes charmantes, mais je n'ai pas trouvé de reine. Les gens ont reporté de grands espoirs sur ce voyage. Vous ne devriez peut-être pas croire tout ce que raconte la Prophétesse.

Son regard me transperce à travers la salle ; une menace. Des murmures perplexes parcourent l'assemblée. La princesse laisse échapper : « Oh ! Cyrus, *non.* »

Mon visage s'enflamme. Espèce de sale petit crapaud pourri gâté !

— Votre Altesse…

Mais les bavardages ont repris, et ma voix se noie dans la masse.

Bouillonnante de colère, je me libère du bras de Camilla et me faufile jusqu'au pied de l'estrade où se tient le prince hautain. Je me suis toujours battue pour être vue et entendue selon mes propres termes. Depuis que j'ai quitté mon quartier misérable pour la tour, la cour a attendu de moi que je sois réservée. Comme si ma présence ici était un acte de charité de leur part, que je n'y avais pas vraiment ma place, alors que j'y suis plus légitime qu'eux.

Je suis de nature effrontée. Je refuse de gagner leur respect autrement qu'en étant moi-même. Aussi, je répète, plus fort :

— *Votre Altesse* (les babillages s'interrompent) trouvera le grand amour avant la fin de son voyage, comme je l'ai prédit. Le prince veut me tenir responsable de ses errances. Peut-être que son voyage serait plus fructueux s'il cessait de questionner ma sagesse.

— Peut-être que si vous étiez plus précise, je ne la questionnerais pas, rétorque Cyrus au milieu des gloussements. (Nos querelles publiques sont un spectacle bien trop familier déjà.) Êtes-vous seulement capable de dire *où* mon prétendu voyage s'achèvera ?

— Certainement pas dans votre derrière, donc vous feriez mieux de vous sortir la tête du postérieur.

Des ricanements balaient l'assistance ; Camilla lâche un grand éclat de rire. Cyrus devient rouge comme une tomate.

— Les sorcières et les princes sont comme chiens et chats, se moque-t-on.

Le roi Emilius tambourine des doigts sur son accoudoir – un geste dénué de colère.

— Il me semble que mon fils et la Prophétesse soulèvent tous deux le même point : nous n'avons pas tous la chance de trouver facilement l'amour. Je me considère chanceux de l'avoir rencontré auprès de ma chère Merchella, de son vivant. Que les étoiles guident son âme. Il est bon de se rappeler que l'amour véritable seul nous sauvera des ténèbres.

Sa bouche se referme dans un rictus solennel.

Le silence retombe sur l'assemblée, et le prince et moi regardons dans des directions opposées. Je n'imagine pas Cyrus prendre la place de son père avant la fin de l'année, armé de son charme, certes, mais inspirant à peine une once du même respect.

Tandis que le calme s'étire à l'infini, Camilla souffle et s'approche de la scène.

— Il est l'heure de voler au secours du prince charmant, marmonne-t-elle.

D'un geste, elle écarte son frère. Camilla Lidine a du charisme à revendre ; et contrairement à son frère jumeau, elle en joue à fond.

Une fois sur le devant de la scène, elle ouvre largement les bras pour s'adresser à l'assistance.

— Venons-en au programme des réjouissances, habitants d'Auveny. Le bal. La Ménagerie masquée. (Murmures d'acquiescement.) Un nom splendide, n'est-ce pas ? C'est moi qui l'ai trouvé. À présent, quelles seront, vous demandez-vous peut-être, les étranges créatures exhibées dans cette ménagerie ? (Elle roule les épaules en arrière, et une paire d'ailes se déploie dans son dos – un châle imitant le plumage d'un cygne.) Nous, évidemment.

La foule lâche un *oh !* de surprise.

— Portez vos tenues les plus audacieuses, et le plus exceptionnel des masques. Emplissons le palais de créatures venues de contrées inconnues. Impressionnez-moi, mais surtout, impressionnez mon frère. Si vous attirez son regard, qui sait… ? (Un grondement balaie l'assemblée.) Peut-être obtiendrez-vous un baiser sur la main ? sur la joue ? Saurez-vous le charmer assez pour qu'il vous offre une bague ? (Des petits couinements retentissent. Cyrus pousse un grognement, sortant brièvement de son rôle.) Comme c'est excitant, n'est-ce pas ? Des questions ?

Toutes les mains se lèvent. Camilla se nourrit de l'attention générale ; elle fera durer ce numéro autant que possible. Cyrus semble résigné à son sort et se tient droit comme un piquet, le regard légèrement vitreux, le sourire figé.

Tout ce remue-ménage me fatigue aussi et, contrairement à Cyrus, rien ne m'oblige à y assister plus longtemps. Je m'éclipse en direction de la porte aussi subrepticement que je suis entrée. La foule avide s'empresse de combler le vide que je viens de laisser ; c'est à peine si la bienséance les retient de couvrir le sol de bave.

Une fois dans le jardin, je me protège les yeux du soleil éblouissant et des murs en marbre du palais, aussi blancs que le jour de leur érection. De loin, le palais ressemble à une couronne étincelante posée sur les bâtiments qui composent les quartiers en gradins de la Capitale du Soleil.

Parvenue aux grilles, je tombe sur le visage que j'ai cherché en vain à l'intérieur de la salle.

— Dante ! Tu arrives après la bataille !

De prime abord, on ne s'attendrait pas à ce qu'un jeune homme aussi débraillé que Dante Esparsa soit le meilleur ami du prince. Il est vêtu de manière plus décontractée que son entourage, avec sa chemise bouffante et le chapeau à plumes de paon que Cyrus lui a offert. Des améthystes scintillent à ses oreilles et une écharpe de la même nuance lui ceint la taille ; comme moi, il se fiche de la dernière mode pastel de la capitale, et opte pour des teintes plus soutenues qui mettent en valeur sa peau brune. Une besace pleine de papiers pend à son épaule – du travail probablement ; il traduit des textes pour la bibliothèque du palais en plus des cours qu'il suit à l'université.

Il n'est pas d'extraction si modeste que cela ; en tant que fils adoptif d'une ancienne cheffe balicane, Dante posséderait un titre si la république de Balica reconnaissait la noblesse. Mais de toute façon, il n'a que faire des absurdités de la cour.

— Si j'avais voulu me faire sermonner en permanence, je serais resté chez ma mamie, a-t-il dit un jour.

Il vit entre Balica et Auveny depuis l'adolescence. Au départ, il souhaitait devenir ambassadeur, jusqu'à ce que la politique lui file la migraine. Dommage : il est le genre de personne qui s'entendrait avec n'importe qui s'il le voulait. Il s'avère seulement qu'il n'en a pas envie.

Nous sommes devenus amis il y a des années de ça, quand je cherchais un professeur particulier. Je ne suis pourtant pas d'excellente compagnie, mais c'est peut-être pour cette raison que ça colle entre nous : parfois, on a juste besoin de quelqu'un auprès de qui se plaindre.

Dante court vers moi, calant son chapeau sous son bras tandis que nous nous retrouvons au centre du jardin.

— Si l'annonce est terminée, alors j'arrive à point nommé.

— Où étais-tu ?

— Mon oncle s'en va aujourd'hui. J'ai dû lui offrir le déjeuner pour lui remettre quelques lettres pour la famille. (Une petite virée jusqu'à la frontière balicane peut prendre jusqu'à deux semaines ; son oncle ne reviendra pas de sitôt.) Alors qu'est-ce que j'ai raté, hum ? (Il frappe dans ses mains.) Quelles horreurs Camilla a-t-elle inventées cette fois ?

On flâne dans les jardins ouest déserts en longeant un sentier pavé de soleils ; je lui raconte la scène qu'il a manquée. Des parterres frais attendent de nouveaux plants, ornés çà et là de jeunes pousses vertes. Un buisson taillé en forme de lion rugit tandis qu'on passe sous ses griffes arquées.

Dante se tapote le menton d'un air songeur.

— Cyrus n'a rien évoqué de particulier au sujet de sa tournée ? Rien d'inquiétant ?

— Comme quoi ?

— Des patrouilles ont trouvé des arbres en décomposition à la lisière de Fairywood.

— Dans le Onzième Territoire, oui. C'est du réchauffé. J'ai entendu dire qu'ils étaient en train de les brûler. Oh… c'est proche de Balica, non ? Je suppose que les Balicans ne sont pas ravis.

Il affiche une grimace.

— En effet.

Auveny et Balica sont en paix depuis deux siècles, mais ont un lourd passif de querelles territoriales, la pomme de la discorde s'incarnant dans la forêt de Fairywood, au cœur du Continent du Soleil. C'est la dernière parcelle de terre libre : un enchevêtrement d'arbres noueux et de sous-bois épineux, un lieu inhospitalier où seules règnent les créatures les plus étranges, telles les fées dont il tire son nom.

Balica considère Fairywood comme un endroit sacré. Les Auveniens le voient comme un amas de mauvaises herbes qui nous portera malheur un jour si on ne le réduit pas en cendres à temps.

La pourriture n'est pas le cœur du problème, même si certains craignent que ça ne pollue les nappes phréatiques, mais elle est le symptôme de l'imprévisibilité des Bois Sacrés. Ce lieu ne se comporte pas comme une forêt. Il ne change pas selon les saisons, et ses plantes poussent de manière capricieuse. Certains disent que ce n'est pas une forêt du tout – que ses arbres n'en sont pas, qu'ils en ont juste la forme par une magie grâce à laquelle Fairywood peut se moduler à volonté et prendre n'importe quel aspect. Le long de la frontière, vous entendrez des contes peuplés de fantômes errant dans l'ombre des bois, de fruits empoisonnés vous attirant vers la mort, de choses qui ne devraient pas être là et qui disparaissent en un clin d'œil.

Il n'empêche que Fairywood brûle comme une forêt. Et Auveny n'hésite pas à user du feu pour le juguler – ou l'envahir, selon le point de vue adopté. Les quatre territoires les plus récents sont situés sur des terres qui faisaient partie des Bois Sacrés au début du règne d'Emilius. Balica a mis son voisin en garde contre ce qu'il considère comme une transgression, mais le roi insiste sur le danger que représente Fairywood et est résolu à l'anéantir. Il n'a fini par céder que lorsque les avertissements se sont transformés en accrochage, il y a huit ans. Un incident isolé. Toujours est-il que depuis, la situation demeure très tendue.

— Tu crois qu'on a tort de brûler les bois ?

Je sors le petit pain à la crème ratatiné de ma manche, en arrache un morceau et présente le reste à Dante, qui décline.

— Ce n'est pas parce que les Bois Sacrés sont étranges qu'ils sont dangereux, mais… qui sait. Cyrus est passé par la zone boisée qui est rongée par la pourriture, lors de la dernière étape de sa tournée. Il s'est approché de la lisière de Fairywood – on ne voit rien depuis la route ; le sol était tapissé de roses.

J'avale ma bouchée de travers.

Dante me donne une tape vigoureuse dans le dos.

— Ça va ?

Du sang, des roses, et la guerre. Je respire bruyamment, recrachant des morceaux du petit pain.

— Des roses normales ? *Des roses prophétiques ?*

— Tiens… D'abord, évite de mourir. (Il sort une flasque cachée dans sa ceinture et me la fourre dans la main.) J'espérais un peu que tu saurais me le dire. Tu as rêvé de quoi que ce soit, ces derniers temps ?

Je manque de m'étrangler de nouveau en avalant une gorgée de liquide. J'envisageais de lui parler de cette nuit, mais si ces présages possèdent un semblant de vérité… C'est une chose de vouloir que Dante me convainque que ce n'était qu'un cauchemar ; c'en est une autre de lui rapporter que son meilleur ami est condamné.

— Non, mais je suis quand même inquiète. (Je prends le temps de m'essuyer la bouche.) J'ai un… pressentiment. De gros événements vont se produire en même temps. L'ascension du prince, le bal…

— Cyrus pense que lord Denning a volontairement planté ces roses pour lancer la rumeur. Les fleurs n'étaient pas en terre ; il n'y avait que les boutons et les têtes – en revanche elles étaient fraîches, et ça m'étonnerait que qui que ce soit cultive une immense roseraie dans cette région, donc d'où provenaient-elles ? Cyrus a payé les patrouilles pour qu'elles tiennent leur langue, mais si quelque chose de prophétique émerge de Fairywood…

— Alors Cyrus *sait* qu'il devrait arrêter de faire sa tête de mule et choisir une épouse.

Dante renâcle.

— Il n'est pas fou. Mais je suis d'accord. (Il porte son regard en direction du palais, derrière moi.) Hum. Quand on parle du loup.

Je pivote sur moi-même. Le prince s'approche à grands pas, sa cape pourpre volant au vent. On dirait qu'une des statues du parc s'est animée : une silhouette parfaitement sculptée vêtue d'habits sur mesure. Et, imprimée sur son visage… une expression parfaitement furibonde.

Je distingue presque la naissance d'un long soupir douloureux tout au fond de la gorge de Dante.

— Violet… tu ne saurais pas par hasard pourquoi il nous dévisage comme si on l'avait forcé à manger un citron ?

Le feu me monte aux joues.

— Disons que, tout à l'heure, je lui ai peut-être, euh, dit qu'il ferait bien de se sortir la tête du postérieur. Devant tout le monde.

— Pour l'amour de…

— Tu n'en penses pas moins !

— Oui, *tout bas.* (Dante masse les plis de son front.) On n'est plus des enfants. Il sera bientôt roi, avec un R majuscule !

— Et ce n'est qu'une *cervelle de crapaud*, avec un *C* majuscule, s'il s'entête à ne pas écouter… Bonjour, Cyrus.

Le prince ralentit le pas à quelques mètres de nous et me décoche un regard noir quand je prononce son nom. A-t-il toujours été aussi beau ? Les fées du palais ont dû traficoter un truc – accentuer son front, modifier son nez parsemé de taches de rousseur, peut-être. En tout cas il n'a pas la tête d'un condamné. En fait, il a l'air exactement pareil qu'hier : furieux.

Son attention se reporte sur Dante.

— Apparemment, n'importe qui peut te mettre le grappin dessus dès que j'ai le dos tourné ? Elle va te corrompre, tu sais.

— J'en suis tout à fait capable tout seul, merci. (Dante chasse la tension manifeste d'un sourire.) En outre, l'intégrité n'a de valeur que quand on *se soucie* d'intégrité. Un bon chef a plus intérêt à être menteur et rusé qu'honorable et inutile.

— Tu insinues que je suis inutile ?

— Et honorable.

Cyrus esquisse un sourire en coin. Dante en profite pour lui filer une tape affectueuse sur l'épaule et ils se serrent le bras en guise de salut, topent le poing et claquent des doigts dans un geste éclair secret. Bon sang, j'ai l'impression d'être de trop.

Le prince se tourne ensuite vers moi.

— Après avoir visité Balica et Verdant et rencontré leurs Prophétesses qui savent parfaitement se tenir en société, je me demande comment je me suis retrouvé coincé avec toi.

— Désolée, j'aurais peut-être dû me prosterner pendant que tu m'insultais. C'est toi qui as commencé.

— C'était un avertissement. J'aurais pu être autrement plus méchant. Je ne le referai pas. Mais si tu souhaites rester Prophétesse, tu devrais commencer par te comporter comme telle.

Je lui adresse une révérence moqueuse.

— Le respect, ça se mérite. Prouve-moi que tu en vaux la peine, et je te traiterai avec les égards qui te sont dus.

D'un pas, Cyrus se place vivement face à moi sans prêter attention à Dante qui murmure : « Je ferais mieux d'y aller. » J'esquisse un mouvement de recul comme dans une danse, le cœur battant à tout rompre. Ça m'avait manqué, ces disputes où on tourne en rond comme à l'escrime, échangeant des estocades et des feintes. Il a pour habitude de dire qu'il perd son temps avec moi, mais il n'a jamais pu s'empêcher de vouloir me rabaisser le caquet.

— Tu es rusée, susurre Cyrus. Mais arrogante. Et tu t'apercevras bientôt que les gens ne t'écoutent que parce que tu bénéficies du soutien du roi, ce qui ne durera plus très longtemps. (Une mèche rebelle s'échappe de sa chevelure lorsqu'il penche la tête en avant ; ses longs cils voilent un instant son regard.) Toutes tes pensées sont intéressées, tu ne fais rien de gratuit. Or jamais je ne me forcerai à faire quoi que ce soit pour une personne telle que toi. D'accord, sois fière. L'orgueil est la seule chose que tu possèdes vraiment.

Mon sang bouillonne. Il veut me remettre à ma place ? Qu'à cela ne tienne ! Moi aussi je peux jouer à ce jeu. J'ôte mes gants et les fourre dans ma manche.

— Peut-être que je devrais examiner tes fils de plus près. (Il ne m'a pas laissée les consulter depuis ma première année comme Prophétesse de la cour.) Si tu es si sûr de pouvoir te débrouiller sans moi, je ne devrais lire que de la réussite dans ton avenir.

Je tends les mains vers les siennes, qui sont crispées le long de ses flancs, et Cyrus tressaille lorsque mes doigts effleurent sa peau. Est-ce de la peur… ou de la honte ? Il sait que je peux fouiller dans ses souvenirs ; je me demande ce qu'il cache.

— Violet.

Dante me saisit par l'épaule et m'oblige à reculer. Il s'interpose entre nous ; ses yeux noisette se plissent. Puis il me lâche pour placer sa main dans le dos de Cyrus, qui le repousse sèchement.

— Laisse-la faire, aboie-t-il.

— Nous ne sommes pas seuls dans le parc.

Cyrus siffle entre ses dents, comme s'il prenait soudain conscience de la laideur de la scène. Personne n'est assez proche pour épier la conversation, mais l'histoire est facile à saisir pour un spectateur lambda : le prince est incapable de maîtriser sa Prophétesse qui, il y a moins d'une demi-heure, l'a allègrement humilié devant ses courtisans.

— Tu ne serais pas là sans moi, dis-je. Tâche de ne jamais l'oublier, petit prince.

Cyrus secoue la tête et enfouit sa main dans ses cheveux comme pour expulser toute la frustration qu'il retient en lui.

— Je ne l'ai pas oublié. (Un ricanement sec jaillit de ses lèvres et il me tourne soudain le dos sans même m'accorder un dernier regard.) On se reverra dans de meilleures circonstances, Dante.

Il s'éloigne et ses gardes le rejoignent bientôt pour l'escorter le long du sentier pavé, où résonne le claquement de ses bottes.

Derrière moi, Dante rouspète.

— À l'avenir, tu pourras éviter de me mettre dans cette position ?

— Je ne serai pas vexée si tu choisis Cyrus plutôt que moi. Il a visiblement besoin de soutien.

— Il n'est pas question de *choisir* entre vous deux, Violet. Tu n'es pas un fruit sur un étal du marché. Ça ne marche pas comme ça. Je tiens à vous deux.

Je hausse les épaules et ne dis mot. Il m'est impossible de lire mon propre avenir, mais je sais que je resterai toujours en marge, à rire de loin. Je suis trop différente pour trouver ma place au sein de cette cour, trop ambitieuse pour trouver le bonheur parmi les gens ordinaires. Je m'estime déjà heureuse de pouvoir compter sur l'amitié de Dante. La plupart me diraient que je devrais être reconnaissante de posséder le don de Vue, d'être là, tout simplement ; en gros, je ne suis pas censée éprouver autre chose que de la gratitude.

Dante comprend, même si ça ne lui plaît pas. Il sait à quel point le statut d'étranger est précaire.

Il y a une dizaine d'années, sa mère, cheffe de Hypsi, a mené la bataille qui a stoppé la progression d'Auveny dans Fairywood.

En tant qu'État voisin d'Auveny, Hypsi est touché par les querelles frontalières depuis longtemps et a l'habitude de les affronter. La cheffe était persuadée que seules des menaces mises à exécution seraient entendues, et elle n'avait pas tort.

Quand les nouvelles du conflit sont parvenues à la capitale, Auveny a menacé de dépêcher davantage de soldats au sud. Pour éviter qu'une véritable guerre éclate, la république de Balica et le roi Emilius ont négocié : les incendies non autorisés cesseraient, en échange de quoi la cheffe de Hypsi serait démise de son titre. Si Cyrus ne s'était pas battu bec et ongles pour Dante, qui résidait alors dans la Capitale du Soleil, ce dernier aurait été expulsé.

Le peuple est avide de ma magie et je dispose de la protection du roi Emilius, ce qui me préserve, mais ça ne sera jamais assez. Les sentiments changent, après tout. Les rois changent. Il est facile de perdre tout ce qu'on a bâti sans commettre la moindre erreur ; il suffit d'une querelle entre nobles ou d'un prince arrogant qui prend la mouche pour que tout s'arrête. Je ne peux pas me payer le luxe d'être gentille. Les gentils sont ceux qui n'ont jamais eu à se battre pour obtenir quoi que ce soit.

Il existe des gens *bons,* comme Dante, qui savent à quel point la vie est injuste et qui pourtant se raccrochent à leur compassion. Je ne suis pas bonne non plus.

Les bons se font dévorer tout crus dans notre monde.

Je finis ma promenade dans le parc en compagnie de Dante. Nous parlons de tout et de rien, surtout pas de Cyrus ou de l'avenir. Malgré tout, le regard perçant du prince au moment où il m'a confrontée s'attarde dans ma tête. Bien trop confiant à mon goût.

3.

Le soir, j'aime bien me percher sur le balcon de ma tour et laisser mes jambes pendre dans le vide, à travers le garde-corps en fer forgé. Ma robe a glissé de mes épaules. Le rose pourpre du coucher de soleil se reflète sur ma peau.

Ici, je bénéficie du meilleur point de vue sur l'ensemble d'Auveny.

La brume du fleuve se faufile à travers les rues du District des Arts et du District de l'Université, qui se vident à cette heure. Dans les bas quartiers de la ville, des bâtiments rouges s'érigent, emblématiques du District de la Lune, où de nombreux immigrants pauvres originaires de Yue s'installent, y vivent et y travaillent, comme la mère que je n'ai jamais connue. C'est dans ce dédale de ruelles que j'ai passé les onze premières années de ma vie.

À cette époque, c'est à peine si je savais lire les pancartes yueniennes suspendues aux vitrines des restaurants et boutiques de seconde main. Je croyais que le marché était une caverne magique recelant tous les trésors imaginables. C'est là qu'un jour un musicien de rue m'a gentiment acheté des bonbons au miel. Je pensais que le monde se limitait à ce quartier, qu'il s'arrêtait dès lors que les murs étaient trop hauts pour que je les escalade.

J'avais vu des contrées étrangères dans mes rêves, mais mon esprit n'avait pas encore appris à se cramponner à ces images. Les vastes forêts, les horizons infinis, les rires et les cris de guerre des autres régions… Mes journées étaient si étriquées, si monotones en comparaison. Comment ces aperçus auraient-ils pu être autre chose que des fantasmes, les souvenirs d'une autre vie ?

Quand j'ai été en âge de comprendre mon don, j'ai su que j'étais destinée à de grandes choses, mais que j'aurais à faire mes preuves pour y parvenir. À quoi bon posséder la Vue si personne ne me croyait ?

Les mendiants fous couraient les rues. Pas les prophètes.

Qui étais-je pour affirmer être différente ? Une orpheline sans le sou aux jambes maigrelettes, affublée de haillons et le visage crasseux. Les gens ne savent que ce qu'ils voient et ne voient que ce qu'ils croient ; à leurs yeux, je n'étais qu'une petite marchande d'allumettes errante de plus. Aussi indiscernable que la vermine.

L'occasion d'échapper à la rue s'est présentée à moi dans un rêve.

Les bâtisses du District de la Lune se sont dressées grandes et éclatantes dans ma tête, comme si une porte s'était ouverte devant moi, me donnant accès au reste du monde. Un attelage merveilleux, blanc comme les murs du palais, a franchi les arches du quartier au son des trompettes.

Les portières sculptées du carrosse se sont ouvertes en grand. Deux enfants en ont jailli : un frère et une sœur, tous deux vêtus de pourpre et d'or. Ils arboraient le même nez, les mêmes fossettes et des cheveux aux reflets d'ambre sous la lumière éblouissante du ciel – un ciel imaginaire, empli d'une infinité d'étoiles.

Les enfants se sont échappés dans le labyrinthe d'étals du marché, semant leurs gardes. En un éclair, l'image s'est floutée. Un crissement épouvantable et moite a alors retenti, suivi d'un silence assourdissant.

La vision m'a entraînée à travers les stands, les marchandises empilées, les témoins attroupés dans la rue… jusqu'aux débris d'une charrette de potier, sous laquelle gisait le corps brisé du garçon, le crâne broyé sous les sabots d'un cheval de trait.

La bête s'était libérée de son joug, et son maître avait mis une seconde de trop à réagir, tardant à saisir les rênes avant que le drame se produise. Une erreur fatale ; le garçon était mort.

Serait mort.

J'ignorais qui il était, en revanche j'avais vu ses habits, le carrosse, le carnage. C'était quelqu'un d'important.

Exactement celui dont j'avais besoin.

À mon réveil, je suis allée au marché. Je me suis tapie dans l'ombre d'un bâtiment, à quelques mètres d'une charrette pleine à craquer de jarres peintes, et j'ai attendu. J'ai recommencé le lendemain, et le surlendemain encore, jour après jour, jusqu'à ce qu'un beau matin, où l'air semblait doux et sucré comme un fruit bien mûr, je perçoive les trompettes du carrosse.

Le garçon a surgi de derrière la charrette dans un éclat de rire. Il m'a vue, les pieds plantés dans la boue, les bras écartés, et a plongé son regard dans le mien comme s'il savait que je l'attendais.

Avant qu'il puisse formuler une question, je l'ai brutalement tiré vers moi. La charrette a éclaté dans un nuage de bois et de porcelaine. Un cheval s'est affaissé à l'endroit précis où le garçon se tenait quelques secondes auparavant.

Le choc passé, j'ai présenté ma vision au garçon encore frémissant ; je lui ai expliqué comment j'avais su qu'il fallait que je le sauve. Il m'a demandé mon nom, et je lui ai donné celui que je me suis inventé de toutes pièces : *Violet.* Il a voulu connaître mon patronyme et je lui ai répondu que je n'en avais pas, il m'a donc surnommé Violet Lune, d'après le quartier d'où je suis originaire.

À son tour, il s'est présenté : Cyrus Lidine.

J'avais sauvé le prince héritier.

À cet instant, mon avenir m'est apparu plus net que jamais ; pas au travers d'une vision, mais dans sa manière de me regarder, comme si j'étais un miracle. Je pouvais lui demander n'importe quoi ; il me l'accorderait.

J'ai indiqué la tour, au centre de la capitale, si grande qu'elle semblait transpercer le ciel. J'ai parlé de la sorcière qui y résidait ; j'ai demandé si c'était vrai qu'elle voyait le futur comme moi.

J'ai dit : « *Je pourrais y vivre aussi ?* »

Cyrus m'a ramenée au palais, où je me suis agenouillée devant le roi et ai prêté serment d'allégeance. À partir de là, les événements se sont enchaînés ; j'ai été prise dans un véritable tourbillon m'emportant loin, vers une vie qui n'avait existé que dans mon imagination. Tous mes besoins ont soudain été comblés ; j'avais l'embarras du choix. J'ai découvert que j'adorais les friandises, la tisane bien infusée, les oreillers pas trop mous. Et tout ça, on pouvait me l'apporter à toute heure du jour et de la nuit. J'ai laissé pousser ma chevelure jusqu'à ma taille et ai tournoyé devant les miroirs vêtue de robes choisies par la princesse, ravie de trouver en moi une nouvelle camarade de jeu. On me voyait. On *cherchait* ma compagnie. Le monde s'est déployé, de même que mes ambitions.

Le seul contretemps fut le décès de la Messagère Felicita. Elle était déjà très malade à mon arrivée. Le même mois, elle mourrait en annonçant la prophétie qui nous hante encore à ce jour, sans me transmettre ses connaissances. Peut-être que les Parques s'étaient immiscées dans nos affaires ; les grands bouleversements ont tendance à se produire tous en même temps.

J'ai revêtu l'habit de Prophétesse. Mais jamais je n'aurais pu prédire la suite – mon entrée fracassante à la cour, les années passées à me faire une place, à tenter de me faire respecter, l'animosité grandissante de Cyrus à mon égard, à mesure que son père me favorisait à son détriment. La fin de sa bienveillance. Cela, je ne m'en suis aperçue que tard, lorsqu'il m'a totalement fermé sa porte. Du jour au lendemain, il a cessé de me sourire ; il ne s'est plus adressé à moi que pour me faire la morale. Si je n'avais pas eu une mémoire d'éléphant, j'aurais même douté de l'existence du garçon au regard éblouissant juste après que je l'avais sauvé dans le District de la Lune.

Je me rappelle ce garçon, ne serait-ce que pour une raison : il a tenu sa promesse, faite alors qu'il me serrait fermement la main le jour de notre rencontre.

« *Je te donnerai un foyer.* »

Un coup à la porte interrompt mes pensées.

Avec un soupir, j'extirpe mes jambes du garde-corps du balcon et descends d'un pas feutré. De toute façon, je devenais trop sentimentale.

Sur le seuil, le valet du roi me salue dans sa livrée jaune.

— Bonsoir, Messagère. (Il s'incline.) Sa Majesté est dans la roseraie.

C'est vrai, je n'ai pas encore eu mon entrevue avec le roi. Je lisse ma robe et suis le domestique à l'extérieur, laissant le passé derrière moi.

Le crépuscule a fait place à la nuit. Lorsque je franchis la passerelle qui mène au palais, les jardins au-delà de la grille ne sont plus qu'un ensemble confus, de vagues formes de haies et de cimes d'arbres. Des étoiles bourgeonnantes scintillent dans le ciel et sur mes manches. Une lanterne solitaire luit sur le sentier des roses, où une silhouette corpulente attend, seule.

La roseraie est l'endroit favori du roi – enfin, pour être tout à fait exacte, c'était le lieu préféré de la défunte reine, et le roi s'y raccroche depuis son décès. Les roses avaient autrefois autant de significations que de couleurs, mais depuis la prophétie de Felicita, elles n'en ont plus qu'une seule : *malédiction.* Plus personne n'en cultive, pourtant elles persistent dans le parc du palais, symbole d'effronterie – pour montrer que la couronne ne redoute pas l'avenir, car la prophétie s'avérera jouer en sa faveur.

Je m'approche du roi, inclinant la tête en avant dans une petite révérence.

— Votre Majesté. Vous avez l'air en forme.

— Prophétesse.

Il n'est pas voûté, ce qui prouve qu'il se porte bien, quoique sa main cramponnée au pommeau de sa canne, sculpté en tête de lion, tremble. Les hommes de la lignée Lidine sont touchés par une maladie du sang qui affaiblit leurs os et leurs muscles à un stade avancé de leur vie. Puis ce mal s'accélère rapidement dans les dernières années, et même s'il ne tue pas le roi Emilius, celui-ci sera bientôt grabataire. Ce n'est qu'une question de temps.

— Des nouvelles des étoiles ?

Le garçon doit mourir avant la fin de l'été, ou tu brûleras.

Je réponds par un mensonge :

— Pas cette semaine.

Il acquiesce d'un hochement de tête, les yeux dans le vague, perdu dans ses pensées.

— Donc nous devons maintenant nous occuper de la question de la future reine d'Auveny. Nous avons suffisamment éprouvé la patience du peuple. Les signes précurseurs de la prophétie se font de plus en plus visibles à nos frontières.

— Les roses près des bois en décomposition, dis-je, pour montrer que je suis l'affaire de près.

— Oui. On nous a également rapporté qu'un champ s'était couvert de roses du jour au lendemain dans un village plus éloigné de Fairywood. Heureusement, le fermier touché a mauvaise presse auprès de ses voisins, et la plupart croient qu'il s'agit d'un canular destiné à dissimuler la médiocrité de ses récoltes. (Son souffle se mue en soupir rauque, présageant une toux.) Quoi qu'il en soit, je me prépare au pire, si cette satanée prophétie nous tombe dessus – et je vais avoir besoin de ton aide, Prophétesse.

J'incline la tête pour mieux entrevoir l'expression du roi, mais il fait trop noir pour distinguer davantage que son profil ; inutile, je ne connais que trop bien ce ton.

C'est le roi Emilius qui m'a demandé en premier de modifier mes prédictions. De profiter du fait que personne à Auveny ne puisse réfuter mes visions, puisque je suis la seule à posséder ce don. J'étais plus jeune alors, et je me souviens avoir été choquée. Non pas qu'il m'ait demandé de mentir, ni que cette demande aille à l'encontre de la réputation vertueuse que je lui connaissais, mais de découvrir qu'un homme de son statut puisse être *contraint de* mentir. Que le pouvoir d'un roi dépende des caprices d'une moins-que-rien telle que moi.

Selon lui, le mensonge est un outil, au même titre que l'honnêteté. L'un comme l'autre repose sur les mots qu'on choisit d'employer. Les deux peuvent avoir des conséquences.

Ce qui compte vraiment, c'est ce qu'on accomplit au final.

— Une fille assistera au bal, une fille qui sortira du lot, poursuit-il en se tournant vers moi, un très léger sourire aux lèvres. Elle fera son apparition sur les coups de vingt-trois heures. Elle arborera un masque en forme d'ailes de papillon d'un vert splendide, orné d'écailles de dragon, d'émeraudes et de jade, et elle portera une robe couverte de fleurs de fée. Il sera impossible de ne pas la remarquer. Et ce sera elle, le grand amour de Cyrus. Celle qui lui est destinée. Tu comprends ?

Non, pas tout de suite du moins, parce que la seule chose que ça voudrait dire… à moins que ce ne soit précisément ce qu'il cherche à dire…

— Un mariage arrangé ?

— Exactement. Il s'agit d'une jeune et séduisante Balicane. L'affaire a été conclue par une personne que j'ai envoyée en tournée avec Cyrus.

Un petit rire hésitant m'échappe. Cyrus a enduré toutes ces querelles pour finir par accepter un *mariage arrangé* ?

— C'est parfait. C'est ce que Cyrus aurait dû faire il y a des années.

Et ce sera également un souci de moins pour moi.

L'extrémité de sa moustache grise se retrousse.

— Je suis ravi que tu approuves. Pourvu que Cyrus réagisse comme toi ! Tu dois le convaincre qu'il s'agit pour lui de l'amour véritable. De son âme sœur.

— Comment ça ? (Je cligne des yeux.) Il n'est pas au courant ?

— Diantre, non ! (Le roi Emilius cale sa canne sous son aisselle et croise les mains sur la boucle de sa ceinture en forme de soleil doré.) Toi et moi comprenons que le choix d'une épouse n'est qu'une question d'ordre pratique, rien de plus. Malheureusement, mon fils est une vraie tête de mule dès lors qu'il s'agit d'amour. Cet arrangement passera mieux s'il croit que cette rencontre est écrite dans les étoiles. Le bal nous servira de couverture. (Il brandit deux doigts en l'air ; ses tremblements s'accentuent.) *Primo,* ça détournera l'attention des frontières. *Secundo,* ce sera le décor parfait pour la naissance d'une idylle, sous les yeux du public. Et puis, qui sait ? Peut-être que Cyrus tombera vraiment amoureux. Cette jeune femme semble extraordinaire à bien des niveaux.

Un plan bien conçu – à une exception près : c'est moi qui vais devoir convaincre Cyrus !

Le roi observe ma réaction.

— Tu as l'air sceptique ?

— Eh bien…, je bredouille malgré moi, bouche bée. (Je m'oblige à la refermer.) Je suis capable d'en persuader le public, mais Cyrus c'est une autre paire de manches. Je ne suis pas vraiment dans ses petits papiers. Il se méfie de moi comme de la peste.

— Tu seras bientôt sa Prophétesse. Quoi qu'il en soit, tu devras alors gagner sa confiance.

— Avec le temps, j'espère bien, dis-je lentement, tâchant d'être diplomate sans réussir à dissimuler mon dégoût. Mais… vous nous avez vus durant l'annonce.

— Tu l'as piqué au vif. Cyrus était furieux que tu aies raison. Il sait qu'il se montre trop obstiné. Je pense qu'il changera bientôt de ton. (Le roi Emilius marque une pause comme s'il réfléchissait à un point précis.) En toute objectivité, tu es plus futée que mon fils. S'il possédait ton esprit, je m'inquiéterais moins de l'avenir de ce royaume.

Un sourire m'échappe. Jamais je n'aurais cru que le roi puisse m'accorder plus de valeur qu'à son propre enfant, mais nous partageons une vision du monde plus similaire. Nous pouvons discuter manigances avec des mots simples ; et il ne m'a jamais reproché d'exprimer franchement mon point de vue, même lorsque je critique son fils ou sa cour. Il se préoccupe avant tout de l'avenir d'Auveny. Pour lui, rien n'est affaire personnelle.

Je suis plus arrogante que confiante, mais il faudra m'en contenter pour l'heure. À moins d'avoir un meilleur plan à lui proposer, je ne peux pas refuser.

— Ne vous en faites pas, je m'en occupe.

— Ah ! Je reconnais bien là ma Prophétesse ! (Ses yeux se plissent en deux croissants de lune.) Offre une histoire d'amour mémorable à notre royaume, Violet ! Un conte merveilleux qui éclipsera la terrible prophétie de Felicita.

Jamais encore je ne l'ai déçu.

— Comptez sur moi, Votre Majesté.

4.

Six semaines avant le bal.

Les devantures des boutiques de la Capitale du Soleil se transforment du jour au lendemain. Les vitrines s'emplissent de pochettes, d'éventails, de bijoux – tout ce dont une fille a besoin pour attirer l'œil d'un prince. Les couturiers ont changé leurs mannequins, troquant les habits d'été en crêpe de coton contre des robes bouffantes en soie et en velours. Des stands proposant des échantillons de parfum ont germé à travers la cité près des marchands ambulants de masques et des merceries.

Et il devient impossible de s'approcher à moins d'un mètre du prince Cyrus Lidine.

À l'intérieur du palais, il est assailli en permanence par les flatteurs. Et dès qu'il pose le pied en ville, ce sont les admiratrices en délire qui prennent le relais.

Son statut de célibataire a attiré deux types de menaces : celles qui se prennent pour des fleurs de fée délicates et attendent d'être cueillies par une sorte de prince charmant idéalisé ; et celles qui, comparables aux ronces de

Fairywood, s'accrochent… avec les dents. Avides de choses que seul un prince peut offrir : joyaux, carrosses tirés par un cheval blanc, et tout le tralala.

Après tout, un prince sans le faste de la cour n'est rien d'autre qu'un garçon ordinaire.

Quand Cyrus se présente à une séance de questions-réponses sur lui-même sur la place de l'Université, j'y assiste dans l'espoir de le coincer après. Par égard pour Dante, je demanderai une trêve temporaire ; on peut sûrement s'entendre au moins sur ce point-là.

Le public réuni est énorme, s'étendant des colonnes d'un amphithéâtre à l'autre, et je plisse le nez tandis que je lutte pour trouver une place sur les marches d'un bâtiment. Son Altesse a beau être un jeune homme séduisant doublé d'un très bon parti, son joli minois ne vaut pas la moitié de la foule réunie là, et encore.

Il régale l'assistance de détails stupides portant sur ses penchants et ses aversions, son régime alimentaire, ce qu'il trouve attirant chez une partenaire – le tout agrémenté de clins d'œil fréquents. Je pique du nez au milieu d'un de ses écœurants numéros de flirt, lorsqu'une personne du public s'évanouit. Cyrus bondit de la scène pour la rattraper de justesse et, à la vue de son héroïsme, cinq autres filles s'effondrent à leur tour les unes après les autres, dans l'espoir de recevoir le même traitement de faveur. On s'agglutine autour de lui, tâchant de lui subtiliser une mèche de cheveux, un ongle, voire un postillon – les philtres d'amour ont le vent en poupe ces temps-ci.

Le chaos devient tel que la garde impériale est contrainte d'intervenir, et je m'en vais sans avoir pu lui parler. L'idée de devoir conquérir la confiance du prince ne m'enchante guère, mais je veux bien tenter une réconciliation…

à condition de parvenir à l'approcher suffisamment pour le lui proposer !

J'envisage d'envoyer une invitation à Cyrus pour lui suggérer un tête-à-tête, mais ça me semble un tantinet osé. Déjà qu'il croit que je passe mon temps à manigancer – certes, il n'a pas tout à fait tort. Il me connaît depuis plus longtemps que quiconque, et je peux difficilement lui mentir.

Il faut que je sème la graine de l'amitié. Que j'arbore mon sourire le plus suave en priant pour ne pas passer pour une idiote. Je pourrais commencer par approuver tout ce qu'il dit : « *Oui, j'existe seulement pour vous contrarier, petit prince, comme vous êtes perspicace.* »

Tandis que je m'exerce devant mon miroir, je ne parviens pas à simuler la moindre conversation d'un air sérieux.

Ma tour est à nouveau ouverte au public, et mon travail consiste désormais à façonner le reste de l'histoire d'amour épique de Cyrus. Or s'il est un ingrédient indispensable à tous les contes, c'est bien le *drame.* Comme le veut le dicton : l'avenir se mérite et le destin ne s'accomplit pas sans effusion de sang.

Bien que le bal de la Ménagerie masquée soit un subterfuge, je dois feindre l'inverse. Les participantes doivent avoir l'impression d'avoir leur chance avec le prince. Il faut que l'épouse prédestinée se batte pour lui, même si la bataille est gagnée d'avance, tout comme la dernière danse.

Donc, comme si la ferveur qui balaie déjà la Capitale du Soleil ne suffisait pas, je m'apprête à *aggraver* l'obsession dont fait l'objet le prince.

Au secours ! Qu'on me vienne en aide !

À mon réveil, je perçois déjà les voix étouffées des clients qui trépignent derrière la porte de la salle de divination. Le soleil vient pourtant à peine de se lever ! Il n'a même pas eu le temps de réchauffer les lattes du plancher. Je traîne pour accomplir mes corvées matinales. J'essaie trois tenues différentes, me brosse les cheveux jusqu'à ce qu'ils luisent, essuie la table divinatoire, et passe en revue tous les journaux déposés par l'oiseau messager.

Depuis que lady Gilda a mis le grappin sur une presse et s'est mise à imprimer *Les Jacasseries de Gilda*, toutes les mauvaises langues de la cour ont décidé d'investir à leur tour dans une machine. *Les Dessous d'Auveny* de lady Ziza est le torchon le plus captivant qui soit, grâce aux descriptions sordides de Cyrus qui s'y trouvent et qui pourraient tenir lieu de cours d'anatomie. Aujourd'hui, les gazettes se disputent les lecteurs en publiant des portraits complets du prince, depuis ses mets favoris jusqu'à son profil astrologique. Cyrus est un Cygne né sous le quart de lune, quoi que ça puisse vouloir dire...

Je transforme ces journaux de bas étage en avions de papier et les lance depuis le balcon. Le vacarme dans mon antichambre s'est mué en bruit de fond, ponctué par des cris occasionnels. Je ne serai jamais prête à affronter cela, il va pourtant bien falloir s'y coller.

Enfin, prenant une profonde inspiration, j'ouvre la porte... sur un chaos de paillettes et de froufrous.

La pièce est pleine à craquer. Serrées comme des sardines, toutes les jeunes ladies de la capitale en âge d'être mariées s'y trouvent réunies. Si la salle m'avait paru comble le jour de l'annonce du prince, le spectacle qui s'offre à moi aujourd'hui me garantit l'*asphyxie*.

Je distingue certains hurlements :

— J'AI MERITÉ CES FÉES, ESPÈCE DE TRONCHE DE RAT ENGRAISSÉE AU NECTAR !

— … la couleur préférée du prince Cyrus ? Je dois me rendre chez mon tailleur pour y commander un nouveau châle.

— … pourrait râper un radis sur les muscles de son…

— La Prophétesse est *enfin* là !

Un soupir las jaillit de ma gorge. Un cauchemar après l'autre. Je devrais toutefois m'estimer heureuse d'être si demandée. Pour atteindre le sommet de ma tour, le public doit gravir un escalier de deux cents marches glissantes envahi par les plantes grimpantes et dépourvu de rampe. Un périple hasardeux les jours de soleil, mortel les jours de pluie. Le fait que ces dames se soient aventurées jusqu'ici, bravant la brume du petit matin rien que pour entendre ce que j'ai à leur dire devrait me réjouir… En cette période tumultueuse, à l'aube d'un changement de monarque, disons que ma place semble assurée.

En toute première position, une fille aux dents écartées se tient à quelques centimètres de la porte. Elle m'adresse une profonde révérence et se met à réciter la salutation d'usage :

— Je sollicite vos sages conseils, Messagère. Votre connexion aux Parques est bénie et…

Je lui fais signe d'entrer. Elle me fatigue déjà.

— Oui, oui, qu'on en finisse.

Elle franchit le seuil au petit trot.

— C'est tellement excitant. Toutes mes amies sont venues vous consulter et elles m'ont dit que c'était l'expérience la plus intéressante qui soit et que vous étiez étrangement délicieuse… oh, étrange dans le bon sens, évidemment…

Nous prenons place au centre de la pièce, de part et d'autre de la table sculptée en marbre soutenue par quatre dragons serpentins. Un service à thé et un paquet de cartes divinatoires attendent sur le côté, prêts à l'emploi.

La fille, Sicene ai-je retenu de ses babillages, parcourt les lieux d'un œil émerveillé.

— C'est tellement vide – ce qui n'est pas une critique. C'est propre, je veux dire. Une vie simple est une vie saine, comme avait l'habitude de le dire mon père…

Je me racle la gorge.

— Qu'aimeriez-vous savoir ?

— Oh ! Oui, euh. J'aimerais savoir ce que l'avenir me réserve en ce qui concerne le prince Cyrus. Si possible.

Je tends la main. Elle pose sa paume sur la mienne. Dans ma tête, détachée de la terre et dans un lieu que seules les étoiles sondent, une autre paire d'yeux s'ouvre.

Sicene, faisant les boutiques dans le District du Palais en compagnie de ses sœurs, le gazouillis de leurs bavardages.

Le cortège royal paradant le long d'une rue pavée. Le reflet du prince Cyrus emplit la vitre du carrosse. C'est la plus belle chose qu'il ait été donné de voir à Sicene.

De l'or – un flash de la salle de bal du palais ? Un tintement de musique résonne au loin.

Je fouille encore un peu, sans trouver grand-chose d'autre. Les Parques ne se soucient pas le moins du monde de cette fille. Je m'y attendais plus ou moins ; nous ne sommes pas toutes des princesses, des orphelines courage ou, les étoiles nous en préservent, des princesses courage orphelines, avec de grandes destinées à accomplir.

Ma langue cherche un message cryptique à lui présenter.

— Vous entretiendrez peut-être une conversation enrichissante avec le prince Cyrus. (Sicene est bavarde, et si j'évoque cette éventualité, ça lui donnera le cran de l'accoster.) Ce seront probablement les seules paroles que vous échangerez, mais si vous trouvez les mots *justes*, il les chérira pour toujours. Ne perdez pas espoir.

Un petit hoquet lui échappe et elle s'agrippe à ma main.

— Jamais je ne perdrai espoir ! Je serai déjà trop heureuse d'être dans ses *pensées*.

Elle m'interroge sur les sujets de conversation qu'elle pourrait potentiellement aborder avec le prince. J'encourage ses divagations encore un peu avant de la congédier. En sortant, elle jette une généreuse offrande dans la fontaine.

Après elle, le schéma se poursuit : les clients entrent au compte-gouttes et me confient leurs mains avec beaucoup d'espoir. Leur cœur appartient au prince, mais leur soif de savoir est mienne.

— Vous voyez de l'amour ? me demandent la plupart, trop timides ou trop pudiques pour spécifier leur pensée même si tout le monde vient ici pour la même raison.

À mesure que j'explore tous ces fils de destinée, la scène du bal se précise dans ma tête : robes tournoyantes, loups excentriques, assez de pièces montées pour nourrir une armée entière. Un gentleman arborant un masque doré de renard sort du lot – se retrouve au centre de l'attention – et je suis quasiment sûre qu'il s'agit de Cyrus ; tant et si bien que je conseille à certaines clientes de chercher cette personne en particulier dans la foule.

— Pour la chance, dis-je d'un ton énigmatique.

Je me coltine des clients insupportables aussi, comme lady Mirabel, qui n'apprécie pas mon franc-parler, ce qui ne l'empêche pas de jeter des pièces en argent dans la fontaine aux offrandes à l'instar des autres.

— Vous vous croyez drôle, sorcière, me dit-elle. Mais vous empestez la jalousie. Pour qu'on vous remarque, vous devez faire toute une scène, alors que Son Altesse peut enchanter toute une salle rien que par son regard ! Ah, je parie que dans le fond, vous ne voulez pas qu'il trouve d'épouse.

— *Mince alors !* Vous m'avez démasquée.

J'agite les doigts d'un air menaçant en ricanant et elle recule. Mais mon entrain s'éteint quand une lueur vive s'approche de mon visage et me couine à l'oreille. Une poudre scintillante me chatouille les narines et j'éternue.

— Pas de fées dans la salle de divination !

Mirabel me décoche un regard noir mais elle chasse la créature d'un geste. Voyant que celle-ci refuse de s'en aller, elle sort une fiole dorée de son sac et dépose une gouttelette d'ambroisie sur son pouce. La fée se rue dessus et, en un clin d'œil, l'absorbe avant de s'envoler par la fenêtre en chancelant.

Je prends ensuite un malin plaisir à dire la bonne aventure à Mirabel, lui prédisant qu'elle se noiera dans l'alcool et se ridiculisera. Elle s'en va de façon très théâtrale après m'avoir craché au visage.

La cliente suivante me prend au dépourvu : lady Ziza, la nièce du lord du Quatrième Territoire.

Avant de lancer sa gazette, Ziza était renommée pour ses nombreuses quasi-fiançailles, une liste apparemment plus longue que les registres fiscaux d'Auveny. Sa réputation s'étend au-delà de l'océan ; elle voyage fréquemment à Yue pour rendre visite à sa famille paternelle. On raconte qu'elle a prévu de rester éternellement célibataire, trouvant tous les soupirants indignes d'elle.

Des boucles noires encadrent son visage nacré, chargé de poudre. Elle est engoncée dans une robe ocre si serrée qu'on pourrait s'en servir pour traire une vache. Sa poitrine pigeonnante rebondit lorsqu'elle s'assied.

— Vous avez lu *Les Dessous d'Auveny* aujourd'hui ? Qu'avez-vous pensé de la rubrique astrologique ?

Urgh ! Les constellations de naissance. Si Cyrus se préoccupait vraiment des faux oracles, il interdirait *ces choses-là.*

— Ce n'est pas vraiment ma…

— En tant que Cygne quart de lune, le prince Cyrus est une personne très privée de nature. Il aime le mystère et l'ordre, et il éprouve de l'aversion pour les gens odieux.

J'ouvre la bouche, puis me ravise. Finalement je demande :

— Qui apprécie vraiment les gens odieux ?

— Moi. Autrement, je serais hypocrite. (Ziza glousse et se penche au-dessus de la table divinatoire, une étincelle dans les yeux.) Alors, mademoiselle Lune. Dites-moi qui ce sera, l'épouse que choisira le prince Cyrus.

Je hausse les sourcils. Impossible qu'elle ait eu vent du plan du roi.

Elle rit de nouveau.

— Ce ne sera pas moi ! Je suis ambitieuse, pas délirante. Rendez-vous compte : il ne va épouser qu'une seule fille – une fille à la fois. Les probabilités ne sont pas bonnes du tout. Mais la future reine pourra avoir autant d'amies qu'elle le désire.

C'est donc là son objectif. Pas bête. Mieux vaut se lier d'amitié avec une reine avant qu'elle ne soit couronnée, afin de donner l'impression que le lien est totalement désintéressé.

— Si je connaissais la réponse, le bal n'aurait pas lieu, et on n'aurait pas lancé un appel à la gent féminine d'Auveny, je réponds sèchement en saisissant ma théière froide.

Les clients bavards comme Ziza m'assoiffent.

— Dommage. (Elle s'avachit dans son siège.) Mon oncle pense qu'il y a une chance pour que Cyrus ne trouve pas le véritable amour. Je sais que la Messagère Felicita était folle, mais le Conseil semble toujours aussi inquiet au sujet de sa prophétie. J'ai entendu dire qu'ils envisageaient de nouveau lord Fidare, du Dixième Territoire.

Je remplis ma tasse, qui manque de déborder.

— Pour le trône ?

Lord Fidare, vulgairement surnommé « Fifi », est le cousin aîné de Cyrus et de Camilla. Le Conseil des ducs a fait des pieds et des mains pour que le roi Emilius le désigne comme successeur à la place de Cyrus quand ce dernier est tombé gravement malade à l'âge de quinze ans, la malédiction qui pesait sur lui atteignant alors un niveau de paranoïa sans égal.

Mais je sais ce qui se dit à huis clos, ce qu'ils se murmurent entre eux quand ils se croient entre amis : la pression exercée en faveur de Fidare n'est pas née de la peur. Non, les ducs n'ont pas apprécié que le prince préfère la compagnie d'un Balican, Dante, à celle de leur progéniture à eux. Pas plus qu'ils n'ont aimé qu'il se prononce ouvertement contre les incendies de Fairywood et contre l'engouement pour l'ambroisie, un produit qui les a enrichis.

Finalement, Cyrus a guéri et le roi Emilius a envoyé Fifi aux frontières pour régir le Dixième Territoire, là où il réside depuis quatre ans. Je n'avais pas entendu parler de lui depuis – jusqu'à aujourd'hui.

Ziza agite la main.

— Oh ! Mais ce ne sont que des rumeurs. Le Conseil ne peut pas exercer ce genre de pression tant que Cyrus est en vie. Sa Majesté ne remplacerait jamais son fils ! Cela dit, je me demande si lord Fidare assistera au bal.

Je porte ma tasse à mes lèvres.

— Fifi… lord Fidare est déjà fiancé.

À l'héritière d'une famille de commerçants yueniens, d'après mes souvenirs.

— Vous dites « déjà fiancé » et moi je réplique « pas encore marié », déclare-t-elle. (Et je manque d'avaler de travers.) Vous ne préféreriez pas voir Fidare sur le trône ?

Je lâche un petit cri moqueur. Certes, Fifi est un brave gentleman – trop gentil peut-être –, mais il est bête comme ses pieds. Si jamais il accède à la couronne, il se fera manipuler par les autres ducs, c'est évident. Or ces derniers ne se soucient que de faire fructifier leurs affaires.

— Non ? insiste-t-elle.

Je lève les yeux et m'aperçois que Ziza me jauge.

— Qu'est-ce que vous insinuez ?

Elle hausse les épaules.

— Pardonnez ma franchise, mais l'animosité qui existe entre le prince et vous n'est pas un secret. Je me suis même demandé s'il n'allait pas rapporter de sa tournée une nouvelle Prophétesse pour vous remplacer. Verdant en possède deux, après tout, et il s'est rendu à leur cour, non ?

Un frisson me parcourt la colonne vertébrale.

— Remplacer une Prophétesse en fonction, c'est du jamais-vu à Auveny.

— Ah, mais c'est le travail d'un roi d'établir des précédents. Vous êtes une femme dangereuse, mademoiselle Lune, et je le dis sans méchanceté. (Ziza croise les mains et ses doigts couverts de bagues précieuses tintent. Son sourire est tranchant comme de l'acier.) Les rois s'élèvent et chutent, tributaires de l'amour de leur peuple, mais une Prophétesse se fiche qu'on l'aime. L'amour est un sentiment capricieux. C'est nous qui avons besoin de vous. Vos paroles bénies par le Destin ont un poids, que vous possédiez un titre ou pas. Des paroles qui pourraient empêcher Sa Majesté le prince d'accéder au trône, si vous le décidiez.

Mes yeux s'étrécissent. Un discours traître. *Mais vrai.* Je pourrais prédire des événements terribles pour le règne de Cyrus et anéantir ses projets de couronnement. Il y aurait des conséquences, comme chaque fois qu'on poignarde quelqu'un dans le dos, mais *rien* ne m'empêche de le faire. Un murmure suffirait, tant que le peuple me croit.

Mais… je ne pourrais pas supporter que grâce à moi, les ducs l'emportent si facilement. Je ne porte pas Cyrus dans mon cœur, mais il a raison d'exiger d'eux qu'ils fassent preuve d'intégrité.

Je ne reçois que peu de clients de la campagne, mais j'en vois assez dans leurs fils de vie pour me représenter une image relativement fidèle de la situation : les villages s'en sortent avec difficulté. Ça ne correspond pas aux richesses qui proviennent de leurs territoires. Dans les fils de vie des lords, je vois des coffres-forts pleins de pièces et des livres de comptes raturés, et je me demande ce qu'ils ont fait pour que le calcul penche en leur faveur. La cupidité est plus répandue que les mouches, mais ça me dégoûte toujours autant quand j'y songe trop longuement ; ils possèdent déjà tant.

J'admirerais sans doute l'idéalisme du prince s'il avait un projet concret pour l'étayer. Mais il ferait tout aussi bien de chercher à extraire l'intégrité d'un tas de pierres.

Non, je ne choisirai pas le Conseil carnassier ou lord Fidare ou quelque autre complot expérimental au détriment de Cyrus. Mais ma trahison est une réelle éventualité, comme une arme prête à être dégainée.

Sans détacher mon regard du sien, je ravale les signes de tentation.

— Je pense que vous parlez avec trop de franchise.

Lady Ziza incline la tête, un sourire imperceptible aux lèvres.

— Toutes mes excuses, Messagère.

Les clients qui succèdent à Ziza se révèlent beaucoup moins intéressants. Pendant un bref moment, je leur en suis reconnaissante. Jusqu'à ce que les heures semblent s'étirer en jours. Si la plupart me questionnent sur leur profil amoureux, je reçois également une femme explorant un secret de famille, des voyageurs en provenance de Yue cherchant l'approbation des Parques pour leur croisade, un fermier qui désire savoir ce que vont donner les nouvelles graines magiques qu'il a achetées – ma Vue ne fonctionne pas sur des objets inanimés, mais mes vrais yeux ont pu voir qu'il s'agissait ni plus ni moins de pois secs.

Lorsque les cloches retentissent sept fois, je renvoie les quelques personnes qui patientent encore, monte à l'étage, et m'affale sur mon lit.

Je ferme les paupières – rien que pour me reposer. Tous les fils que j'ai retracés aujourd'hui se mélangent, et des bribes de la Capitale du Soleil et de personnages masqués jaillissent dans ma tête. Les visions du passé s'impriment facilement dans ma mémoire, mais tâcher de me rappeler les fils de l'avenir, c'est un peu comme vouloir recueillir de l'eau au creux de mes mains, les doigts écartés.

La tour horloge résonne à nouveau – onze coups cette fois. La nuit s'épaissit et les étoiles illuminent le ciel, tournoyantes, palpitantes, virevoltantes...

Non, pas les étoiles.

Les fées. Un ciel empli de fées.

Je suis en train de rêver.

Je rouvre les yeux – et les fées ne disparaissent pas. Elles planent en silence telles des décorations dorées, à l'exception du bourdonnement que génère le battement de leurs ailes.

Je suis debout, en équilibre sur rien. Ça a beau se produire souvent, j'ai toujours autant de mal à discerner ce glissement entre l'éveil et le rêve. Je tends la main et un trio de fées atterrit sur mes doigts. Leurs minuscules membres me chatouillent. Au moins, dans les rêves, les fées ne me font pas éternuer.

Il est temps, annoncent des voix éraillées au vent. *Elles vont se lever – bête et ronces – enfin, enfin.*

Un frisson me balaie le corps. La brise retombe.

L'une des fées se faufile jusqu'à l'extrémité de mon doigt et tire sur ma peau comme si elle me pinçait. Elle est trop petite et trop éclatante pour que je distingue ce qu'elle indique, mais elle insiste, comme si elle désirait me montrer quelque chose.

Je m'avance. Un premier pas.

Puis un second, et l'obscurité semble se dissiper. Du néant, un fourré hirsute naît et prend forme. Sous mes orteils, un tapis de mousse jaillit. Lorsque j'inspire, une bouffée d'air frais emplit mes poumons.

Les autres fées se précipitent dans le taillis. Je suis le sentier qu'elles éclairent, me frayant un passage à travers les branchages et les plantes grimpantes en jouant des coudes. Les ronces m'éraflent la peau. Ma démarche est hasardeuse, mes pieds glissent à mesure que je m'enfonce, mais je manœuvre avec la grâce de la mémoire : de nouveau, je suis une petite voleuse, se faufilant à travers les toits envahis de linge qui sèche.

Cet endroit n'est pas une forêt. Il ne présente ni troncs, ni fougères, ni rochers, rien que des lianes feuillues entortillées, menant vers une sorte de centre. Quand je marque une pause, le bruissement des feuilles s'interrompt, ce qui me permet de percevoir un pouls au rythme duquel palpitent les plantes autour de moi. Comme un cœur.

Le danger n'est pas censé être réel, et pourtant l'inquiétude s'empare de moi. Je calme mon souffle et mesure chacun de mes pas. Les fées se font de moins en moins nombreuses. Un éclat de lune s'infiltre à travers le fourré pour illuminer un trou dans la verdure. Devant moi, quelque chose est prisonnier des ronces noueuses…

Un corps.

Un garçon.

Attaché debout, les yeux fermés, des lèvres rouge cerise. Si beau que j'aimerais l'embrasser.

Le prince.

Sa poitrine monte et descend ; c'est le seul mouvement perceptible. Il dort, bien qu'il soit pâle comme la mort. En m'approchant de lui, je me mets à trembler. Les ombres autour de ses yeux sont des ecchymoses ; sa bouche est barrée d'une balafre. Il m'est facile de détester Cyrus lorsque je suis éveillée, mais ici dans mon sommeil, ce n'est qu'un pion de la prophétie. Il se peut qu'il meure avant la fin de l'été, si tout ce que m'ont dit les voix est bien vrai. Une tige bourgeonnante s'insinue à travers ses cheveux et s'enroule sur sa joue. Je la *vois* croître sous mes yeux ; mal à l'aise, je la chasse du pouce.

Ses paupières s'ouvrent soudain. J'esquisse un pas en arrière.

Des ronces s'entortillent autour de son corps, leurs épines lui percent la peau ; le sang jaillit des plaies et s'épanouit en roses. Les feuilles s'écartent, révélant sa chemise en lambeaux, couverte sur le devant de taches couleur rouille.

Le vent s'emplit de murmures. Je n'en distingue aucun nettement. Le regard perçant de Cyrus m'accapare tout entière, vert comme la jungle qui le cerne.

— Ma malédiction, articule-t-il sur un ton accusateur. Ma chute.

La végétation l'engloutit.

5.

Le roi m'a chargée d'inventer l'avenir de Cyrus. Mes rêves me soufflent que Cyrus n'aura peut-être *pas* d'avenir.

Dante dit que tout le monde fait des rêves. Mais d'après la description qu'il en fait, les siens sont très différents des miens. Dans le dernier qu'il m'a raconté, il chevauchait une grenouille jusqu'à sa ville d'origine pour y retrouver sa sœur et la féliciter au sujet de sa nouvelle carotte.

— Tu n'as pas de sœur. Et pourquoi féliciter une personne pour une carotte ?

— Précisément. C'est le propre des rêves.

Je n'ai pas compris. Tous mes rêves se sont toujours produits ou alors vont se produire – ou étaient *destinés* à se produire. Et maintenant, je reçois des messages cryptiques des dieux, des fées et des princes rêvés, alors que je n'ai jamais eu ce genre de présages avant.

Je ne peux pas en avertir Cyrus.

Ma chute, a accusé son personnage dans mon rêve.

Je le crois.

Peut-être existe-t-il une autre issue. Ce ne serait pas la première fois que j'infléchis la destinée. C'est d'ailleurs comme ça que le problème a commencé : j'ai sauvé le prince alors que je n'étais pas censée le faire. Outre la vie du prince ou la mienne, les dieux désirent sûrement d'autres choses. Se peut-il même que Cyrus meure avant que la prophétie de Felicita se réalise ? Peut-être que tout est lié. Ou peut-être que je deviens folle...

C'est sûr, je deviens folle.

Entre mes séances de lecture chaotiques et mes nuits agitées, je perds la notion du temps. Une semaine s'écoule et le roi me reçoit à nouveau. Il exige que je le tienne informé de mes avancées, et j'invente de piètres excuses pour justifier le fait que Cyrus ignore encore tout de l'épouse qui lui est prétendument destinée.

— Il est important d'être méticuleux. S'il flaire la supercherie, l'idée ne prendra pas, insiste le roi Emilius. Mais le bal approche.

— Je comprends, Votre Majesté.

Il hoche la tête, le regard inquiet en dépit du sourire qu'il affiche. Il ne profère jamais de menace ouverte, mais je la sens planer. Il n'y a qu'à voir comment il se débarrasse de ses conseillers et de ses ducs quand ils ne lui sont plus d'aucune utilité, qu'ils ne servent plus la grandeur de ses visions. J'ai eu l'occasion d'examiner d'anciennes cartes d'Auveny. En quelques décennies, le royaume a doublé de taille. Il est désormais deux fois plus vaste qu'au début du règne d'Emilius – et il continue de s'étendre.

On n'accomplit pas ce genre de chose sans être pragmatique à l'excès.

Quoique le roi m'ait élevée comme sa chair, je ne suis pas indispensable – contrairement à ses enfants. Si j'échoue à appliquer son plan, je ne sais pas s'il sera prompt à me soutenir quand Cyrus accédera enfin au trône. Je n'en ai fait que peu de cas, mais je peux imaginer une dizaine de scénarios où Cyrus met sa menace à exécution et me destitue. Même les mauvaises langues de la cour envisagent cette possibilité, et en général, elles tombent juste. Je ne suis peut-être pas la seule Prophétesse d'Auveny…

Mieux vaut se préparer au pire, quitte à avoir une bonne surprise après. Je me suis hissée tout au sommet de ce royaume, et vu la hauteur, la chute serait longue.

Après notre entretien, je me rends directement au premier étage du palais, où se situent les appartements du prince. Ce ne sera pas très distingué, mais je ne peux attendre indéfiniment de trouver le meilleur endroit au meilleur moment.

Je frappe à la porte de sa chambre, qu'il a pris l'habitude de verrouiller, puis je patiente. Parcourant l'antichambre du regard, je m'aperçois qu'elle n'a pas beaucoup changé. Meublée de sorte à impressionner les visiteurs : curiosités encadrées, livres reliés, astrolabe – le tout immaculé et jamais utilisé.

Je frappe encore.

La porte d'une pièce adjacente s'ouvre. Je sursaute, prise au dépourvu.

Cyrus surgit de la pénombre de son étude, les yeux cernés, une marque rouge sur la joue, à croire qu'il s'est assoupi sur le manche de son coupe-papier – gravé d'un monogramme, à en juger par les initiales CL inversées que je devine sur sa peau. J'ai l'impression de le surprendre nu ; aucun enchantement ne l'enveloppe.

Le prince se frotte les yeux et s'empresse de lisser sa chemise froissée.

— Qu'est-ce que tu veux ? marmonne-t-il d'une voix encore éraillée par le sommeil.

Une envie soudaine me prend : celle de chasser cette trace de sa joue, comme dans mon rêve, quand j'ai voulu ôter la tige de son visage. Je l'ai toujours préféré ainsi, au naturel, même s'il s'en fiche. Les enchantements le rendent tellement prévisible. D'ordinaire je pense peu à la façon qu'a Cyrus d'occuper ses journées, mais à le voir aussi fatigué, je ne peux m'empêcher de me demander ce qu'il a fabriqué.

Je tends la main.

— Une trêve. Au moins pour la santé mentale de Dante.

Imperturbable, il baisse les yeux.

— Tu pensais que je ne remarquerais pas que tu ne portes pas de gants ?

Pour l'amour de…

— Ce n'est pas un *piège*, petit prince. J'ai juste…

— Si tu désires me présenter des excuses, il faudra le faire devant la cour tout entière.

Je me hérisse. Impossible de ravaler ma fierté, je risquerais de m'étouffer avec.

— Qui a parlé d'excuses ? Je t'ai proposé une *trêve*.

— Pas intéressé.

Cyrus saisit la poignée de la porte.

J'écarte un bras, ouvrant la porte en grand.

— Tu fais peur à voir, petit prince, tu dois le savoir.

Par réflexe, il s'ébouriffe les cheveux, tandis que je lâche un petit rire moqueur ; je n'arrive pas à croire qu'il soit vraiment gêné.

— Qu'est-ce qui t'empêche de dormir ? je reprends. Le bal ? Le Conseil ? J'ai entendu dire que Fifi est de nouveau d'actualité. Franchement, tu devrais me laisser procéder à une véritable lecture de ton avenir. Je me fiche de tes souvenirs futiles ; bon sang, j'ai sûrement assisté à la plupart d'entre eux. En revanche, je peux te prévenir de ce qui t'attend.

L'odeur de l'encre emplit l'air tandis que Cyrus s'approche de moi, le front creusé.

— Tu as parlé avec mon père avant de venir me trouver.

— Nous avons eu notre entretien hebdomadaire.

— Que t'a-t-il demandé de faire ?

Je réussis à rester de marbre. Son ton n'est pas accusateur, mais je devine une question sous-jacente.

— Rien. Je n'ai fait que le tenir informé de la semaine passée. J'ai reçu beaucoup de clients.

— Tu devrais savoir que mon père récompense la loyauté, mais qu'il n'en possède pas la moindre lui-même.

Est-ce une menace ou… serait-il en train de *me mettre en garde* à son tour ?

— C'est *le roi.* Nous lui devons tous allégeance.

Cyrus ne répond pas tout de suite ; son torse monte et redescend sous sa fine tunique.

— Certains sont plus loyaux que d'autres.

Mes lèvres se pincent en une grimace tandis qu'il se retire dans son bureau, ses épaules voûtées m'indiquant que ma présence n'est plus souhaitée. On a beau chercher à se réconcilier fréquemment, ça finit toujours ainsi : aucun de nous deux n'est prêt à faire le premier pas et à accorder sa confiance à l'autre.

— Cyrus, dis-je, sachant que je parle dans le vide.

Il ferme la porte.

Les nuits suivantes sont moins troublantes, emplies du genre de visions que je connais depuis toujours. Je rêve de scènes bucoliques – des foyers chaleureux où l'on soupe, des bergers bavardant dans une langue qui m'est inconnue, des bêtes de somme avec des défenses tirant leur fardeau sur les coteaux de collines broussailleuses. Ce matin, je me réveille d'un voyage en mer qui a dû se produire il y a fort longtemps, sur le pont d'un navire immense doté d'une structure différente de celle de nos vaisseaux actuels.

En temps normal, je prendrais le temps de chercher à quelle période se rapporte ce rêve, si le bateau est originaire d'Auveny ou de Yue, voire d'une civilisation déchue dont il ne nous reste que des vestiges ; le bruit court qu'il existe un troisième continent à l'autre bout du monde. Je manque peut-être d'humilité devant les gens de la cour, mais l'étendue de mes visions me réduit à l'état de minuscule être insignifiant. On n'a pas idée de l'ampleur de tout ce qu'on ignore. Qu'est-ce qui repose sur le plancher océanique ? Qu'est-ce qui règne dans l'éther, entre les étoiles ? Rien que le cœur de Fairywood, si proche de nous, demeure un mystère, une terre vierge.

En ce moment même, il n'y a qu'un seul rêve que je brûle de déchiffrer. Celui où m'est apparu Cyrus n'a rien à voir avec mes visions habituelles, pas plus qu'il ne ressemble aux rêves que font les gens ordinaires. J'ai eu le sentiment qu'il était *fait* pour moi. Le décor ne semblait pas réel, toutefois il se peut qu'il s'inspire d'un lieu qui existe réellement, comme Fairywood.

C'est là que j'entamerai mes recherches.

Ma tour est ouverte sans interruption au public depuis deux semaines entières, et les clients finissent par se faire plus rares, assez pour que je prenne un jour de congé. Je me rends à la bibliothèque du palais sans prendre la peine de revêtir ma robe d'apparat et mes gants, enfilant une tenue estivale légère : un chemisier crème avec un corsage en dentelle et une jupe rayée cousue de fil argenté portée bien haut et soulignant ma taille.

Les rayons de livres se déploient dans toutes les directions, vertigineux, atteignant presque le plafond voûté. Je choisis une allée où j'ai un jour consacré un après-midi entier à feuilleter des volumes sur la botanique de Fairywood, et je passe d'échelle en échelle, scrutant le dos des livres. Je tombe surtout sur des contes populaires et des ouvrages médicinaux. Quelques tomes épais bien usés sur la culture des fleurs de fée.

Un livre relié en cuir aux caractères dorés attire mon attention : *Traditions et Magies des Bois.* Je m'en empare et le parcours. Dieu merci ! Des schémas. Certains de ces livres contiennent un texte si dense qu'on croirait feuilleter des pages barbouillées d'encre.

— Violet ?

En bas, Dante me scrute depuis l'angle d'un rayon. Avec sa veste et son nœud papillon, il est très élégant. Une émeraude en forme de goutte pend à son oreille gauche et son menton est duveté d'une barbichette de quelques jours, qu'il a laissé pousser en prévision du bal. Il croit que ça lui donne un air canaille ; moi je trouve qu'il ressemble à un étudiant surmené qui n'a pas eu le temps de se raser.

— Besoin d'aide ? demande-t-il.

Par où commencer ? *Mes rêves me menacent ?* Non. *Si jamais Cyrus ou moi on devait mourir, lequel te manquerait le plus ? Ce n'est pas une question rhétorique.* Hum, non plus.

— Ça va, merci.

Je cale le livre sous mon aisselle et glisse le long de l'échelle.

— *Traditions et Magies* ? C'est un vieux bouquin – ça devrait quand même être utile. L'ancien documentaliste balican l'avait traduit, donc il n'aura pas sauté les meilleurs passages.

— Les meilleurs passages ?

— Tu sais, les commentaires. Les raisons pour lesquelles on fait les choses comme on les fait. (L'érudit qui s'exprime, comme toujours.) Tout ce que le chef documentaliste auvenien traduit de Balica se termine en guide pratique, et c'est bien dommage.

Je suis Dante jusqu'aux tables de travail, où un tableau est couvert de son écriture en pattes de mouche.

— Au fait, Camilla est là ? s'enquiert-il.

En plus de son emploi de documentaliste, Dante donne des cours particuliers à la princesse deux fois par semaine – enfin, en théorie. La plupart du temps, elle esquive.

— Je ne l'ai pas vue. Probablement prise par sa Ménagerie masquée. Comme tout le monde. (M'affalant sur une chaise, je laisse pendouiller mes bras sur le côté en maugréant.) C'est ridicule. Il y a deux jours, j'ai reçu une cliente qui bavait, *pour de vrai.* Elle a bu un breuvage dont un vendeur lui avait vanté les mérites, censé la rendre plus attirante ; il a seulement omis de préciser que ça la rendrait plus attirante pour les mouches.

Essuyant une partie du tableau, Dante efface la frise chronologique des querelles frontalières. Il n'en reste bientôt plus qu'un nuage de craie.

— Ce n'est pas tous les jours qu'on a l'opportunité de devenir reine. Autant tenter le tout pour le tout, même si les chances sont maigres.

— Plutôt *infimes.* Ça ne vaut pas la peine de dépenser toute cette énergie, encore moins de se rabaisser. Et je ne te parle même pas de celles qui sont vraiment amoureuses de Cyrus sans avoir la moindre idée de qui il est vraiment. (Jouant avec l'extrémité soyeuse d'une plume, je m'enfonce davantage dans mon siège.) Il fait toujours sa tête de mule. Refuse toute aide de ma part à moins que je me prosterne devant lui. Tu ne pourrais pas le convaincre de me donner une chance ?

Il jette un coup d'œil par-dessus son épaule, vérifiant que les rayons sont déserts et les portes fermées.

— Je n'approuve pas tes, hum, prophéties douteuses non plus. Si c'est ainsi que tu comptes lui apporter ton *aide.*

Je fronce le nez.

— Je parie que s'il y avait une couronne en jeu pour toi, tu me laisserais fabriquer une de mes prophéties douteuses !

J'entrevois un soupçon de sourire avant qu'il ne me fasse à nouveau face.

— Ce n'est pas si terrible.

— En es-tu si sûr ? Il fait comme si tout allait bien, mais c'est faux. Écoute : il est dans l'intérêt de Cyrus de devenir roi, et dans le mien d'obtenir la confiance de Cyrus, et il est dans ton intérêt de faire en sorte que nous nous entendions. Tout le monde est gagnant.

— Il est dans mon intérêt de faire de ce monde un monde meilleur, pour nous tous, êtres humains, rétorque Dante d'un ton léger en réunissant une pile de livres.

Sans me laisser le temps de lui dire de ménager son dos, il soulève le tout avec une aisance relative ; les documentalistes passent leurs journées à déplacer des montagnes de bouquins ; ils sont plus en forme que nos soldats.

— Et ma première initiative sera de trouver la princesse pour lui donner une leçon d'histoire digne de ce nom sur les traités entre Auveny et Balica.

Pour ne pas rester seule, je me joins à lui tandis qu'il fouille le palais à la recherche de Camilla. On inspecte les jardins et les lieux qu'elle fréquente habituellement. Je me rends à l'étage, dans sa chambre, me demandant si je vais la trouver dans un sommeil profond, les volets fermés, un masque sur les yeux, une fille à chaque bras. Même avec les femmes, Camilla surpasse Cyrus. *On se languit des Lidine,* c'est un euphémisme saisonnier dans la Capitale du Soleil. Mais puisqu'elle ne régnera pas, personne n'y prête attention, à l'exception des mauvaises langues.

Toutefois, elle n'est pas non plus dans ses appartements. Mes chevilles sont sur le point de me lâcher quand, enfin, les cris agacés de Camilla résonnent à travers la salle de bal.

— Du pain, du pain, du pain, du pain, j'en ai ma claque du pain !

L'espace gigantesque a été vidé, les lustres descendus pour le dépoussiérage, le parquet ciré. Des domestiques en livrée blanche vont et viennent, munis de plateaux chargés de desserts à l'intention de Camilla, seule occupante d'une table qui pourrait accueillir une cinquantaine de convives. Un gressin dans chaque main, elle fait de grands gestes en direction de ce qui ressemble à une réplique du palais en viennoiserie.

— Si j'ai encore le malheur de voir une seule sculpture en pain ou en brioche, je l'attache au premier imbécile qui croisera mon chemin et je l'enferme dans une volière. La Ménagerie masquée est l'événement de la décennie. Nous pourrions au moins avoir un assemblage de fruits ! Et une sculpture de glace !

— En été, Votre Altesse ?

À côté d'elle, sa dame de compagnie griffonne frénétiquement dans un cahier.

— Si nous pouvons avoir de la chaleur en hiver, pourquoi ne pas avoir de la glace en été ? Soit, laissez tomber la glace. Une pièce montée en sucre filé ? en chocolat ?

Tandis que je me faufile jusqu'à Camilla, je fais gaffe à ne pas trébucher contre la chatte bleu encre de la princesse, Catastrophe, qui serpente entre mes jambes en se frottant, les moustaches pleines de miettes. Apparemment, elle participe elle aussi à la dégustation des desserts.

— Et pourquoi pas en pain ? je demande.

Camilla virevolte face à moi et le gressin me fouette la joue.

— Ce n'est pas drôle, Violet.

Une blague circule parmi les fermiers selon laquelle Auveny se transformerait en une mer d'alcool si les champs pourrissaient car tout ce qu'on cultive en dehors des fleurs de fée, ce sont des céréales et des vignes. La plupart de nos produits sont importés de Balica, où la terre est plus riche et n'a pas été épuisée par les cultures de fleurs de fée. Mais le transport par les terres jusqu'à la Capitale du Soleil prend des semaines, et il arrive parfois qu'en ouvrant les chariots, on tombe sur un stock de fruits avariés. Ce qui gâche les festivités.

— Te voilà ! s'exclame Dante en me rattrapant, essoufflé. (Il pose sa pile de livres sur la table face à Camilla, renversant une poignée de pics à cocktail contre les couverts en argent.) C'est là que vous avez passé la semaine, princesse ? À manger ?

— *À organiser.* J'ai entrepris de sélectionner les desserts qui seront servis lors de la Ménagerie masquée. La première étape consiste évidemment à tous les goûter.

Camilla lui tend une assiette pleine de mini-cakes arrosés de caramel, chacun percé d'un cure-dent.

— Vous savez, les leçons sont dans *votre propre intérêt.*

— Et pourtant, je n'en vois pas l'intérêt. Je n'ai pas l'intention de m'essayer à la politique.

— Tout ce qui sort de vos lèvres *est* politique, crachote-t-il en desserrant le nœud papillon qui l'empêche de reprendre son souffle. Ce n'est pas parce que vous n'êtes pas sur le trône que vous ne…

Camilla lâche un bâillement sonore en se levant de son siège. Elle recueille dans ses bras Catastrophe, qui s'y love en miaulant.

— J'ai quelques courses à faire en ville. Si vous désirez poursuivre cette discussion, je vous invite à me suivre. C'est toujours plus agréable d'être accompagnée.

Dante et Camilla se chamaillent jusqu'aux écuries. Je leur emboîte le pas dans l'espoir qu'ils chassent les pensées parasites de mon esprit.

Au lieu d'opter pour un attelage discret, nous montons à bord d'un carrosse tiré par des chevaux blancs. En quittant le parc, j'aperçois Cyrus sur la place – du moins il *me semble* que c'est lui. Sa silhouette est à peine visible, engloutie par une marée de jeunes femmes parmi lesquelles je repère une majorité de clientes venues me rendre visite récemment. Ses gardes se tiennent à proximité. Les jumeaux royaux sont en partie populaires parce qu'ils sont accessibles ; on peut facilement les approcher, alors comment ne pas s'imaginer à leur bras ?

Je parie que Cyrus fait le paon.

La place disparaît de mon champ de vision. Je m'appuie contre la vitre pour contempler le District du Palais qui défile. Joyau des sept quartiers de la ville, il est le plus ancien et le mieux entretenu, fort de ses styles architecturaux séculaires. Les bâtiments en marbre blanc se nichent parmi les constructions plus récentes, aux façades pastel. Des auvents dentelés et ornements en fer forgé équipent les devantures des boutiques. Les trottoirs sont plantés de magnolias en fleur.

Le carrosse tangue tandis que Dante et Camilla gesticulent comme un orchestre pour souligner leur point de vue respectif.

— Imaginez qu'il arrive malheur à Cyrus, aussi horrible que ça paraisse ? (Dante a épuisé sa liste d'arguments logiques et en appelle désormais aux émotions.) Il faudra alors que vous soyez prête à prendre la relève.

— Avec des si ! croasse Camilla face à moi. À quoi bon imaginer ce qui pourrait arriver ?

C'est plus probable que vous ne le pensez.

— Ça devrait être toi sur le trône, dis-je en jouant avec l'extrémité de ma natte. (Camilla est l'aînée, après tout, quoique d'une demi-heure seulement.) Même si Cyrus n'était pas victime d'un mauvais sort.

Camilla esquisse un sourire. Nous avons déjà eu cette conversation.

— Le pouvoir est plaisant, mais pas la responsabilité qui l'accompagne. Et je ne voudrais pas voir ce royaume réduit à feu et à sang parce que j'aurais eu le malheur de provoquer l'ire de quelqu'un. Ce qui, les étoiles le savent, est inéluctable de ma part. En ce moment, je n'ai aucune réunion à laquelle assister, aucun pied à baiser. Je peux partir me promener à travers la campagne à ma guise. Pourquoi voudrais-je régner ?

Je comprends son argument. Mais je déteste qu'un autre exerce son pouvoir sur moi, et je préfère de loin être maîtresse de ma vie. Camilla n'a jamais eu à craindre de perdre ses privilèges. Moi je n'ai aucune famille sur qui me reposer.

La dispute s'achève lorsque Dante descend au poste des messagers pour voir s'il a reçu du courrier de chez lui. Camilla et moi poursuivons en carrosse sur quelques rues encore, puis nous parvenons chez le couturier où elle doit récupérer sa nouvelle tenue de bal. Ses fées la saupoudreront de magie, mais elle désire tout de même avoir une base à la dernière mode.

— J'envisage d'ajouter des ailes enchantées, dit-elle en orientant les miroirs qui lui renvoient son reflet. (Le vestiaire situé dans l'arrière-boutique est plus grand que tous les appartements que j'ai connus.) C'est trop ?

— Probablement.

— Parfait. Que vas-tu porter ?

— Je ne vais pas au bal.

Elle ôte son chemisier et en enfile un autre, rouge cramoisi.

— Les fées du palais vont te fabriquer une jolie tenue.

Je serre les dents.

— Ce n'est pas le problème.

— Tu as raison. Le *problème*, Violet Lune, c'est que tu restes cloîtrée dans ta tour. La Ménagerie masquée va remplir une double mission : marier Cyrus et te forcer à sortir de ta coquille.

— Je n'ai pas besoin qu'on m'en sorte, *aux autres de rentrer dans la leur.*

— Tu devrais choisir une robe, autrement ce sont les fées qui décideront pour toi et tu te retrouveras drapée de suffisamment de taffetas et de pompons pour rivaliser avec les rideaux de la salle de bal. (Elle prend la pose face au miroir, puis après un *hum* dubitatif défait un bouton supplémentaire de son chemisier pour obtenir un décolleté plus profond.) Et je sais que tu n'es pas allergique à leurs enchantements, donc oublie cette excuse cette fois-ci.

— Je suis tout de même allergique à leur poudre !

— Tu n'auras qu'à te mettre une pince à linge sur le nez. Oh ! Lady Emmacine organise une *babyshower* cet après-midi. Nous devrions y aller. Tu pourras t'entraîner à sociabiliser.

Accepter une invitation à une fête est le moyen le plus sûr de passer quatre heures d'affilée à jouer la voyante-entremetteuse auprès d'une flopée d'aristocrates frétillantes qui pensent que boire du vin est un hobby.

— Je préfère encore aller embrasser un crapaud.

— Tu vois, c'est précisément le genre de chose qui ne se dit pas, me rabroue-t-elle. Tu es jolie et intelligente, mais tu es aussi charmante que l'arrière-train d'une mule, Violet, et il faut que cela change. C'est déjà problématique qu'on te traite de sorcière.

Je me rembrunis. Si ça tient les gens à distance, c'est peut-être une bonne chose. Je suis une sorcière, c'est la vérité. Je veux qu'on me respecte, pas qu'on m'apprécie. Dans la mesure du possible, je refuse de chercher à impressionner les gens.

Chemisier déboutonné, Camilla aventure la tête hors de la cabine d'essayage pour appeler l'assistante du couturier, qui rapplique illico, le visage rouge pivoine. Tandis que la princesse passe en revue divers tissus pour une autre tenue qu'elle aimerait commander, je vais prendre l'air à l'extérieur.

Les rues sont animées ; tout le monde fait ses emplettes pour le bal, qui se tiendra dans deux semaines. Des fées aux ailes dorées volettent à travers les airs telles des étoiles de jour ; l'une d'entre elles, ivre, s'écrase contre une vitrine fraîchement lavée.

J'aperçois le lord du Sixième Territoire, qui se promène avec sa famille. Je l'entends raconter à sa fille :

— À mon époque, l'ambroisie n'était pas une richesse si répandue. Tous ne possédaient pas une fée à portée de main. On faisait comme tout le monde et on se poudrait le visage.

Je songe à acheter une tartelette à un marchand ambulant avant de me raviser, me rappelant la montagne de desserts qui m'attend au palais. Je décide donc d'aller m'asseoir sur le marchepied du carrosse et j'observe les passants dont les yeux se tournent bientôt vers le haut de la rue. Mon regard suit le mouvement général.

Bordel de... !

Dans un nuage de poussière, des masses indistinctes dévalent les pavés dans notre direction, robes et mouchoirs apparaissent par intermittence parmi le remous. Des cris s'élèvent. Une silhouette solitaire surgit alors de la foule. Le col ouvert au vent, elle court à toutes jambes, comme si sa vie était en jeu. Je manque de m'étrangler en apercevant son visage.

C'est Cyrus.

Qui fuit un troupeau d'admiratrices en furie.

Ses gardes sont loin derrière, ralentis par le poids de leur armure. Les témoins de la scène s'écartent du passage. Certains se joignent à la cavalcade. Mais pourquoi…

— UN TÊTE-À-TÊTE AVEC LE PRINCE POUR CELLE QUI LUI PRENDRA SA FLEUR ! hurle-t-on.

Ah… Cyrus est à présent assez proche pour que je distingue la rose épinglée à sa boutonnière et qui se balance de tous les côtés tandis qu'il fuit. Il était probablement d'humeur joueuse et a voulu instaurer un petit concours. Sauf que la situation a dérapé.

— JETTE-NOUS LA FLEUR !

— JETTE-NOUS TA CHEMISE !

Pour rester polie.

Comme ils foncent dans ma direction, je me réfugie dans le carrosse. Les foules sont comme la météo : une part de chimie et une part de hasard. Un mélange d'émotions visqueuses bien secoué. Tous ceux qui se trouveront sur le chemin de ces femmes une fois qu'elles auront jeté leur dévolu sur un objet de convoitise sera transformé en pâtée pour chat.

Hasardant la tête par la vitre, je vois une fille vêtue de sa plus belle robe plaquer Cyrus à terre à quelques dizaines de mètres de moi. L'essaim empoigne alors le prince par la chemise – enfin, par tous ses habits. Une dizaine de mains cherchent à s'emparer de la fleur, la réduisant en charpie.

L'hystérie ne s'arrête pas là. On s'arrache à présent les pétales, puis les membres du prince, qui ne contrôle plus rien. Ses premiers gardes rejoignent tout juste la mêlée, sans réussir à se frayer un passage jusqu'à lui. Le chaos augmente, attirant les spectateurs béats. Une fille avec une empreinte de chaussure sur le front s'extirpe de la montagne de jupons en tirant Cyrus par les jambes.

— Soyons *civilisés*, halète-t-il, les joues en feu, au milieu des cris transis de la foule.

Grands dieux, il est sur le point de se faire capturer et écarteler. Les boutons de son habit sautent et celle qui se raccrochait à lui trébuche en arrière, entraînant avec elle un tas de personnes, comme dans un jeu de quilles. Cyrus se libère, chemise grande ouverte, abdominaux saillants.

Les hurlements d'hystérie augmentent d'un cran, la chasse reprend.

Je me rassieds tout au fond de la banquette, m'éloignant de la vitre, la main sur la bouche pour refréner un fou rire. Il ignore que j'ai assisté à toute la scène.

Le carrosse remue soudain bruyamment, et la portière s'ouvre à la volée.

— Désolé, je suis contraint de…

Cyrus me dévisage ; je le scrute en retour, lui et son torse musclé, tous deux désespérés de trouver un refuge. À cet instant, je jurerais entendre les Parques pouffer de rire.

Non, les Parques ne rient pas ; c'est seulement la vague d'hystérie qui résonne derrière lui. Cyrus s'en extirpe et tente de grimper dans la cabine. En un éclair, je me dresse et me place en travers de son passage, faisant barrage de tout mon corps.

— Laisse-moi monter.

— Hors de question !

J'essaie de claquer la portière sur ses doigts, mais il fait levier.

— Tu as toujours raison, j'ai toujours tort, aujourd'hui et à jamais…

C'est la panique, et non ses mots, qui me persuade. Parce que plus on restera là, plus je risque de finir piétinée par la foule moi aussi ; et puis n'étais-je pas censée gagner sa confiance ou quelque chose dans le genre ? Difficile de réfléchir alors que les hurlements atteignent une fréquence susceptible de briser les carreaux.

— D'accord. (Je m'écarte.) Mais ça ne marchera pas toujours…

Cyrus se propulse à l'intérieur. Il hurle un ordre au cocher.

— Foncez ! *Qu'est-ce que vous attendez ?*

Le carrosse se met en branle et mon crâne heurte le plafond. La portière se referme d'un coup sec et je m'effondre contre Cyrus dans un méli-mélo de coudes qui manque de nous faire atterrir tous les deux sur le plancher. Il me rattrape par la taille avant qu'on s'écroule.

— Tu aurais pu me prévenir !

Ma vision se stabilise et je prends vaguement conscience de la sueur qui me colle aux flancs et du fait que je suis plaquée contre son torse nu.

— Camilla est encore dans la boutique…

— Elle n'aura qu'à prendre un autre carrosse ! Tu as vu la horde de furies qui me pourchasse ? s'exclame-t-il, mécontent. C'est la faute de ce satané enchantement. J'en ai abusé.

Je l'observe minutieusement. Son beau visage semble inchangé, mais dans le fond, qu'est-ce que j'en sais ? De toute évidence, tout le monde voit des choses qui m'échappent.

— Eh bien, félicitations, petit prince, tu n'es même pas fichu de contrôler tes admiratrices !

Cyrus me foudroie du regard et je lui réponds par un imperceptible sourire en coin.

— Au fait, c'est bon. Tu peux me lâcher.

Il met un instant à comprendre que je suis assise sur ses genoux et qu'il m'enlace par la taille. Sa course lui avait déjà mis le rouge aux joues, mais son teint s'accentue encore d'un ton avant qu'il ne me laisse tomber sur le plancher du carrosse.

6.

Le trajet est cahoteux.

Cyrus reboutonne ce qui reste de sa chemise. Je m'avachis sur la banquette opposée, bras croisés. Parvenu dans les ruelles étroites du District des Arts, le carrosse ralentit. Les traîneaux qui transportent le marbre et le bois de construction freinent la circulation devant nous. Son troupeau d'admiratrices ne se fait plus entendre, mais si elles sont vraiment résolues, elles ne doivent pas être très loin derrière ; or le carrosse royal détonne comme de la neige en été. Elles vont nous rattraper. Ce n'est qu'une question de minutes.

À l'extérieur, quelques pancartes arborent des caractères yueniens. Bientôt, nous entrerons dans le District de la Lune, et le flot de piétons nous obligera à nous arrêter complètement. Je connais ces rues comme ma poche. Je pourrais probablement m'improviser guide, tirer Cyrus de là et lui permettre de regagner le palais incognito.

Je pourrais également le jeter dehors.

Mais il faudrait que je ravale mon orgueil et que j'apprenne à le caresser dans le sens du poil. Inutile que Dante, le roi et tous les autres me rappellent sans cesse que Cyrus montera bientôt sur le trône. S'il vit assez longtemps pour y accéder, je vais devoir tenir ma langue et souffrir en silence le temps qu'il faudra.

Je pars de loin. À Auveny, j'ai dû me faire ma place, et la mériter. Ma mère, originaire du royaume de Yue, s'était exilée, à en croire l'orphelinat qui m'a recueillie. Une sorte de concubine maltraitée qui aurait planté un couteau dans la gorge d'un officiel avant de se cacher à bord d'un navire en partance pour le Continent du Soleil, à plus d'un millier de kilomètres de là. Elle a fini dans le District de la Lune comme la plupart des réfugiés yueniens de la classe ouvrière, mais pour peu de temps ; quand elle a succombé à la maladie, elle n'avait pas grand-chose à me léguer, pas même un nom. C'est moi qui me le suis fabriqué de toutes pièces après avoir rêvé d'un champ de fleurs d'une couleur qui m'était inconnue. Il y en avait tant ! C'était comme si le crépuscule avait aspergé la terre.

Des violettes, m'avait appris une herboriste lorsque j'avais indiqué un bouquet séché de cette même fleur sur son stand. Une espèce tenace, une mauvaise herbe vivace.

Je n'avais pas plus de huit ou neuf ans quand je me suis enfuie de l'orphelinat. Les rues étaient dangereuses, mais il fallait que je sache ; que je voie de mes yeux ce qui, de mes rêves, se trouvait là, au-dehors.

J'ai appris à parler yuenien comme une marchande ambulante, à parler auvenien comme une bonimenteuse, à être rusée, observatrice, et plus fine que tout le monde.

Je n'avais pas le choix, si je voulais un jour avoir quelque chose qui m'appartienne vraiment.

Donc je sais, je sais ce qu'il me reste à faire pour m'en sortir, toutefois qu'on me pardonne si j'ai quand même envie de jeter Cyrus dans la fosse aux lionnes. Ce serait impulsif et je n'en tirerais sans doute aucune satisfaction, mais le garçon assis face à moi n'a eu qu'à se donner la peine de *naître* pour avoir tous les privilèges, et il n'aura jamais rien à prouver pour mériter tout ça.

Le carrosse ralentit considérablement, se frayant un passage à travers la multitude qui lui refuse la priorité. La pancarte rouge de l'auberge *Suite Céleste* surplombe les bâtiments, marquant la limite du District de la Lune.

Je prends une longue inspiration et recouvre mon sang-froid. Bientôt, le crissement des roues sur les pavés finit de noyer ma rancœur. J'ouvre la portière du carrosse et saisit Cyrus par l'avant-bras en prenant soin de ne pas effleurer sa main avec la mienne.

Au contact de ma peau, il frémit.

— Qu'est-ce que tu...

— Elles nous rattraperont si on reste là. (Je m'agrippe au cadre de la portière et pivote face à lui.) Nous pourrons les semer à travers les rues. Allons-y.

Plongés dans la semi-pénombre, les traits du prince paraissent moins sévères. À moins que je ne l'aie tout simplement pris au dépourvu.

— Je ne connais pas ce quartier.

— Moi si.

Il ne bouge pas d'un iota.

— Ou bien je t'abandonne ici. À toi de voir.

Un battement de cils. Cyrus s'aventure hors du carrosse, me toisant d'un air perplexe. Il s'adresse alors au cocher :

— Rentrez au palais. Faites diversion.

Puis je m'engouffre dans le marché et il me suit.

Ça ne m'enchante pas de traîner le prince comme un boulet, mais en même temps, il faut l'avouer, j'éprouve une certaine satisfaction à l'idée d'errer dans un lieu où je me sens plus à l'aise que lui. Il y a peu de choses ici que je ne puisse me procurer ailleurs, disons dans les établissements yueniens plus guindés des autres quartiers, pourtant cette atmosphère me manque. Des marchands de nourriture emplissent cette avenue du District de la Lune. L'air est chargé de fumée et de graisse, et c'est à peine si on peut se mouvoir sans heurter un gril ou un réchaud. Le flot de clients nous force à avancer ; les gens se fichent de qui nous sommes, prince ou Prophétesse – chacun se concentre sur sa propre destination. La cour pense que cette portion de la Capitale du Soleil n'est rien que désordre et chaos ; ce que les courtisans ne comprennent pas, c'est que cet endroit est pareil au courant d'un fleuve : chaotique certes, mais fluide, efficace à sa manière.

Nous rejoignons une zone moins fréquentée du marché. Je dégote un chapeau de paille et un banyan auprès d'une vendeuse qui étale ses marchandises sur une couverture, des produits sur lesquels elle se fait une marge généreuse. Cyrus décline le couvre-chef mais revêt la veste. Elle est un peu juste pour lui au niveau des épaules et c'est à peine s'il peut la boutonner, mais elle a le mérite de couvrir sa chemise en lambeaux. Je poursuis sur ma lancée, le pas léger, telle une voleuse à la tire, et nous guide hors du marché en passant par une ruelle secondaire.

Une boucherie et une droguerie se sont installées dans de vieilles baraques autrefois barricadées. Les façades sont badigeonnées à la chaux. Cyrus marque un arrêt, tend le cou, puis balaie les lieux du regard. L'endroit lui paraît familier, même si le souvenir exact ne lui revient pas.

Nous sommes dans la rue où je lui ai sauvé la vie, il y a sept années de cela.

— Tu te souviens ?

Il me répond par un silence.

Quelques pâtés de maisons nous séparent à présent du fleuve. De là, nous pourrons remonter la berge en direction du nord, ce qui nous conduira discrètement jusqu'au District du Palais sans éveiller l'attention. Je soulève mes jupes pour qu'elles ne traînent pas dans la boue qui envahit peu à peu les rues. En file indienne, nous longeons un trottoir très étroit qui nous maintient au-dessus du niveau des eaux usagées.

— Attention, dit-il.

Cyrus m'attrape par la taille et me plaque contre le mur. Une grosse charrette transportant de la terre nous frôle.

Elle s'éloigne et il reste immobile.

Depuis que nous avons quitté le carrosse, je sens son regard peser sur moi, et je finis par le lui rendre. Ses yeux vert émeraude sont brillants et lourds comme la pierre précieuse à laquelle ils ressemblent. Deux joyaux sertissant un visage déjà beau. Même vêtu de guenilles, Cyrus ressemble à un héros. C'est vraiment très injuste.

— Pourquoi m'aides-tu ? demande-t-il, curieux.

Parce qu'il faut que tu me fasses confiance. Parce que je dois te faire avaler des mensonges inventés par ton père. Parce que c'est peut-être la dernière chose sympathique que je fais pour toi avant que tu meures.

Cette réponse, évidemment, je ne peux pas la lui donner. Je me contente de lui présenter une vérité différente :

— Parce que tu auras toujours tout, et que ce sera toujours à moi de faire des compromis.

Son front se plisse, empreint d'un léger étonnement. Il fouille mon expression, mais je ne cherche pas à comprendre ce qui lui passe par la tête. Jusqu'à ce que ses yeux s'attardent un chouia trop longtemps sur mes lèvres. Quelque part en lui sommeille le garçon qui m'a donné mon nom de famille. Lune. Violet Lune. Violet de la Lune. Un joli cadeau qu'il m'a fait, avant de changer d'avis à mon sujet. Après que je suis devenue la menteuse au service de son père, nous n'avons plus fait que nous quereller.

Mais les disputes trahissent aussi une forme d'intimité.

Je détourne le regard.

— Je te le répète. Nous pouvons passer le reste de notre vie à nous battre, ou bien nous pouvons nous entraider, juste assez pour que chacun obtienne ce qu'il désire. Ensuite, nous n'aurons plus jamais à nous reparler sauf si nécessaire.

— Jure-moi allégeance.

Mon attention se reporte aussitôt sur lui.

— Pardon ?

Ses lèvres se retroussent.

— Jure-moi allégeance et je te croirai. C'est une maigre requête. Tu l'as bien fait pour mon père.

— Quand j'étais *enfant.* (Parce que je n'avais pas le choix si je voulais me voir accorder une place à la cour, parce que je ne savais pas encore vraiment ce que les rois traficotaient.) Si ça se trouve j'ai fait semblant… J'ai croisé les doigts dans mon dos !

— Alors fais semblant.

Les mots montent depuis ma gorge, mais mes mâchoires sont bloquées. Je pique un fard.

— Non.

— C'est ce que je pensais – trop fière pour faire de véritables compromis.

Son bras se relâche, laissant une faible sensation de chaleur sur mon bassin, et il se dirige vers le sentier qui longe le fleuve, où les pavés laissent place à la boue.

— Crapaud, je marmonne à mi-voix avant de le suivre, un peu étourdie. « Trop fière », dixit le prince qui, par orgueil, exige que sa Prophétesse se prosterne devant lui.

— J'ai des principes.

— C'est pour ça que tu divertis toutes les dames de la capitale avec ta bouche en cœur ?

Il pivote face à moi, sourire aux lèvres.

— Je me dois d'être galant avec celles qui me témoignent de l'affection.

Cyrus a toujours réponse à tout.

Le chemin s'élargit lorsque nous atteignons les berges du fleuve Julep. Les vagues brillent comme des écailles de dragon, et une poignée d'embarcations filent le long de ses eaux saumâtres. Des pêcheurs oisifs jouent aux cartes sur un embarcadère. Ils nous décochent un coup d'œil en pouffant de rire avant de replonger dans leur partie. Sur la rive opposée, au loin, la promenade animée du District de l'Université.

Je ramasse un galet pour faire des ricochets.

— Tu n'es pas curieux de savoir ce que mes séances divinatoires m'ont appris ? Tu n'es pas le seul à être harcelé à cause du bal. J'ai entrevu des manigances, toutes sortes de courtisans dont tu devrais te méfier…

Cyrus s'arrête quelques instants, ce qui me donne l'occasion de lancer ma pierre sur la surface du fleuve. Il m'adresse alors son regard le plus méprisant.

— Tu ne devrais pas te servir de ton don pour fouiller dans les souvenirs de tes clients.

— Ce n'est pas ma faute si je suis douée pour ça. (J'affiche un grand sourire ; notre cessez-le-feu momentané m'a redonné du poil de la bête.) J'ai découvert quelques trucs amusants à propos de l'avenir aussi. Des filles avec qui tu vas danser. Les projets du Conseil. Tu as tout à gagner à m'écouter, petit prince. Ce sont des informations précieuses. Mais il va falloir renoncer à ce ton moralisateur.

Il secoue la tête.

— Violet, fais ce que tu veux. Simplement, évite de…

Il laisse sa phrase en suspens.

— Que j'évite quoi ? De me servir de ce que je vois à des fins diaboliques ? C'est ce que tu insinues toujours. Je ne m'emporterais pas si tu ne me prenais pas systématiquement pour cible – c'est aussi bête que ça.

J'avais prévu de parler de la pluie et du beau temps, mais ça me fait du bien de vider mon sac.

Il ne répond rien – sans doute parce que, pour une fois, il ne sait pas quoi dire. Je réduis la distance qui nous sépare, présentant mes mains devant lui, paumes tournées vers le ciel.

Cet instant, je m'y suis préparée, je l'ai répété dans l'intimité de ma chambre : je vais proposer à Cyrus de lire son avenir. Je lui dirai tout ce que j'entrevois, évidemment, puis je ferai mine d'avoir une soudaine vision de l'élue de son cœur. Une demoiselle ornée de fleurs de fée et de papillons qui arrivera sur les coups de vingt-trois heures. Le petit mensonge inventé par son père.

Toutefois je n'avais pas anticipé la question qui m'échapperait le moment venu, à présent qu'il se trouve face à moi en chair et en os.

— Pourquoi je te fais si peur ?

Une lueur passe dans son regard perçant – comme s'il savait quelque chose, comme le Cyrus de mon rêve. Les lèvres rouge sang, les cheveux ébouriffés par le vent, il n'est pas si différent du jeune homme de mon cauchemar, prisonnier des ronces, sur le point d'être englouti par les ténèbres.

Ma malédiction. Ma chute.

Une seconde s'écoule. Il inspire calmement, et son expression change.

— Tu t'imagines des choses, dit-il en pressant le pas, avançant le long du sentier sans se soucier des flaques qui jalonnent sa route.

Nous rejoignons le palais avant qu'on nous croie morts. Camilla trépigne sur les marches de l'entrée ; elle a l'air furieuse. Le carrosse de remplacement qui l'a ramenée avec sa montagne d'emplettes au château est déjà reparti.

Elle refuse que Cyrus franchisse le seuil avant de lui avoir fourni une explication au sujet du véhicule qu'il s'est approprié sans son accord. Et quand il lui rapporte enfin ce qui s'est passé, la princesse éclate de rire.

— Je me rappelle la première fois qu'on m'a pourchassée dans la rue. Il faut cultiver l'attention comme un jardin, le réprimande-t-elle. Pose des limites tôt, élague quand nécessaire. Une plante trop arrosée se noie. (Elle tire sur la manche en lambeaux de sa chemise.) Tu as trouvé une jeune fille qui te plaît ?

Cyrus ôte son banyan et le jette par terre avant d'entrer dans le palais.

— Certainement pas.

— Oh, *donc* il y *a* quelqu'un. Elle est jolie ?

— J'ai besoin d'un bon bain chaud.

— Si tu finis par te lasser d'elle, envoie-la-moi, lance-t-elle dans son sillage avant de se tourner vers moi. Elle est jolie ?

— Il n'y a personne.

— Merveilleux. Nous sommes tous condamnés.

Du coin de l'œil, j'observe Cyrus qui monte à l'étage. Aujourd'hui, il y a eu un léger progrès. Mais il ne me reste que deux semaines avant le bal ; il faut que je mette les bouchées doubles. Et le prince n'est pas mon seul souci.

Camilla a reporté son attention sur le troupeau de domestiques qui transportent ses achats dans ses appartements. Je remarque une corbeille de vêtements, un sabre et un pistolet assortis, une pile de chapeaux et trois autres cartons sans inscription.

— Ah… non. Pas ceux-là, dit-elle en courant après un garçon qui s'éloigne avec un tas de livres. Rapportez-les à la bibliothèque.

Ce sont les bouquins que Dante a tenté de lui donner – ainsi que l'exemplaire de *Traditions et Magies des Bois* que j'ai laissé dans le carrosse.

— Une petite seconde, celui-ci est à moi, dis-je en le sortant de la pile.

Je ramène mes vieux os dans ma tour, avec le livre.

Après avoir gravi le nombre excessif de marches qui conduit à ma chambre, je vais prendre un bon bain pour chasser la sueur et la crasse accumulées tout au long de la journée. Puis j'allume un chandelier et passe la soirée à lire à la lueur des chandelles, les jambes pendues à l'accoudoir de ma chaise d'écriture.

Le premier tiers de *Traditions et Magies des Bois* est consacré à la médecine et aux cataplasmes. Je parcours les descriptions de plantes grimpantes qui poussent comme du chiendent, et tout ce qui est en lien avec les roses, mais le livre ne répertorie que très peu de plantes réelles. D'après l'auteur, la plupart des herbes qui poussent au cœur des Bois Sacrés sont le fruit d'une magie occulte.

La section suivante s'intéresse à la manière de nettoyer les bois pour les rendre habitables aux humains. Toute végétation en surface doit être brûlée, puis une ligne de sang doit être tracée au sol pour tenir lieu de délimitation. Le sang appartient aux mortels, comme l'huile à l'eau magique, et là où le sang macule la terre, aucun bois enchanté ne pousse.

Contrairement au sentiment collectif qui règne parmi les habitants d'Auveny, ce texte considère Fairywood comme un lieu à préserver. Il s'étend sur des points qui n'ont à mon sens jamais été abordés dans une discussion : rituels purificateurs, enlèvement correct des cendres, importance de ne pas nettoyer plus que nécessaire car la destruction est définitive. La région occidentale du Continent du Soleil en est la preuve : avant que les Lidine n'unifient le royaume, des siècles de guerres sanglantes entre seigneurs féodaux ont détruit toutes les parcelles de Fairywood plantées dans cette zone. Même après deux cents ans de paix, le bois enchanté n'a pas repoussé sur ces terres.

Tandis que je parcours en bâillant des passages très denses, une servante de Camilla me rend visite, munie d'un panier de desserts, restes de la séance de dégustation de l'après-midi. C'est alors que je m'aperçois que j'ai sauté le souper et que je meurs de faim. Après son départ, je ferme la porte et pivote face à la fontaine, à l'entrée de ma salle de divination. Je marque un temps d'arrêt.

J'ai récemment vidé le bassin empli de pièces, et la pierre est incrustée de rouge noirâtre – j'ai toujours supposé qu'il s'agissait de rouille. Mais la lecture de cet ouvrage m'a donné matière à réflexion, et un détail sur lequel je ne me suis jamais vraiment attardée me revient : les Parques sont associées au sang.

Cette histoire de mortalité, ce lien au temps, un fil qui se déroule depuis nos ancêtres jusqu'à nous… Le sang imprègne notre destin dès l'instant de notre naissance. Les plus pieux clament que nos corps ne sont que les vaisseaux des déesses de la Destinée.

Avant, on donnait du sang en offrande aussi. J'ai connu des grands-mères qui plaçaient des bols emplis de sang de chèvre dans leur foyer. C'était censé porter chance. Et si vous explorez certains bosquets à l'extérieur de la capitale, vous trouverez encore des autels où du bétail a été sacrifié en hommage aux dieux. Mes rêves divers et variés m'ont appris une chose : ces pratiques se sont éteintes quand les aristocrates ont commencé à employer des fées, qui refusent de travailler en présence de sang. Soudain, le sang est devenu impur – il gâchait la beauté des enchantements.

Et les offrandes ? Hideuses et cruelles.

La statue au centre de la fontaine me dévisage tandis que je m'accroupis et passe un doigt au fond du bassin. Je récolte une sorte de poussière foncée.

Cette fontaine contenait autrefois du sang.

Quand ce rituel a-t-il pris fin ?

La manière dont les Parques se sont adressées à moi la nuit dernière me revient. Elles n'étaient pas neutres. Elles étaient mauvaises. Sont-elles offensées qu'on ait cessé de les vénérer – pire, qu'on les ait remplacées par les fées, des créatures terrestres ? Certains anciens affirment que les bénédictions des fées sont une insulte à la destinée, car elles sont aujourd'hui accordées à ceux qui ne les méritent pas. Peut-être qu'il y a là un fond de vérité.

Le sang opposé à la magie, comme les étoiles opposées à la terre.

Qu'est-ce qui nous prouve que les dieux agissent dans notre intérêt ?

Quand je retourne à mon bureau, je fixe mollement le livre ouvert en me frottant les yeux. Mes recherches, aussi poussées soient-elles, n'y changeront rien. Je ne sais pas ce que les Parques veulent vraiment. Et je ne trouverai pas la réponse dans les conjectures dérivées d'un érudit sous-payé. Pourquoi me persuader du contraire ?

J'enfouis la tête dans mes bras. Il y a quelque chose là, si seulement je savais ce que je cherche.

Te voilà.

La voix résonne à mon oreille et mon souffle se suspend. Je me redresse brusquement sur mon siège. Je tousse, inhalant une odeur à la fois douce et âcre – des roses ? – suivie d'un relent qui me pique les yeux. La panique me monte à la gorge ; mes mains se cramponnent aux accoudoirs en bois de ma chaise et ma vision s'ajuste à l'obscurité profonde.

Je ne suis pas dans ma tour. Il n'y a ni bureau, ni livre, ni panier de desserts à moitié dévorés. C'est le noir du vide.

Je suis en train de rêver.

Je t'ai cherchée, petite étoile.

Enfer et damnation ! Pas encore les Parques ? J'espérais obtenir des réponses, mais pas de cette manière… Voilà pourquoi on cite les *dieux* dans nos jurons.

— *Que voulez-vous ?* je hurle. *J'en ai assez…*

Tu veux conquérir la confiance du prince.

Je me tais.

Ma main à couper, je sens une présence qui sourit.

Une présence *unique*, je m'en aperçois dans un instant de calme. Une seule voix. Pas le chœur entendu la première fois, et qui m'a accablée de sarcasmes.

Tu m'écoutes ?

— Qui es-tu ? Une Parque ?

Réponds à ma question, petite étoile.

Je scrute les ténèbres, vaguement consciente de mon insignifiance et envahie par une peur tenace.

— Je t'écoute.

Bien. Répète à ton prince ces mots précis.

Si les dieux ont une gorge, je viens d'entendre celui-ci racler la sienne.

Le voyage qui mène à l'amour n'est jamais calme,
et cet amour, ton père ne l'approuverait pas.
Il te prendra par surprise, déguisé,
mais il quittera ton étreinte avant les douze coups de minuit.

— C'est tout ? (Je fronce les sourcils, balayant du regard l'obscurité à la recherche d'une silhouette, d'un visage – de n'importe quoi. Ces paroles résonnent comme une prophétie.) Pourquoi te ferais-je confiance ?

As-tu confiance en qui que ce soit ?

Je lâche un rire désabusé. Ma langue est épaisse dans ma bouche. Je devrais probablement être plus polie ; il s'agit quand même d'une déité ; franchement, j'ai connu pire en termes d'allié.

Je veux t'aider. La voix possède une texture voluptueuse, elle est espiègle comme celle de Camilla peut parfois l'être. *J'ai vu ton avenir, et je crois que nous avons beaucoup à accomplir ensemble.*

— Comme quoi ?

Je te le dirai quand les fils auront fini de se dérouler. Ils te trahiront. Tous. À ce moment-là seulement, tu comprendras.

— Qui ? Comprendre *quoi* ?

Rien de tout ça ne m'apporte de réponse véritable.

Que tu mérites tellement mieux, petite étoile. Que tu ne devrais plus jamais avoir à t'agenouiller devant un roi pour ramasser les miettes qu'il te jette.

7.

Des coups retentissent.

Une migraine me tenaille. Ma joue me brûle comme à la suite d'une morsure, un puissant goût de fer imprègne ma langue. Je décolle mon visage de la page du livre, trempée de bave. Je me suis assoupie à mon bureau. Pendant combien de temps ?

Une faible lumière filtre par la fenêtre, encore trop fragile pour m'éblouir. Suspendue derrière moi, ma robe d'apparat est gris argent, baignée de brume.

Les coups se répètent.

Je quitte à regret ma posture de sommeil et m'étire. Je me lève et me dirige tranquillement vers la source du bruit. Une ombre vacille sur le rebord de la fenêtre. Je m'attends à trouver l'un des pigeons messagers qui m'apportent en général les dernières nouvelles.

À la place, j'aperçois un faucon blanc comme la neige.

Étrange. Un rapace n'a rien à faire ici.

Camilla est-elle partie chasser aujourd'hui ? Si tel est le cas, elle se trouve alors dans les chênaies du nord-est de la capitale, et non dans les environs. Je déverrouille le carreau et ouvre la fenêtre en grand. Le faucon entre d'un bond en glapissant, un message attaché à la patte.

Je me rappelle soudain que Cyrus a dressé un oiseau similaire à celui-ci. Il l'a emmené avec lui lors de sa tournée, et je ne l'ai pas revu depuis. Je détache le papier. L'animal incline la tête d'avant en arrière jusqu'à ce que je lui donne une bouchée de viande séchée et le grattouille sous le bec. Puis il s'envole.

La note ne contient que deux lignes d'une écriture appliquée.

Je ne crois pas t'avoir remerciée pour hier, mais j'aurais dû.

Merci.

Je maugrée, un petit sourire aux lèvres. C'est du Cyrus tout craché. Froid et succinct.

Il a toutefois pris la peine de m'envoyer ce message. Par réflexe, je chiffonne le papier, mais j'hésite avant de le jeter dans la cheminée.

Je le défroisse alors, le plie consciencieusement et le glisse dans *Traditions et Magies des Bois*, en guise de marque-page. Une marque de sentiment, mise de côté.

J'ai une prophétie à lui annoncer aujourd'hui.

Se faufiler à travers le dédale de jardins et de couloirs du palais exige un délicat jeu de jambes quand on veut faire vite. Négociez l'angle d'un corridor avec trop d'empressement, et vous risquez de vous retrouver à contre-courant, pris dans un flot de domestiques pressés ou de curieux à l'affût du moindre ragot.

Je file à travers les groupes auxquels j'accorde un bref salut, comme à mon habitude, en laissant traîner une oreille dès que j'entends aborder la question des bois en décomposition de Fairywood. La nouvelle s'est répandue calmement au cours des dernières semaines. Un problème minimisé, présenté comme un simple désagrément auquel les patrouilles locales auraient déjà remédié.

Mais les derniers murmures qui me parviennent parlent du Dixième Territoire et non du Onzième, où la décomposition a été rapportée en premier. Lord Fidare n'a pas tiré la sonnette d'alarme, vu que cette dernière zone atteinte a été brûlée par les gardes, mais visiblement certains conseillers ne sont pas du même avis que lui ; ils se préoccupent du fait que la pourriture a gagné un nouveau secteur sans qu'on s'y attende. Sans raison apparente. Personne n'évoque encore l'apparition spontanée des roses ; l'absence de lien évident avec la prophétie est probablement la seule chose qui fasse que ces inquiétudes sont pour l'instant étouffées.

En dehors de ces bavardages, tout semble normal quand sonne la cloche du déjeuner. Ni sang, ni roses, ni voix divines. Dans la salle à manger, j'observe le buffet copieux sans grand appétit, mais je ne dis jamais non à un repas, et je romps quelques morceaux de mie de pain, y étale de la confiture, et les enfourne avec gourmandise.

D'ordinaire, à cette heure-ci de la journée, Cyrus est en réunion avec le Conseil. J'erre dans les couloirs à sa recherche tandis que mes pensées s'égarent, naviguant d'une idée à l'autre : *Peut-être que Felicita est devenue folle après avoir entendu les voix divines, elle aussi. Si je pouvais me passer d'écouter les voix dans ma tête, je le ferais.*

Je jette un coup d'œil dans la grande salle de bal, où les derniers préparatifs sont en cours pour la Ménagerie masquée. Les fûts de vin sont empilés près des sculptures de table ; des échelles sont posées contre les murs et des tentures étincelantes ornent le plafond. Le palais a dû employer la moitié des artisans de la cité à cette fin. La trésorerie déborde en ce moment ; les Gardes-Dragons du Treizième Territoire ont dévalisé une série de tanières gorgées de richesses au printemps dernier et le véhicule transportant les marchandises est enfin parvenu à la capitale au début du mois.

Un groupe de jeunes filles qui n'a rien à faire là et gêne les domestiques se promène dans la salle. J'en reconnais certaines ; elles font partie de la bande qui a pourchassé Cyrus. Leur cheffe – à en juger par sa position en tête de marche, tel un guide touristique – n'est autre que lady Mirabel, la fille du lord du Treizième Territoire, une instigatrice.

— Enregistrez ce lieu. *Inhalez*-le, déclare-t-elle. D'ici quelques jours, il s'agira de votre champ de bataille, l'endroit où vous jouerez le tout pour le tout dans le but de remporter le cœur du prince. Tout le travail produit en amont portera alors ses fruits. Vous devrez vous armer de tout votre attirail pour survivre : cerveau, beauté, coups bas. (Elle a dû passer la semaine à peaufiner son discours.) Ayez une garantie à portée de main. Un moyen de pression prêt à l'usage. Il suffit d'une rumeur dans la salle et c'en est fini de vous ! Vous finirez dans le caniveau !

Je tâche de faire profil bas tandis que je traverse la pièce, mais l'une des filles du groupe m'adresse des signes frénétiques.

— Messagère !

Je grimace, me rappelant son visage rond. Une de mes clientes.

— Bonjour… Sicene, c'est bien ça ?

À contrecœur, je sors de ma cachette près des portemanteaux.

— Oui ! Avez-vous eu de nouvelles visions concernant le bal ?

Mirabel boude, voyant que l'attention générale se détourne de sa personne.

— La Prophétesse ne saurait faire la différence entre un crapaud et un prince si l'un d'entre eux l'embrassait ! Elle a fait preuve d'un tel manque de professionnalisme à mon égard – elle vous lancera des méchancetés par pure jalousie !

Je réplique froidement :

— Par pure jalousie ? Je serais jalouse de quoi ? À choisir, je préférerais le crapaud à Cyrus. À moins que le crapaud, ce ne soit vous !

— Ah, ah ! (Elle me pointe du doigt, comme s'il y avait une cible sur mon corps.) Elle vient de me donner raison !

— Mira.

L'une de ses pimbêches d'amies la retient avant qu'elle ne me saute à la gorge.

— Cette cour vous *tolère*, Prophétesse. Et c'est déjà très généreux !

— Je m'en fiche, dis-je. Mon but dans la vie n'est pas de faire joli ni d'être appréciée de tous.

C'est à cela que servent les assiettes en porcelaine, ainsi que les levers de soleil, les gâteaux au miel et les bébés animaux avec leur grosse tête trop lourde à porter.

Les filles pouffent de rire, et je suis en train de me demander si ce que j'ai dit est si amusant que ça quand des bruits de pas résonnent derrière moi.

Suivis par la voix solennelle de la personne que justement je cherchais.

— Que se passe-t-il ?

Merveilleux. Cyrus m'a surprise en pleine démonstration de mesquinerie. Je vais en entendre parler pendant une bonne décennie, c'est certain.

Je pivote sur mes talons et l'accueille avec un grand sourire.

— Petit prince. Je te cherchais.

— *Petit prince* ? siffle-t-on dans mon dos.

Cyrus s'habille de manière très formelle, les jours de réunion avec le Conseil ; sa chevelure est ramenée en arrière, sa chemise est boutonnée jusqu'en haut et ornée d'un jabot. Il sort une montre de gousset de sa poche, et la consulte brièvement.

— Tu me cherchais pour quelle raison ?

— Il serait préférable d'en discuter en privé.

— Si tu veux me faire perdre mon temps, je t'arrête tout de suite. Je suis occupé aujourd'hui.

— Pourquoi imagines-tu que... (Derrière moi, on rit sottement. C'est embarrassant.) J'ai fait un rêve, tu comprends ?

Il me dévisage un temps. Pousse un soupir.

— Très bien. Sois brève.

— Votre Altesse !

Mirabel me bouscule pour aller prendre le bras de Cyrus. Certains de ses gardes se tiennent prêts à intervenir, la main sur l'épée.

— Je sais que le Treizième Territoire est loin, mais vous y êtes le bienvenu aussi longtemps que vous le souhaiterez. Mon oncle donne des bals qui sont aussi splendides que le sera celui-ci.

Cyrus se compose soudain un nouveau visage. Il bat des paupières, ses longs cils papillotent.

— Merci pour l'invitation, lady Mirabel. (Bon sang, même son ton a changé, doucereux comme du miel.) J'ai déjà exprimé auprès de votre oncle ma gratitude personnelle pour sa généreuse contribution à notre somptueuse Ménagerie masquée !

— Vos désirs sont des ordres. Envisagez-vous de voyager prochainement ?

— Je ne…

— Ce n'est pas grave si la réponse est non. Il y a de merveilleuses choses à faire dans la Capitale du Soleil également…

Mirabel se met à vanter la beauté des berges du fleuve et des parcs, et je vois le sourire de Cyrus vaciller. Sa jambe remue comme celle d'une proie face au danger, et je sens monter dans mon dos l'excitation des autres jeunes filles. Comme une armure ornementale, le prince est verni et joli, mais impropre à la bataille, ce que cette chasse à l'épouse est en réalité. Sauf que, cette fois, je vais lui offrir un sursis, car moi aussi j'ai d'autres chats à fouetter aujourd'hui.

J'attrape son autre bras et l'entraîne hors de la salle malgré les protestations de Mirabel. Cyrus manque de trébucher et se tourne vers moi, l'air très surpris.

— Tu ne peux pas te permettre d'être grossier mais moi si, alors *allons-y*, je siffle, en tirant si fort sur son poignet que les boutons de sa veste sautent.

Il finit par se laisser guider.

Derrière nous, Mirabel lâche un grognement offusqué et les bavardages se perdent dans le va-et-vient des domestiques qui s'affairent. Un éclat de rire résonne lorsque nous parvenons dans le couloir.

Cyrus.

Il est pris d'un fou rire incontrôlable qui cesse à la seconde où nos regards se croisent.

— Était-ce vraiment nécessaire ?

Son sourire se durcit et la colère me gagne de nouveau.

— Tu es tellement faux ! j'aboie, avant de me raviser.

Je suis censée établir un lien de confiance entre nous durant notre cessez-le-feu et non pas lui tomber dessus comme ça.

— C'est la menteuse pathologique qui me fait une leçon de morale ?

— Tu n'es qu'un *hypocrite.*

— Nos deux situations ne sont pas comparables. La courtoisie que je témoigne à mes sujets…

— Oh ! Pour l'amour du ciel, *ferme-la.*

N'importe quoi, vraiment ! Je pourrais l'étrangler.

Cyrus s'adosse au mur tapissé, les bras croisés.

— Très bien, Violet, raconte-moi ton rêve. Mais je suis *réellement* occupé.

Il ne me prend pas au sérieux du tout. Il mériterait que je lui fasse perdre son temps.

J'exhale. Qu'on en finisse.

— J'ai rêvé de toi.

Il se fige, une lueur étrange dans les yeux. *Je ne rêve que de toi,* lui dirais-je, si je pouvais lui avouer la vérité.

— Je t'ai vu danser avec cette fille, je poursuis. Elle arrive au bal aux alentours de vingt-trois heures, avec un masque papillon incrusté de joyaux et d'écailles de dragon. Sa robe est brodée de papillons également… et de fleurs de fée. En l'apercevant, tu n'en crois pas tes yeux. Tu en as le souffle coupé. Tu l'embrasses et tu as comme une sorte d'*épiphanie.* Et tu devrais savoir que… tu vas enfin la trouver.

— Celle qui m'est destinée ? murmure-t-il, curieusement calme.

— Ce qui est une bonne chose car je crois percevoir dans mes rêves des signes annonciateurs de la prophétie de Felicita.

Il fronce les sourcils.

— Un corps… ensanglanté. (*Le tien,* je songe.) Couvert de roses.

Il me jauge de haut en bas.

— Tu as une mimique quand tu mens.

Je fais la grimace.

— Non, c'est faux. Quoi donc ? je ne peux m'empêcher de demander.

— Qu'est-ce que tu me donnes en retour ?

Ses paroles sont teintées d'espièglerie, plus propices au flirt qu'à une discussion sérieuse. Son sourire se volatilise d'un coup, comme s'il s'en était aperçu en même temps que moi.

Le flirt. Ce n'est pas un terrain qui nous est familier, surtout pas quand nous sommes aussi près l'un de l'autre, le cœur battant la chamade et le souffle encore haletant. Je ne veux pas me faire d'idées, mais…

— Violet.

Cyrus s'éclaircit la voix.

Au même instant, je lâche :

— *Le voyage qui mène à l'amour n'est jamais calme.*

Il tressaille.

Je m'humecte les lèvres et récite le reste des vers :

— *Et cet amour… ton père ne l'approuverait pas. Il te prendra par surprise, déguisé, mais quittera ton étreinte avant les douze coups de minuit.*

— Où as-tu entendu ça ?

Il semble inquiet. Un peu… sur ses gardes ?

— Je te l'ai dit. Dans mes rêves.

— La Prophétesse de Balica que j'ai rencontrée au cours de ma tournée… elle m'a dit la même chose.

— Les mêmes mots précisément ?

C'est donc *bien* une Parque qui m'a contactée. Qui a transmis le même message à une autre Voyante que moi.

— Mais… ton père m'a dit que tu n'avais reçu aucun présage concernant ta quête amoureuse.

Il hausse les épaules.

— J'ai menti. Il n'approuverait pas cette femme, n'est-ce pas ce que tu viens de me dire ?

La simplicité de sa réponse me surprend, ce qui ne passe pas inaperçu. Il pousse un cri moqueur.

— D'accord… Je suis un hypocrite. Heureuse ? J'ai menti à Mirabel à l'instant aussi, si tu veux tout savoir.

— Quoi ?

— Ma *gratitude personnelle* à l'égard de son oncle se traduira de la façon suivante : je le ferai pendre pour avoir apporté un trésor balican volé.

Je suis toujours perplexe. Nous ne parlons jamais de la même chose.

— Le butin de la Garde des Dragons ?

— Les Treizième et Quatorzième Territoires ont laissé leurs dragons se propager sur les falaises qui longent la frontière. Les dragons volent vers le sud-est, pénètrent sur les terres de Balica pour piller, et retournent dans leurs tanières du côté auvenien, les poches pleines de l'or de nos voisins. Puis la garde fait une descente et les élimine. Je peux vous affirmer que les biens ne sont pas rendus à qui de droit. J'ai dû m'occuper de cette affaire durant toute la matinée.

Pas étonnant qu'une si grande partie de la Garde des Dragons soit dépêchée aux frontières. Les dragons sont un fléau pour les habitants de la campagne profonde ; ils attaquent et pillent les villages pour récupérer tout ce qui brille et ils crachent du feu quand on les provoque. On serait dans de beaux draps s'ils étaient toujours aussi grands que leurs gigantesques ancêtres. Mais aujourd'hui, on tente surtout d'enrayer la vitesse à laquelle ils se reproduisent, ainsi que leur nature cupide.

Sans parler de la cupidité de nos ducs, apparemment. Cela ne m'étonne pas outre mesure – Auveny a beau affirmer que ce sont les Parques qui décident de la destinée de chacun de manière juste, et que la chance sourit à ceux qui le méritent, je ne suis pas dupe de ce discours, moi qui passe au crible les fils de vie de mes clients. Je suis bien placée pour savoir que les bonnes âmes ne courent pas les rues. La plupart d'entre nous se comportent mal et se contentent de prier pour ne pas se faire prendre la main dans le sac.

— Tu aurais pu m'en parler, j'éructe, le cœur battant à tout rompre.

— Et qu'aurais tu fait ?

Cyrus semble étrangement détendu, les mains fourrées dans les poches. Il n'est même plus pressé d'en finir avec cette conversation.

— Je ne sais pas… Tu me mets au pied du mur ! J'aurais pu… attirer certains conseillers dans ma tour… lire dans leur paume, fouiner dans leur tête, déterrer leurs secrets, repérer les contradictions dans leurs fils. Je comprends, petit prince, tu ne me fais pas confiance, mais il faut me donner une chance.

— C'est ce que je fais.

— Et tu devrais revoir tes principes, toi qui fais aussi des cachotteries. (J'étrécis les yeux.) Tu aurais au moins pu me rapporter les propos de la Prophétesse de Balica. Tout le monde panique, prie pour que tu trouves l'âme sœur, et pendant ce temps, tu savais que ça allait arriver. Que tu n'avais pas à t'inquiéter !

— C'est difficile à croire tant que ça n'est pas arrivé. On m'a collé des prophéties à la peau ma vie durant, toutes plus vagues les unes que les autres. (Il contemple le plafond avec grand intérêt tandis qu'une dizaine de pensées défilent sur son visage.) Le bal doit tout de même avoir lieu, j'imagine. Une robe ornée de papillons et de fleurs de fée. C'est quelque chose.

— Qu'est-ce qu'on t'a dit d'autre ? Si je savais ce que t'ont raconté les autres Voyantes, je serais mieux à même d'interpréter mes rêves.

— Sais-tu pourquoi on ne garde qu'une seule Prophétesse à Auveny ? C'est une question de facilité. Il est plus aisé pour un roi de ne contrôler qu'une seule Voyante à la fois. (Il pose les yeux sur moi et poursuit d'une voix atone :) C'est la politique que mon père a appliquée très tôt après le début de son règne. Il aurait pu avoir une autre Messagère en plus de Felicita, mais influencer deux Prophétesses à la fois quand il voulait qu'une prédiction soit rapportée d'une certaine manière, cette pensée ne lui plaisait guère. Il a vendu l'autre à Verdant pour une somme ridicule.

— Je sais. (Je n'en savais rien.) Tu n'as pas répondu à ma question.

Il secoue la tête.

— Les autres Prophétesses ne m'ont pas dit grand-chose. Tu as rêvé d'autre chose ?

Un froid s'est installé entre nous comme un écran de brouillard. Je pourrais avertir Cyrus au sujet des menaces. Des épines.

Les roses qui s'épanouissent sur sa peau couverte d'égratignures et de sang.

Mais la tâche dont m'a chargée le roi est accomplie, et je ne me sens plus d'humeur généreuse.

— Non, dis-je sans ciller. C'est tout.

Je suis étendue dans mon lit ; je ne dors pas. J'ai rejeté mes couvertures ; il fait trop chaud. Mes nouvelles inquiétudes se compriment dans mon crâne.

— Ça a marché, dis-je. Cyrus m'a crue.

La porte-fenêtre donnant sur le balcon est entrouverte, mais c'est une nuit sans la moindre brise. Je me demande si une déité, quelle qu'elle soit, m'entend. Peut-être qu'elles sont occupées à se quereller dans le ciel.

L'une d'entre elles semble vouloir m'aider. Les autres se réjouiraient sans doute de ma mort. J'ignore comment leur faire parvenir un message.

— Tu m'as dit qu'on allait me trahir.

Je retrace du doigt les broderies de mes draps, priant à moitié pour qu'on me réponde. Je me contenterais même d'un simple ricanement. Quitte à ce qu'on me répète ce qui m'a été annoncé. Je désire seulement avoir une réponse.

— Si une trahison me pend au nez, je ne veux pas attendre les bras croisés. Dis-moi ce qui est sur le point d'arriver et j'écouterai tes paroles d'une oreille attentive.

Je ferme les yeux, attendant que le sommeil vienne.

La voix ne répond pas.

Mais je finis par rêver.

Une fourrure humide, musquée. Un fouillis de feuilles. Une odeur de fer qui imprègne l'air.

Un grognement affamé, et une voix, à peine humaine : « Au secours... Au secours. »

Une créature rampante monstrueuse se dresse, des cornes argentées en spirale au clair de lune. Une créature hybride – homme et bête et forêt, tout à la fois.

Bipède, elle se déplace d'un pas lourd en direction d'une fenêtre éclairée. Des pétales de rose volent dans son sillage.

8.

Le grand soir de la Ménagerie masquée finit par arriver.

Au coucher du soleil, les carrosses emplissent la grand-place, et les convives se déversent à travers les grilles du palais. Avant minuit, Cyrus trouvera sa future épouse.

Je crois.

La comptine résonne dans ma tête tout au long de la journée. Ce doit être une véritable prophétie, si la Parque l'a annoncée à deux Prophétesses à la fois. Celle de Balica et moi-même. Pourtant, le deuxième vers me turlupine.

Ton père ne l'approuverait pas.

J'ai fait croire à Cyrus que la fille que j'ai décrite et celle de la comptine sont une seule et même personne. Or je sais que c'est son père qui a choisi la première, ce qui signifie qu'elle lui plaît ; il ne peut pas s'agir des deux mêmes femmes.

Une autre demoiselle captera-t-elle l'attention de Cyrus ce soir ? Y a-t-il un sens caché qui m'échappe ? Je me méfie. Les dieux aiment jouer avec nous.

Et puis il y a eu la vision de… je ne sais pas trop quoi au juste. Une espèce de créature. Si seulement mon rêve avait été plus précis.

À dix-neuf heures trente, Eina, l'ancienne nourrice des jumeaux, une vieille dame qui a la tête dure, un sacré bout de femme avec de la suite dans les idées, frappe à ma porte.

— Je ne vais pas au bal, dis-je à travers la cloison.

Mais lorsque je pivote sur moi-même, j'aperçois les trois fées au service du palais. Elles se sont introduites chez moi par une fenêtre.

Après moult protestations, tentatives de négociation et éternuements de ma part, Eina me traîne de force devant la glace. Elle me déshabille et place une pince à linge sur mon nez pour m'empêcher d'inhaler la poussière de fée.

De toute façon, les fées se tiennent à distance de moi. Eina les observe et produit un claquement de langue.

— Tu as tes menstruations ?

— *Oh non*, ça pose un problème ? Je suppose que je vais devoir rester là.

— C'est bon. Elles peuvent supporter un peu de sang. Fais seulement attention à ce que ça ne tache pas la robe.

À nouveau, Eina claque de la langue. Elle semble s'adresser aux fées.

— Tu sais comment leur parler ?

— Je connais deux ou trois trucs.

Les petites créatures gazouillent entre elles avec frénésie, comme si elles n'arrivaient pas à se mettre d'accord sur les détails de ma tenue. Des rubans apparaissent et disparaissent en un éclair. Tant qu'elles ne m'imposent pas trois styles différents à la fois ; les fées sont très têtues.

Un courant d'air s'enroule autour de mes jambes. Je baisse les yeux : des pétales de mousseline de soie m'enveloppent à présent les membres inférieurs, tel un cocon. Des couches et des couches de gaze vaporeuse quasi transparente. Des gants m'habillent les mains, des escarpins se glissent à mes pieds, puis le reste du tissu gris lune épouse bientôt la forme d'une robe. Quand je m'écarte du miroir, les jupes forment une traîne semblable à de la brume, sensible au moindre mouvement. De minuscules perles ornent le décolleté plongeant du corsage, luisantes comme des gouttelettes de rosée sur une toile d'araignée.

— Oh, je lâche d'une voix étouffée, le nez encore pincé. Je suis jolie.

Eina hoche la tête d'un air très satisfait. Elle défait ma tresse et me noue la chevelure en un chignon haut très sophistiqué. Je récupère le masque que les fées m'ont concocté. Un phénix argenté me contemple, ailes déployées, étincelant. Un arc-en-ciel de couleurs irisées qui reflètent la lumière. Quant aux chaussures, elles ont le mérite d'être confortables, heureusement d'ailleurs, car cela m'évite de basculer en avant, la tête la première, quand Eina me chasse de ma tour.

D'accord. Je vais *essayer* de profiter de la soirée.

Les jardins situés au nord du palais sont déserts. Personne pour me voir jongler maladroitement avec ma pochette, mon châle et mon éventail, le tout créé spécialement pour moi. Je finis par les abandonner sur un banc, à l'extérieur. Dans la cour, je passe devant des convives déguisés en lions et en dragons. Les tenues sont splendides : des jupes bravant la gravité, des traînes changeant de couleur, des broderies qui nécessiteraient une année de travail. Une femme porte une robe qui représente une cage géante, dans laquelle volettent des oiseaux.

C'est l'œuvre d'enchantements de tout premier ordre ! Les fées se fichent de nos manigances de mortels, sauf quand il s'agit *pour elles* de se donner en spectacle. D'ordinaire, je devine quelle personne a acheté sa fée avec de l'ambroisie – ses mains seront trop douces, ses chaussures trop propres, son allure vulgaire. Mais pour les déguisements, les riches sont indiscernables de ceux qui ont vraiment mérité leur fée. Ceux qui sortent véritablement vainqueurs de la soirée sont les marchands d'ambroisie.

Je me joins à la file qui entre au compte-gouttes dans la salle de bal, comme si je n'étais qu'une convive parmi d'autres, une demoiselle pleine d'espoir. Lorsque je franchis le seuil, mon souffle se suspend.

C'est comme si les étoiles étaient descendues sur terre.

J'ai vu l'installation. Je sais que des miroirs placés sur les murs créent l'illusion d'une salle de bal qui s'étendrait à l'infini. La brume qui tapisse le sol est un tour de chimie. Au plafond, un millier de bougies ont été disposées afin de reproduire les constellations du ciel nocturne. Les artistes du palais ont fait du bon travail. Lorsque l'horloge sonnera onze coups, la fille qui doit se faire passer pour le grand amour de Cyrus franchira ces portes. Et l'espace d'un instant, j'en oublie qu'il s'agit d'un coup monté.

Un domestique m'escorte au centre de la salle, où les habitants de la capitale dansent et grignotent. Des bribes de conversations me parviennent : on imagine quel masque porte le prince, on parle de sa promise. On parie sur qui fera quoi dans quel recoin du palais en compagnie de qui.

— *Sous ses dehors distants, je vois bien que le prince est bienveillant et profond…*

— *Et il a le corps d'un dieu ! Oups ! C'est un blasphème ?*

J'ai déjà assisté à des événements mondains. Je sais me composer un sourire. Je le fais tous les jours. Mais pour la première fois depuis longtemps, je ne me sens pas à ma place. Tout le monde est ravi d'être présent ; on bascule la tête en arrière et on rit à gorge déployée, alors que moi…

J'aimerais juste remplir une assiette de nourriture et m'éclipser.

Je me fiche de parler à qui que ce soit. Je n'*apprécie* personne ici. Les ragots m'indiffèrent ; je connais déjà l'élément de surprise qui va prendre tout le monde de court.

Je n'ai jamais été sociable. Enfant, je préférais me taire, me fondre dans le décor. C'était moins risqué pour moi ; et puis, je ne pouvais pas parler librement de ma Vue, de peur que quelqu'un de mal intentionné cherche à en profiter. À mon arrivée au palais, il est vrai que j'étais timide. Le temps de prendre mes repères. Les nobles sont d'une gentillesse dont je me méfiais. Nombre d'entre eux ont de lointains liens de parenté avec la lignée royale des Lidine, et en les découvrant, j'en suis venue à me demander si ce n'était pas une chance pour moi de n'avoir jamais eu aucune famille. Au moins, on ne pouvait pas exploiter ma position à la cour.

Quand je vivais dans la misère, je me méfiais des rues, mais la vie au palais a enrobé mon cœur d'une chape de glace. Dans un sens, j'espérais que ce qu'on raconte soit vrai, que les Parques nous jugent – que ce sont les meilleurs d'entre nous qui vivent le mieux. Mais en devenant Prophétesse, je me suis résignée : une telle hiérarchie n'existe pas. Les gens sont cruels même quand ils possèdent tout – davantage même, par peur de perdre ce qu'ils ont accumulé. Comme mes vols à la tire semblaient misérables comparés aux crimes des riches : négociants bafouant les réglementations, lords concluant entre eux des marchés qu'ils rompaient avant même que l'encre n'ait séché sur le papier, le Conseil complotant à huis clos, et j'en passe.

Pourtant, ils venaient tous me trouver, insouciants et sans honte, même s'ils savaient que je pouvais lire en eux comme dans un livre ouvert. Au final, j'ai appris une chose : comment rendre un royaume prospère – et ça n'a rien à voir avec la bonté.

J'ai fait mes propres affaires, conclu mes propres marchés, mais je ne peux pas rire en présence de ces gens. Pas sans grimacer.

Avec un soupir, je fouille la salle du regard à la recherche du groupe le plus dense. C'est là que Camilla sera… un verre à la main.

Il me faut moins d'une minute pour repérer la princesse, qui se prélasse sur une table comme sur un trône, entourée de pas moins d'une vingtaine de filles. Une paire d'ailes moirées jaillit de son costume en velours bleu. Son masque en plumes de paon est aussi large que je suis grande. Elle me fait signe de la rejoindre et, répugnant à lui gâcher son plaisir, je m'efforce de paraître enjouée.

— J'ai fait un pari avec Cyrus. Nous verrons lequel de nous deux courtisera le plus de monde d'ici la fin de la soirée ! s'exclame Camilla en inclinant son verre de vin entre les lèvres d'un chat masqué.

Traditionnellement, les filles embrassent une breloque avant de l'offrir à leur favori ou leur favorite. À ce stade de la soirée, la princesse est déjà assise sur un tas de bijoux à faire pâlir d'envie un dragon.

— Cyrus est arrivé ?

Camilla pointe le doigt vers le haut. Sur le balcon qui surplombe la piste de danse, un gentleman arborant un masque de renard est penché à la balustrade. À en juger par les petits cris de la foule, il a déjà été repéré. Le masque de Cyrus est un secret de polichinelle depuis que j'ai fait fuiter l'information lors de mes séances de lecture divinatoire. L'apprenti de l'orfèvre qui s'est chargé de réaliser le masque n'a pas la langue dans sa poche non plus. Il a évoqué une commande spéciale passée la semaine précédente, et le lendemain même, tous les journaux s'étaient emparés de l'information pour la détailler en long, en large et en travers.

Mais peut-être que Cyrus est plus rusé que ça, car un autre renard doré surgit de l'ombre derrière le premier.

Et deux autres encore, derrière eux.

Suivis de quatre autres.

Huit renards dorés identiques s'alignent le long de la balustrade et inclinent la tête, synchrones. Sept imposteurs et seulement un prince.

Ils sont assaillis à la seconde où ils descendent de leur perchoir pour rejoindre l'assemblée. L'orchestre entonne alors un air qui les attire sur la piste de danse. Dans leur sillage, des jeunes femmes extatiques, rêvassant, gloussant, s'accrochant.

Cette mascarade va durer au moins trois longues heures encore.

Je reluque la sortie.

— Essaie de rester jusqu'à ce que l'horloge sonne la prochaine heure, me dit Camilla comme si elle avait lu dans mes pensées.

Contrariée, je me dirige vers le buffet des desserts.

Neuf tintements retentissent. Je dresse un rapide bilan de la situation : les lumières sont trop vives, les couples qui flirtent m'écœurent, et l'une des pâtisseries que j'ai englouties s'est émiettée dans mon décolleté. Conclusion : même les Parques (à supposer qu'elles m'observent) n'apprécient pas ma présence à ce bal.

Je n'arrive pas à deviner lequel de ces gentlemen au masque de renard est Cyrus. Chaque fois que je m'approche de l'un d'entre eux, je me retrouve entraînée au cœur d'un tourbillon de bousculades et de cris, et je suis à deux doigts de hurler à toutes ces sottes : « Aucune de vous, petites cervelles de moineau, n'épousera Cyrus, vous êtes toutes tombées dans le panneau ! »

Je m'affale sur un siège, à l'ombre d'une sculpture de glace en forme de cygne qui ressemble de plus en plus à un canard à mesure qu'elle fond. Il y a tellement de nourriture empilée sur ces tables ! Des gâteaux entiers, toujours intacts. Sur un autre buffet, un dragon en brioche grandeur nature, le ventre farci de fruits et de pièces en chocolat. J'entame l'un de mes gâteaux préférés, une monstruosité de trois étages truffée de myrtilles et de citron et nappée de meringue.

Camilla, venue rafler un plateau de boissons, me repère alors.

— Qu'est-ce que tu fabriques ?

— Je mange trois parts de gâteau et cinq tranches de regrets… À ton avis, qu'est-ce que j'ai l'air de faire ?

Au bout de la deuxième part, je repère la seconde personne qui en vaut la peine ce soir. Un ballon de vin à la main, les boucles nouées en une queue-de-cheval, arborant un masque ivoire simple et un chapeau à plume citron vert extravagant – Dante Esparsa, mon partenaire de misère.

Il est en compagnie de ses camarades de l'université.

— Esparsa, quelles sont nos chances ? lui demande un de ses amis. Son Altesse choisira certainement une épouse, mais qu'en est-il des amants ? Ça ne me dérangerait pas d'assister à ce genre d'événements si nous avions une touche.

— Tes chances sont quasi nulles, je le crains, répond Dante.

— Tu peux nous avouer à nous, humbles étrangers, que tu es le favori de Cyrus depuis un certain temps et que ce n'est pas commun.

Une grimace passe sur le visage de Dante. Le sous-entendu est clair, même si ses amis ne pensent pas à mal : pourquoi le prince favoriserait-il un bâtard étranger au détriment du reste d'entre eux si ce n'est pour cette raison, si ce n'est parce qu'il couche avec lui ?

— Vous insinuez que ma conversation est si barbante que je dois être bon au lit pour qu'on me garde ? Je ne sais pas si je dois me sentir insulté ou flatté.

Ses amis s'esclaffent. Je lui caresse le coude et il s'éloigne volontiers de son cercle en me voyant.

— Tiens tiens, regardez-moi ce que les fées ont apporté. Tu cherches à faire de l'ombre à Camilla ?

Le rouge aux joues, je me couvre la gorge d'une main.

— Ne dis pas de bêtises.

— Tu es ravissante.

— Je n'ai pas l'impression d'être moi-même.

— Je t'assure que tu seras toujours mesquine, même si tu portes des jupons. (Il jette un coup d'œil par-dessus son épaule. Ses amis sont partis à l'assaut du buffet charcuterie sans lui.) *Merci.* J'aurais perdu la raison, ou alors je me serais noyé dans l'alcool. Les gentlemen ne draguent pas et les dames sont toutes à la recherche de Cyrus. (Il prend ma main gantée et se penche en avant pour me susurrer sur un ton de connivence :)Alors comme ça, tu as rêvé de celle qui est destinée à Cyrus ?

— Espérons-le.

Je décoche un faible sourire. Je n'aime pas mentir à Dante.

— C'est injuste. Tu rêves d'un baiser, et c'est une prophétie. Quand moi je rêve que j'embrasse quelqu'un, on me demande si j'ai fait un rêve humide !

Je hausse les sourcils.

— Et alors, c'est le cas ?

Il m'adresse un clin d'œil malicieux.

La piste de danse est bondée de renards et de robes tourbillonnantes, des images que j'ai aperçues en lisant dans les mains de mes clients. Lorsque la musique s'arrête, de nouveaux couples de danseurs remplacent les précédents.

Dante m'entraîne parmi eux.

— M'accordes-tu cette danse ?

Je rechigne. Un vrai cauchemar défile devant mes yeux.

— Je ne sais pas…

Son bras s'enroule autour de ma taille, sa main chaude se pose au creux de mes reins.

— Détends-toi.

Je m'agite. Puis, comme Dante avance, ma colonne se redresse et mes pieds se détachent du sol. Je me meus alors en parfaite harmonie avec lui. Nous formons un tandem remarquable. Cela relève presque de la magie.

Non, c'est précisément de la magie.

Je contemple mes pieds.

— Ces escarpins sont enchantés.

— J'ai peut-être demandé à Eina de donner quelques instructions aux fées quant à la confection de ta tenue. Ce n'est pas tous les jours que Camilla arrive à te faire venir à un événement. Tu as trois fées à ta disposition, autant en profiter. N'importe qui à la cour tuerait pour en avoir ne serait-ce que *deux*.

— Donc ce décolleté, c'est *ta* faute ?

— Oh non, tu pourras remercier Camilla. Voyons, j'ai plus de classe que ça. (Il me décoche un autre clin d'œil.) Mais tu es absolument charmante ce soir.

Je lui lance un regard noir, qui s'estompe à la seconde où il me fait tournoyer ; le crescendo de la musique éloigne mes pensées du sujet. Dante est un merveilleux danseur ; le genre de sombre et bel inconnu qui ferait chavirer des cœurs… s'il n'avait pas pour rival un prince. Et si les gens ne partaient pas du principe que les Balicans sont des mystiques arriérés obsédés par les arbres. Ils ne savent pas ce qu'ils ratent.

Mais même Dante ne peut me faire oublier complètement mes soucis, et cela se voit.

— Qu'est-ce qui ne va pas ? demande-t-il.

— Je songe à des visions que j'ai eues. (Je n'ai jamais cessé d'y penser.) Même si Cyrus tombe amoureux ce soir…, *même quand Cyrus tombera amoureux ce soir,* ça ne veut pas dire que la prophétie de Felicita sera rompue. Ou que quelque autre malheur ne se produira pas. Je ne dis pas que ça va arriver, mais… ça me tracasse.

— S'il arrive quelque malheur, reprend Dante avec son sourire doux, le visage auréolé d'un halo de lumière provenant des bougies-étoiles au plafond, nous ferons ce que nous faisons toujours lorsqu'une situation semble désespérée.

Je le dévisage, attendant la suite.

— On gardera espoir.

— C'est la pire des répliques. Sache-le !

Il éclate de rire. Le morceau s'achève et il m'escorte hors de la piste. L'enchantement s'estompe. Mes pieds sont tout endoloris ; ils tremblent.

— Tu crois au grand amour ? Honnêtement ?

Dans un sens, j'aimerais que Dante me réponde que oui, histoire d'avoir quelque chose à quoi me raccrocher.

— C'est… compliqué.

— C'est ce que tout le monde dit.

— Non, je veux dire que ma réponse implique d'en passer par une petite leçon d'histoire, dit-il d'un ton impassible.

Arrachant une pleine carafe de vin des mains d'un domestique, j'indique la sortie d'un brusque geste de la tête avec un profond soupir résigné.

— Eh bien, tant que ça me permet d'échapper au bal.

Peu après vingt-deux heures, Dante et moi, passablement éméchés, nous prélassons agréablement dans un recoin perdu du parc, notre masque sur nos genoux. Entourés par des figuiers et des têtes en marbre, nous avons apparemment atterri dans le cimetière des statues brisées du palais. Elles sont de bien meilleure compagnie que les invités du bal – au moins elles, elles ne parlent pas.

Dante me régale d'un récit sur Emilius Ier, homonyme de notre roi actuel, arrière-arrière-grand-père de Cyrus. Une histoire d'amour mémorable plus connue sous le nom d'« histoire du prince et de la paysanne ».

Pendant des siècles, les territoires qui constituent aujourd'hui Auveny étaient petits, fragmentés, divisés. La plupart ne duraient que le temps d'un règne. Quand Emilius Ier était enfant, les terres commençaient à s'unifier sous une seule et même bannière. Les régions les plus reculées ne possédaient pas de lords et se composaient surtout de fermiers. La capitale tenta de les assujettir, leur imposant impôts et lois d'usage pour les mettre au pas. Mais ils se rebellèrent.

À cette époque, une sorcière du camp des rebelles invoqua les Parques. Elle leur demanda de jeter un sort au prince. Qu'il chante et danse jusqu'à ce qu'il perde sa voix et que ses pieds tombent, si, à son seizième anniversaire, le combat se poursuivait. Les ducs en rirent, déclarant que la bataille ne cesserait que lorsqu'ils l'emporteraient. Or les saisons passèrent, et quand le prince eut seize ans, la guerre faisait toujours rage.

Ses pieds se mirent à remuer. Un chant s'échappa de sa gorge. À toute heure du jour et de la nuit, sans discontinuer, il chantait et dansait.

La reine organisa un bal spécial afin de camoufler l'état d'Emilius. Après quatorze jours de danse, une jeune paysanne prénommée Giraldine se présenta. Giraldine n'était même pas censée se trouver au palais – le sort s'acharnait contre elle –, mais elle était tellement innocente et pure que les Parques intervinrent. Elles la firent venir dans un carrosse cristallin et lui firent confectionner une robe par les fées, une habit si fin qu'un simple murmure aurait pu le froisser.

Dans la salle de bal, son regard croisa celui du prince. Frappé par son charme, il se figea sur place et lui demanda sa main, quoiqu'il eût perdu l'usage de sa voix.

La malédiction fut brisée. La légende était née.

— Ou alors, observe Dante en portant la carafe à sa bouche, Giraldine n'était qu'une fille tout à fait ordinaire née dans les cendres d'une révolution manquée. Le vieil Emilius l'aimait bien ; peu importe d'ailleurs, l'essentiel étant que le peuple l'apprécie. C'est pour cette raison qu'il l'a choisie : n'importe quel homme se serait sacrifié pour les beaux yeux de cette jeune fille. Emilius Ier l'a épousée pour rassembler ses troupes, motiver ses hommes à se battre pour lui, et non contre lui.

— Tu penses que la malédiction d'Emilius Ier était une supercherie ? Créée de toutes pièces pour mettre un terme aux rébellions ?

Je prends une dernière gorgée de vin et tends la bouteille à Dante, qui en aspire les ultimes gouttes.

— Ce n'est pas compliqué de faire semblant de danser pendant quinze jours, et il suffit de passer une nuit à chanter à tue-tête au pub pour perdre sa voix. Deux cents ans plus tard, qui peut affirmer avec certitude que c'est vraiment ce qui s'est passé ? Donc est-ce que je crois au grand amour ? Est-ce que je crois à ce genre d'histoires ? La réponse change tous les jours.

Je secoue la tête.

— Pourquoi les Parques se mêleraient de nos vies ? Ça me dépasse.

— Les récits balicans accordent des qualités humaines aux Parques. Elles seraient rancunières, impulsives, empathiques…

— Elles le sont certainement.

— À t'entendre, on croirait que tu leur as parlé.

— Peut-être bien.

— Tiens tiens ! Confie-moi tes secrets, Messagère Violet.

Ses yeux pétillent, son visage s'enflamme ; il se penche un peu trop près de moi, et je me surprends à m'imaginer poser mes lèvres sur les siennes.

C'est le vin. Et la curiosité qu'il a éveillée en moi quand nous avons dansé. Je n'ai jamais embrassé personne. À vrai dire, l'idée ne m'a jamais effleurée. Le romantisme n'est pas mon domaine. On ne considère pas la Prophétesse comme une femme à part entière. Et, soyons réalistes, je suis aussi engageante qu'une porte de prison. Camilla pense peut-être que je suis fermée, cynique et que j'ai peur de prendre des risques, mais le fait est que je distingue les fins mieux que les commencements, et je ne me vois pas donner mon cœur à quiconque. Admettre cela est sans doute l'acte le plus altruiste dont je sois capable.

Je crois en l'amour autant que je crois en sa rareté. Je crois en la tolérance, l'habitude et la codépendance. Et c'est suffisant, je l'espère. Dante, avec ses traits fins et ses fossettes craquantes, a beau m'attirer, jamais je ne jouerais avec son cœur. Il est l'un des deux seuls amis que j'ai en ce monde.

Je me redresse et replace mon masque sur mon visage.

— Je te livrerai mes secrets un autre soir. Je ferais mieux de regagner mes pénates.

Il paraît un peu déçu, mais il est également très saoul.

— Il est presque vingt-trois heures. Reste encore un peu.

Une faible lumière ondule sur ses joues et scintille dans le noir de son regard.

— J'ai déjà vu dans mon rêve ce qui va se passer. Rien de vraiment palpitant.

Je me lève ; l'air frais de la nuit se faufile le long de mon bras. Pour rejoindre ma tour, je connais un raccourci à travers le labyrinthe végétal. Il fait sombre, mais je l'ai emprunté une centaine de fois au cours de mes premières années au palais.

Je dénoue de mon corsage une rose de soie grise, l'embrasse et l'attache au poignet de Dante.

— Merci d'avoir égayé ma soirée. On se verra quand la ville aura dessaoulé.

Je me perds dans le satané labyrinthe végétal.

J'aurais dû m'y attendre, mais c'est l'alcool qui m'a induite en erreur, me soufflant que tout se passerait bien. Par-dessus les haies, j'aperçois ma tour ; seulement, impossible de la rejoindre.

Parvenue à une extrémité, je tourne. Les bruits du palais s'estompent derrière un nouveau mur de feuilles. Impasse. Je rebrousse chemin, emprunte la direction opposée…

— Oh !

Un gentleman en costume blanc me percute de plein fouet, me bousculant dans les buissons. Les branchages m'égratignent les épaules. Quelques gouttes de vin m'aspergent le bras.

— Mademoiselle…

Me saisissant par les coudes, il chasse les quelques brindilles qui se sont accrochées à ma robe. D'une main, il essuie le liquide grenat qui me tache la peau, de l'autre il tient un verre à pied. Je me dégage vite au cas où il chercherait à atteindre mon corsage. Ce fichu bal ne peut pas plus mal tourner.

— Je vous présente mes excuses les plus plates. Vous n'êtes pas blessée ?

Sa voix, familière, me prend au ventre. Mes yeux se portent sur son masque – et je manque de trébucher en arrière.

Une bête me toise, bien trop semblable à celle de mon rêve. Le museau de son masque est pointu et couvert de fourrure, rappelant la tête d'un cerf. Sa chevelure est entremêlée de tiges dorées, ses mèches d'un brun-roux profond sont saupoudrées d'une poudre miroitante. On dirait qu'il porte en lui l'éclat de l'été. Pour parfaire son déguisement, sa tête est couronnée d'une paire de cornes en cristal entortillées de boutons de rose rouge sang.

— Je vous prie de me pardonner, j'étais... C'est inexcusable, n'est-ce pas ?

Son regard ardent me jauge à travers le masque. Les enchantements ne transforment jamais les yeux ; le regard est trop expressif, si on tentait d'utiliser la magie pour le modifier, il serait étrangement fixe et terne.

Ce sont les yeux de Cyrus qui me dévisagent.

Non. C'est impossible. Il n'a rien à faire là. S'il est ici, alors les renards dorés autour desquels se presse la foule...

— Mademoiselle ?

— Qu'est-ce que tu fiches ici ? Pourquoi portes-tu ce costume... ?

Je n'en crois pas mes yeux. Quelle coïncidence ! Une de plus à ajouter à la liste. J'aurais pu tomber sur n'importe qui, et il a fallu que ce soit sur Cyrus, le prince maudit !

Le décor tourne. Je suis saoule. Je vois des choses. Détournant les yeux de lui, je scrute l'obscurité à la recherche d'un repère. Deux pas plus loin, je me prends les pieds dans ma traîne et il me rattrape une nouvelle fois. Mon masque bouge.

— Violet ?

Sa voix change du tout au tout, à présent basse et virulente. C'est *bien* lui.

— Félicitations, je marmonne, saisie d'un spasme d'embarras tardif. (Je lisse les plumes argentées de mon masque.) Ce n'était pas trop dur à deviner ! Ce n'est pas comme si j'avais mandaté des leurres à travers la salle de bal pour me permettre de filer en cachette.

Le coin de ses lèvres se retrousse, affichant une certaine arrogance. Je suis encore à moitié dans ses bras, et la chaleur qui s'échappe de ses doigts irradie ma peau à travers le tissu de ma robe.

— Avoue : c'est un tour de génie. Commandez huit masques de renard, confiez-les à des comédiens qui auront subi quelques retouches magiques, et tout le monde sera dupe.

— Et il a fallu que tu te déguises… *ainsi* ?

Il porte la main à sa tignasse et en retire un minuscule bouton de rose pris dans une feuille de vigne.

— Mon grand amour se fichera que j'aie l'aspect d'une bête. La Prophétesse balicane m'a fourni une description de mon masque, et ça m'a semblé parfait. Provocant. En outre, tout le monde s'amuse sans moi, et je n'ai plus qu'à attendre vingt-trois heures… si tes prédictions sont fiables.

Parcourue d'un frisson, j'inhale à fond avant que ma fierté me pousse à dire des bêtises. Pas question de saboter un plan qui m'a demandé des semaines de mise en place.

— Amuse-toi bien. Je retourne dans ma tour.

Je recueille mes jupes de peur de trébucher encore, et prie pour que le sentier derrière moi me conduise hors du dédale.

— Rien à répondre ? D'habitude, tu adores avoir le dernier mot.

Je connais Cyrus par cœur. Il me provoque. Quelle arrogance !

— Tu cherches la bagarre ? (J'empiète sur son espace vital, arborant le sourire narquois qu'il convoite tant.) Sous tes airs angéliques, c'est toujours le cas. Qu'est-ce qu'un tour de passe-passe, sinon un mensonge, sous un autre nom ? En vérité, ça te plaît d'être un peu sournois, un peu carnassier – un peu comme moi.

— Je n'ai rien en commun avec toi.

— C'est vrai. Moi je ne fais pas semblant d'être meilleure que je ne le suis en réalité.

Durant le court laps de temps où il m'a prise pour une autre, il s'est montré on ne peut plus différent de ce qu'il est en vrai.

Cyrus incline la tête. Ses cornes en cristal scintillent. Nous décrivons un cercle l'un autour de l'autre à petits pas lents, ce sera là l'unique danse que nous partagerons.

— Tu me détestes, dit-il.

— Non. Ça demanderait trop d'efforts. Mais quelqu'un devrait.

— Tu ne m'apprécies pas, alors.

Je pousse un petit cri moqueur.

— Si tu veux que j'énumère toutes les raisons pour lesquelles je t'en veux, il va nous falloir une autre bouteille de vin.

— Je t'intimide ?

Un ricanement m'échappe.

Son souffle forme un petit nuage de condensation dans la nuit tandis qu'il ajoute :

— Tu m'as un jour demandé ce que je redoutais chez toi. Tu devrais me craindre pour les mêmes raisons. Nous pourrions nous anéantir l'un l'autre, et nous n'hésiterions pas un seul instant.

— C'est une menace ?

Cyrus m'adresse un sourire. C'est tout ce que je déchiffre de son expression, le reste de son visage étant dissimulé sous son masque.

— Tu ne me fais pas peur, je murmure.

— Nous ne pourrons pas travailler main dans la main, en tant que roi et Prophétesse, si nous ne sommes pas francs l'un avec l'autre.

J'ôte brusquement mes gants.

— Si c'est de la franchise que tu veux...

Cyrus tente de se dérober, mais je suis plus rapide que lui. J'attrape ses mains, renversant son verre, et les fils de sa vie se déroulent dans mon esprit.

Tendu au premier plan de ses pensées, un fil palpite de la colère suscitée par une ancienne blessure. Une scène familière se déploie, une scène à laquelle j'ai assisté de mes propres yeux.

Il songe toujours à ce jour-là, il y a une éternité de cela. Sauf que dans sa tête, le souvenir se déroule ainsi :

Une fille surgit de nulle part, l'écartant d'une mort certaine, telle une bénédiction des Parques. Une charmante créature crasseuse. Un miracle.

Il ramène la fille chez lui auprès de son père et de sa cour avide. Ils la placent dans la tour, lui murmurent des promesses qui assouvissent l'appétit de la fille.

Sous ses yeux, elle devient tout ce qu'il exècre.

Il déteste ce qu'elle est devenue, bonimenteuse et sournoise.

Il déteste encore plus tous ceux qui les entourent et qui ont fait d'elle ce qu'elle est aujourd'hui.

Mes lèvres s'entrouvrent sur une question tandis que Cyrus dégage ses mains. J'ai envie de rire.

— Ne me dis pas que tu te languis toujours de la fille qui t'a sauvé la vie… (Je voudrais enrober mes paroles de venin, de mépris, mais je suis trop perplexe.) Personne ne m'a forcée à devenir celle que je suis aujourd'hui. J'étais prête à tout pour échapper à la rue. Je voulais cette tour, un point c'est tout.

La vie au palais m'a rendue froide, mais j'ai fait ce choix, seule. Personne d'autre que moi n'en est responsable.

Il me foudroie du regard.

— Si fière d'être sans cœur.

— J'ai bien conscience des conséquences de mes décisions. Et toi ?

Le bal, la ville et les étoiles ne m'ont jamais paru si lointains qu'en cet instant, où le prince me lorgne comme une créature dangereuse. Je veux taper là où ça fait mal.

— Tu crois être moins rancunier que moi ? (Je m'approche d'un pas. Je savoure trop ce moment pour feindre le contraire.) Chaque jour, tu croises mon chemin et tu songes que je ne suis pas celle que tu pensais que j'étais. Que je t'ai volé l'affection de ton père, et que je me suis bâti une vie ici sans toi.

J'avance encore d'un pas. Notre souffle s'accélère et nos bustes s'effleurent. Je sens son cœur battre sous sa chemise. À moins que ce ne soit le mien. Nous avons grandi – nous ne sommes plus ces enfants qui se chamaillaient. Notre horizon s'est élargi, s'est obscurci, troublé par l'ambition.

Par le désir.

Ses lèvres sont si proches que je pourrais goûter le vin qui s'y attarde. Ses mains se plaquent sur le creux de ma gorge, comme pour me stopper, ou peut-être – ses pouces glissent le long de mon cou – pour m'inviter à approcher davantage.

Une cloche retentit. L'horloge sonne. Onze coups.

— Ton destin t'attend.

Rictus aux lèvres, Cyrus me relâche.

9.

J'ai changé d'avis. Je veux assister au conte que j'ai tissé. Je veux savoir dans les bras de qui j'ai envoyé Cyrus. Mais pour ça, il faut que je sorte de ce satané labyrinthe.

Cyrus regagne le palais et je lui emboîte le pas. Il m'ignore tout du long. Dans la salle de bal, le bruit s'est calmé. Les convives sont alanguis par l'alcool. Même les petits attroupements qui cernaient les renards dorés se sont dissipés.

Des cris de surprise s'échappent des lèvres tandis que le prince se faufile parmi les invités. Une bête, c'est effrayant, même lorsqu'il s'agit d'un costume, et même avec un masque couvert de roses aussi beau que celui qu'il arbore. Il provoque les Parques, mais peut-être est-ce ce qu'il cherche.

Je n'aperçois pas tout de suite la fille. Je suis sur le point de me hisser sur un balcon pour mieux voir la scène, quand une sensation à l'arrière de mon crâne attire mon attention. Je pivote en direction de l'entrée de la salle.

Sous une statue arquée de deux Parques se dresse une silhouette.

La fille sort de l'ombre. Son visage est à moitié dissimulé sous un masque papillon, sa bouche est aussi délicate que celle d'une poupée fabriquée par le plus fin des artisans. Sa robe ferait pâlir d'envie n'importe quelle jeune femme et rêver toutes les fillettes. Drapée d'un tissu vert, elle semble tout droit sortie de Fairywood ; une pluie de pétales et de feuilles passant du vert printanier au jaune automnal tombe tout autour d'elle avant de se fondre en une vapeur scintillante. Une cascade de fleurs de fée dorées dégouline de ses jupes.

C'est un peu excessif. Même Camilla trouverait qu'elle en fait trop. Mais l'inconnue est tout simplement magnifique, et je ne saurais dire pourquoi. Comment la décrire ? Elle a tout de celle qui est destinée à un prince. Destinée à *quelqu'un*, en tout cas, c'est certain.

C'est elle. C'est forcément elle.

Du coin de l'œil, je repère Camilla, qui m'adresse de grands gestes, mais je n'arrive pas à détacher mon regard de cette apparition. Il faut que j'assiste au conte jusqu'à la fin.

Huit gentlemen en costume de renard s'approchent de la jeune femme d'un pas nonchalant. Personne ne proteste. Tous offrent leur main et proposent à l'unisson : « M'accorderiez-vous cette première danse ? »

La fille les considère tour à tour. Toute la salle retient son souffle. Choisira-t-elle le bon ?

— Je veux danser avec lui.

Elle pointe du doigt la bête, derrière eux.

Une vague de murmures. Ceux qui sont encore sobres comprennent enfin la supercherie des renards. Le vrai prince Cyrus saisit la main de la jeune femme d'un air hésitant, comme s'il était épaté qu'elle existe réellement, qu'elle existe pour lui. Qu'enfin un présage devienne réalité.

La musique reprend. La foule les cerne bientôt de toutes parts. Je perds de vue le couple ; ne sont plus visibles que les cornes en cristal de Cyrus.

On m'attrape par la taille.

Je trébuche et virevolte sur moi-même. Un paon terrifiant me toise de toute sa hauteur, une main en l'air.

— Camilla ?

— Qui est la plus belle femme dans la salle ? gronde-t-elle, une épingle pointue à la main, prête à frapper.

— Qu'est-ce…

— Réponds-moi avant que je ne te poignarde !

— T… toi ! je bafouille en esquissant un mouvement de recul. Qu'est-ce qui te prend, Camilla ?

Les narines dilatées, elle abaisse son arme de fortune.

— Cette fille avec la robe de fleurs de fée. Elle porte plus d'enchantements qu'une citrouille transformée en carrosse. Je crois que c'est une sorcière ou… ou… je ne sais pas.

Me saisissant par le bras, elle me traîne en direction des escaliers qui mènent au balcon du premier étage. Son pouce, ensanglanté, me tache le poignet et perce un trou dans ma manche.

— Attention ! Tu fais fondre la magie de ma robe.

C'est à peine si Camilla m'écoute ; ses yeux sont rivés sur la salle en contrebas, où son frère s'incline face à la mystérieuse apparition.

— Je n'ai jamais rien vu de tel. Il faut que je lui retire sa robe.

Je tourne ma langue dans ma bouche avant qu'une blague obscène ne m'échappe.

— Camilla, arrête. (Autant lui dire la vérité. Elle l'apprendra bien assez tôt. Je baisse la voix.) Ton père a secrètement arrangé cela. Cette fille… elle a été choisie par avance.

Il m'a demandé d'inventer un mensonge ; de faire croire à Cyrus qu'il allait rencontrer sa promise ce soir.

Elle cligne des yeux.

— Qui est-ce ?

— Je… je l'ignore.

— Qui sait si cette *inconnue* n'a pas jeté un sort à notre père pour le contraindre à accepter ce marché ! Regarde comment la magie la transforme !

— Comment ça ?

— Ce charme qu'elle dégage. Cette touche… supplémentaire. (Camilla m'adresse un regard curieux, comme si j'étais la créature la plus étrange de la salle. Elle secoue la tête.) Ça ne semble pas trop t'affecter. Ce qui avait le chic d'agacer Cyrus à une époque.

Les questions se pressent à mes lèvres.

— Je ne comprends toujours pas…

— Tu ne vois pas comment cette fille attire l'attention ? On la dévisage comme on nous regarde d'ordinaire mon frère et moi, même davantage encore. (Camilla claque des doigts à l'intention d'un domestique qui, un plateau branlant à la main, contemple le couple qui danse, comme hypnotisé. Il ne réagit pas.) Nous ne sommes pas si désirables par hasard, Violet. Cyrus et moi, nous bénéficions d'un enchantement permanent ; la magie nous enveloppe. Ça ne change pas notre apparence, mais ça nous ajoute un attrait particulier, du charisme, si on veut. Les gens ne peuvent s'empêcher de nous regarder. D'être séduits par nous.

Les admiratrices enragées qui entourent Cyrus. L'attention démesurée qu'on prête aux jumeaux chaque fois qu'ils apparaissent en public… Je comprends enfin les dessous de cette frénésie.

— C'est pour cette raison que tout le monde est amoureux de vous deux.

— Eh bien, je n'en ai pas besoin pour être désirable, rétorque-t-elle à brûle-pourpoint.

— Évidemment.

— Les enchantements agissent mieux sur ceux qui sont prédisposés à notre égard, ce qui explique pourquoi, quand une personne apprécie déjà Cyrus, elle l'aime vraiment beaucoup. Il nous faut l'intervention des trois fées du palais pour obtenir ce charme. Or cette fille *dégouline* de magie. Heureusement, j'ai eu la bonne idée de me piquer le pouce jusqu'au sang dès que je l'ai senti. (Elle tambourine des doigts sur la balustrade.) Que faire, que faire… nous devons nous rapprocher d'eux… J'ai une idée ! Danse avec moi !

Camilla m'entraîne à nouveau dans les escaliers, et je dois mouliner du bras pour ne pas perdre l'équilibre. Contrairement à Dante, la princesse est une partenaire énergique et déterminée. Elle me plaque contre sa poitrine sans que j'aie mon mot à dire. Puis elle tend mon bras en l'air et me force à adopter une posture flamboyante sous mes cris de protestation.

— Camilla… !

— Chut ! *Concentre-toi !*

C'est elle qui mène la danse. On s'élance bras tendus vers l'avant, brisant la foule qui s'écarte devant nous. Je n'ai pas remis mes gants et, au contact de sa main, ses pensées apparaissent dans mon esprit.

La multitude l'applaudissant lors de l'annonce de la Ménagerie masquée.

Un collier de verre avec une goutte de liquide rouge.

Une succession de fêtes à n'en plus finir, où résonne son rire désincarné, tous les regards posés sur la fille au bras de son frère.

Au moment présent, si Cyrus et cette inconnue ne fascinaient pas toute l'assemblée, on se demanderait sûrement pourquoi un nouveau couple rejoint soudain la piste. Camilla et moi valsons à travers la salle en direction du prince et de sa cavalière dans des mouvements de jambes qui ne sont pas sans rappeler une gigue enivrée. Au plafond, les chandelles tournoient encore et encore, et j'en viens à buter contre mes propres mollets ; même mes escarpins enchantés ne peuvent plus rien pour moi.

— Encore un peu et nous y serons… Comment fait-elle pour subjuguer tout le monde à ce point ? Je n'ai jamais rien vu de si efficace, marmonne Camilla. Bon, n'aie pas peur.

— Trop tard !

Camilla dégaine une lame de sa poche, elle s'entaille la pulpe du pouce, tressaillant quand un filet de sang rouge s'en échappe. Sur le bord de la piste, elle arrache une cruche d'eau des mains d'un domestique et plonge sa main dedans.

L'eau mêlée de sang m'asperge. Je m'écarte brusquement tandis que mes manches fondent.

— Qu'est-ce que…

Et je trébuche contre la traîne de la fille. Un cri lui échappe. Cyrus semble prendre mollement conscience de notre présence.

Camilla se précipite vers eux et les arrose.

— *Argh !*

Le masque de la fille flétrit et se ratatine sur lui-même avant de disparaître. Elle porte les mains à son visage ruisselant d'eau rosâtre. Sa robe se dissout déjà, le vert s'estompe.

Cyrus se jette sur Camilla, lui arrache le broc des mains.

— Tu as perdu la tête ?

Elle fait un pas en arrière.

— Elle t'a charmé…

— Évidemment ! Elle m'est destinée !

— Non, *littéralement* charmé, imbécile ! Envoûté.

— Elle s'enfuit ! hurle-t-on parmi la foule.

Les portes de la salle de bal s'ouvrent dans un grand fracas et se referment sur la fille, sa robe dispersant de la magie dans son sillage.

Un filet humide s'écoule le long de mes jambes. Je baisse les yeux et mon masque tombe. Je m'empresse de le repositionner sur mon visage.

Mes enchantements s'estompent eux aussi.

On m'attrape par l'épaule. Je pivote sur moi-même et me retrouve nez à nez avec Cyrus, qui me foudroie du regard.

— Il faut toujours que tu viennes mettre ton grain de sel, hein !

— Je n'ai rien fait. C'est Camilla.

Je me dégage assez facilement de sa poigne, Cyrus étant un peu engourdi par le vin et l'enchantement. Je plonge dans la foule et cherche un endroit derrière lequel me réfugier, mais le flot d'invités me propulse vers la sortie tandis qu'ils se lancent tous à la poursuite de la fille.

Il faut que je m'éclipse.

Je prends mes jambes à mon cou. L'une de mes chaussures est en train de fondre. J'ai l'impression d'être redevenue une fille des rues.

Ma robe se transforme en lambeaux, libérant mes cuisses. Je cours de plus belle.

M'accrochant à ce qui reste de mon masque, je m'élance dans la nuit. Les gouttes de pluie s'accumulent sur mes cils, brouillant ma vision. C'est à peine si j'aperçois la silhouette de la fille qui se détache derrière la lueur des torches placées au-dessus des grilles. Plissant les yeux, je distingue la lueur rougeoyante des fées qui l'accompagnent. Une… deux… trois…

Il est très rare qu'une seule et même personne possède plusieurs fées. En général, il vaut mieux n'en avoir qu'une, car elles se chamaillent plus qu'elles ne s'entraident. Avoir trois fées à son service, ça n'existe que dans les contes. Le palais en possède trois, mais celles-ci coûtent une sacrée dose d'ambroisie à la famille royale, qui se les partage. On raconte que ce fut très difficile de trouver trois fées prêtes à collaborer ensemble, qu'un tel prodige tient presque du miracle.

Plus de trois fées, c'est du jamais-vu.

Or l'inconnue en possède cinq !

Le vacarme de la foule se rapproche. Je cours en direction de la loge près de l'entrée et me tapis à l'ombre du bâtiment. Quand je regarde de nouveau derrière moi, la fille a disparu et Cyrus se tient seul devant les grilles du palais, les yeux rivés sur les rues désertes.

Il appelle ses gardes. Quelques minutes plus tard, il s'élance à cheval en direction de la cité, accompagné de Dante, et flanqué d'une grande partie de la foule.

Dans le chaos ambiant, je traverse tant bien que mal le parc et regagne ma tour. Personne ne me suit. À peine ai-je franchi le pas de la porte que j'ôte ce qui reste de ma tenue détrempée. Je me faufile sous les draps sans même prendre la peine de me sécher.

Ce n'est qu'à cet instant que je me rends compte que j'ai perdu mon autre soulier.

10.

On cogne à ma porte.

Je roule dans mon lit, attendant que le vacarme cesse. Ma blouse est froide, elle me colle à la peau. Dehors, il fait encore noir ; c'est à peine si les premières lueurs du jour sont apparues.

En bas, les coups redoublent d'intensité. Encore. Et encore. Et encore.

Je plaque mon oreiller sur ma tête. Murmure aux Parques qui ont béni cette tour une petite prière remplie de jurons, avant de rabattre mes couvertures. J'enfile une robe de chambre que j'ajuste autour de ma taille pour dissimuler ma chemise.

Je garde un souvenir très flou de la nuit dernière. Tant pis, c'est du passé. J'ai réussi à mettre notre futur roi en colère en me vantant de l'avoir utilisé. Puis j'ai recommencé en faisant fuir sa prétendue promise, ce qui irritera sans doute notre roi actuel. En outre, personne ne m'aime.

Mais à cette heure-ci, je ne peux même pas me donner la peine d'être inquiète.

— Une minute ! je hurle.

C'est inutile. On ne peut pas m'entendre en raison du sortilège d'insonorisation qui enveloppe la tour. Je descends dans la salle de divination, une chandelle à la main.

— Le soleil ne s'est pas encore levé, mais vous avez fait ce qu'il faut pour me réveiller, nom d'une Parque !

J'ouvre brutalement la porte.

Cyrus se tient seul dans l'antichambre, les yeux injectés de sang.

Il ne s'est pas changé depuis le bal ; sa chemise déborde de son pantalon, son col est de travers... L'homme qui me fait face est sans commune mesure avec la bête au costume immaculé de la veille. Il se balance d'un pied sur l'autre, dégageant une odeur de vin et de pluie. Dans sa main, il tient... *ma chaussure.*

— Tu as oublié ça ?

Bouche bée, je la lui prends sèchement.

— Tu t'es battu avec un troll dans un pub ? j'articule péniblement.

Il se pince le nez en poussant un long soupir.

— Dis-moi la vérité, Violet. Qui était-ce ? La fille qui s'est enfuie.

Son visage me revient partiellement. Sa surprise et sa crainte, les cinq fées dans son sillage. J'espère que Cyrus n'a pas passé la nuit à la chercher.

— J'ai... à peine aperçu sa silhouette. Tu as vu l'heure ?

— Je suis fatigué.

— Parce que tu n'as pas fermé l'œil, probablement. Petit prince, ce n'est même pas *l'aube* !

— Je suis fatigué de tous ces gens qui me mentent et qui pensent pouvoir s'en tirer impunément.

— Tu as l'alcool joyeux à ce que je vois.

— Cette fille, c'était un coup monté, je le sais.

Je suis prise d'une quinte de toux. Cyrus lève les yeux, une grimace satisfaite sur le visage ; il empoigne sa tignasse, ruisselante de pluie et de poudre dorée. Il a découvert le pot aux roses, et apparemment la nouvelle est rude.

— Je peux entrer ?

Sans attendre ma réponse, il pénètre dans la salle de divination.

— Tous les seigneurs que j'ai rencontrés entre la Capitale du Soleil et Verdant manigançaient quelque chose. Ça ne me surprend guère de constater que mon père avait tramé un plan, lui aussi, dit Cyrus tandis que je referme la porte derrière lui. Je sais que tu me prends pour un crétin. Mais laisse-moi te confier un petit secret : j'aime que mes ennemis me sous-estiment.

Je marche sur des œufs.

— Est-ce que tu me considères comme ton ennemie ?

— Nous verrons. (Il est agité. Fébrile.) Dante vient de retrouver la fille qui s'est enfuie ; il sait de qui il s'agit. Raya Solquezil. Raya de Lunesse, la cheffe de la plus grande région de Balica. Celle qui possède le plus de pouvoir sur Fairywood, la plus influente. Quelle coïncidence que ce soit également la femme qui m'est destinée.

Je pose la chandelle. J'ai suffisamment ménagé et flatté le roi actuel ; il est temps de bâtir une relation de confiance avec le futur souverain.

— C'est ton père qui a tout manigancé. Je connaissais uniquement la tenue qu'elle porterait. Je ne savais pas que c'était Raya. C'est à peine si je sais de qui il s'agit.

La république de Balica possède plusieurs chefs. Un pour chaque État, qui sont au nombre de quatre : Lunesse,

Gramina, Hypsi et Solrook. J'ai vaguement entendu parler de Raya ; dans mes souvenirs, il s'agit d'un ennemi à caresser dans le sens du poil.

— Père tenait absolument à ce que je me marie et me rende utile. J'étais prêt à lui accorder le bénéfice du doute ainsi qu'à toi, mais cette alliance a clairement pour but d'assujettir nos voisins.

Pourquoi Cyrus semble-t-il si surpris ? Même sans qu'une prophétie pèse sur eux comme une épée de Damoclès, les rois ne se marient jamais par amour ; ils le font par calcul, pour contracter des alliances utiles et donner naissance à des héritiers qui serviront leurs ambitions.

— Tu tardes à trouver le grand amour. Tu ne peux pas demander à ton peuple de patienter éternellement. Et cette comptine dont j'ai rêvé et que je t'ai rapportée, ça ne fait pas partie de la supercherie… (J'essaie de me la rappeler.) Si ça se trouve, cette fille est réellement ton grand…

— Non.

Cyrus virevolte face à moi, un sourire amer aux lèvres. Son souffle s'accélère, et je pique un fard en me souvenant soudain que je suis en petite tenue. Gênée, je réajuste mon peignoir en soie. Il détourne les yeux ; pose son regard sur la fontaine aux offrandes, les rideaux, les étagères vides – partout ailleurs.

Mon cœur tambourine ; il me met en garde. Le sang palpite dans mes oreilles.

— Que fais-tu là, Cyrus ?

— Il me fallait des réponses. Mais pour quelqu'un qui affirme tout savoir, tu ne sais pas grand-chose.

Il semble avoir dessaoulé. D'un pas sec, il se redirige vers la porte, mais je lui bloque le passage.

— Tu débarques chez moi aux aurores, me fais passer pour la grande méchante, alors que tu sais pertinemment que c'est ton père qui manipule tout…

— Tu n'es pas le centre du monde.

— Ça me retombe toujours dessus ! (Je plante mon index dans son torse.) Quel que soit le sujet de paranoïa du moment, c'est toujours moi qu'on accuse. C'est toujours ma faute, parce que tout le monde te croit blanc comme neige ! Mais moi je ne suis pas dupe. (Les mots jaillissent de mes lèvres sans que je puisse me contrôler ; ils sont présents depuis toujours, dans un coin de ma tête, attendant le bon moment pour sortir.) Ça a beau t'horripiler, je suis la seule avec qui tu peux être toi-même ; donc te voilà. Je vois bien la manière dont tu me regardes. (Ses yeux verts s'assombrissent ; on dirait deux abîmes.) Dans le fond, tu ne me détestes pas. Si je ne te connaissais pas mieux, je dirais même que tu luttes de toutes tes forces pour ne pas me désirer…

Il écrase sa bouche sur la mienne.

Nous reculons contre la porte, ses genoux s'impriment dans mes cuisses, le pommeau de son épée s'enfonce dans ma hanche. Il me brutalise. *M'étouffe.*

C'est l'échange le plus honnête qu'on ait jamais eu.

Ma surprise se noie dans la chaleur qui inonde mes veines, plus entêtante que du vin. Ce n'est pas le premier baiser que je m'étais imaginé, un baiser timide, pudique, une simple histoire de curiosité. Non, c'est une provocation. Notre querelle s'exprime maintenant physiquement. Et soudain, je réalise.

Je le désire, moi aussi.

Je ne sais pas être douce. Je crois à peine à l'amour. Mais je suis ce qu'il y a de pire pour Cyrus, et je m'en délecte.

Le souffle saccadé, je cherche à tâtons une chose à laquelle m'accrocher et ne trouve que sa chemise. Ses doigts se déploient sur mon menton ; ils écartent mes lèvres, et il m'embrasse plus goulûment encore. Son étreinte est brutale. Je m'empare de sa langue, la mords presque. Lui et moi, on ne connaît que le langage du combat. Peau contre peau, nous faisons des étincelles.

Je brûle de lui tirer la tête en arrière, de chasser le maquillage doré de sa mâchoire. De lui faire savourer l'instant.

Je désire tellement plus que je ne l'imaginais.

Notre baiser se fait avide ; nos dents se cherchent, attrapent nos lèvres. Le goût du sang et des cendres se mélange sur ma langue. À l'abri de mes paupières, des roses s'épanouissent.

Deux lumières bleues s'embrasent et un ricanement résonne. *Tu brûleras.*

Je m'écarte brusquement, détachant mes mains de celles de Cyrus. Elles étaient entrelacées.

Il le remarque. S'empare à nouveau de ma main – mais la vision est passée. Des images de l'avenir demeurent ; aucune n'est déchiffrable.

— Qu'as-tu vu ?

J'ai mal au crâne à l'endroit où ma tête appuie contre la porte. Il ne pouvait pas savoir – que *croit*-il que j'aie vu ? Un désespoir tout autre voile une seconde son expression ; il me soulève gentiment le menton.

— Violet, dis-moi.

— Je n'ai rien vu.

— Menteuse. (Ses lèvres enflées frôlent les miennes.) Faut-il que je te persuade ?

Je me dérobe à lui, saisie d'une soudaine prise de conscience.

— Tu te surestimes.

Mais je vois clair dans son jeu et lui dans le mien. Impossible de lui mentir. Un éclat de rire jaillit de sa gorge et il m'embrasse à nouveau ; un baiser profond et doux.

— Tu parles trop, mais que sais-tu dans le fond ? Seulement ce que tu *vois*.

Ses mains se glissent sous mon peignoir, se faufilent le long de mon corps, caressent la courbe de ma cuisse, froissant le tissu de ma chemise. Je frissonne au contact de l'air frais sur ma jambe, et il enfonce ses doigts dans ma chair.

— Cyrus, j'halète.

Je le repousse violemment.

Il trébuche et tombe par terre ; ses coudes s'égratignent ; un filet de sang goutte de ses lèvres. Une sensation me parcourt le corps ; j'ai l'impression d'être nue. Et sous ma robe de chambre, que j'ajuste autour de mon buste, ma peau bouillonne.

Cyrus reste au sol, le souffle rauque. Il bascule la tête en arrière.

— Bon, je suppose que ce n'est pas toi.

— Pardon ? dis-je d'une voix tremblotante.

Si jamais je bouge, je m'effondre.

Il marmonne dans un ricanement misérable :

— Nan mais qu'est-ce que je fabrique ?

La lueur vacillante des chandelles l'auréole d'une lumière dorée. Il porte son regard sur mon visage, sa bouche articulant des mots silencieux qu'il n'a pas le cran de prononcer à voix haute.

Les spasmes qui me balaient n'ont pas cessé. Ils se font douloureux, partout où Cyrus m'a touchée.

— Qu'est-ce que *nous* fabriquons ? Cyrus…

— Tu devrais quitter Auveny.

Je suis à deux doigts de m'évanouir.

— *Quoi ?*

— Invente une histoire, dis que les Parques t'appellent ailleurs. (Il déglutit ; son regard se durcit.) Pars à Yue, Balica, Fairywood, je m'en fous. Va n'importe où, pourvu que ce soit loin.

Cyrus se relève et j'essaie de le faire se rasseoir mais il repousse mes mains, la bouche déformée par une grimace. Il y a quelques instants à peine, il ne pouvait s'empêcher de me toucher ; à présent, il ne supporte même pas l'idée de se trouver dans le même royaume que moi.

Un frisson glacial se diffuse dans tout mon corps. Non, il ne pourrait jamais supporter ça. Tout est clair maintenant – son dégoût chaque fois qu'il me voit. Ce ne sont pas mes mensonges qui font qu'il me hait. Ce qu'il déteste, c'est de ne pas pouvoir me contrôler. De ne pas être capable de se maîtriser lui-même en ma présence.

— Ne complique pas les choses. Je sais que tu n'en feras qu'à ta tête.

Son front se déride et Cyrus se recompose le visage du beau prince charmant sous les traits duquel le reste du monde le connaît : l'honorable imbécile.

J'aurais dû lui arracher la langue quand j'en avais l'occasion.

— Qu'est-ce qui te fait croire qu'on se débarrasse aussi facilement de moi *maintenant* ?

— Il me suffit de raconter que tu as voulu me nuire durant le bal. Que tu as jeté du sang sur celle qui m'est destinée. Les gens raffolent des histoires de sorcières jalouses.

Il lisse sa tignasse et arrange sa chemise avant de se diriger vers la porte.

— Espèce de lâche, je lance avec mépris.

Paupières closes, il s'imprègne de mes mots.

Je le suis jusque dans l'antichambre, encore remuée par notre corps à corps.

Lâche, lâche, lâche, *lâche.*

Je voudrais foutre le feu à la tour ! Une partie de mon être est tentée de le faire, rien que pour détruire les preuves de ce qui vient de se produire ici – et pour oublier que je viens d'embrasser Cyrus.

Nos pas résonnent à travers l'escalier.

— Tu ne peux pas fuir ce qui s'est passé, dis-je en le rattrapant.

Cyrus se fige, la main sur la rampe.

— Tu…

— Chut !

Quelqu'un d'autre serait-il présent ?

— Eh bien, qu'on…

Nous entende, j'aimerais achever, mais Cyrus plaque une main tremblante sur ma bouche.

Une terreur vive se lit dans ses pupilles. Il m'indique le bas de la tour, où se trouve la seule et unique entrée.

Le bruit me parvient soudain : un rugissement perçant qui emplit le silence. Nous retenons notre souffle.

Ce n'est pas un homme. C'est une *chose.*

J'ignore à quoi m'attendre en portant le regard vers le bas. Je ne connais rien au monde qui fasse ce bruit ; mon cœur tambourine à présent dans mes oreilles, couvrant tout le reste.

Des serres gigantesques s'accrochent à la porte voûtée. Des feuilles et des pétales de rose volettent, portés par la brise. Une silhouette massive se place dans l'entrée, bloquant la lueur de l'aube.

Une bête.

Elle pénètre dans la cage d'escalier, une corne en spirale après l'autre, trop imposante pour passer en une seule fois. Ça n'a rien à voir avec le masque délicatement confectionné que Cyrus a porté au bal ; non, c'est la bête que j'ai aperçue dans mes rêves, un mélange monstrueux de fourrure et de mousse, une forme dépourvue d'élégance. Un châle de ronces lui drape le torse, lui donnant l'aspect d'un loup pris dans des buissons, sauf que je n'ai jamais vu de loup bipède. C'est une créature de fiction – tout droit sortie d'un conte narré aux enfants pour les dissuader de s'éloigner du logis.

La bête scrute la cage d'escalier de ses yeux verts luisants, narines dilatées, tous crocs dehors. *Elle sait que nous sommes là.* Je le devine à sa manière de humer l'air, à l'inclinaison de sa tête.

Elle charge.

— Merde !

Je m'élance à l'étage, le prince sur mes talons. Le bâtiment tout entier s'ébranle tandis que la bête grimpe lourdement dans notre direction. Je trébuche et me rattrape de justesse à la rampe. Cyrus, gravissant les marches deux à deux, me dépasse et me saisit par la main pour m'entraîner derrière lui.

Maladroite, terrifiée, je me précipite dans mes appartements par la porte encore ouverte, même si je sais déjà que ce n'est pas une cloison en bois qui va arrêter la créature ; j'ai entraperçu ses griffes, longues comme des lames. Nous allons être piégés.

Une chose pointue et froide me frappe le dos. Je m'écarte d'un bond et, saisissant un vase dans un coin de l'antichambre, je le projette sur la masse qui se dresse derrière moi.

La porcelaine vole en éclats. La bête titube.

Je m'empare alors du socle du vase, en fer forgé, et, prenant mon courage à deux mains, je repousse la créature à l'aide de cette arme de fortune, m'efforçant de prendre l'avantage avant qu'elle ne se ressaisisse.

Du coin de l'œil, j'entrevois un éclair argenté. La bête rugit de douleur en s'étreignant le bras.

Cyrus, épée dégainée, me contourne et vient s'interposer entre elle et moi. Sa joue et son épaule sont couvertes de sang – le sien ?

— File ! Va chercher de l'aide ! Je vais faire diversion.

Sur ces mots, il abat de nouveau sa lame.

Choquée, je marque un temps d'hésitation. Un passage se libère devant moi, menant directement à l'escalier, et je fonce. Je saigne et j'ai le tournis ; il se peut que je m'évanouisse, mais si je ne parviens pas en bas, nous sommes morts. La clé de la survie, c'est de courir sans jamais s'arrêter.

L'air frais m'emplit soudain les poumons. J'ai atteint la passerelle tapissée de pétales ; je suis pieds nus. Les bruits de lutte s'estompent derrière moi au fil de mes enjambées. Au-delà des grilles du palais, des gardes veillent ; il faut seulement que je les rejoigne.

Mais…

Mes jambes ralentissent.

Et si Cyrus était censé mourir ainsi ?

Je pourrais sauver ma peau, le laisser succomber sous les coups de la bête ; ce ne serait rien de plus qu'un horrible accident. Les Parques seraient satisfaites. De toute façon, il doit mourir avant la fin de l'été.

C'est tellement facile, tellement tentant – une décision raisonnable quoique cruelle. Une décision pragmatique, nécessaire, la meilleure qui soit pour moi. Il veut que je m'en aille, et il l'a dit lui-même : nous n'hésiterions pas à nous détruire l'un l'autre.

Mais...

Il m'a protégée. S'est interposé entre la créature et moi. M'a permis de m'échapper, alors qu'il aurait pu s'enfuir et m'abandonner à mon sort.

Cet acte n'est-il pas plus éloquent que des mots ?

Ravalant mon venin, je hurle à pleins poumons :

— Au secours ! Gardes ! À l'aide !

Je sens que je vais le regretter.

Derrière moi, un rugissement, plus proche que prévu. Par réflexe, je me retourne au lieu de traverser la passerelle jusqu'au palais. Mauvaise idée.

Une seconde bête arborant des cornes gigantesques se dresse devant moi et son ombre m'avale.

— Non...

Elle me plaque au sol sans me laisser le temps de crier. Ses griffes m'oppressent la poitrine. Elle enfonce sa serre pointue dans mon menton. Une douleur fulgurante me balaie le corps – son poids est insoutenable. L'odeur d'humus emplit mes narines.

Je réussis à glisser la main sous sa griffe, assez pour l'empêcher de me transpercer la gorge tandis que je me débats.

À son contact des images défilent dans ma tête.

Des enfants aux cheveux bouclés courant près d'un cottage à flanc de coteau, appelant leur père.

Une foule rassemblée dans le bâtiment en brique d'une ville balicane. La discussion est animée ; on parle de mystérieuses attaques nocturnes.

Un groupe d'hommes munis de hachettes s'approche d'un manoir couvert de végétation.

Je cligne des paupières et me retrouve face aux yeux luisants de la bête ; sa mâchoire meurtrière me menace.

Des ordres retentissent. Un bruit sourd. Des os broyés.

La bête se raidit ; la lueur dans son regard s'éteint. Le sang s'écoule d'un trou causé par une flèche, en plein milieu de son front.

Elle s'affale. Fourrure et pétales de rose m'étouffent. Mon corps est en proie à une douleur indicible qui m'empêche de penser. Au loin, je perçois un tintement métallique, et des bruits de pas.

On me libère du poids accablant de la bête, qui m'empêchait de respirer. Il répète mon nom, et sa voix résonne à travers l'obscurité qui m'engloutit.

11.

L'aube se faufile lentement sur les terres embrumées, escaladant les collines verdoyantes et dorées, plongeant dans les vallées et s'immisçant à travers les volets. Jusqu'à la lisière de Fairywood, où toute lumière s'arrête. Là, de gros nuages noirs roulent dans le ciel, et une pluie de cendres arrose la forêt. Les bois sont en flammes.

Un village voisin est plongé dans le silence. Des corps flétris et démembrés jonchent les rues. Les ronces envahissent tout, dévorant cadavres et bâtiments jusqu'à ce que la cité tout entière en soit tapissée. Dans les airs, les fées battent des ailes, s'éteignent et se dissolvent en poussière.

De l'ombre surgissent des bêtes. La peau couverte de mousse, les crocs et les griffes ensanglantés, la tête coiffée de deux cornes entortillées de roses. Elles arpentent la campagne d'un pas lourd, tels des soldats, squelettes râlants d'une forêt affamée.

J'éternue. Mon corps se tord de douleur.

— Hé… Ouste !

La voix d'Eina me parvient, claire et perçante.

Mes paupières s'entrouvrent. La nourrice chasse un trio de fées comme s'il s'agissait de moucherons. Elles s'échappent par la porte.

Le décor luxueux m'est familier : je suis au palais, dans l'une des nombreuses chambres d'invités. Celle-ci est drapée d'une montagne de velours cramoisi, baignant la pièce d'une atmosphère sanglante. Un plateau fumant est placé non loin de mon lit. Gruau de poisson et pain. Mon estomac se récrie.

Dos à moi, Eina jette un coup d'œil dans ma direction ; ses sourcils gris se haussent.

— Ah ! Bien. Bois un peu d'eau. Tu as perdu connaissance pendant une journée entière.

Avec toutes les peines du monde, je me redresse sur mes coudes. Le lit est bien plus mou que celui dans lequel je passe mes nuits, et je m'enfonce un peu plus dans le matelas. Mes muscles semblent intacts et fonctionnels ; ils sont juste un peu raides et s'en plaignent à cor et à cri. J'ai la tête étrangement légère. C'est sans doute le sommeil le plus récupérateur que j'aie eu depuis des lustres, même si j'ai rêvé.

Les fées y sont-elles pour quelque chose ?

J'ai encore un goût de fourrure dans la bouche. J'obéis à Eina et avale un grand verre d'eau avant de poser la question qui me brûle les lèvres :

— Où est Cyrus ?

— Son Altesse s'apprête à annoncer ses fiançailles.

— Ses *quoi* ?

Je me redresse comme un diable sort de sa boîte, une grimace aux lèvres. Mes côtes me tiraillent comme si elles s'étaient brisées en mille morceaux.

— Rallonge-toi, mon enfant. Tu ne t'es rien cassé, mais tu es encore dans un piètre état, me sermonne Eina. Comment va ta tête ? Suis mon doigt du regard.

Je tourne ma langue dans ma bouche et obtempère. Je suis encore trop faible. Profitant d'un silence, je redemande :

— Cyrus est fiancé ?

— À lady Raya. Une jolie créature. Originaire de Balica.

Raya Solquezil de Lunesse. Cyrus m'avait lâché son nom avec mépris.

— C'est une bonne chose qu'il l'ait trouvée, poursuit Eina. Pile au moment où les bêtes ont débarqué.

— Oui, j'acquiesce à contrecœur. (Elle ne sait pas ce qui s'est produit d'autre cette nuit-là. Elle est loin de se douter que parmi mes bleus, celui que je sens le plus se trouve sur mes lèvres, et a été causé par un baiser sulfureux.) Qu'est-il arrivé aux bêtes ?

— On a emporté leur dépouille pour les disséquer. Mais ne te préoccupe pas de ça. Repose-toi, c'est le plus important. (Eina lisse ma couverture pour me border, comme si elle percevait mon brusque désir de regagner ma tour.) Elles ont laissé dans leur sillage une montagne de roses qu'on est encore en train de ramasser. C'est… l'ultime prophétie de Felicita qui se réalise, n'est-ce pas ?

— Je ne vois pas ce que ça pourrait être d'autre.

Elle hoche la tête, l'inquiétude s'effaçant de son front ridé. Personne n'aime envisager l'inconnu.

Tant de choses ont changé en une nuit. L'avenir est là, comme je l'avais prédit, et ce n'est pas du tout ce que j'avais prévu.

Les jumeaux royaux sont aujourd'hui adultes et le roi veuf n'a pas enfanté d'autres héritiers. Aussi, la nourrice a du temps à m'accorder. Eina pense me rendre service en me tenant compagnie, reprisant son ouvrage à mon chevet. Ça ne me dérange pas le temps du repas, mais elle s'attarde dans ma chambre bien après que j'ai fini mon porridge.

J'ai des gens à voir. Le temps presse.

Quand elle sort enfin pour aller chercher un pichet d'eau fraîche ainsi que des bouquins que je lui ai demandés – la bibliothèque se situe à l'autre extrémité du palais –, je rejette ma couverture et saisis les vêtements propres posés au pied de mon lit.

Au même instant, Camilla déboule dans ma chambre avec un gros bouquet de fleurs et une part de gâteau.

— Bénies soient les étoiles ! Violet, tu as une mine affreuse.

— Je vais bien.

J'ôte mon peignoir avec difficulté. J'ai encore du mal à lever les bras.

— Tu étais à l'article de la mort quand on t'a ramenée…

— Je n'ai rien de cassé.

La pire blessure que j'ai reçue est à la mâchoire. Une balafre qui a nécessité quelques points de suture.

— … et Cyrus a *refusé* de me dire ce qui s'était passé. « *Je suis fatigué, Camilla* », l'imite-t-elle. Mais pas trop pour te porter jusqu'au palais.

Je pointe la tête hors de mon méli-mélo de tissu.

— Comment ça ?

— … finalement il a fallu que j'apprenne indirectement toute l'histoire de la bouche de Ziza Lace, or tu sais que cette femme est aussi fiable qu'une maison en pain d'épice.

(Camilla dispose le bouquet dans un vase prévu à cet effet, le gâteau sur la table, et se laisse tomber dans le siège près de mon lit.) Tu as entendu la nouvelle ? Cyrus est fiancé. J'ai tenté de l'en dissuader. C'est une sorcière, je n'en démordrai pas.

— Lady Raya ?

Je me rappelle à peine sa silhouette, délicate, surprise.

— Techniquement, c'est Raya tout court. Père la présente ainsi puisqu'il n'existe pas de titre de noblesse à Balica. La cheffe de Lunesse serait un parti convenable si elle avait déjà touché à la diplomatie. Et si elle ne débarquait pas à la capitale accompagnée de *cinq fées.* Une fée, d'accord, c'est mignon. Mais *cinq* fées ? Cinq fées, c'est synonyme de problèmes !

J'enfile un chemisier en lin et boutonne une jupe jaune en mousseline. Camilla marque un point, mais elle est également vexée de ne pas avoir été le centre d'attention du bal, j'en mettrais ma main à couper.

— Toi tu possèdes bien trois fées dont tu te sers pour séduire ton entourage…

— C'est différent ! (Elle fait la moue sans en dire plus. Visiblement, l'hypocrisie touche l'ensemble de la famille royale.) Le pire, c'est que l'un des gardes partis à la recherche de Raya a rapporté l'histoire des fées à Ziza, qui a publié la nouvelle dans *Les Dessous d'Auveny* avant que je puisse l'en empêcher. Ziza présente ainsi Raya sous un jour favorable – d'après elle, Raya mérite ces fées – car « *celle qui est destinée au prince est forcément une femme hors du commun* ».

— Ziza flatte la future reine.

— Je ne permettrai pas qu'on couronne Raya avant que la prophétie soit rompue, et que je l'aie constaté de mes propres yeux ! Je me méfie d'elle comme de la peste.

— Moi aussi. Mais j'aimerais d'abord la rencontrer.

Et, avec un peu de chance, lire dans sa main les fils de son existence. D'après le peu que j'ai vu d'elle, elle semble à peine plus âgée que moi. Pourtant, je suis prête à parier qu'elle est à la tête de Lunesse depuis des années.

Je glisse ma main dans ma chevelure pour la peigner, et l'entortille par-dessus mon épaule pour obtenir une coiffure présentable, avant de me mettre debout.

— Pourras-tu retenir Eina ? Elle va piquer une crise quand elle se rendra compte que je me suis enfuie.

Camilla agite sa main pleine de bagues.

— Oh ! Il suffit de glisser une bouteille de vin de prune à cette vieille bique pour qu'elle en perde l'usage de la parole. Où vas-tu ? J'aimerais savoir ce qui s'est passé après le bal. Que fabriquait mon frère chez toi ?

Il m'embrassait et plus encore, et je ne l'aurais peut-être pas arrêté si mes visions ne m'avaient pas joué des tours. Mais il est moins facile pour moi que pour la princesse de proférer des vérités à voix haute.

— On discutait de mon avenir de Prophétesse à la cour.

— Juste avant le lever du jour ?

Certes, Cyrus aurait pu choisir une heure moins indue pour venir me trouver, le meilleur moment étant : jamais.

— Il était en colère au sujet du marché que j'ai conclu avec votre père. Et probablement ivre. Il… m'a menacée. (Je grimace.) Il veut que je quitte mon poste.

— Pardon ? C'est impossible.

Elle incline la tête de côté comme si elle s'attendait à une réaction plus vive de ma part.

Mais je suis trop pensive pour me faire du mouron. L'inquiétude ne fait que provoquer la panique. Penser me permet au moins de me croire productive.

— Évidemment. Je ne compte pas partir ! Avec l'arrivée des bêtes, les priorités de Cyrus ont changé. Ce n'est pas parce qu'il prend des décisions hâtives que je dois l'imiter.

— Tant mieux. Je vais lui en toucher un mot. Il n'a pas les idées claires, c'est sûr. Ce sont les fées qui lui tournent la tête.

À moins que ce ne soit moi. Mes joues sont en feu. Je détourne le visage pour cacher mon embarras.

— Merci. Ça ne me ferait pas de mal d'avoir quelque certitude dans ma vie en ce moment.

— La Prophétesse veut de la certitude ! s'exclame Camilla en éclatant de rire. C'est vraiment le début de la fin.

Dans les couloirs du palais, c'est le chaos. Il fallait s'y attendre. Les courtisans grouillent dans tous les sens comme des insectes en talonnettes, s'enquérant des projets de mariage du prince et de la prophétie. Je me faufile à travers la foule, évitant les gens et leurs questions. Je ne croise ni Cyrus ni Raya, en revanche je repère les plumes pourpres de la garde impériale.

Je m'en approche. Non loin d'elle se trouvera le roi.

— Votre Majesté. Je vous prie de pardonner mon accoutrement. Pourriez-vous m'accorder un instant ?

Un sourire étire le visage ridé du vieux roi Emilius.

— Ah ! Prophétesse ! Tu es sur pied. Oui, rejoins-moi. Je suis ravi de te voir en meilleure santé.

Nous avançons côte à côte en échangeant des plaisanteries tant que nous sommes à portée de voix de son entourage, commentant allègrement le fait que les Parques aient béni le prince Cyrus. Aujourd'hui, le roi est affaibli ; il lui faut à la fois le soutien de sa canne et celui d'un de ses gardes pour marcher. La cadence me convient ; je ne suis pas au mieux de ma forme non plus.

Finalement, nous parvenons à son étude, une pièce chaleureuse, ordonnée et lambrissée de bois, nichée au cœur de l'aile est. Sa bibliothèque personnelle occupe deux murs entiers ; une cheminée un troisième ; des portraits sont accrochés derrière son bureau. Le tout immaculé. Pas une trace de poussière.

Le roi Emilius ferme la porte derrière nous. Ses gardes étant postés à l'extérieur, je le conduis moi-même jusqu'à son siège.

— Les bêtes… j'ai rêvé qu'il y en aurait plus, dis-je à présent que nous sommes seuls. Il se pourrait qu'elles infestent le royaume.

La vision du village saccagé m'a laissé une sensation glaçante ; mais il ne s'agit encore que d'un fil futur ; un drame qu'il nous est possible de prévenir.

Le roi ne semble que très peu contrarié, comme s'il s'y était préparé.

— D'où viennent-elles ?

— Je peux peut-être identifier un lieu, mais je ne pense pas que ça importe. Elles sillonnaient la campagne. (Mes propos sont décousus, ils trahissent une certaine nervosité de ma part que je n'arrive pas à calmer ; il faut que je sois une Prophétesse modèle, le genre de Voyante dont Cyrus ne pourra pas se débarrasser si facilement. Je serai précise. Précieuse.) Elles restaient proches de Fairywood. De là à savoir si c'est de la forêt qu'elles proviennent…

— C'est le plus vraisemblable, m'interrompt-il. J'ai fait venir des médecins universitaires pour disséquer leurs dépouilles. Les découvertes sont troublantes. Elles sont autant végétales qu'animales – de la sève dans leurs veines, une peau boisée sous leur fourrure. La substance qui les recouvre est similaire à celle que l'on trouve dans Fairywood – elle devient noire au contact du sang.

— Étaient-elles… en partie humaines ? Même un peu ?

Quand j'ai saisi la griffe de la bête qui m'a attaquée, j'ai entrevu ses souvenirs. Et dans mes rêves, elle a employé un langage humain.

— Une bête en partie humaine ? Un mutant, tu veux dire ?

— C'est le pouvoir de cette forêt, non ? La magie qui y règne encourage la croissance. Modifie la nature des choses. On n'a jamais trouvé d'explication pour la pourriture noire qui s'est répandue aux frontières, ni aux roses qui sont apparues d'un coup. Si sa magie peut transformer les terres, peut-être qu'elle peut modifier les humains aussi ?

Le roi croise ses mains gantées sous son menton, les sourcils froncés.

— Voilà pourquoi nous devons dompter ces bois, comme nous avons domestiqué les fées qui y résident. Ce genre de magie débridée est très dangereuse. C'est inacceptable. Si nous ne pouvons pas en tirer profit, des forces obscures le feront à notre place – et qui sait ce qui arrivera alors ? (Il secoue la tête et bascule en arrière contre son dossier.) Nous allons recommencer à brûler Fairywood, que Balica approuve ou non. Nous n'aurions jamais dû cesser.

Je me rappelle la fumée noire qui s'élevait dans mon dernier rêve ; ça n'empêchait pas les bêtes de progresser.

— Mais si la prophétie de Felicita est déjà…

— Alors rien de ce que nous ferons n'y changera quoi que soit, et Raya, qui sera bientôt l'épouse de Cyrus, sera peut-être notre seule chance de salut, achève le roi. J'en ai bien conscience aussi.

Notre salut *ou* notre damnation. Mais imaginer le pire n'aide en rien.

— Je crains qu'il ne soit déjà trop tard. Et Cyrus la connaît à peine.

Emilius ricane, et ce rire auquel je ne suis pas habituée me soulève le cœur. Le roi me prend de haut.

— Je suppose que tu ne crois pas au coup de foudre, Prophétesse ? Ne t'inquiète pas. Cyrus est déjà fasciné par elle.

— Oh. (Un frisson me parcourt les bras.) Fasciné ?

— Il ne l'a quasiment pas quittée d'une semelle. Il la suit comme un adolescent éperdu d'amour. Franchement, ça manque un peu de dignité, mais mon fils a toujours été un crétin.

Mes derniers souvenirs de Cyrus se raniment d'un coup, et chaque muscle de mon corps tente de chasser la chaleur qui me monte aux joues. *En réalité, Votre Majesté, je pense que votre fils est très bon comédien,* voudrais-je rétorquer.

— Je vois, dis-je en réalité. Quelle… bénédiction.

— Je me doutais que la prophétie de Felicita avait débuté. Notre intervention peut être un catalyseur. À mon avis, ce n'est pas une coïncidence si les bêtes sont apparues juste après notre marché avec Raya. Nous attaquerons de tous les côtés. Un mariage éclair pour remplir les exigences de la prophétie. Et en même temps, nous brûlerons Fairywood.

Je m'empresse d'ajouter :

— Il faudrait qu'elle vienne me voir. J'aimerais lire dans ses fils. Ce sera intéressant.

Il acquiesce d'un hochement de tête.

— J'arrangerai une rencontre entre vous. Je ne peux pas la forcer à accepter ; nous ne sommes pas le premier royaume à employer une Prophétesse pour espionner ses sujets. Mais au vu des circonstances, Raya devrait comprendre. Elle se retrouve au cœur de la prophétie, après tout. (Un bras sur l'accoudoir de son siège, il se caresse le menton, les yeux fermés.) Il faut que tu en apprennes le plus possible.

Espionner, il veut dire.

— Devrais-je lire vos fils également ? (Je propose par politesse.) Pour votre information.

Sa bouche se crispe. Le roi Emilius connaît l'étendue de mon pouvoir, et il est rare qu'il m'autorise à lire dans sa main. Aussi ne suis-je pas surprise lorsqu'il me répond :

— Non, je ne m'inquiète pas au sujet de mon avenir. Mais peut-être que tu devrais prédire celui de mon fils.

— Votre fils et moi ne nous sommes toujours pas… comment dire…

— Cyrus aura d'autres chats à fouetter que de se quereller avec sa Prophétesse. J'aimerais accomplir beaucoup de choses via son règne tant que je suis encore assez en forme pour le guider, de sorte que les graines que j'ai semées pour Auveny germent et s'épanouissent. Tu as joué un rôle clé dans la mise en place de ces plans et tu continueras sur cette lancée.

J'incline la tête, affichant un sourire sincère pour la première fois de la journée. Je suis dans le secret de ses projets, plus que son propre fils. Je suis utile, et cela vaut davantage que tout l'amour que je pourrais donner.

— Ravie de vous servir.

— Fais ton possible pour maintenir au mieux le moral du royaume. Je prie pour que les incidents liés à la prophétie se résolvent rapidement. Alors Auveny pourra se concentrer sur l'unification du Continent du Soleil.

Je suis à peine suffisamment presciente pour ne pas paraître étonnée. *Unification*, un terme rusé pour ne pas dire *conquête*. Le roi Emilius a déjà évoqué son désir d'annexer le territoire balican par le passé, prenant souvent pour exemple le puissant Continent de la Lune, outre-mer, qui a fusionné avec le royaume de Yue. Il a également émis l'hypothèse de rattacher Verdant, avec moins d'enthousiasme cependant, car ce royaume isolé au-delà des montagnes n'est pas aussi précieux à ses yeux. Emilius possède de lointains parents parmi la famille royale verdantaise, avec qui il devrait alors négocier.

Néanmoins, jamais le roi n'a sous-entendu que des projets d'unification étaient en branle.

Ce marché conclu avec la cheffe de Lunesse marque les prémices de négociations avec Balica. Toutefois, entre les incendies de Fairywood et les mauvaises habitudes prises par la Garde des Dragons, nous n'avons pas vraiment caressé notre voisin du sud dans le sens du poil. Il vaut peut-être mieux parler d'*intimidation* que de *négociations* alors. Auveny se comporte déjà comme s'il était maître du Continent du Soleil tout entier. Après tout, nous avons nommé notre capitale la Capitale du Soleil, à croire qu'elle représente les trois nations présentes sur l'ensemble du continent.

Mais je me garde de poser davantage de questions. Je n'en révèle jamais trop au roi, de peur que mon opinion n'aille pas dans son sens. Et j'ai déjà suffisamment de pain sur la planche en ce moment. Inutile qu'il se mette à douter de moi.

Le roi Emilius est réputé pour sa droiture et sa magnanimité. Tant que vous n'êtes pas son ennemi.

12.

L'annonce des fiançailles du prince devrait réjouir la population, être accueillie à renfort de fanfare, mais personne ne sait comment réagir après que les bêtes prophétiques s'en sont prises au prince et à la Prophétesse.

Depuis l'attaque, des inconnus me présentent leurs plus sincères excuses pour ce qui s'est passé, fêtent mon rétablissement, me confient leurs craintes – un festin de comportements plus que familiers auquel je refuse de répondre. Pire, on se montre *gentil* à mon égard, ce qui m'oblige à l'être en retour.

C'est épuisant.

Je me sens sur le point de défaillir rien qu'en me tenant dans la salle d'audience, la main crispée autour d'un verre à vin cérémonial presque vide tandis qu'on porte un nouveau toast à la santé du nouveau couple.

Sur scène, la future reine d'Auveny a l'air aussi empotée qu'une cigogne farcie – rien à voir avec l'apparition surnaturelle du bal –, ensevelie sous une énorme robe à froufrous qui, quoique dernier cri, ne la met pas en valeur. Les vêtements balicans sont plus amples et plus propices au climat tempéré, mais si Raya cherche à s'intégrer, alors adopter une tenue locale inconfortable est l'une des manières de parvenir à ses fins. Le pourpre auvenien lui va plutôt bien, une couleur riche qui illumine sa peau brune ; quant aux fleurs de fée, elles ornent joliment sa chevelure tressée. Un voile de soie fine dissimule en partie son visage.

Elle paraît curieusement réticente tandis que Cyrus la présente à la cour dans un langage un peu pompeux et maladroit.

— Raya est à la fois généreuse et fine, une rare combinaison, dit-il en lui prenant la main. Quand j'ai traversé Balica, nous nous sommes à peine croisés, mais j'ai aussitôt ressenti l'appel du destin. Elle aussi, visiblement, vu qu'elle s'est déplacée jusqu'ici pour me revoir. (Il ponctue ses paroles d'un sourire et approche son visage du sien – suffisamment pour lui effleurer le bout du nez. Il se sera vite habitué à cette comédie écœurante et ces mensonges à vomir.) Si elle n'était pas venue, j'y serais sans doute retourné.

Raya s'agite par moments, et des remarques sceptiques parcourent l'assemblée çà et là. Les beaux discours ne stoppent pas l'avancée des bêtes. Nous pensions tous que nous aurions le temps de la mettre à l'épreuve et nous faire notre propre opinion à son sujet, mais le fardeau de la prophétie pèse déjà sur ses épaules et nous nous retrouvons à présent coincés avec une épouse qui préférerait sans doute être ailleurs à l'heure actuelle. Elle semble prise au piège.

Un cri transperce la salle, suivi d'un autre. Les chaises crissent par terre.

Tirée de mes pensées, je repère l'origine de la clameur : quelques filles tâchant de se précipiter sur scène, les bras sauvagement tendus vers Raya, qui se réfugie derrière la cape de Cyrus.

— C'est une sorcière ! Elle lui a *jeté un sort* ! hurle-t-on.

Ce sont d'inoffensives damoiselles, pas des meurtrières ; elles ne feraient pas de mal à une mouche, ce serait trop dégoûtant. Possédées par la jalousie ou une autre magie présente dans les airs, elles s'attaquent à la réputation de Raya.

Quelque part dans l'assistance, j'entends Camilla s'esclaffer.

Les gardes s'empressent de maîtriser les jeunes hystériques, qu'ils escortent hors du palais. Dans l'assemblée, tandis que les remarques vont bon train, beaucoup esquissent un sourire en coin ; la princesse n'est pas la seule à se méfier de Raya.

Je sais que les ambassadeurs balicans n'ont pas chômé en coulisses. À ce qu'on raconte, ils n'étaient pas informés de l'arrivée de Raya, ce qui est pour le moins étrange. Dante n'a pas quitté le prince d'une semelle ; il semble stressé, converse à voix basse. Je me demande ce qu'il sait exactement des véritables sentiments de Cyrus à l'égard de sa future épouse.

Le prince passe son bras autour de sa fiancée et lui susurre quelques mots à l'oreille. Ces paroles semblent l'apaiser. À première vue, on les croirait amoureux.

À condition de ne pas connaître l'expression du prince quand il désire vraiment une femme. À condition de n'avoir jamais gratté plus en profondeur, au-delà des apparences, alors qu'il vous plaque contre un mur et vous étreint avec fougue.

Personne ne croirait que Cyrus m'embrasserait moi plutôt qu'elle, même si les Parques en personne le hurlaient. On préférerait encore cesser de croire aux dieux.

Une fois le silence rétabli, Cyrus annonce enfin la date de la cérémonie : le 28 de Hetasol. La veille de l'équinoxe d'automne.

Je vide mon verre d'un trait. D'après les Parques, Cyrus mourra d'ici la fin de l'été.

Rares sont les coïncidences.

Les feux d'artifice débutent dans le parc du palais, et la foule se disperse pour célébrer le couple… du moins pour faire semblant. Cyrus croise mon regard un très bref instant avant de suivre le flot à l'extérieur. Son expression est impassible, distante. Sa bouche, ses sourcils sont froids, neutres ; sa chemise est impeccable. Il me toise comme il l'a fait le jour de son retour de voyage ; comme un désagrément. Pas même couronné qu'il réécrit déjà l'histoire.

Je ne me suis jamais attendue à autre chose. Aucune histoire d'amour n'a sa place sur le trône. La cour est réservée aux cachotteries et aux manigances, ainsi qu'aux rois carnassiers.

Pourtant, je ne peux m'empêcher de me demander…

Les choses auraient-elles pu se passer autrement ? Aurions-nous pu ne pas finir ennemis ? Être amis ?

Et si je ne lui avais pas sauvé la vie ?

Aurais-je trouvé une autre manière de me hisser au sommet ? Camilla aurait-elle succédé à son père ? Le Conseil aurait-il placé un pantin sur le trône, à la place du prince défunt ? Si les choses s'étaient déroulées ainsi, serais-je en sécurité dans ma tour à l'heure qu'il est ?

Mais la question ne se pose pas. J'ai sauvé Cyrus ce jour-là, sur la place du marché. J'ai imposé ce choix au monde, éliminant les destinées alternatives. Nous nous sommes embrassés le lendemain du bal, et j'y songerai à chaque fois que je le verrai – le souvenir de ce baiser restera à jamais gravé sur mon visage, dans ma voix et dans mon jugement. Ce qui est fait est fait. Impossible de revenir en arrière.

En même temps que mes rêves, ses caresses hantent mon sommeil. Ce soir-là, une nuit sans lune, je m'agite dans mes draps, me languissant de choses qui ne m'avaient jamais traversé l'esprit avant.

Ma tour brûle.

Noire de charbon, noire de pourriture, la végétation, à l'agonie, continue de pousser. Épineuses comme des ronces, les plantes s'enroulent et se multiplient jusqu'à ce que les flammes les rattrapent, elles aussi.

Je m'embrase.

Ses lèvres brûlantes me parcourent la peau, déposent des murmures sur ma bouche, sur ma gorge et dans tous les creux de mon corps. Ses mains épousent parfaitement mes courbes ; c'est comme s'il me connaissait depuis toujours. Je suis sa faiblesse, celle qui fait chavirer son cœur de chair et de sang.

Nos corps s'entremêlent, de plus en plus avides.

Un manoir s'embrase.

Les flammes, bruyantes, craquellent comme le tonnerre ; des cris déchirent l'air. Sur le balcon, une silhouette aux larges hanches se dresse, contraste saisissant avec le décor qui se consume, et laisse échapper un éclat de rire.

Le balcon s'effondre. La silhouette a disparu.

Un corbeau s'envole dans le ciel.

Le jour où ma tour rouvre au public, le valet du roi m'apporte un message.

— Veuillez réserver un créneau en fin de journée, Messagère. Lady Raya viendra vous rendre visite.

En sortant, le valet contourne la zone en partie saccagée de l'antichambre. Il va falloir changer le tapis ; les empreintes de griffes sont gravées dans le plancher. Les domestiques ont fait leur possible pour nettoyer les taches de sang, mais les éclaboussures sombres sont encore visibles. J'ai même retrouvé derrière les meubles des morceaux de fourrure, musquée comme de la peau fraîche.

La pluie martèle les parois en bois de la tour tandis qu'un orage d'été arrose la ville. S'inspirant du ciel, ma robe d'apparat adopte une teinte gris foncé. Je reçois un nombre suffisant de clients malgré la météo. Quelques-uns semblent optimistes au sujet de lady Raya, mais la plupart sont aussi moroses que le temps.

Certains me demandent comment nous saurons avec certitude que la prophétie est rompue, et je leur réponds :

— Vous vous en rendrez compte à ce moment-là.

Ce qui n'est pas tout à fait stupide. Comment parler de miracle si on peut expliquer l'événement avant même qu'il se produise ?

Je voudrais des réponses, moi aussi. Je reçois de plus en plus de présages, mais j'ai l'impression de reconstituer un puzzle à l'aveugle.

La pluie cesse tôt, laissant place à un coucher de soleil sublime, une palette d'orange brûlé se fondant dans un bleu profond comme la nuit. Les cloches de l'horloge tintent ; les coups sont de plus en plus nombreux.

Raya n'est pas venue.

Je soupe au coin du feu, savourant un copieux ragoût de poulet accompagné de légumes rôtis. Je brûle un léger bâton d'encens pour en masquer l'odeur. L'ail est la seule chose qui soit plus tenace et résistante que moi.

Je patiente encore un peu, chassant la cendre qui s'est accumulée sous les bâtonnets d'encens consumés. Rien ne m'empêche d'aller trouver Raya au palais – j'ai entendu dire qu'elle y résiderait jusqu'au mariage –, mais j'ignore si elle s'y est déjà installée.

Finalement, juste après les sept coups de dix-neuf heures, on frappe à ma porte.

Je m'y précipite et l'ouvre à la volée.

— Lady Raya, vous êtes en ret… (Ce n'est pas elle.) Bonsoir.

— Bonsoir, répond Cyrus.

D'apparence, il est d'un calme olympien, si ce n'est qu'il a retenu son souffle un instant en m'apercevant, ce qui le trahit.

Sa chemise ample dissimule à peine la cicatrice encore fraîche qui lui barre la clavicule. Des traces dorées de magie lui quadrillent le visage ; la bête l'avait salement amoché. Je comprends qu'il ait préféré camoufler ces marques. Mais je me demande ce qui l'a poussé à avoir recours aux artifices de la magie cette fois. Parce qu'elles sont laides et choquantes, ou peut-être parce qu'elles témoignent de sa témérité ou de sa bravoure.

On se dévisage en silence. Nous avons tous deux l'air stupides, mais au moins, moi j'ai une excuse : que dire à un prince qui m'embrasse, m'ordonne ensuite de ficher le camp de son royaume, pour me protéger l'instant d'après d'une bête monstrueuse, avant de se fiancer à une autre dans la foulée ?

— Que veux-tu ? dis-je d'une voix sèche, lui proposant sans le formuler de faire comme si de rien n'était, comme si le baiser n'avait jamais eu lieu.

— J'ai… longuement réfléchi à l'avenir. (Cyrus se racle la gorge. Trifouille ses boutons de manchette dorés.) Mon avenir et celui d'Auveny. Je ne suis vraiment pas certain que Raya soit la fille de la prophétie, mais mieux vaut une épouse que rien du tout. J'aimerais essayer de tomber amoureux d'elle.

— Bien. (J'ignore une nouvelle sensation qui me tenaille le cœur, un peu comme si on venait de me planter une lame en pleine poitrine. C'est peut-être de la jalousie, et ce serait idiot.) C'est bien, tu suis enfin mes conseils.

Ma remarque ne semble pas l'enchanter. On dirait qu'il se retient de dire quelque chose. Son regard se pose sur la balafre à ma mâchoire, et il se renfrogne. Il approche la main de mon visage et, du bout des doigts, effleure les points de suture de ma blessure. Ce geste ne devrait pas m'affecter. Je suis certaine que sa douceur est toute calculée. Pourtant, j'éprouve un curieux pincement au cœur. Je m'écarte en tressaillant.

— Malheureusement, tu… demeures une distraction. (Cyrus pousse un soupir, écartant sa main. À l'entendre, on croirait que c'est *ma* faute.) Je ne vais pas te forcer à quitter Auveny, mais je te recommande vivement de le faire dès que tu auras terminé ce que tu as entamé ici. Nous négocierons le retour de la Prophétesse de Verdant.

Donc rien n'a changé. Eh bien, ma réponse, elle aussi, est toujours la même.

— Non.

— Je vais te répéter ce que j'ai dit à Camilla : si tu restes, nous serons sans cesse en désaccord.

Je campe sur mes positions.

— *Non.*

— Écoute, ce n'est pas la mer à boire. Des gens qui déménagent, il y en a tous les jours, poursuit-il d'une voix doucereuse, filet de miel enrobant le venin contenu dans son discours. Fidare a été envoyé à la frontière à l'âge de dix-sept ans, seulement parce que père ne supportait pas sa popularité. Aujourd'hui, il dirige le Dixième Territoire ; il est le plus heureux des hommes ! C'est moins terrible que tu ne l'imagines. Je te trouverai un logement. T'installerai dans un manoir meublé. Tu ne manqueras de rien…

— Toute seule, dans une région étrangère. Ce n'est pas ce que j'appelle un *cadeau.* (La colère bouillonne au fond de ma gorge : il s'entête à parler de moi comme si j'étais une pure transaction financière.) Il est hors de question que je parte parce que *tu* n'assumes pas tes sentiments.

Ses paupières se ferment.

— Pour une Prophétesse, tu n'as pas une vision très claire de la situation et des conséquences probables de nos actes. Qu'arrivera-t-il quand on apprendra qu'il s'est passé quelque chose entre nous ?

— Ce n'est pas parce que tu m'as embrassée que nous nous sommes promis la lune, petit prince. Détends-toi, ça n'est arrivé qu'une fois !

— Je n'ai pas de place ici pour une Prophétesse aussi opportuniste que toi.

— Comme si ça t'avait dérangé jusque-là !

Je franchis le seuil et plante un doigt dans son torse ; Cyrus retient son souffle. Tout se déroule exactement comme la veille, quand on s'est embrassés.

— Je me suis tenue à l'écart, non ? J'ai fait comme si la nuit du bal n'avait jamais eu lieu – toi aussi d'ailleurs. Je t'ai laissé organiser tranquillement ton mariage.

Il me saisit le poignet, et je suis suffisamment proche de lui pour voir les bleus qui lui marquent les yeux.

— Et combien de temps cela va-t-il durer ? Les habitudes ont la vie dure.

Je lâche un petit cri narquois, réduite au silence par la justesse de sa remarque. Mon cœur chavire tandis que mon rêve, où le prince apparaît, me revient à l'esprit. Nous aurons beau négocier, le fait est que Cyrus scrute mes lèvres comme s'il voulait s'en emparer à nouveau, et la partie de mon être qui s'endort en pensant à lui le désire elle aussi.

— Tu ne peux pas me forcer – juste parce que… *Ce n'est pas juste,* dis-je, m'apercevant que mes paroles, articulées avec peine, résonnent comme une supplication.

— Je suis désolé.

Je dégage mon bras de son étreinte. Mon entêtement reprend le dessus. Il n'a pas le droit de faire le gentil.

— Je ne m'en irai pas.

— Je suis prêt à avouer notre baiser à mon père, s'il le faut, poursuit-il sans se départir de son calme. Il te chassera lui-même. Je vais sans doute devoir lui en parler de toute façon, si nous voulons récupérer la Prophétesse de Verdant. Dommage que mon père t'affectionne autant, autrement, je n'aurais pas besoin d'une excuse.

Je le gifle en plein sur le charme qui camoufle sa blessure. Il titube en arrière dans un sifflement aigu ; une marque rouge s'épanouit sur sa joue.

— Va te faire foutre, je crache.

Je bas en retraite dans la salle de divination et lui claque la porte au nez, le laissant abasourdi.

Je m'autorise alors à respirer de nouveau. Je tremble de tous mes membres. D'une main fébrile, je chasse les larmes qui perlent à mes yeux.

En dernier recours, je pourrais supplier Cyrus de changer d'avis. Si je jouais la demoiselle en détresse et m'effondrais en sanglots dans ses bras, il sécherait mes larmes, s'excuserait, et se targuerait de sa générosité, tandis que moi je passerais pour la pauvre petite chose qui lui serait redevable à jamais.

Pas question ! Plutôt traverser l'océan dans une boîte que de l'implorer.

J'inspire et j'expire lentement jusqu'à ce que les tremblements se calment, puis j'arpente la salle de divination. S'il en parle à son père… bon sang, je pourrai dire adieu à mes privilèges. Je représente un trop grand obstacle, surtout avec le mariage qui approche.

Notre histoire est impossible.

D'accord, Cyrus m'a embrassée, je ne peux pas le nier. En revanche, rien ne m'oblige à avouer que je l'ai embrassé en retour. Ce sera sa parole contre la mienne. Il ne me reste plus qu'à espérer que le roi Emilius prenne mon parti.

Espérer. Cette pensée m'arrache un éclat de rire. C'est léger mais il faudra s'en contenter.

Entre-temps, je ferai tout pour que le roi ne puisse pas se passer de moi. J'ai eu de nouvelles visions. Ma tour, le manoir en flammes… La magie noire nous encercle. Il faut que j'en découvre l'origine. Ensuite je dirai à Emilius comment la stopper.

Il faut seulement que je prenne un peu d'avance.

À mon bureau, je rouvre d'une main nerveuse l'exemplaire de *Traditions et Magies des Bois* que j'ai emprunté à la bibliothèque. Le message de remerciement de Cyrus s'en échappe, et cette fois, je le jette au feu pour de bon.

Je relis les passages qui parlent de l'effet du sang sur Fairywood. Le sang peut faire pourrir le bois sacré, mais peut-il également le transformer ? Mes rêves tordus, et ces monstres chimériques, mi-hommes, mi-bêtes, ne trahissent-ils pas une forme de dépravation ou de corruption ? Et qui – ou qu'est-ce qui – pourrait se cacher derrière tout ça ?

Les humains possédant la magie innée sont rares, au point qu'ils relèvent davantage du mythe. Je ne suis même pas sûre qu'ils aient vraiment existé, à l'exception des Prophétesse pourvues du don de la Vue. Les gens ont appris à extraire la magie des plantes et à la marchander auprès des fées, mais je n'ai jamais vu personne transformer la magie en quelque chose de supérieur.

Mes pensées se tournent vers les Parques elles-mêmes. De quoi sont-elles capables ? Elles n'appartiennent pas à notre monde physique, mais elles manient les fils *d'une certaine manière.*

Personne ne sait quel plaisir les Parques prennent à évoquer la malédiction. La nuit où elles m'ont menacée, elles ont ri de ma chute, de mon impuissance. Elles ont exigé la vie de Cyrus comme si elle ne valait rien. Peut-être veulent-elles simplement que je rembourse ma dette. À mon avis, elles ne se soucient que de leurs propres intérêts.

Si les Parques désirent que la prophétie se réalise, que la guerre éclate, que les bêtes pullulent et que le sang coule, quel meilleur moyen que se débarrasser du prince, qui réside au cœur de la malédiction…

Je bascule en arrière dans ma chaise, jonglant avec mes pensées jusqu'à en avoir mal au crâne. Tout ça pour justifier que j'ai de la valeur… je ne devrais rien avoir à prouver.

Au final, il se peut que tout ça ne serve à rien. Un petit scandale de rien du tout risque de me coûter ma place au palais.

Une voix résonne dans ma tête : *Tu mérites tellement mieux.*

La Parque qui s'est adressée en dernier à moi – elle pourrait peut-être m'aider, si jamais elle se manifestait à nouveau pour me parler. C'est la seule déesse d'entre tous les dieux qui s'est avérée utile. Si seulement je pouvais l'invoquer.

Je tambourine des doigts sur ma chaise en bois, reposant les quatre pieds au sol.

C'est peut-être possible.

Les dieux sont probablement aussi égoïstes que nous autres humains. Les gens appellent leurs offrandes des hommages et des cadeaux… Comme s'ils n'étaient pas contraints et forcés de les faire. Des pots-de-vin, c'est plutôt comme ça qu'on devrait les nommer.

Je ne suis pas contre un peu de corruption.

Et les Parques sont sans doute affamées, puisque personne ne fait plus de sacrifices en leur honneur.

Il y a bien un truc dans cette tour qui va m'aider à procéder à un rituel. Je descends. Lady Raya ne me rendra pas visite ce soir, c'est maintenant évident. Je vais m'occuper autrement.

Je farfouille dans les placards sous les vieux costumes, les boules qui s'illuminent au toucher, les cartes et les gadgets astraux que je n'utilise jamais. Finalement, dans un coffre contenant des tas de petites boîtes, je débusque un lot de couteaux.

Je ne suis pas très calée dans le domaine des sacrifices – en dehors des scènes que j'ai rêvées et des quelques passages sur le sujet que j'ai lus dans le livre à l'étage, relatifs à Fairywood :

Réaliser des rituels du sang à l'aide de récipients et de couteaux différents pour éviter la contamination. Les bactéries du sang peuvent s'avérer mortelles pour les plantes des Bois Sacrés.

Parmi tous les types de sang, le sang humain est le plus puissant.

Dégainant un couteau de son fourreau serti de pierres, je le brandis à la lumière. Mon visage déformé apparaît dans la lame. J'ai toujours su, même enfant, quand je contemplais mon reflet dans les carreaux, que je n'aurais jamais l'air mignonne, avec mes sourcils en virgule, mes lèvres pincées, mon teint cireux et ma fâcheuse tendance à rougir. Mais j'avais la hargne, j'étais prête à combattre un ennemi de deux fois ma taille, et cela n'a pas changé.

Pour tester la lame du couteau, je la glisse sur un morceau de tissu. Elle est bien aiguisée. Voilà qui fera l'affaire.

J'allume une bougie afin de désinfecter la lame à l'aide de la flamme. Puis je regagne la salle de divination et la fontaine qui fut autrefois destinée à recevoir le sang des sacrifices et qui accueille aujourd'hui les pièces de mes clients. J'en retire les offrandes du jour et m'agenouille devant.

Grimace aux lèvres, j'enfonce la pointe du couteau dans mon doigt jusqu'à ce qu'une goutte rouge foncé jaillisse. Je l'étale dans la coupe.

Et j'attends.

La coupure palpite faiblement, comme un battement de cœur. Bientôt, elle cesse de saigner. Il ne s'est rien produit.

Donc, *une petite dose* de sang ne déclenchera rien.

Je me mordille la lèvre, déniche un linge plié dans ma chambre. Je l'étends par terre et dispose une cruche d'eau et des pansements propres à proximité. Je me place devant le bassin de la fontaine et fais tourner le couteau dans ma main.

C'est stupide.

Peut-être qu'il vaudrait mieux ne pas le faire. Dieux du ciel, je n'en ai pas très envie.

Mais si je ne le fais pas maintenant, je sais que je finirai par y revenir en pleine nuit quand, frustrée, il me sera impossible de trouver le sommeil.

Le métal est froid mais il se réchauffe vite au contact de ma peau. Si la menace me guette, je préfère le savoir. Et si je souhaite établir un plan, il ne me reste pas d'autre option.

Je serre la lame au creux de ma paume.

— Merde, dis-je en grimaçant.

C'était… profond.

Je lâche le couteau ensanglanté. Dressée sur mes genoux, j'attrape les linges. Mais la tête me tourne et le sang s'écoule à profusion de ma plaie. Je titube. Des taches apparaissent dans mon champ de vision, et j'ai beau cligner des yeux, elles persistent.

— *Merde.*

Je crois que je vais m'évanouir.

Et c'est exactement ce qui se passe.

13.

Vraiment désespérée.

Je rouvre les yeux. Ma paume brûle. Ma tête cogne. À l'aide de ma main saine, je repousse le sol et me redresse, vaseuse mais indemne. Le devant de mon chemisier est taché de marques rouge foncé. Les bougies se sont consumées, et la salle de divination est un peu vaporeuse, comme si les angles des meubles et des objets tremblotaient légèrement. Comme si j'étais dans un décor imaginaire.

Je cligne des paupières et me frotte les yeux. Je dois être en plein rêve.

À moins que ce ne soit l'hémorragie qui cause ces troubles de la vision.

Tu t'es enfin réveillée.

Les poils se dressent sur ma nuque. Par réflexe, je jette un coup d'œil par-dessus mon épaule, mais il n'y a personne. J'ai seulement l'impression que quelqu'un susurre derrière mon oreille. C'est la voix de la Parque qui m'a récité la comptine, qui m'a mise en garde contre une trahison – la Parque dont j'ai besoin.

— Tu vas m'aider encore ?

Je suis là, non ?

Son timbre éthéré me fait frissonner.

— Comment stopper la prophétie ? Deux bêtes cornues ont attaqué la capitale – s'en sont prises *à moi* – et j'ai rêvé qu'il y en avait davantage encore, dans les campagnes.

Tu dis vrai – la terre imbibée de sang, les bêtes aux cornes entortillées de roses, la guerre sans fin – elles arrivent. Elles sont inévitables. On ne peut pas les stopper.

— Il doit y avoir plusieurs avenirs envisageables. D'après la prophétie, le cœur du prince, autrement dit celle à qui il accordera son amour, sera salut *ou* damnation. Il a choisi une épouse – Raya Solquezil. Celle qui est décrite dans ta comptine.

Ce n'est pas un argument. Je te le répète : elles sont inévitables.

Je m'humecte les lèvres et me dresse sur mes pieds. La pièce tourne encore un peu.

— Je ne te crois pas. Je pense que c'est la voie de la facilité. (Les dieux doivent aimer l'obéissance comme toute autre autorité.) Si mes visions me montraient les événements tels qu'ils sont censés se produire, alors je n'aurais pas pu sauver Cyrus il y a sept ans. J'ai modifié l'avenir. Infléchi le destin.

Et tu en paies aujourd'hui le prix.

— Mais c'était possible.

La voix marque une pause, comme pour réfléchir. *Réponds d'abord à cette question : pourquoi souhaites-tu sauver ces terres ?*

— Je veux… enfin… (Je bafouille pour commencer, peinant à trouver la phrase juste.) C'est chez moi. Si ces terres sont en danger, alors je le suis aussi.

Donc tu ne te soucies que de ton propre intérêt.

Je rougis. Combien de fois Cyrus m'a-t-il fait ce genre de réflexion ?

— En dernier recours, mais je ne…

Je ne te le reproche pas. Je trouve cela sage. Je crois que tu ne penses pas assez à toi-même. Tu es trop sensible.

— Moi ? Sensible ?

Tu aurais pu laisser la bête dévorer le prince, mais tu n'en as rien fait.

— Il m'a protégée, je me justifie, une boule à la gorge, doutant de ma décision. À un moment où… j'étais très vulnérable.

Il doit mourir. Ce sera lui ou toi. Tu le sais.

J'ai du mal à me faire à l'idée que les Parques *désirent* la mort de Cyrus.

— Je ne m'attendais pas à ça de la part des Parques, dis-je.

Les dieux ne sont jamais tels qu'on les imagine. Je perçois une note d'excitation dans sa voix, comme si elle jubilait. *Je vais te donner un choix à faire, si c'est ce que tu recherches. Sors et rejoins la végétation qui vient de pousser dehors, au pied de ta tour.*

L'espoir renaît dans ma poitrine. À peine consciente du sang que je laisse dans mon sillage, je descends en titubant l'escalier en colimaçon, franchis le porche voûté et gagne l'extérieur.

Dehors, la nuit est claire. Aucun garde en vue de l'autre côté de la passerelle qui conduit au château. D'habitude, ils sont deux, postés devant les grilles. Je n'entends que le souffle du vent.

Rasant les murs, je descends ensuite l'escalier extérieur de la tour. Il n'y a aucune rampe et, dans l'obscurité, les marches glissantes de pluie sont difficiles à distinguer.

À mi-chemin, de fines tiges de verdure commencent à ramper le long des façades en bois de la tour. Au fil des marches, les parois disparaissent entièrement sous une épaisse couche de plantes grimpantes, denses et feuillues.

Caresse la végétation. Que ton sang s'y mêle.

Je lève la main. Ma plaie s'étire au contact du vent mordant. La douleur provoque un instant de lucidité, et je suspends mon bras en l'air.

— Le sang détruit la végétation de Fairywood, dis-je.

Le tien fera plus que cela, petite étoile.

Je frémis. Pas à cause de la voix cette fois, mais de ce qu'elle implique, l'idée qu'il existe en moi un mystère que j'ignore encore. Ma Vue a beau être infinie, sur terre ma peau et mon squelette m'ancrent dans la réalité physique. Le corps que j'habite est d'un volume limité, constitué de parties dénombrables ; il a froid l'hiver et est vulnérable à la lame d'un couteau. Aucun mystère à cet endroit.

Pourtant, lorsque j'appuie la paume de ma main contre le mur végétal, la plante tremble à mon contact. Elle se flétrit, comme prévu, mais de sa décomposition naît quelque chose…

Une épine surgit, et j'écarte brutalement la main.

D'un pas chancelant, je recule, et mon talon se retrouve dans le vide. Je saisis l'épine qui se rompt dans un craquement sec. Déstabilisée, je me jette en avant contre le mur pour ne pas chuter.

Je glisse le long des marches en tremblant. L'épine est presque aussi longue que mon avant-bras et pèse lourd en dépit de son aspect malingre. Le bout pointu est rouge vif. *Du poison,* je songe soudain. À l'autre extrémité, la sève s'est cristallisée, constituant une boule d'ambre dure semblable à un pommeau.

À une dague.

C'est mon sang qui a fabriqué cet objet.

— Comment ?

La Vue n'est que la surface de la magie des Prophétesses. Tu as tant à découvrir.

— Tu redeviens cryptique.

J'ai tellement de questions qui me brûlent les lèvres. Qui d'autre est au courant de ce fait ? De quoi d'autre mon sang est-il capable ? Entre la rareté des Prophétesses et notre loyauté aux différents royaumes, nous n'avons quasiment pas l'occasion de partager nos connaissances. Du pouce, j'effleure l'extrémité pointue. Elle s'enfoncerait si facilement dans ma chair.

Je pose la question la plus importante :

— Que veux-tu que j'en fasse ?

Enfonce-la dans le cœur du prince.

— Ce serait un meurtre. (Alors je me rappelle la raison de ma présence ici et ce que la voix m'a promis de me donner. Mes membres se pétrifient.) Je ne vais pas *assassiner* Cyrus.

Tu pleurerais la mort de ce garçon ? Ricanement. *Comme l'ont dit les Parques, il doit mourir avant la fin de l'été, ou bien tu brûleras. Utilise cette épine, et tu t'en tireras en toute impunité. Quand elle s'abattra sur lui, elle détruira son corps.*

Je fronce les sourcils. « Comme l'ont dit les Parques… »

— Tu n'es pas une Parque ?

Oui et non.

Mi-déesse, mi-mortelle ? Un peu des deux ? Mais les Parques ne foulent pas le sol humain…

— Sois honnête.

Ma main se remet à palpiter, me rappelant mon désespoir récent. Un petit avertissement : ne pas s'emporter deux fois de suite. Je négocie avec un inconnu.

— Comment peux-tu être dans ma tête si tu n'es pas une Parque ?

Ce n'est qu'une once de mon pouvoir passé. Il était tellement vaste. Mais j'ai malheureusement placé ma foi dans les mortels, il y a longtemps de cela, et aujourd'hui, je suis autant comme les Parques que comme toi. C'est pourquoi je souhaite t'aider.

Le ton est presque tendre, parental. Un peu comme celui du roi quand il s'adresse à moi par mon prénom au lieu de mon titre.

Je vois en toi ce que j'étais : quelqu'un qui s'accroche à des personnes qui vont l'abandonner. Ils ne t'aimeront jamais autant que tu l'espères. Ne verront jamais ce que tu Vois.

J'ai la gorge sèche.

— Je ne comprends pas ce que tu dis.

Ne le nie pas. Cet endroit ne te mérite pas. Ton prince non plus. S'il te reste un tant soit peu de bon sens, tue-le avant qu'il ne te trahisse encore. Accomplis le souhait des Parques et tu seras libre de mener ton existence comme bon te semble.

La haine qui anime une partie de mon être me pousserait à croire tout ce que la voix a proféré ; ces propos ne me laissent certainement pas indifférente. Cyrus n'hésiterait pas à se débarrasser de moi – il l'a déjà fait. Et il ne me mérite pas.

Mais une autre partie de mon être, plus généreuse, sait que cette voix cherche volontairement à me conduire sur le chemin de la violence. Qui qu'elle soit, cette entité connaît bien la prophétie ainsi que ce que l'avenir offre comme possibilités. Suffisamment bien pour être responsable des récents événements. Elle a commencé par pénétrer mes rêves, m'a fourni des informations qui ont encouragé Cyrus à me faire confiance, pour que moi je me fie à *elle* en retour.

— Si Cyrus meurt, qu'arrivera-t-il aux bêtes ? (Je veux qu'elle croie que son offre me tente. Je veux qu'elle m'en dise davantage.) Le bain de sang et la guerre à venir ? Comment les empêcher de se produire ?

Ce n'est pas ton problème.

— J'ai rêvé de nombreuses guerres. J'ai vu à quel point elles sont dévastatrices.

La guerre arrivera avec ou sans toi. Ce monde est couvert de sang et de cendres. Il s'est construit avec la guerre.

Dans un coin de ma tête, je songe au roi Emilius, à son souhait de bâtir un empire ; pour parvenir à ses fins, il emploiera sûrement la force à un moment ou à un autre. L'histoire a prouvé que nous étions suffisamment froids et cruels par nous-mêmes, sans l'intervention des dieux. La voix a raison sur ce point : prophétie ou pas, le sang et la guerre sont inévitables.

Tu doutes de moi. Je le sens.

Je montre les dents.

— Si tu me connais si bien, tu devrais savoir que j'ai besoin de réfléchir à tout ça. Je ne sais toujours pas qui tu es vraiment. Et je ne voudrais pas me défaire d'un roi pour me retrouver à la solde d'un autre.

Les fils se dérouleront, petite étoile, quels que soient tes désirs. Lorsque tu découvriras l'ampleur de tes pouvoirs, alors tu Verras vraiment.

Je peux presque goûter le poison de ses paroles. Je sens les ficelles s'enrouler à mes poignets. Ses mots sont séduisants, ses promesses rafraîchissantes. Debout sur le rebord glissant de la tour, je ne me suis jamais sentie si perdue ; une simple brise pourrait m'attirer dans le vide. La terre est si loin, en contrebas, que j'aurais le temps de regretter mon geste. Rois, malédictions, jeunes filles, divinités – ce sont les ingrédients des contes. Je n'ai eu qu'à offrir un peu de mon sang et à demander.

Supporterais-je de tuer Cyrus ?

J'ai toujours détesté la manière dont les gens abordent le destin. Comme si eux-mêmes ne jouaient aucun rôle dedans. Ils se déchargent de toute responsabilité, reprochant aux Parques leurs propres décisions. Si je plongeais cette épine dans la poitrine de Cyrus, je n'accuserais personne d'autre que moi-même.

Ne tarde pas. Les fils doivent être tissés.

Je contemple le ciel étoilé, prise d'un nouveau sentiment de désespoir, cherchant la source de cette folie.

— Je veux en savoir davantage.

Quel appétit ! Ah ! Je vais donc te révéler une autre trahison : la femme que tu connais sous le nom de Raya, c'est elle qui a fait venir les bêtes jusqu'à toi.

— *Pardon ?*

Au même instant, un cri résonne, plus réel que jamais.

— Violet !

La voix provient des escaliers où se dresse une imposante silhouette familière. Elle s'élance dans ma direction tandis que le rêve se délite et que l'écho d'un rire résonne à mes oreilles.

La tour se sépare en deux, les plantes se détachent, le ciel explose en une myriade de couleurs mystérieuses. Le souffle suspendu, je tends la main vers l'ombre qui tente elle aussi de m'atteindre.

Sous mes pieds, le sol se dérobe.

La douleur me suit du rêve à l'éveil. Quand je rouvre les yeux, le décor est faiblement éclairé. Je suis de retour à l'endroit où je me suis évanouie, étendue sur le plancher froid de la salle de divination. La lueur des flammes danse en périphérie de mon champ de vision. Le coussin à fanfreluches du repose-pied est placé sous ma tête qui tourne.

Et je ne suis pas seule.

Dante est accroupi près de l'âtre ; il retire une bouilloire fumante du feu. Ses cheveux bouclés sont noués en une queue-de-cheval, ses manches retroussées, son manteau posé sur un siège comme s'il était là depuis un petit moment. En se retournant, il pousse un soupir de soulagement.

— Bénies soient les Parques !

— Qu'est-ce que tu fais là ?

— Je venais t'avertir que Raya ne pourrait pas venir. (Il verse le contenu de la bouilloire dans un baquet et y trempe le doigt pour tester la température de l'eau.) La porte était grande ouverte, et je t'ai retrouvée inanimée dans les escaliers, couverte de sang. J'ai cru qu'une bête t'avait de nouveau attaquée.

— J'ai… voulu provoquer une vision. (La mémoire me revient peu à peu ; les images sont floues.) Je pensais qu'en m'ouvrant la main…

Grognement de désapprobation.

— Quelle mouche t'a piquée, Violet ?

— Ça *a fonctionné*.

Il secoue la tête.

— J'espère que ça en valait la peine. Je connais certains champignons au goût savoureux qui ont le même effet *sans* risque mortel d'hémorragie.

Il me prend le bras gauche et guide ma main jusqu'à la bassine ; à l'aide d'une louche, il fait couler l'eau chaude sur ma plaie. L'entaille se rouvre et un sifflement de douleur m'échappe.

— Que sais-tu de lady Raya ?

Je tente de lui prendre l'ustensile des mains mais il refuse de me laisser faire.

— Je l'ai aidée à se repérer dans la ville. Elle est… intéressante.

— Avoue. Tu te méfies d'elle, toi aussi.

Dante pousse un soupir, tire sur le jabot de sa chemise.

— Les relations entre Auveny et Balica sont tendues. J'essaie de calmer la situation. Il faut me comprendre. La cheffe de Lunesse ne correspond pas à l'image que je m'en faisais. C'est censé être un personnage très respecté, pourtant… Pour dire les choses avec tact, j'espère que les critères ne sont pas si bas à Lunesse.

— C'est si terrible que ça ? (Je me rembrunis.) Pourquoi n'a-t-elle pas pu me rendre visite aujourd'hui ?

Il hausse les épaules.

— Quand je suis allé la trouver dans ses appartements, elle m'a fourni une étrange excuse : elle m'a dit que son visage s'était couvert d'urticaire. Puis elle a évoqué une histoire de vertige. Elle était hystérique, donc j'ai lâché l'affaire. Nous avons ensuite tenté de la faire sortir pour discuter de la mise en place de nouvelles élections à Lunesse. Si elle compte s'établir à Auveny et y devenir reine, sa région aura besoin d'une nouvelle cheffe. Mais certains conseillers pensent qu'elle devrait porter *les deux casquettes*, ce qui serait du jamais-vu…

Sa phrase reste en suspens. Ses yeux sont creusés de cernes noirs ; remplit-il le rôle de chaperon depuis le début ? Cyrus s'amuse à parader au bras de sa fiancée à la moindre occasion, mais le reste du temps, j'imagine qu'il la laisse entre les mains d'une personne de confiance. Qui d'autre que Dante pour s'en charger ?

Le niveau d'implication de Dante me met mal à l'aise. Mais j'ai besoin de raconter ma vision à *quelqu'un*. Si Raya a amené les bêtes jusqu'à la capitale, si comme le soupçonnent Camilla et d'autres, c'est une sorcière, il faut à tout prix la stopper.

— Que deviendras-tu quand Cyrus montera sur le trône ?

Dante marmonne une réponse distraite :

— À ce rythme, j'aurai sûrement les cheveux gris.

— Tu te tues à la tâche pour lui.

— Pas simplement pour lui. L'ambassadeur Pincorn a besoin d'un coup de main, surtout ces derniers temps. C'est moins terrible que dans mes souvenirs – la paperasse et les réunions.

— Vu tout le mal que tu te donnes, Cyrus pourrait te nommer ambassadeur. Ou conseiller.

Dante réside à Auveny depuis si longtemps, la plupart des gens qui le fréquentent dans la Capitale du Soleil le considèrent comme l'un des leurs, un Auvenien de pure souche. Sauf que ceux qui le voient toujours comme un étranger sont plus virulents et font plus de bruit.

— Pas officiellement.

— Pourquoi pas ? Un titre te garantirait le respect de tes pairs.

Dante hésite à exprimer une pensée.

— Je… On peut obtenir certaines choses plus facilement quand on ne possède pas de titre officiel.

La cour perçoit Dante comme un simple documentaliste qui couche avec le prince ; aux yeux de tous, sans Cyrus, Dante ne serait personne. J'ai toujours trouvé cela dommage – mais Dante s'en contente peut-être. À moins qu'il n'ait pas trouvé mieux pour tirer profit d'une situation peu enviable. Je sais ce que c'est que d'être sous-estimé, pris de haut.

Ma plaie nettoyée, Dante applique une gaze imbibée de miel sur l'entaille puis il enveloppe ma main d'un pansement bien serré. Je prends soin de ne pas effleurer des doigts sa paume, par respect pour sa vie privée. Une fois qu'il a terminé, je m'effondre contre son genou. Je suis épuisée ; mon tournis s'est mué en migraine.

Sa compagnie m'a manqué. C'est une chose rare de pouvoir parler à quelqu'un qui se fiche de couronne, d'alliances et de Prophétesse dévouée. Mais je suppose qu'il ne peut plus être cette personne.

— D'après ma vision, c'est Raya qui a amené les bêtes jusqu'ici, dis-je sans préambule.

Dante se fige un long moment. On n'entend plus que le craquement du bois dans la cheminée. Ses paupières s'abaissent lourdement et il porte une main à son visage. Son front est creusé de rides profondes.

— Dis-moi que c'est une plaisanterie, je t'en supplie.

— Il est possible que je me retrouve prise au milieu de machinations divines, qu'un dieu (enfin, une personne semblable à un dieu) me manipule, auquel cas nous serions face à un problème d'une tout autre nature. (J'inspire à fond ; Dante se ratatine à mesure que je parle.) Mais si ce n'est pas le cas, alors la prophétie ne peut être stoppée. Et parmi les choses que nous pouvons faire, découvrir si la femme qui est sur le point d'épouser notre prince ment semble être l'une des tâches les plus faciles à rayer de la liste, donc… peux-tu enquêter sur cette accusation ?

À mon réveil, Dante avait l'air éreinté. Depuis, il a encore pris cinq années. Me repoussant de son genou, il se laisse glisser par terre sur le tapis, et déploie ses membres en signe de capitulation.

— Cette pièce est insonorisée ?

— Tu comptes crier ?

— Je ferais mieux de le faire dans un oreiller ?

— Non, vas-y, lâche-toi.

Il s'exécute. Et je fais la grimace tout du long.

— Raconte-moi tout dans les moindres détails, dit-il ensuite d'une voix éraillée. Après, je vais devoir aller prendre des nouvelles de Raya pour éviter un incident diplomatique international.

— J'ai rêvé de bêtes envahissant les terres frontalières, de forêts en décomposition… Le mal nous guette. Or j'ignore comment le stopper. (Je vais m'asseoir près de lui, plaçant un coussin sous mes fesses.) Quand je me suis ouvert la main, j'ai invoqué une voix qui s'était adressée à moi auparavant. Je croyais qu'il s'agissait d'une Parque, mais elle semble agir seule. J'ignore dans quelle mesure cette entité est impliquée dans la malédiction de Cyrus, mais elle connaît certains éléments concernant l'avenir. La première fois que nous avons échangé, elle m'a rapporté une comptine que la Prophétesse de Balica avait déjà révélée à Cyrus. Si cette voix dit vrai, elle vient étoffer la prophétie de Felicita. Elle a ajouté quelques mots. Elle a évoqué « *la terre imbibée de sang, les bêtes aux cornes entortillées de roses, la guerre sans fin* ».

Dante brandit une main en l'air pour faire le compte.

— Nous avons les bêtes, et nous pouvons cocher les deux autres cases d'un coup si Auveny pense que Raya est dépêchée par Balica pour tous nous tuer. (Il écarte brutalement les bras.) J'imagine déjà la scène : Sa Majesté et le Conseil contestant la protection de Fairywood par Balica – les accusant de protéger les Bois Sacrés dans un but funeste et non pas pour les préserver. Déjà que Balica est furieuse que le roi Emilius ait ordonné qu'on se remette à brûler Fairywood. De fausses accusations mettraient de l'huile sur le feu.

— Que peut faire Balica ? Ce pays n'est pas armé pour la guerre.

Il hésite.

— À un moment donné, on est obligé de camper sur ses positions, quelles que soient les conséquences. En ce qui me concerne, à choisir entre une mort rapide sur le front et une mort lente causée par l'empire, j'irais me battre.

Une boule se forme dans ma gorge.

— D'un autre côté, reprend-il, ce serait vraiment du gâchis ; un si beau visage !

Dante me décoche un sourire espiègle qui me déride à mon tour.

— Nom d'un crapaud, que vais-je bien pouvoir dire au roi au sujet de Raya ?

— Rien. C'est à Balica de la coincer.

— Donc je devrais faire comme si de rien n'était ?

— Ça nous permettra de gagner du temps. (Il redresse le buste et passe ses mains dans sa tignasse maintenant détachée.) Il nous faut des preuves de ce que tu avances. Puis il faudra veiller à ce qu'elles tombent entre les bonnes mains, sans que le Conseil ou les mauvaises langues trop zélées viennent s'emparer du sujet et le ressorte à leur sauce pour servir leurs propres fins.

— Amène-la-moi, si tu arrives à la convaincre. Je lirai dans sa paume.

Raya essaie peut-être de m'éviter, mais nous la traînerons ici de force s'il le faut.

— Je ne veux pas t'impliquer plus que de raison.

Je lâche un petit rire narquois.

— Je pourrais dire la même chose.

Dante demeure résolument sérieux ; un rictus déforme sa bouche.

— Violet… j'ai gardé pour moi des informations ultra-secrètes concernant la situation jusque-là. N'y vois rien de personnel, mais tant que tu obéiras aveuglément au roi Emilius, je douterai de tes intentions. Il pourrait se servir de la trahison de Raya comme prétexte pour envoyer toute une armée au sud avant que la semaine soit révolue. Or je ne peux pas prendre ce risque.

Mon sourire s'estompe. Évidemment. J'ai clamé sans détour que j'avais mon propre intérêt à cœur en premier lieu. Et Dante sait sans doute que j'ai aidé le roi à arranger la rencontre entre Cyrus et Raya.

— Je n'obéis pas *bêtement* au roi Emilius, dis-je néanmoins, défendant piètrement mon cas. Il est le roi. Que suis-je censée faire d'autre ?

— Tu obéiras les yeux fermés à Cyrus une fois qu'il portera la couronne ?

Je pince les lèvres.

— Ce n'est pas pareil. Le règne du roi Emilius s'achèvera bientôt. Je dois prendre mon mal en patience pendant quelque temps encore. (J'ai passé mon adolescence à accumuler le plus possible de connaissances, grappillant des miettes d'influence çà et là. Je n'allais pas m'amuser à contredire le roi et risquer de me le mettre à dos alors que je cherchais à me faire une place à la cour.) Le roi Emilius me veut docile et obéissante. Cyrus n'a certainement pas les mêmes attentes à mon sujet.

— La première rébellion est la plus dure.

Je hoche la tête.

— Je suis trop redevable à Emilius. Il a vu du potentiel en moi et m'a appris à ruser à la cour. C'est un peu comme un parent pour moi…

— On confond facilement peur et respect, m'interrompt Dante avec autant de bienveillance que possible.

Je baisse les yeux, observant le rouge au creux de ma main. J'aimerais protester, dire que *je n'ai pas peur* avec autant de conviction que je l'ai fait devant Cyrus, mais une sensation glaciale se diffuse dans mon ventre, et elle prend toute la place. Dante voit des choses que je me cache à moi-même, les inquiétudes et les joies que je tais, et il me connaît depuis assez longtemps pour savoir que je peux être dangereuse.

Cyrus et moi avons beau nous chamailler, une partie de moi a hâte qu'il accède au trône. Ce serait un nouveau départ. Du moins c'est ce que je pensais avant le bal.

— Il est tard. Je devrais y aller, dit Dante, brisant enfin le silence. (Il se met debout et s'écarte de moi. Sans sa présence à mes côtés, j'éprouve un vide. Je l'entends enfiler son manteau et se diriger vers la porte.) Devrait-on faire quelque chose au sujet de cette nouvelle voix qui te parle ?

— Je découvrirai de qui il s'agit si elle se manifeste à nouveau. (Je pivote face à lui alors qu'il quitte la pièce.) On n'a fait que parler… Je ne pense pas qu'elle puisse me faire du mal.

— Eh bien, si jamais il y a du changement… (Il fait un geste las en direction de sa personne.) Du reste, tu devrais rendre visite à un guérisseur demain pour faire changer tes pansements – ou alors je peux repasser.

— Tu es suffisamment occupé. Je préfère que tu te reposes.

Il esquisse un sourire. La porte se referme derrière lui, et je me retrouve de nouveau seule.

Je patiente quelques minutes encore, histoire d'être sûre que Dante est bien parti, puis je sors.

Les lumières de la Capitale du Soleil scintillent en contrebas. Les toits couvrent la colline telles les écailles d'un dragon endormi. Depuis mon arrivée ici, j'ai veillé à conserver mes racines en surface sans jamais m'ancrer trop en profondeur. Je m'y sens quand même chez moi. Je connais les domestiques et les recoins des jardins. Je me faufile à travers le palais en laissant courir mes doigts sur les précieuses œuvres d'art comme si elles m'appartenaient. Je n'ai jamais pensé qu'il me faudrait peut-être partir un jour.

Dans la rue, si l'on baisse la garde, on risque de se prendre un coup de couteau. Ici, au sommet de ma tour, les secrets sont tout aussi tranchants.

J'en possède tellement.

Je descends l'escalier extérieur de la tour. À mi-chemin, je distingue une tache foncée sur les plantes grimpantes. Au même endroit, un filet de sève fraîche s'écoule d'une branche récemment brisée. Parvenue au pied de la tour, j'en contourne la base jusqu'à ce que je tombe dessus. Nichée dans un tas de mauvaises herbes : une épine brillante à la pointe rouge.

Je l'enroule dans mon pansement, et la fourre dans ma manche.

14.

Quelle que soit la manière dont procède Dante pour découvrir les véritables intentions de Raya, il ne s'y prend pas assez vite, et il n'a certainement pas encouragé un sentiment de survie sain chez le prince.

Cyrus et Raya enchaînent les sorties romantiques comme s'ils étaient amoureux. Ils font les boutiques pour acheter des alliances. Ils échangent de chastes baisers. Ils « fuient » leurs gardes pour aller faire de la barque en tête à tête sur le lac, sous le regard scrutateur des habitants de la Capitale du Soleil. Ensemble, ils assistent à une pièce de théâtre et leur propre mise en scène rivalise avec celle des véritables comédiens. Il ne manque plus que le quatuor à cordes caché dans les fourrés.

Non, je ne suis pas jalouse.

D'accord, je suis un peu jalouse.

Les contes ne parlent que de jolis jeunes gens tombant amoureux simplement parce qu'ils sont beaux. Mais même la plus belle des sorcières est toujours étrange et sournoise. Malheureuse à jamais, le cœur en miettes, ses vœux jamais exaucés, et seule, toujours seule.

Cyrus sera arrosé d'une pluie de pétales de rose le jour de son mariage.

Et moi je reçois des épines.

L'épine née de mon sang est enfermée à double tour dans une boîte que j'ai cachée dans un placard. Je tâche d'oublier son existence jusqu'à ce qu'un jour un client, un ouvrier agricole aux joues grêlées d'acné, me dise :

— Messagère, je ne sais pas si vous l'avez remarqué, mais il y a des buissons qui pourrissent sur votre tour.

Je feins la surprise et descends avec lui pour constater l'étendue du problème. À l'endroit où j'ai arraché l'épine, la pourriture s'est propagée.

Après avoir mille fois remercié le paysan, je le congédie. Je remonte récupérer un couteau bien aiguisé pour scier les branches corrompues. Entre ma blessure à la main et l'escalier exigu, ce n'est pas chose facile.

Le pire, c'est que je n'ai personne à qui me confier. Le palais ne peut pas savoir pour l'épine, c'est impossible. Il ne peut pas connaître la raison de l'étendue de la pourriture ici. Pourtant je suis quand même inquiète. La prophétie de Felicita est angoissante. Tout le monde est à l'affût du moindre signe indiquant qu'elle se réalise.

Tous les contes ont besoin d'un gentil et d'un méchant, et la frontière entre les deux est très mince ; elle ne tient qu'à un fil, à une accusation.

Je ne compte pas me servir de l'épine. Je me méfie de la voix, et quand bien même je lui ferais confiance… tuer Cyrus pour sauver ma peau… Peut-être que la décision serait évidente pour une personne extérieure. Mais pas pour moi. Je ne suis pas maléfique. Je ne suis rien qu'une opportuniste, comme tant d'autres.

Et puis, ce que je désire vraiment, c'est regarder Cyrus dans les yeux quand il montrera à tous son vrai visage. Effacer de ce visage son sourire enjôleur. Histoire que les gens voient à qui ils ont vraiment affaire.

Je veux que monsieur le prince charmant tombe de son piédestal.

C'est aujourd'hui que Raya s'installe officiellement au palais. Si elle ne veut pas venir à moi, c'est moi qui irai à elle.

Je sors une robe bleu marine du fond de ma penderie. La couleur est un peu sombre pour l'été, mais j'adore les tournesols brodés qui ornent le corsage et l'ourlet. Je fais de ma natte une couronne que je fixe à ma chevelure à l'aide d'épingles à tête de perle.

Dans un coin du miroir, quelque chose scintille.

Derrière moi, un collier ras-du-cou repose sur le rebord de la fenêtre. Il représente une couronne de feuilles, un motif répandu. Je m'en empare ; léger comme une plume, il n'est pas en or véritable. Je jette un coup d'œil dehors, mais la fée qui a confectionné le bijou a disparu.

C'est sans doute un cadeau de Camilla. Ce n'est pas du tout mon style et le bijou est d'ailleurs bien trop élégant pour aller avec ma tenue, mais il est également bien trop joli pour ne pas être porté. Je l'accroche donc à mon cou.

L'arrivée de Raya est censée se faire en toute discrétion, sans tambour ni trompette et sans formalités. Les curieux s'attroupent pourtant devant les grilles du château de bonne heure et une grande partie de la cour réussit à s'introduire dans les couloirs du palais. Les sorties de Cyrus et Raya ont attisé l'excitation du peuple, et ceux qui voient en elle le mal incarné veulent être aux premières loges afin de l'observer de près.

Un comité d'accueil patiente dans l'atrium. Le public se dispute la place parmi les plantes, les sièges et les cadeaux ; de petits chiens courent, déchaînés, sous les jupons. Les fées qui accompagnent leurs protégés volettent dans les airs, enivrées par l'ambroisie. Leur poudre imprègne les lieux, provoquant des éternuements.

Je repère Camilla dans l'entrée du palais. Sa robe est coupée dans un tissu damier rose et gris très voyant. Impossible de ne pas la remarquer. Je m'approche d'elle.

En m'apercevant, elle referme son éventail d'un coup sec et passe son bras sous le mien.

— Violet ! Tu es venue pour la fête ?

Je ne peux retenir un soupir.

— J'ai songé que ça me ferait du bien de sortir de ma grotte.

Pas complètement faux. Ça m'étonnerait que ça change quoi que ce soit, mais face à la menace d'expulsion qui me pend au nez, je peux tout de même faire un petit effort.

Camilla semble dubitative.

— Quelles que soient tes raisons, je n'ai pas besoin de les connaître. Tant que tu es là. Tu arrives pile au bon moment !

Dans la grande cour, toute l'attention se concentre sur un carrosse qui vient de s'arrêter devant la grille. Les gardes forment deux rangées qui se font face, de part et d'autre de la portière. Raya descend la première, vêtue d'une robe émeraude aux jupes fendues en leur milieu, se séparant en deux moitiés comme les pétales d'une fleur. Sa bouche est couverte d'un voile et des anglaises brunes dissimulent le reste de sa figure.

Je murmure :

— Elle cache tout le temps son visage.

— C'est dans notre intérêt qu'elle le fait, ironise Camilla en étouffant un ricanement. Tout le monde risquerait de tomber sous son charme comme au bal. C'est la rumeur qui circule : son plus grand défaut, c'est d'être *trop belle.*

— Plus belle que toi ?

Je mords dans un petit pain à la crème que j'avais fourré dans l'une de mes poches.

— Ne nous emballons pas. (Son regard s'attarde sur mon décolleté.) Oh ! J'aime beaucoup.

Je pose les doigts sur mon collier.

— J'ai cru que c'était *toi* qui me l'avais envoyé.

Elle secoue la tête.

— L'une des fées a peut-être voulu te gâter.

— Moi ? Ça m'étonnerait. Encore faudrait-il que je sois assez gentille pour m'attirer leur sympathie !

— Peut-être qu'elles avaient besoin de s'occuper. Elles se tiennent à distance de moi en ce moment à cause de ça. (Camilla tapote son cou, où pendouille une minuscule fiole contenant un liquide rouge.) Un rien scandaleux, comme toutes les meilleures choses en ce monde.

Durant le bal, j'ai aperçu ce flacon quand j'ai lu dans sa main, mais j'avais mis cette pensée de côté. Je comprends maintenant ce qui en fait la particularité.

— C'est *du sang* qu'il y a dedans ?

Camilla affiche un sourire d'une oreille à l'autre.

— Pas bête, hein ? Je ne vais pas m'amuser à asperger Raya de sang à la moindre occasion. En revanche je peux lancer une mode et encourager la cour à m'imiter. Cela annihile plutôt bien les sortilèges dans un rayon proche – je l'ai testé sur mes femmes de chambre. Les fées n'aiment pas trop non plus, mais ce n'est pas grave. Je n'ai pas besoin de leur magie pour être jolie. On ne peut pas dire la même chose de tout le monde.

Elle dirige son regard sur Cyrus qui, vêtu d'un manteau prune élégant, escorte Raya à travers la grande cour, en la tenant par la main. Raya a l'air plus nerveuse que perfide. On dirait qu'elle redoute la foule.

— Bienvenue, lady Raya, l'accueille Camilla quand le couple parvient à l'entrée du palais. Dites-moi, quand la malédiction va-t-elle se briser ?

Raya glousse avec hésitation, interrogeant Cyrus du coin de l'œil dans l'espoir qu'il vole à son secours et trouve une réplique appropriée.

— J'ai, euh, appris pas mal de choses au sujet de la prophétie ces derniers jours, Votre Altesse. J'ignorais que cette responsabilité pèserait sur mes épaules.

Ses mots sont marqués de l'accent traînant du Sud.

— Prions pour que vous n'ayez pas d'autre crise d'urticaire, dis-je, me rappelant l'excuse qu'elle avait présentée à Dante. (Raya tressaille. Je ne m'attends pas à ce qu'elle soit aussi exubérante que Camilla, mais disons que j'attends *quelque chose*. Jusque-là, elle s'avère plutôt lente au démarrage.) Vous savez, les prophéties, c'est mon domaine. Nous devrions programmer une autre séance de lecture cet après-midi.

Elle rit encore.

— Oh ! c'est…

— … une excellente idée, achève Cyrus à sa place.

J'arque un sourcil. Le prince arbore son faux sourire avec les fossettes, celui qu'il peaufinait quand il a mué et que tout le monde pensait qu'il se marierait en un rien de temps. Son visage a l'air entièrement guéri. J'espère que ma gifle l'a marqué pendant quelques jours.

Il passe devant nous et entraîne Raya dans l'atrium, où débutent les festivités. J'aimerais m'entretenir avec Raya, mais elle est très sollicitée. Pour l'heure, je me contente de suivre Camilla qui se mêle à la foule.

Mon attention s'égare bientôt. Tandis que j'évolue d'un cercle à l'autre, j'ai l'impression que, où que j'aille, le rire et la voix de Cyrus me suivent.

— Si j'avais pu, je vous aurais toutes épousées, dit-il dans mon dos.

Il n'est pas très loin de moi.

Le prince a beau être fiancé, il continue à draguer tout ce qui bouge.

Si nous étions encore des enfants, je passerais ma tête à travers le rideau de lilas qui nous sépare et je lui adresserais une grimace effrayante. Pendant très longtemps, j'ai eu hâte de grandir, pour qu'on me prenne enfin au sérieux. Mais à présent que je suis adulte, cela me manque de ne plus pouvoir me conduire avec légèreté sans me soucier des conséquences. Ce n'est pas comme si j'avais vraiment envie de me trouver parmi ces lèche-bottes, à faire semblant de rire à la mauvaise plaisanterie de quelque petit seigneur insignifiant.

Parfois pourtant, j'aimerais que ce soit le cas. Je *voudrais* vouloir me mêler à ces gens. Tout serait beaucoup plus simple si je ne savais pas ce que je sais, si je ne pensais pas ce que je pense, si je pouvais juste *être comme tout le monde.*

Mais cette version de moi-même me dégoûterait.

En même temps, si j'étais vraiment comme ça, je n'aurais pas le recul nécessaire. Je ne pourrais pas détester qui je suis.

Cette Violet-là serait reconnaissante de posséder le don de la Vue et d'avoir sa place au palais.

Cette Violet-là serait… *heureuse.*

Camilla m'entraîne ensuite dans un cercle de douairières. La princesse exhibe fièrement son pendentif, sortant des exemplaires vides de sa pochette pour celles qui le désirent.

— Personnellement, affirme Camilla sur le ton de la confidence, je pense que nous exploitons trop les fées. Réfléchissez : celles de lady Raya semblent avoir omis de la retoucher aujourd'hui, et la différence est vraiment frappante. (Le groupe glousse.) Je désire de tout mon cœur que mon frère trouve l'amour, mais de là à reporter tous nos espoirs sur une potentielle charlatane…

Face à nous, une femme drapée d'un châle rouge met sa main en coupe devant sa bouche pour murmurer sur le ton de la confidence :

— Je doute que quiconque s'en souvienne hormis Belina et moi, mais il y a quarante ans de cela, quand j'étais une jeune fille, les fées étaient considérées comme des ennemis des Parques. Plus personne n'en parle, mais si le sang et la magie ne font pas bon ménage, c'est pour une bonne raison. Notre sang est la propriété des Parques, et elles n'apprécient pas l'intervention de la magie. Cette dernière détourne le destin de sa vraie trajectoire !

Une autre dame s'offusque ; il s'agit de lady Herina, du Quatrième Territoire, une femme très collet monté.

— Nous ferions bien de garder la foi et de ne pas calomnier les gens sans preuve.

— Calomnier ? (Camilla éclate de rire.) Raya a traversé le continent, seule et sans préavis, avec cinq fées pleines de magie dans ses bagages. Avouez que c'est pour le moins *étrange.*

La princesse a beau être caractérielle, elle pèse toujours ses mots ; elle sait si l'heure est à la plaisanterie ou à l'argumentation. Et quand il s'agit de faire entendre son point de vue, elle n'y va pas de main morte.

— Les Parques sont étranges, Votre Altesse. Et elles ont faim. (Lady Herina pointe un doigt en l'air.) Cela fait des lustres qu'une histoire digne d'intérêt n'a pas agité notre royaume. Des mauvais sorts et des bénédictions, certes. Mais à quand remonte le dernier vrai drame auvenien ? On nous présente aujourd'hui une briseuse de prophétie, le grand amour de Cyrus ! Une jeune femme unique. Il est clair qu'on ne croise pas ce genre de personnage tous les jours. Nous n'avons plus l'habitude de l'étrangeté, c'est tout. Ah ! Messagère…

Lady Herina s'avance vers moi, mains tendues. D'après mes souvenirs, ce n'est pas une femme désagréable ; elle a toujours été polie avec moi durant nos séances de lecture, et on raconte qu'elle a acquis une certaine sagesse à force de gérer les finances du Quatrième Territoire. Mais je n'aime pas la manière dont elle me regarde.

— Nous vivons une époque charnière. Le destin nous rattrape. Les bêtes errent parmi nous. Le grand amour nous envoûte. Qu'avez-vous à dire sur l'avenir d'Auveny ?

J'ai l'habitude de faire comme si je ne savais pas grand-chose, accueillant les clients comme si je n'avais pas aperçu des bribes de leur avenir durant d'autres séances de lecture, ou bien prétextant des excuses quand mes prophéties ne correspondent pas à la réalité.

— J'ai rêvé de choses contradictoires, dis-je. Nous ferions mieux de tempérer nos attentes concernant lady Raya. Rien ne certifie qu'elle sera notre salut. L'avenir repose entre les mains du prince Cyrus. Tout dépendra de ce que choisira son cœur, et il est *changeant.*

J'insiste sur ce dernier mot, toutefois personne ne semble y prêter attention. Toutes bavardent entre elles.

— Il est vrai que Son Altesse n'a pas l'air d'un homme amoureux, remarque-t-on.

— Est-ce que ça a vraiment de l'importance ? La prophétie de Felicita évoque seulement une épouse.

— Non, non, la prophétie évoque son cœur aussi, ne l'oubliez pas…, précise Lady Herina.

— Herina a raison. Comme on dit, le destin est indissociable du sang.

— Les sortilèges des fées l'ont envoûté. Peut-être que maintenant il regrette…

— Il nous accorde plus d'attention qu'à lady Raya. Ses yeux sont plus souvent tournés vers nous que vers sa fiancée.

Je lève la tête. En effet, Cyrus a porté son regard dans notre direction – vers moi, pour être tout à fait précise et vaniteuse. Un sourire des plus fades caresse ses lèvres, signe poli destiné à notre groupe, mais je sens son regard s'attarder sur ma gorge, où se niche le collier. Un frisson chaud me parcourt.

Ce n'est que la magie qui attire son regard.

Mais ce bref échange me donne du courage. Fini de tourner autour du pot.

— Pourquoi ne pas lire dans la main de lady Raya maintenant ? dis-je. Je n'en ai pas encore eu l'occasion.

Camilla lâche un petit cri ravi.

— C'est une idée de génie. Raya ! (Elle agite sa main dans les airs, attirant l'attention de toute la salle sur nous.) Vous devez absolument laisser notre Prophétesse vous lire l'avenir tant qu'elle est disponible. Elle est très demandée.

En quelques secondes, la princesse ordonne aux domestiques d'apporter une table près de la fontaine, de la couvrir d'une nappe propre et d'y poser quelques bougies. Raya, retenant son voile d'une main, est entraînée jusqu'à une chaise. Elle jette des coups d'œil furtifs tout autour d'elle ; on dirait un lièvre qui se retrouverait piégé dans la tanière d'un loup.

Je m'assieds en face d'elle.

— Confiez-moi vos mains, lady Raya… Une seule fera l'affaire. (J'avance ma main droite, cachant l'autre.) Je me suis blessée.

— D'accord, répond-elle d'une voix tremblotante.

Sa paume entre en contact avec la mienne ; sa main est calleuse. Ses bracelets sont froids ; ils glissent sur la pulpe de mes doigts.

Puis les images déferlent à travers ma Vue, et le décor présent disparaît.

Des nuits blanches, étouffantes de chaleur, passées à voyager. Trois carrosses traversent la campagne. Deux sont chargés d'une dangereuse marchandise placée sous verrous dans des coffres magiques.

Des battements de cœur apeurés sur fond de musique d'orchestre. Le palais rougeoie au loin, animé par les festivités. Ses carrosses ignorent la circulation qui bloque les grilles.

Deux coffres dégringolent le long de la falaise derrière le palais. Le bois éclate dans le courant du fleuve en contrebas.

De l'eau émergent des silhouettes massives. Les bêtes rugissent.

Ma main se crispe. Je me mords la lèvre pour ne pas perdre mon sang-froid. La voix avait raison.

La Capitale du Soleil est derrière elle. Elle grimpe un coteau rocailleux, des fées au creux de ses mains. Un murmure : « Encore un peu plus loin. »

Des couronnes. Des bagues à foison. Un hall blanc et or flanqué de magnolias.

Le prince devant elle sur l'estrade, l'expression soucieuse.

Mes sourcils se froncent. S'agit-il de fils futurs ?

L'air chargé de fer. Du sang – beaucoup trop de sang.

Sa voix terrifiée dans une salle de bal envahie par les ronces noires. « Pourquoi faites-vous ça ? »

Un ricanement, une étincelle et un déploiement de plumes sombres.

— Prophétesse. (La voix de Cyrus s'immisce dans ma vision.) Vous écrasez la main de ma dame.

Je rouvre les yeux avec un hoquet de surprise. Serrés dans ma paume, les doigts fins de Raya, crispés, moites et tremblants. Tout le monde nous dévisage.

— Oh.

Je la lâche, mais mon expression me trahit. Impossible de dissimuler mon état de choc. J'ai vu quelque chose de terrible. L'odeur du sang m'emplit encore les narines.

Que dire ? Raya a amené les bêtes jusqu'ici, mais ça n'a aucun sens. Elle avait l'air terrifiée. Il y avait – y aura – un mariage, suivi d'un drame épouvantable. Mais pourquoi ?

Et si c'était par ma faute ?

C'est à peine si j'entends ce que Cyrus déclare à la foule silencieuse qui nous entoure.

— Pardonnez-nous. J'ai failli oublier… Nous avons une réunion avec mon père aujourd'hui. Ça ne devrait pas prendre longtemps. Allons-y, Violet. Avant d'être en retard.

Ma chaise crisse contre le parquet quand je me lève, telle une automate. Le prince a inventé une fausse excuse pour me tirer de là, mais je le suis sans ajouter un mot.

15.

Cyrus ne se dirige pas vers le bureau de son père. Il m'entraîne dans un couloir désert de l'aile est du palais.

— Qu'as-tu vu ? demande-t-il.

Je tremble encore mais nous sommes maintenant à l'abri des regards. Je n'ai plus besoin de le suivre. Je pivote sur mes talons.

— Violet !

Ses pas résonnent dans mon sillage. Il m'attrape le bras. Je virevolte face à lui, lèvres pincées. Son étreinte m'est désormais familière. Je me rappelle l'empreinte de ses mains ailleurs sur mon corps. À cette distance, son regard m'effleure de manière très intime.

— Je n'ai rien à te dire.

Jurant dans sa barbe, le prince ouvre la porte de la pièce la plus proche et me pousse dedans sans cérémonie aucune.

Un air chaud, étouffant, m'enveloppe aussitôt. Nous nous trouvons dans une sorte de petite armurerie secondaire. Cottes de mailles en argent et rangées d'épées à poignée émaillée luisent sous une fine couche de poussière. Il n'y a pas de place pour grand-chose d'autre que des objets métalliques dans cet espace confiné.

Cyrus ferme la porte.

— Tu as vu quelque chose.

Je recule contre une armure, agacée comme un chat acculé.

— Peut-être bien.

— Dante m'a rapporté que tu avais eu une vision l'autre jour. Une vision qui t'aurait appris que c'est lady Raya qui a amené les bêtes à la capitale.

— Ça me dit quelque chose.

Grognement exaspéré.

— Nous sommes dans le même camp, toi et moi. Je crois que Raya cache quelque chose, mais il nous faut des preuves, et ta coopération pourrait faire toute la différence. (Il fait comme si c'était moi qui n'était pas claire, et je comprends alors ce qui se passe dans sa tête.) Si tu as la moindre information…

— Oh ! Désolée, *nous faisons équipe maintenant* ? (J'éclate de rire. J'aimerais me persuader du fait que je serais incapable de le tuer, mais il faut dire qu'il ne me facilite pas la tâche.) Petit prince, tu te méprends sur la nature de notre relation. Si tu désires mon aide, tu ferais mieux de ne pas *me bannir.*

Cyrus ose avoir l'air stupéfait. Il ferme les yeux et me sermonne :

— Comme tu l'as toi-même fait remarquer, il y a des priorités, des sujets plus pressants à traiter. Nous rediscuterons de ton avenir plus tard. Pour l'heure, je fais mon possible pour contenir une situation très tendue…

— Tu es sacrément culotté de prendre un ton si tragique !

Je le repousse. Il me saisit les poignets, prenant garde de ne pas me toucher les mains. Nous sommes de nouveau proches. Le jabot de sa chemise m'effleure le décolleté.

— Venir me demander mon aide avant de me chasser. Parader avec Raya partout dans la ville comme si c'était l'élue de ton cœur quand nous savons tous deux que la nuit du bal s'est déroulée *tout autrement.*

Une lueur passe sur son visage et je reconnais le prince auprès de qui j'ai grandi : inébranlable mais hésitant, assombri par le destin.

— Ça n'aurait jamais dû arriver. C'était une erreur.

— Ah bon ? (Je peux presque faire semblant de croire qu'il n'était pas dans son état normal – fébrile, à moitié ivre et drogué à la poudre de fée – quand il a déboulé chez moi et qu'il m'a touchée comme s'il en mourait d'envie depuis des semaines.) Dis-moi une chose que je puisse croire sur parole pour une fois.

— J'aurais aimé n'avoir jamais croisé ton chemin.

— Ta vie aurait été brève, je réponds du tac au tac.

— Peut-être, réplique-t-il d'un ton mélancolique qui nous stoppe un instant tous les deux. Mais tu es là. Tu fais partie de ma vie.

Il ne m'a pas lâché les poignets, qu'il retient toujours en l'air. Notre souffle se précipite dans ce petit havre d'intimité au milieu des toiles d'araignées. Rien ne nous sépare plus, à l'exception de la poussière et du désir qui flottent entre nous.

— Tu as encore envie de m'embrasser, je chuchote avec une satisfaction amère. C'est ça qui te met en colère, non ?

Cyrus s'approche un peu plus. Nos corps vont bientôt se rencontrer, c'est inévitable, pourtant je ne cherche pas à m'écarter ; mon arrogance et mes propres désirs me trahissent.

Nos lèvres s'effleurent alors, puis on s'abandonne l'un contre l'autre. Mes paupières se ferment et je sens sa langue sur la mienne.

J'oublie la bienséance, les règles, nos places respectives. J'oublie les mises en garde prophétiques. Mon monde se réduit à lui, au goût de sa bouche, fruit liquoreux. Je cramponne mes doigts à son col. Lors de notre premier baiser, la surprise a eu raison de moi, et j'ai laissé mon instinct me guider. Cette fois, c'est moi qui prends les devants. Je l'attire à moi. J'apprends vite – je n'ai jamais eu le choix – et, malgré ma maladresse, j'aime le surprendre.

Je ne pourrai sans doute jamais le dissuader de me chasser d'Auveny, mais je pourrais l'anéantir ainsi.

Et moi je risquerais de brûler ainsi.

Nous titubons dans la pénombre. Les mains à ma taille puis dans ma chevelure, Cyrus me pousse dans un recoin, entre une rangée de boucliers et un paravent miteux. À présent, je comprends : il me désire autant qu'il me hait ; je suis l'écharde dans son cœur, et plus il tente de me retirer, plus je m'enfonce.

Je comprends maintenant ce que le terme inévitable signifie.

Une pensée lointaine me titille. *Tu joues avec le feu.*

Cliquetis. Grincement.

La porte s'ouvre.

— Chut.

Cyrus glisse un doigt sous mon collier et m'attire à lui. Il m'embrasse comme si rien d'autre au monde ne comptait, et je l'embrasse à mon tour comme si je le croyais.

Mon cœur bat à tout rompre. C'est stupide et dangereux, mais si nous nous arrêtons, nous recommencerons à nous disputer. Si nous nous arrêtons, le souvenir de ce moment me hantera à jamais. Ivres de caresses, nous sommes deux amants fous oublieux de tout le reste. Je ne me reconnais plus. Je croyais détester perdre le contrôle.

Ce que je redoute le plus, c'est le plaisir que cela me procure.

La porte se ferme. Le calme revient. Nous sommes à nouveau seuls, et le temps se remet à s'écouler.

Pantelante, je l'attrape par les cheveux et le force à écarter ses lèvres des miennes.

— Violet.

Son regard est noir, immense. Je me rappelle ses paroles, prononcées dans le labyrinthe, la nuit du bal : *Nous pourrions nous détruire l'un l'autre, et nous n'hésiterions pas à le faire.*

— Qu'est-ce que tu veux ? (Je m'essuie la bouche du revers de la main.) Tâche de le savoir, pour que je puisse te détruire pour de bon.

Je réunis mes épingles à cheveux, éparpillées par terre, et je quitte l'armurerie comme une furie. J'ignore si Cyrus a tenté de me retenir. Mon cœur bat si fort que je n'entends rien d'autre.

Le trajet du palais à la tour me semble interminable.

Une fois dans ma chambre, je me jette à plat ventre sur mon lit et plante les dents dans mon oreiller dans l'espoir que cela me guérisse. Mon cœur bat toujours très fort et la chaleur du corps de Cyrus me consume encore la peau.

L'aurais-je arrêté si je n'avais pas eu peur qu'on nous surprenne ? Le rêve que j'ai fait me nargue, celui où il m'invite à tester des choses que je n'ai connues que dans mon imagination. J'aurais adoré arracher les boutons de sa chemise – le craquement des fils qui cèdent, le grognement de Cyrus contre mes lèvres.

Un frisson me balaie le corps et me chatouille la plante des pieds. J'enfonce mes ongles dans ma paume. Mentalement, je dresse une liste de toutes les choses que je déteste chez le prince, à commencer par ses oreilles légèrement trop grandes, et cette épée qu'il trimballe à sa taille partout où il se rend comme pour compenser un manque. Le fait qu'il ne supporte pas de soutenir mon regard plus de quelques secondes sans grimacer. La manière qu'il a de parler comme s'il me connaissait par cœur.

Je roule sur le dos et contemple les gemmes incrustées dans le plafond.

Je préfère encore penser à Cyrus qu'aux scènes macabres entrevues dans les fils de Raya. Je ne comprends pas : si elle avait souhaité notre mort, ce serait chose faite. Elle en a amplement eu l'opportunité. Dans les images de son passé – et même maintenant – Raya ne semble pas malveillante, mais terrifiée. Comme une marionnette.

Mais dans ce cas, qui tire les ficelles ?

En bas, on frappe à la porte.

Idéalement, je préférerais ne plus voir personne de toute la journée – de la semaine, du mois, de l'année tant qu'à faire. Pour une fois que je me force à sortir de ma grotte ! Tout ce que j'ai récolté, ce sont des visions traumatisantes. Mais ça pourrait être pire : Camilla se tient sur le seuil avec un panier plein de gâteaux.

Elle a changé de tenue ; par-dessus le chemisier brodé de trèfles qu'elle a choisi chez le tailleur, elle a revêtu une robe d'un rouge éclatant, et son chat, Catastrophe, se prélasse autour de son cou comme une étole. Magie ou pas, Camilla trouve toujours le moyen de sortir du lot.

— Bon, dit-elle en entrant sans y être invitée. C'était bizarre.

Je ne sais même pas à quoi elle fait allusion, mais j'acquiesce.

— Désolée. Comment s'est finie la fête ? Raya s'est installée au palais ?

— Oui ! Je l'ai mise dans la pire chambre de l'aile royale ! Occupée en dernier par une grand-tante qui collectionnait les peluches. Le mobilier est complètement désuet !

— Ce n'est pas un véritable châtiment, contrairement à ce que tu as l'air de penser.

— Laisse-moi savourer cette victoire. (Elle virevolte et se laisse tomber sur le canapé ; dépose le panier par terre.) Qu'as-tu lu dans sa main ? Tout le monde s'interroge.

Camilla est un amour, mais quitte à lui confier un secret, autant le crier sur les toits de la Capitale du Soleil avant d'en informer par lettre toutes les personnes qui sont hors de portée de voix.

— J'ai vu… des images de son mariage.

Je retire des assiettes posées sur un repose-pied en velours, et Camilla étend ses jambes dessus.

Une célébration tout ce qu'il y a de plus chic avec toutes les fioritures requises, y compris un certain nombre de victimes.

— C'était également le mariage de ton frère.

— Ces deux-là vont tenir jusqu'à la cérémonie ?

— Peut-être. L'avenir n'est pas gravé dans le marbre.

— Mais il y a de fortes chances pour que ça se produise.

Je fais la moue.

— D'autant plus que j'ignore comment l'empêcher.

Camilla laisse échapper un « Oh ! » Catastrophe, la seule créature qui soit plus gâtée encore que la princesse, descend sur les genoux de sa maîtresse et s'y love, comme si c'était l'aboutissement d'une journée de dur labeur. Camilla lui grattouille l'oreille en lui fredonnant un air réconfortant.

— Tu souhaites empêcher le mariage ? s'étonne-t-elle.

— Pas toi ?

Je m'assieds sur l'accoudoir du canapé, à côté d'elle.

— Ce n'est pas de moi qu'il s'agit, là.

Elle fait osciller sa chaîne où pend la fiole de sang comme un pendule. Je n'arrive pas à déchiffrer son regard, à la fois réservé et menaçant, et aussi changeant que son fard à paupières chamarré.

— Je me demande si tu as tes propres raisons de vouloir empêcher cette union, reprend-elle. C'était étrange, tout à l'heure, quand tu es partie avec Cyrus…

— Comme toi, il voulait savoir ce que j'avais vu dans la main de Raya. Il ne peut pas me supporter sauf bien sûr si je peux lui être d'une quelconque utilité. Et dire qu'il se croit différent de son père !

— Hum. C'est un sale gosse. Et combien de vêtements retires-tu quand tu t'entretiens avec Cyrus, ces derniers temps ? Ou combien en gardes-tu plutôt, si c'est plus facile à compter ?

Mes joues s'enflamment.

— Nous restons entièrement vêtus !

Accoudée, la princesse repose son menton sur sa main et me dévisage d'un air suffisant, comme si elle devinait les pensées coquines qui m'ont traversé l'esprit avant qu'elle ne vienne frapper à ma porte. Dieux du ciel, et si Cyrus avait raison ? Peut-être que je *ferais mieux* de quitter Auveny pour toujours.

— Depuis quand cela dure ? chantonne-t-elle.

— Je ne vois pas de quoi tu veux parler.

— Ah. Alors ce n'est rien de sérieux.

— Nous sommes juste… ce n'est pas…

— *Oh.* C'est *récent* pour vous deux. Votre premier – non, votre second rendez-vous. Et tu bégaies déjà ? (Camilla affiche une moue d'abord dubitative, puis dégoûtée.) Il embrasse donc *comme ça…* En fait, j'aurais préféré l'ignorer. Je regrette d'avoir demandé.

J'ai les joues en feu. Je capitule.

— Il n'embrasse pas si bien… *pas bien du tout* même… il a…

— C'est de famille.

Elle me décoche un clin d'œil.

— … *un sérieux problème.*

Camilla fini par lâcher un soupir.

— *Hélas !* Tu as certainement raison sur ce point, et puis, avec *tout ce qui se passe* en ce moment. Qui d'autre est au courant ?

— *Personne.* Et j'espère que ça restera entre nous.

— Même pas Dante ? Je parie qu'il le sait. Il est juste discret.

— *Raaa !* (Je m'enfonce dans le canapé, écrasant la queue de Catastrophe, qui crache et se recroqueville davantage. Je lui gratte la peau du cou pour m'excuser.) Je le pense. Cyrus et moi, ce n'est rien. C'est arrivé une fois… deux fois. C'est tout.

— Et je parie que tu pensais que ça ne se reproduirait pas une seconde fois, après la première, me rabroue-t-elle. As-tu besoin qu'on fasse un petit point contraception ?

— Non !

Mes joues me brûlent de plus belle.

Mais à la seconde où mes pensées s'égareront, mon corps me persuadera que je désire certaines choses qui me sont interdites. Goûter à l'intimité a éveillé en moi une curiosité, un certain appétit. Comme si j'avais quitté la table au milieu du repas. Je n'ai jamais été timide en présence de Cyrus, et c'est probablement tout le problème.

— Tu en es sûre ? insiste Camilla, qui s'empare du panier de gâteaux.

Elle pioche au milieu de la pile et brandit un sachet d'herbes médicinales.

— Tu as déjà apporté…

— Oh, j'avais deviné. Vous vous comportez tous les deux très bizarrement, et je t'ai vue regagner ta tour les cheveux *ébouriffés*. Ce qui me fait penser : méfie-toi des mauvaises langues. Tu sais à quelle rapidité les rumeurs se répandent. Il suffit d'une étincelle pour allumer une flambée.

— Je n'apprécie même pas Cyrus, je marmonne, en guise d'ultime protestation.

— Si ça ne vous a pas empêchés de vous sauter dessus avant, pourquoi cela changerait-il à présent ? (Elle papillote des yeux d'un air entendu.) On ne choisit pas toujours. Les gens tombent amoureux de nous, Lidine, et… et c'est *trop* facile. Nous lisons dans les cœurs comme tu lis l'avenir. Tu es une grande fille, je le sais, mais ça ne veut pas dire que tu ne feras pas de bêtises ou que tu ne peux pas être blessée. Les choses peuvent aller trop loin. Bon sang ! Vous connaissant tous les deux, c'est ce qui risque d'arriver.

J'enfouis ma tête dans le dossier du canapé.

— Pour en revenir au sujet qui nous préoccupe, Raya…

— Maintenant qu'elle est au palais, je peux la tenir à l'œil. Mais tout d'abord, je ne veux pas encore de nièce ou de neveu, Violet, même s'ils seraient sûrement très mignons. (Camilla me tend le sachet.) Eina, en bonne nourrice qu'elle est, m'a donné ces herbes, mais je n'en ai pas besoin. Fais infuser deux feuilles dans une tasse et bois-en chaque matin. Mets-les de côté pour plus tard si tu ne les utilises pas maintenant.

Comme je ne bouge pas, elle se penche en avant et me fourre le sachet dans la poche. Je me renfrogne ; elle me tapote la joue.

— Tu aimes les hommes. Considère cela comme ton lot de consolation.

Après le départ de Camilla, je ferme la porte à double tour. Je passe devant les vitrines, ouvre les rideaux tirés derrière la table de divination, et me retrouve face à un meuble de rangement ordinaire disposé près de caisses contenant des instruments divers et variés. J'écarte des piles de linge placées sur l'étagère du dessus et farfouille au fond jusqu'à ce que je palpe une boîte en onyx pur. Elle brille comme l'aile d'un corbeau. Je l'ouvre à l'aide de la clé que j'ai récupérée dans ma chambre.

Je soulève le couvercle et trouve l'épine que j'y ai cachée.

N'importe quelle autre épine aurait flétri depuis le temps. Celle-ci est dure comme de l'acier, et verte comme les plantes qui ont fraîchement poussé à l'extérieur de la tour. Je l'empoigne comme le manche d'un couteau et l'agite dans les airs ; elle est plus maniable qu'une lame ; on dirait qu'elle a été faite pour moi.

Une certitude qui m'aurait donné un puissant sentiment d'assurance s'il s'était agi de n'importe quelle autre arme, mais là, je ressens un profond malaise.

Parce qu'elle est faite pour moi, et que je suis censée m'en servir.

Je n'imagine pas transpercer le cœur de Cyrus avec cette chose. Je presse l'extrémité contre le meuble, creusant une marque profonde dans le bois. Je n'ose pas la tester sur ma peau ; la pointe brille toujours d'un rouge surnaturel.

Quand elle frappera son cœur, elle détruira son corps.

Décidément, bien qu'il me mette hors de moi, et bien que je puisse faire preuve de perfidie, je ne suis pas une meurtrière.

Pourtant… j'ai pris l'épine. Je la tiens dans ma main en ce moment même.

Donc peut-être que je me trompe.

On pourrait me pousser à le faire, non ? Je serais prête à tout, à condition d'être sûre de m'en tirer en toute impunité.

Est-ce seulement la peur du châtiment qui me retient ?

Est-ce que tuer, comme mentir, devient plus facile après la première fois ?

Je me souviens que c'est le roi Emilius qui m'a appris à prophétiser devant un public. *Tu n'es pas seulement le réceptacle d'une prophétie, tu en es également l'interprète. La manière dont tu décris ce que tu vois est aussi importante que ton don lui-même.*

Les premières années, mon seul client était le roi. Je lui racontais mes rêves dignes d'intérêt, et il adaptait sa politique en fonction.

Le premier changement que j'ai apporté à mes prédictions fut minime : j'ai rêvé que des dragons parcouraient la campagne, et le roi Emilius m'a fait annoncer à la cour que ces créatures causeraient des ravages, particulièrement dans le Treizième Territoire. Ce qui justifiait qu'il envoie davantage de soldats à cette frontière.

À la suite de cela, je m'attendais à un retour de bâton. Un contrecoup qui n'a jamais eu lieu. J'ai altéré la vérité, et le ciel ne m'est pas tombé dessus. Plus tard, j'ai compris que le roi avait dépêché la Garde des Dragons dans cette région pour intimider les Balicans, de l'autre côté de la frontière. Il s'était écoulé tellement de temps depuis l'incident que mon sentiment de culpabilité s'était éteint.

Mes rêves ne m'ont pas toujours montré Auveny sous son meilleur jour. J'ai également aperçu des côtés moins reluisants – les pots-de-vin et fourberies se déroulant dans les couloirs du palais, les dissidents réduits au silence. Des choses que le roi Emilius m'a demandé de taire. Une autre manière d'interpréter mes visions : ne pas les mentionner. *Ne pas* interférer.

Même si ces légers écarts me paraissaient malhonnêtes, qu'aurais-je gagné à désobéir au roi ? Il était crucial de rester dans ses petits papiers, sans compter que ç'aurait été ma parole contre la sienne.

Je serai toujours à la botte d'un roi.

Une fois que Cyrus sera couronné, je le servirai sans doute jusqu'à la fin de mes jours. Si je reste. S'il survit. On ne peut changer notre histoire et, même si j'ai du mal à l'admettre, je doute qu'on puisse modifier notre avenir. Chaque vision est pire que la précédente, et je ne vois pas d'issue à notre danse capricieuse.

La voix résonne encore à mon oreille ; le souvenir est si frais que je jurerais que la présence se trouve en ce moment même dans cette pièce : *Cet endroit ne te mérite pas. Ton prince non plus.*

Je tourne et retourne l'épine dans ma main, encore et encore. Ai-je appris à me satisfaire de trop peu, à me contenter des quelques miettes de pouvoir qu'on me jette ? Rien ne dure en ce monde, surtout pas la vie. Que vaut vraiment celle de Cyrus comparée à l'éternité ? Une fois qu'on aura fait son deuil, on tournera la page.

C'est une pente dangereuse qu'emprunte mon esprit. Je m'égare. Tout le monde dit que ce genre de pensées est mauvais – mais c'est vrai. Combien de sang les rois font-ils couler avec leurs guerres ? Les conquérants font et défont l'histoire en un éclair. En comparaison, mon acte serait infime, insignifiant, si je mettais fin à la vie du prince pour sauver la mienne.

Il n'y a pas de règles, pas de compassion de la part des étoiles. Peut-être que le problème, c'est que je suis trop faible, pas assez endurcie.

Ils ne t'aimeront jamais autant que tu l'espères.

Et si la cruauté faisait partie de ma nature ?

Je repose l'épine dans sa boîte et la range dans le meuble, mais ces pensées sont là, bel et bien présentes à mon esprit.

Quand je me recouche, je rêve de ronces en fleur qui se faufilent, rouge sang, le long de ma tour, avant de pourrir, virant au noir.

16.

Une horde de messagers arrive des frontières. Les nouvelles sont mauvaises : les bêtes ont entamé leur marche.

Le roi Emilius me convoque dans la Chambre du Conseil pour discuter des rapports en présence des lords ; je suis l'une des rares à en être informée avant le reste de la cour. Le palais a minimisé le problème aussi longtemps que possible, étouffant les comptes-rendus qui recensent les bêtes aperçues dans les régions frontalières, du moins jusqu'au mariage. Mais les derniers faits rapportés sont d'une tout autre ampleur.

Du jour au lendemain, des dizaines de monstres cornus ont émergé de Fairywood dans les Onzième, Treizième et Quatorzième Territoires, envahissant et ravageant les villages les plus proches. Les dégâts ont été jugulés par les unités de renfort de la Garde des Dragons postées non loin de là après que j'ai informé le roi de mes visions. Mais les rapports nous signalent un grand nombre de victimes. Les bêtes semblent progresser vers le nord, en direction de la Capitale du Soleil.

— Nous y avons envoyé davantage de soldats, mais il nous faut découvrir l'origine de ces bêtes, déclare le roi Emilius, qui préside en bout de table. (Ses yeux sont cernés de noir en raison du manque de sommeil.) Un véhicule devrait bientôt arriver, transportant l'une d'elles, que nous avons capturée vivante. Pendant ce temps, nous redoublerons d'efforts pour anéantir Fairywood.

Une bête encore vivante. Mes genoux se dérobent à l'idée qu'un de ces monstres se retrouve à nouveau dans la capitale. Je me ressaisis avant qu'on ne remarque mon moment de faiblesse.

— Et lady Raya Solquezil ? s'enquiert lord Ignacio, du Treizième Territoire, en tapotant la cendre de son cigare. Sera-t-elle notre salut ou continuera-t-elle à aller d'un goûter à l'autre jusqu'à ce que notre hospitalité s'émousse ?

Les remarques dépréciatives à l'égard de la cheffe de Lunesse vont bon train. On ne mâche plus ses mots. Encouragée par les médisances de la princesse, la cour s'est mise à tout critiquer chez elle – ses fées, ses bonnes manières, ses robes. *Notre future Reine des Gaffes,* l'a surnommée lady Ziza dans sa chronique. Les colliers de sang promus par Camilla font fureur. Toutes ces dames se les arrachent.

— Prophétesse, m'interpelle le roi. (Toute l'attention se tourne vers moi.) Tu as lu dans la main de Raya. Nous suggères-tu un plan d'action ?

Pas la peine d'être devin pour voir que la réputation de Raya est sur une pente glissante. Même si je doute qu'elle soit le cerveau de l'opération, elle cache effectivement *quelque chose,* et il faut absolument que nous découvrions ce que c'est. Depuis que j'ai lu en elle, elle se cloître dans ses appartements ou ne lâche plus Cyrus d'une semelle, et je n'ai pas eu l'occasion de procéder à une seconde lecture.

— Testez-la, dis-je, prête à affronter l'avenir, ne serait-ce que pour me libérer de la peur qui m'habite. Je pense que l'heure est venue pour elle de prouver sa valeur.

— Hum, je suis d'accord, répond le roi. Plus que jamais nous devons savoir si elle assurera notre salut – et non notre damnation. L'origine de ces bêtes est suspecte… Encore faut-il s'assurer que Balica n'en est pas responsable. Qu'elle n'exploite pas la magie de Fairywood pour fabriquer ces monstres et s'en servir contre nous comme d'une arme.

Des murmures balaient l'assemblée ; on dirait que les lords ont déjà eu cette discussion. En théorie, cela peut paraître douteux en effet. Raya et les bêtes, toutes venues de Balica. Mais pour quelles raisons notre voisin se livrerait-il à une telle escalade de violence ? Ce peuple n'a jamais été l'agresseur, à l'exception d'un seul fameux incident du temps où la mère de Dante dirigeait Hypsi ; et même, il s'agissait alors d'une querelle frontalière très localisée.

— Je serais attristé que nos voisins en viennent à de telles extrémités, ajoute le roi Emilius. Je n'ai pas envie d'imaginer le pire.

Je jurerais apercevoir un rictus au coin de ses lèvres.

Une fois la réunion ajournée, le roi me demande de rester. Le conseiller qui sort en dernier ferme la porte derrière lui. Je me lève de mon siège, à l'autre bout de la table en acajou, et viens me placer à côté du roi, les mains nouées dans le dos.

Il attend que les bruits de pas se soient éloignés, puis me demande :

— Qu'as-tu vu d'autre dans la main de Raya ?

Les paroles de Dante me reviennent. *Il pourrait se servir de la trahison de Raya comme prétexte pour envoyer toute une armée au sud avant que la semaine soit révolue.*

On confond facilement peur et respect.

Le moins que je puisse faire, c'est d'éviter d'être l'étincelle qui mettra le feu aux poudres et déclenchera une guerre.

— J'ai vu son mariage avec Cyrus.

— Et dans son passé ?

— Rien qui serve les intérêts d'Auveny. Je n'ai eu que très peu de temps en sa compagnie.

— Ah bon ?

Le roi semble frustré et perplexe. Je l'ai rarement vu se mettre en colère ; en revanche j'en ai déjà eu un aperçu. Quand je patiente devant son bureau, il se dispute parfois avec Cyrus, et à travers le montant de la porte, je le vois, rouge comme une tomate et sifflant comme une bouilloire. Le vilain roi de la colère qui n'existe qu'à huis clos.

Non, là il s'agit d'une nouvelle expression de mécontentement, rien que pour moi.

— C'est surprenant, Violet. Je suis habitué à plus de précision de ta part, surtout qu'il s'agit d'un personnage d'une très grande importance. J'ai entendu dire que ta lecture avait fait sensation – lors d'une récente fête, non ?

Son regard me transperce. Je ne me démonte pas.

— C'est parce que Cyrus m'a interrompue. À cause de son intervention, l'incident a pris un tour plus dramatique que de raison.

— Je vois.

Son expression est immuable.

— Mais… je peux la recevoir à nouveau, je suggère, les dents serrées.

— Très bien. (Le roi Emilius agite une main tremblante, comme si mes excuses étaient aussi fragiles et transparentes que du verre.) Mais ne perds pas de temps. Ni le sien, ni le mien.

Un énorme chariot couvert escorté de plus d'une dizaine de soldats entre lentement dans la Capitale du Soleil. Il transporte la bête. Quoiqu'elle soit cachée et muselée, elle pousse des grondements gutturaux qui font froid dans le dos. Les bruits de ferraille, de frottements, les claquements humides de sa mâchoire… ce monstre ne connaît que la violence et la faim.

J'observe la scène à l'abri d'un carrosse garé à distance raisonnable, et je croyais qu'elle me serait plus supportable ainsi. Mais je me surprends à porter les mains à mon cou, me rappelant la gueule béante du monstre qui se referme sur ma tête. Le fumet du sang frais s'en échappant.

Si j'étais plus courageuse, je proposerais qu'on trouve un moyen pour moi de lire dans les pensées de la bête. Mais je suis encore trop remuée par ce qui s'est passé la nuit du bal. C'est idiot – la créature qui m'a attaquée est morte ; je suis en sécurité maintenant. Plus que jamais, avec les gardes postés partout dans la ville. J'ai entendu dire qu'à la suite d'un traumatisme, la peur peut s'attarder, mais ça ne m'est jamais arrivé encore, et je déteste ce sentiment, comme j'exècre tous ceux que je ne peux pas maîtriser.

Je rejoins ma tour avant que la bête n'arrive au palais pour ne pas avoir à imaginer où elle sera enfermée et toutes les manières dont elle pourrait s'échapper de sa cellule. Mes cauchemars me suffisent amplement.

Cette nuit-là, je dors d'un sommeil agité, rêvant encore de buissons pourrissants, de fleurs de fée dorées qui, en fanant, se transforment en charbon. Je le sens, bien que je ne l'entende pas : l'agonie silencieuse de Fairywood, qui se décompose et qui brûle.

Le lendemain matin, un oiseau messager apporte un prospectus à ma fenêtre.

ÉVÉNEMENT UNIQUE
À TOUS CEUX QUI SOUHAITENT EN ÊTRE TÉMOINS
Lady Raya Solquezil de Lunesse

réalisera un miracle aujourd'hui à midi
en brisant une prophétie.
Premier miracle d'une longue série.

Raya se fait toute petite depuis son arrivée à la capitale et maintenant elle aurait assez de cran pour se livrer à une démonstration publique ? Peut-être est-elle du genre à ne pas vouloir laisser de place au doute. Surtout si ses maladresses menacent de faire de Balica le bouc émissaire d'Auveny.

Je m'habille à la va-vite, sans vraiment me soucier de mon apparence. De toute façon, je dois revêtir ma robe d'apparat et mes gants. Lorsque je gagne la cour extérieure, un public s'attroupe déjà autour d'un grand espace délimité par un cordon de sécurité.

Je me joins à la famille royale sur les marches du palais, derrière une phalange de la garde impériale, et prends place près de Camilla. La princesse tapote nerveusement ses doigts les uns contre les autres, tendant le cou par-dessus le casque à plumes des gardes pour avoir une meilleure visibilité.

— Bon sang, murmure-t-elle. C'est *cette chose-là* qui a voulu te dévorer ? Comment tu as pu t'en tirer en un seul morceau ?

Une cage apparaît alors, tractée depuis les écuries, escortée de quatre gardes munis de gantelets très épais. La bête aux yeux verts arpente sa prison ; ses cornes éraflent les barreaux en acier. Elle semble affamée. Elle est moins grosse que celles qui nous ont attaqués. Pourtant, elle reste monstrueuse : une tête de loup, un corps presque humain, imposant, couvert de poils et d'écorce.

— Qu'est-ce que c'est que ce bordel ? je marmonne.

Mon cœur bondit dans ma poitrine.

— Raya va s'en servir pour sa démonstration. Elle prétend pouvoir la guérir.

Un pari très risqué. La cage devrait tenir le coup ; c'est le matériel utilisé pour piéger les dragons, qui sont de dimension similaire et possèdent eux aussi des griffes et des dents bien acérées. À la différence près que les dragons n'en ont qu'après nos bijoux – ils ne nous lorgnent pas avec appétit, comme si nous étions de la *nourriture.*

La bête se jette contre la porte de sa cage et des cris d'effroi balaient le public. Je me recroqueville sur moi-même bien qu'une quinzaine de mètres me séparent du monstre.

On me presse brièvement les doigts – un réconfort éphémère.

Ce toucher, je le connais. Je m'aperçois que Camilla s'est subrepticement déplacée, passant sur ma droite. À ma gauche, son frère. Cyrus.

Je crispe mes mains dans mon dos et ne lui accorde pas un regard.

Un spectateur placé au premier rang s'exclame :

— Comment elle se nourrit, cette bête ?

— Celle-ci refuse de toucher au gibier qu'on lui donne. Elle ne mange pas de végétaux non plus, répond l'officier en charge, un capitaine de la Garde des Dragons du Treizième. On a même essayé les plats cuisinés...

— On raconte que ces créatures mangent de l'homme.

Des murmures agités s'élèvent. Le militaire se tait.

— Oui. Oui, nous avons, euh, assisté à des scènes perturbantes dans la campagne qui tendent à prouver que... c'est peut-être le cas.

Les questions fusent.

Le silence retombe lorsque le roi Emilius tapote sa canne contre les marches en marbre, quoique le sentiment d'horreur demeure.

— Lady Raya est prête. Ne perdons pas de temps.

La femme du moment franchit le mur de gardes pour venir affronter un public et une bête affamés. Sa robe bouffante jaune ne la met pas en valeur. Je me demande si elle ne ferait pas mieux d'enfiler une tenue plus adéquate. Elle pourrait tout du moins retrousser ses manches. Comme dirait Camilla : « Qu'on ait un rendez-vous galant ou rendez-vous avec la mort, il faut toujours veiller à *sortir avec panache.* »

Sous le tissu diaphane de son voile, elle hausse le menton avec une détermination que je ne lui connais pas encore, ce qui à la fois me trouble et me la rend plus sympathique.

Je coule un regard de côté. Cyrus pince les lèvres, et sa main se crispe sur le pommeau de son épée.

Raya approche de la cage et tend un bras tremblant vers la gueule baveuse de la bête. Elle nous tient tous en haleine. Dans quelques secondes, il se peut que la cheffe de Lunesse se fasse arracher un membre sous le regard effaré du public. Je ne veux pas voir ça.

Mais la créature est figée. Un halo lumineux enveloppe le bras de Raya. De son épaule à l'extrémité de ses doigts, la lumière augmente jusqu'à produire un éclat aveuglant.

Je recule d'un bond, éblouie.

Des cris retentissent.

La bête rugit, puis laisse échapper un grognement guttural confus.

Un vacarme s'élève :

— *Bénies soient les étoiles !*

— *C'est elle ! C'est l'élue !*

— *La créature s'est transformée…*

Quand les taches disparaissent enfin de mon champ de vision, je reste bouche bée. Je ne saurais dire ce qui est le plus atroce : la créature d'avant, ou la misérable chose gisant à présent dans la cage… nue, à moitié humaine.

Sa peau est couverte de fourrure par endroits, mais elle ressemble plus à un homme qu'à une bête. La clameur générale est assourdissante. C'est à peine si j'entends sa voix prononcer : « Merci. La sorcière… »

Puis l'être s'effondre en marmonnant des propos incohérents.

Un raz de marée. La foule s'élançant vers l'avant, les gardes luttant pour maintenir le périmètre de sécurité, et nous, sur les marches du palais, y compris le roi habituellement si stoïque, qui contemplons la scène ébaubis.

— Elle l'a *fait,* murmure Camilla, écrabouillant son éventail entre ses mains. (Je n'arrive pas à savoir si elle est fâchée ou admirative. Elle se couvre la bouche, saisie d'un brusque sentiment d'horreur.) Oh non. Oh *non.* Est-ce que ça veut dire que toutes les bêtes sont…

— Oui, je murmure. Quand j'ai été attaquée, j'ai aperçu certaines images dans son esprit – des souvenirs humains… je…

Bon sang ! Comment est-ce possible ? Et comment Raya l'a-t-elle guérie ?

Cette dernière a l'air aussi surprise que nous tous.

Cernée par la cohue, au centre de toute l'attention, elle titube ; ses yeux se révulsent. Il n'en faut pas davantage à Cyrus. Il dévale brusquement les marches et la rattrape de justesse dans ses bras à l'instant où elle s'évanouit.

— Poussez-vous.

Portant son corps inanimé, Cyrus se dépêche de rejoindre l'intérieur du palais. Entre-temps, la cage est tractée hors de la place ; son prisonnier gigote sur le plancher.

La foule ne tient pas en place, et le roi Emilius ne cherche pas à rétablir l'ordre. Il ne fait qu'ajouter son propre émerveillement à celui de la multitude.

— Nous avons aujourd'hui été témoins d'un moment clé de notre histoire ! Prions pour le prompt rétablissement de lady Raya ! Qu'elle puisse détruire la magie noire qui affecte nos terres. Nous sommes bénis de l'avoir pour future reine.

L'assemblée l'acclame.

Raya possède un nombre ahurissant de fées, c'est elle qui a amené les bêtes jusque dans la capitale, et elle a retransformé cette créature en homme.

Il s'agit forcément d'une ruse.

S'il y a quelque chose à retenir de ces derniers mois, c'est que ce que les dieux désirent ne correspond pas toujours à nos propres souhaits. Ils souhaitent la mort de Cyrus, et si les images que j'ai entrevues en consultant l'avenir de Raya sont véridiques, ils veulent aussi que le mariage s'achève dans un bain de sang.

Après la démonstration, je sillonne le palais à la recherche de l'homme transformé. On m'indique à tort divers endroits ; sa cage n'est visible nulle part.

Finalement, à l'un des corps de garde, je tombe sur le capitaine qui a tracté la cage en dehors de la place publique. Il est en train de raconter une histoire pleine de rebondissements à deux jeunes officiers, vantant les mérites et l'importance de la Garde des Dragons.

Quand je le questionne au sujet de la cage, il me répond en remuant le doigt :

— Nos meilleurs éléments sont actuellement occupés à l'examiner. Vous n'avez aucun souci à vous faire, Messagère.

— Quel excellent travail vous faites, dis-je sans en croire un traître mot.

Je lui propose une lecture rapide de son avenir, et il me présente volontiers ses paumes moites. Je farfouille dans son passé récent et ses fils se déroulent dans mon esprit :

Des ombres allant et venant dans les donjons.

Une créature à fourrure, rugissante. Une cage secouée. « Qu… qu'est-ce que… »

L'un des conseillers du roi se renfrogne. « Cachez-le, vite. »

L'homme se retransformait en bête. Ce qui veut dire… que la magie employée par Raya ne dure pas. On a dû ordonner à ces hommes de ne pas compromettre les fiançailles.

— Les Parques vous sourient, dis-je au capitaine. (Quitte à mentir, autant lui faire plaisir.) Vous allez bientôt obtenir une promotion, si vous menez bien votre affaire.

— Ah !

Il brandit un poing victorieux face aux deux jeunes officiers, qui font une tête de six pieds de long.

Après avoir pris congé d'eux, j'emprunte les escaliers qui mènent aux appartements royaux en me maudissant. J'ai trop attendu ; j'aurais dû confronter Raya plus tôt. Connaître l'avenir ne signifie pas savoir quand il est bon d'agir. Ça veut juste dire que j'ai deux fois plus de regrets lorsque je laisse filer une opportunité.

Plus tôt, Camilla m'a appris que Cyrus avait reconduit Raya dans sa chambre ; elle n'en est plus sortie de la journée. La guérisseuse attitrée du roi s'est rendue à son chevet et l'a brièvement auscultée, et Raya a exigé de ne voir personne avant d'être totalement rétablie.

Heureusement pour moi, la courtoisie n'a jamais été mon fort.

Les appartements de Raya se situent au bout du couloir. Des portraits sont accrochés tout du long. Sur ma gauche, une peinture de Camilla et Cyrus, enfants, le visage constellé de taches de rousseur, suivie d'un portrait du roi Emilius dans la force de l'âge. Sur ma droite, la plus grande toile du couloir, représentant la défunte reine Merchella, le port altier, assise près de son chien de chasse. Camilla et Cyrus tiennent davantage d'elle que de leur père. Ils ont hérité de ses pommettes hautes, de sa chevelure auburn, et même de son regard insaisissable, le tout remarquablement rendu par l'œil du peintre.

Les gens adoraient Merchella. La population d'Auveny portait encore son deuil quand je suis devenue Prophétesse.

Une période qui touchait à sa fin. Chaque semaine, on lui érigeait un sanctuaire, où l'on plaçait une représentation de sa tête, sculptée dans un légume. Nombre de mes premiers clients s'enquéraient au sujet de son esprit, comme si ma Vue me permettait de communiquer avec les fantômes. Ce qui n'est pas le cas. Par la suite, j'ai vite compris à quel point l'espoir pouvait rendre les gens stupides.

À mesure que j'avance, les portraits se raréfient. Deux officiers de la garde personnelle de Cyrus sont postés devant les appartements de Raya. Je les salue d'un sourire. Ils connaissent très bien ma tendance à fureter, ce qui est une bonne chose ; ils savent que, dans l'intérêt de tous, il vaut mieux me laisser passer, ce qu'ils font.

Dans l'antichambre, je frappe à la porte de la chambre elle-même. J'attends, puis je recommence.

Je pousse la porte. La pièce est caverneuse, décorée sur le thème de la porcelaine bleu et blanc ; beaucoup moins désuète que Camilla ne l'a laissé entendre. Je m'attendais à voir des malles déballées partout, des commodes pleines à craquer d'habits de voyage, mais Raya semble n'avoir quasiment rien apporté.

En outre, elle n'est pas là.

Une brise fraîche me caresse les joues. La porte-fenêtre du balcon est grande ouverte. Je hasarde un coup d'œil à l'extérieur.

Cette façade du palais donne sur un jardin clôturé. Personne ne s'y promène jamais à l'exception des jardiniers, tôt dans la matinée. De grands cyprès fournissent un peu d'intimité aux manigances qui se déroulent au premier étage.

Comme, par exemple, une future reine sautant dans les massifs en contrebas.

Je regarde par-dessus la rambarde du balcon. Dessous, les buissons sont abîmés ; j'y distingue une pile de draps, sans doute utilisés pour servir de corde.

Merde.

Raya s'est enfuie.

Voilà le genre de problème qu'on rencontre occasionnellement quand on ment : je vais devoir continuer à faire semblant. Je pourrais inventer une excuse justifiant le fait que je n'ai prévenu personne au sujet de Raya, mais je n'aime pas accumuler les mensonges ; la pile finit toujours par s'écrouler. Aux yeux de tous (à l'exception de Dante, à qui je me suis confiée), j'avais tout au plus des réserves concernant cette épouse choisie à la va-vite.

Je doute qu'elle soit partie loin. Je me rappelle une scène aperçue dans ses mains : elle, hors de la capitale, ses fées au creux des paumes (ces dernières ne sont pas là non plus). Elle se trouvait sur une colline rocailleuse près d'une forêt qui ressemblait au terrain de chasse situé au nord-est de la ville.

Il fait encore suffisamment jour pour s'y rendre à pied ; en revanche, le temps que je rentre, il fera nuit noire.

La poisse. Heureusement que je porte des bottines. Je me jure de la forcer à répondre à toutes mes questions, jusqu'à la dernière, dès que je mettrai la main sur elle.

Sortant du palais par la grille est, je longe le sentier escarpé le long des falaises qui surplombent le fleuve. À cette distance, la ville paraît minuscule : les toitures, les parcs bien taillés, les bâtiments de taille étrange, les embarcations qui filent eu creux de la vallée, et les rues animées où se suivent les carrosses.

Au pied des falaises, je franchis un pont de bois qui enjambe le Julep. Le terrain devient irrégulier et rocailleux.

Je coupe à travers une pâture et, après avoir crapahuté un peu, je me retrouve au sommet de la colline que j'ai vue dans les souvenirs de Raya.

Un paysan me dit avoir aperçu un peu plus tôt une dame bien habillée avançant dans cette même direction, donc mon intuition ne m'a pas trompée. Toutefois, j'ai mésestimé le temps que me prendra ma randonnée – le soleil se couche déjà. Pour atteindre le terrain de chasse en contrebas, la route la plus courte consisterait à gravir le mont. D'ordinaire, j'ai le privilège de me faire conduire partout ; avantage que me confère mon titre de Prophétesse. Cela dit, je ne suis pas mécontente de retrousser mes jupons et de grimper par mes propres moyens pour une fois.

Cependant, j'ai récemment accumulé une quantité impressionnante de blessures. Aussi, je choisis un sentier un peu moins escarpé, le long duquel m'accompagnent le son des criquets et le gazouillis des blaireaux.

Je dépasse un socle fendu à la surface noircie, ancien autel érigé en hommage aux Parques. Des morceaux de céramique et de tissu jonchent la terre alentour. Au loin, je perçois une conversation.

L'herbe bruisse derrière moi. Je me rembrunis. À moins que les voix ne m'aient suivie ?

— Violet ?

Je sursaute. Quelque chose me frôle l'épaule et je balance mon coude en arrière, percutant un corps.

— *Aïe.* Tu as visé…, siffle une voix familière. Ou alors je n'ai… vraiment pas de chance ?

— *Dante* ? (Je pivote sur moi-même. Il est plié en deux, les yeux exorbités par la douleur.) Bon sang, je suis désolée. Qu'est-ce que tu fais là ?

— Je suis Raya. Et toi… (Il souffle.) Qu'est-ce que… tu fais là ?

— Pareil. Elle a disparu, et j'avais vu dans sa main une image où elle… Tu es sûr que ça va ?

— Oui oui, réplique-t-il avec une grimace.

Son pantalon bariolé et ses boots à talons sont maculés de boue ; il n'avait visiblement pas prévu de faire une randonnée dans les collines.

— Je joue le rôle de messager pour le compte de l'ambassadeur Pincorn. (Un souffle supplémentaire, et il réussit à se redresser.) Et *apparemment*, d'après les dernières nouvelles reçues de Lunesse, le manoir de Raya a été ravagé par un incendie. Et encore, ce ne sont pas les faits les plus choquants. Dieux du ciel, quel bordel !

— Il y avait une femme, dis-je soudain. J'ai rêvé d'une femme dans un manoir en feu.

— Que faisait-elle ?

— Elle riait… ce qui ne présage rien de bon.

— Je ne suis pas fan des ricanements diaboliques. (Il fait la grimace.) C'était peut-être Raya. Qui sait vraiment qui elle est ? (Prenant une grande goulée d'air, Dante indique le terrain de chasse.) Mais au lieu d'émettre des suppositions, nous ferions mieux de la *trouver*. Nous vous avons confondues au loin à un moment donné et nous l'avons perdue.

— Nous ?

Des bruits de pas se rapprochent.

La silhouette de Cyrus se découpe derrière moi ; il marche dans notre direction, les mains croisées derrière la tête, les cheveux en pagaille, presque dorés à la lueur du coucher de soleil. Son regard se pose sur moi dans un soupir. Je le foudroie du regard.

Dante se pince l'arête du nez.

— Vous avez besoin de mettre certaines choses au clair ?

— Non, répond-on à l'unisson.

— Bon. Je vais descendre. Pendant ce temps-là, réglez vos histoires, embrassez-vous, faites ce que vous voulez. Ou alors je vous jure que…

— Tu es au courant pour… ?

Je referme la bouche, m'apercevant de ma bourde.

— À présent, oui. (Un sourire narquois flotte au coin de ses lèvres. Malgré la lumière déclinante, je vois Cyrus virer au rouge tomate tandis que son ami se serre la poitrine en feignant le dégoût.) Cyrus, espèce de dévergondé ! Et moi qui croyais que tu étais un homme d'honneur.

— Je n'ai pas envie d'en parler maintenant, grogne Cyrus en poussant Dante à avancer.

— Ou jamais, je suppose ? Quand je t'ai conseillé de lui en parler, je voulais dire *avant de te fiancer*, fait remarquer Dante d'un ton accusateur.

— M'en parler ? Me parler de *quoi* ?

Mon regard navigue entre les deux amis, la curiosité prenant le pas sur l'embarras.

À son tour, Dante paraît gêné. Cyrus secoue la tête. Les cris de blaireau résonnent dans le silence.

— Quoi qu'il en soit, reprend Dante, il faut que nous retrouvions la trace de Raya avant qu'elle s'échappe.

— *Me parler de quoi ?*

Je déteste qu'on me laisse dans le flou.

— Chut ! (Cyrus fronce les sourcils.) Vous avez entendu ?

On porte tous les trois le regard vers la forêt, en contrebas. Des bruits de pas foulent les sous-bois. Quelqu'un s'éloigne.

La colline est encore abrupte, mais je survivrai, même si je trébuche.

— Tant pis, je marmonne.

Je m'agenouille et me mets à descendre l'affleurement, cherchant des prises pour mes pieds.

— Prudence !

Dante se lance à ma suite. Avec ses longs membres, il parvient au bas de la falaise plus rapidement que moi. Le prince arrive en dernier, ralenti par sa veste rigide.

Nous posons tous les trois le pied sur la terre ferme, puis nous déployons à travers bois. Les sentiers sont étroits mais dégagés ; sinueux, ils contournent de vieux chênes séculaires.

La personne qui nous a devancés s'est tue. Se cache.

Au diable la discrétion ! Raya sait sûrement qu'on la piste.

— Montrez-vous ! je crie en grimpant sur les racines des arbres.

La canopée s'épaissit au-dessus de moi tandis que je quitte le chemin pour m'enfoncer dans un fourré qui vient d'être emprunté. Je vais peut-être réussir à la faire sortir de sa cachette ; je me rappelle ma vision ; elle semblait si inquiète pour ses fées.

— Nous pouvons vous aider à sauver vos fées.

— Vraiment ? répond-on doucement.

Derrière un arbuste fruitier, sa tête bouclée apparaît soudain.

Aha ! Je plonge en direction du mouvement et plaque Raya au sol.

Elle pousse un cri perçant. Des lueurs, faibles et vacillantes, s'éparpillent autour d'elle.

Nous sommes de même stature, mais je l'ai eue par surprise et je prends facilement le dessus sur elle. M'asseyant à cheval sur sa taille, je lui enfonce les bras dans la terre à l'aide de mes genoux. Ma natte s'est défaite et les cheveux qui s'en sont échappés frisottent. Je halète avec satisfaction.

— Je vais rester assise sur vous jusqu'à ce que vous répondiez à toutes nos questions.

— Prophétesse ?

Raya semble seulement comprendre qui je suis. Ce n'est pas tous les jours qu'on se fait assaillir par la Voyante attitrée du royaume.

— Oui, c'est bien moi.

Je sonde son visage en plissant les yeux. S'agit-il bien de Raya ? J'en viens à me demander si je n'hallucine pas. Ai-je gardé son image en mémoire ? Sa mâchoire est d'une forme différente de celle de ma vision, et son nez paraît plus petit. Elle a pourtant la même voix. Quant à ses grands yeux noisette, ils me sont familiers, ainsi que sa chevelure brune, entremêlée de feuilles.

— Je me fiche pas mal du petit numéro que vous avez tiré de votre chapeau aujourd'hui. J'ai vu dans vos souvenirs que vous aviez lâché les bêtes, alors ne cherchez pas à mentir, ce serait inutile, vous risqueriez de finir avec des chaînes aux pieds, à parader dans le District du Palais !

Étonnamment, sa première réaction n'est pas le déni.

— Vous voyez dans les souvenirs ? Vous pouvez en voir un en particulier ?

— Pardon ? (J'entends Cyrus et Dante nous rejoindre en courant.) D'ordinaire, je… je vois les souvenirs auxquels les personnes pensent le plus souvent, ou ceux auxquels elles songent à l'instant où j'ai leur main dans la mienne.

— Lâchez-moi ! éructe-t-elle.

— Non ! Pourquoi vous laisserais-je…

— Lâchez-moi et fouillez dans mes souvenirs. Il faut que vous regardiez ! (À force de se débattre, elle réussit à libérer un de ses bras, que je tente d'écraser par terre comme une araignée en fuite. Elle me retire mon gant et me saisit la main.) Je vous en prie !

Ma Vue est assaillie par une cascade d'images, elle se disperse, floue comme un oiseau en plein vol. Bientôt, mon esprit se pose, je peux choisir les fils liés à son âme. L'un d'eux frémit, désireux d'être vu. Il vient à moi à l'instant où je vais à lui.

Le souvenir se ravive, net et à vif, comme baigné de terreur :

La chambre d'une femme et un orage s'abattant sur la véranda ouverte. Le mobilier est sens dessus dessous et trempé. La décoration est très différente de la mode à Auveny : un sol en céramique turquoise, des tentures exhibant des nuances riches et chaudes, un ameublement aux formes arrondies.

L'air empeste la pourriture.

Deux femmes se battent. La plus grande manie un sceptre surmonté d'une boule rougeoyante. Son sourire cruel se détend à chaque fois qu'elle agite son bâton.

Elle se meut avec une grâce surnaturelle. Son visage affiche une jeunesse trompeuse, comme si on en avait effacé artificiellement l'empreinte des années.

Une sorcière.

Elle force sa rivale à s'agenouiller.

Cette dernière lève la tête. Raya, la figure ensanglantée, les cheveux collés à la peau, presque méconnaissable.

— À l'aide, articule-t-elle d'une voix faible.

La sorcière traîne Raya sur le carrelage. Raya se défend bec et ongles, toutes griffes dehors, envoyant des coups de pied dans le vide et hurlant à pleins poumons. Mais le sceptre crépitant d'une énergie dorée l'immobilise. Ce n'est pas un sceptre ordinaire : l'orbe est une cage, où couinent des fées.

De sa main libre, la sorcière dégaine un poignard de sa cape…

Et le plonge dans le cœur de Raya.

Ma main s'écarte brutalement.

— Vous êtes morte, dis-je d'une voix étranglée, scrutant Raya, étendue sous moi, bel et bien vivante.

Ce qui me paraît très étrange, c'est le point de vue distant de ce souvenir. En général, les images sont vues au travers des yeux d'une personne en particulier. Certaines peuvent être plus éloignées. Mais cette scène semble avoir été capturée par un spectateur.

Le visage de Raya se modifie lentement ; de petites différences apparaissent, et je suis bientôt incapable de me rappeler à quoi elle ressemble vraiment. Je me concentre sur son regard ; les charmes magiques ne changent jamais les yeux. Elle n'est pas exactement la même personne que celle que je viens de voir dans ma vision. Une pâle copie.

Cinq fées pourraient effectivement la transformer en un sosie convenable.

— Qui es-tu ? je murmure. Tu n'es pas… tu n'es pas…

La fille étendue par terre secoue vigoureusement la tête.

— Je ne suis pas lady Raya. Vous l'avez vue, n'est-ce pas ? La vraie Raya est *morte.*

17.

Cette fille n'est pas Raya.

Dans la forêt, Dante, Cyrus et moi la cernons. Elle a eu la présence d'esprit d'emporter une lanterne, seule source de lumière à cette heure tardive. Nous lui permettons de prendre en coupe dans ses mains ses fées qui s'étaient éparpillées quand je lui ai sauté dessus. Les créatures ont à peine la force de voleter. En la voyant frissonner dans sa robe maculée de boue, Cyrus lui offre sa veste, qu'elle accepte dans un silence reconnaissant.

— Je m'appelle Nadiya Santillion, dit-elle en s'agenouillant humblement devant nous trois. J'étais la servante de Raya quand une sorcière a surgi de Fairywood et a attaqué son manoir.

— Attention, je vérifierai tes dires en lisant dans tes mains s'il le faut, je l'avertis.

— Je… jure que c'est la vérité.

Les charmes qui modifiaient son apparence se sont entièrement estompés. Lorsqu'elle relève la tête, je découvre son visage pour la première fois. Elle a l'air beaucoup plus jeune – environ mon âge. Ses traits sont moins anguleux, moins délicats. Son nez est constellé de taches de son et elle a les oreilles en feuilles de chou.

— Elle s'est présentée comme la Sorcière des Cauchemars. Elle a assassiné ma maîtresse et m'a forcée à me faire passer pour elle. Elle m'a menacée de tuer le reste de la maisonnée si je refusais. Puis elle m'a ordonné de me rendre à la Capitale du Soleil et de prendre la place de lady Raya. Et vous avez raison, Messagère : c'est moi qui ai relâché les bêtes, mais je... j'ignorais tout de leur existence ! La sorcière m'a envoyée à Auveny avec deux coffres en bois et m'a dit de les jeter du haut des falaises, dans le fleuve de la capitale... Je me doutais bien qu'elle y avait enfermé quelque chose de maléfique, mais je... j'avais peur. Je n'ai pas réfléchi. Je voulais juste en finir !

— Pourquoi cette sorcière t'aurait-elle demandé de faire toutes ces choses ?

— Pour déclencher une guerre.

Debout face à elle, Cyrus, Dante et moi échangeons tous les trois un regard.

Cyrus s'accroupit à la hauteur de Nadiya.

— Comment déclencherais-tu une guerre ?

— C'est tout ce qu'elle a dit, Votre Altesse, et je n'allais pas demander des explications à une sorcière sanguinaire.

Elle glousse timidement – par nervosité.

— Ce sont peut-être simplement les raisons que l'on craignait, murmure Dante. Faire croire à Auveny que Raya – que les étoiles guident son âme – a causé la venue des bêtes ou cherche à saboter vos chances de trouver le grand amour. Il aurait été facile de faire porter le chapeau à Nadiya, de la faire passer pour une meurtrière sous couverture – facile d'inventer une histoire pour faire retomber la faute sur Balica. Beaucoup n'attendent que cela, votre père et le Conseil par exemple…

— Je sais, je sais, mugit Cyrus.

— Mais qu'est-ce que la sorcière a à gagner dans cette guerre ?

— Elle ne travaille peut-être pas seule.

— Elle serait employée par quelqu'un qui veut affaiblir l'un des pays, voire les deux ?

— Mais nous aurions entendu certaines rumeurs à son sujet…

Tandis qu'ils se perdent en conjectures, Nadiya fronce ses sourcils broussailleux.

— Du sang. Elle veut qu'on verse du sang. Ça renforce sa magie, je l'ai entendue le dire.

Un petit cri m'échappe. Tous se tournent vers moi. Dans mon dos, je crispe le poing sur ma paume meurtrie.

— Est-il possible que la Sorcière des Cauchemars soit une Prophétesse ?

Nadiya se rembrunit davantage.

— Je ne sais pas, Messagère. Elle a mentionné les Parques en effet.

— Si c'est une Prophétesse, cela expliquerait pourquoi elle t'a confié cette mission. Elle a peut-être vu un avenir possible, un avenir qu'elle désire voir se réaliser.

J'envisage lentement les différentes possibilités qui s'offrent à moi. D'après l'aperçu que j'ai eu de la sorcière, elle est trop jeune pour qu'il s'agisse de la Prophétesse de Balica ou de Verdant, mais peut-être qu'elle a caché son don à tous.

— Les fils futurs peuvent fluctuer ou se contredire… mais peut-être que sa Vue est plus forte que la mienne. À moins que les Parques ne la guident.

Cyrus se dresse sur ses pieds.

— Les Parques ? Pourquoi les Parques aideraient-elles la sorcière ?

S'il savait que la seule raison pour laquelle il est encore en vie, c'est parce que je m'obstine à leur désobéir… Je mériterais sans doute une autre note de remerciement pour cela, mais ça m'étonnerait que j'en reçoive une.

— Les Parques sont à l'origine de la malédiction qui te frappe. Pourquoi n'aideraient-elles pas quelqu'un qui provoque finalement ce Destin et le réalise ? (Je lâche un cri narquois.) Tu n'as jamais parlé aux Parques. Autrement, tu ne serais pas si étonné. Elles se fichent de nous. Tout ce qui les intéresse, c'est le sang. Or qu'est-ce que les créatures bestiales et les guerres provoquent ? Des *effusions de sang.*

Cyrus est sceptique.

— Les Parques ne sont pas *démoniaques.*

— Si tu le dis. Elles ne sont pas que cela, c'est sûr.

Mais si le sang renforce *ma* magie, il n'est pas absurde de penser qu'il accroît également le pouvoir des Parques.

— Messagère, Votre Altesse… Navrée de vous interrompre… (Nadiya se met debout d'un mouvement hésitant et pose sur moi un regard appuyé, comme si elle craignait que je la plaque encore par terre.) Mes fées sont très faibles et je suis venue jusqu'ici pour les aider.

En un éclair, ses yeux de biche ont distrait Cyrus, qui se détourne de moi à une vitesse franchement offensante.

— Que s'est-il passé ?

— Un peu de dignité, petit prince, je marmonne dans ma barbe.

— Mes fées ont aspiré la magie noire qui habitait la bête – celle qui a repris forme humaine. Elles se cachaient dans ma manche tout du long. En vérité, je n'ai rien fait du tout.

Nadiya lève ses mains en coupe. La lueur qui s'en échappe vacille ; je distingue de minuscules ailes qui s'agitent.

— Je n'aurais pas pris le risque de les épuiser, poursuit Nadiya, mais le roi m'a pressurisée pour me mettre à l'épreuve, et il était à deux doigts de découvrir le subterfuge… donc j'ai accepté.

— C'est ma faute, la réconforte Cyrus. J'aurais dû l'en empêcher.

Les joues de Nadiya se colorent légèrement.

— Vous n'avez rien à vous reprocher, Votre Altesse. J'ai cru que mes fées s'en tireraient indemnes. Elles étaient quasiment mortes quand je les ai secourues après le meurtre de Lady Raya, mais lorsque nous avons traversé Fairywood pour entrer dans Auveny, elles ont repris des forces. Je me suis donc dit que si je les ramenais à Fairywood…

Cyrus jette des coups d'œil aux arbres noueux qui nous entourent.

— Ici ce n'est qu'un bois, un terrain de chasse. Pour parvenir à Fairywood, il faut compter deux jours de trajet à cheval depuis la capitale.

— Oh.

Elle se mordille la lèvre. Elle semble vraiment sur le point de fondre en larmes.

— Vont-elles mourir ? Faut-il faire ce voyage ? (Cyrus enveloppe ses mains des siennes. Il est d'une courtoisie écœurante. Je lève les yeux au ciel ; apparemment, il ne lui faut pas grand-chose pour lui faire confiance *à elle.*) L'ambroisie pourrait-elle aider ? De nombreuses fées subsistent grâce à ce nectar dans la capitale…

— J'ai essayé. Elles ont besoin d'être chez elles pour se ressourcer. Il leur faut la magie des Bois Sacrés.

— Ma tour…

J'inspire un grand coup, les dents serrées.

Et voilà que je m'apprête moi aussi à l'aider ! Malheureusement, je la crois réellement innocente, et c'est la meilleure piste que nous ayons pour le moment si nous voulons retrouver la sorcière. En outre, cette pauvre misérable se retrouve piégée dans une cour cruelle qui lui est totalement étrangère… Les similitudes qui existent entre elle et moi, à mon arrivée à Auveny, ne m'échappent pas. Elle a de la chance qu'il me reste encore quelques cordes sensibles sur lesquelles elle puisse jouer.

— S'il faut du bois sacré, ma tour en fait partie, techniquement parlant.

Ses grands yeux effarouchés s'illuminent.

— On peut s'y rendre, Messagère ?

— C'est dans ce but que je l'ai évoquée, je rétorque d'une voix traînante. Allons-y avant que vos fées ne se transforment en poussière.

Le trajet jusqu'à ma tour semble moins suspect maintenant que nous nous déplaçons en groupe. De l'extérieur, on croirait que le prince Cyrus revient d'une partie de chasse en compagnie de quelques-uns de ses amis – et de moi. Étrange, mais rien qu'on ne puisse justifier par une trop grande quantité de vin absorbé. Camilla est déjà rentrée au palais ivre morte, en pleine nuit, en petite tenue. Une histoire qu'elle a toujours une profonde fierté à raconter lors des grandes occasions.

Nadiya et moi marchons main dans la main ; je vérifie ses souvenirs tandis que nous progressons. Ils s'ouvrent à moi, désireux d'être vus.

J'apprends que la sorcière a charmé Nadiya pour qu'elle ressemble à Raya ; seulement, l'envoûtement n'aura duré que le temps du bal. Dès le départ, le plan était que Nadiya se fasse démasquer, qu'on découvre qu'elle était en fait une imposteuse afin de jeter le doute sur Balica. À mon avis, il n'était pas prévu qu'elle s'enfuie de la salle de bal cette nuit-là. Je sens le doute qui l'a envahie à l'instant où son déguisement s'est désagrégé – le désir d'abandonner, la fatigue de faire semblant – avant que l'instinct de survie s'empare d'elle. Ce sentiment, je le connais bien. C'est cet instinct de survie qui l'a poussée à poursuivre la supercherie. Et, maladroitement, Nadiya a entretenu les apparences à renfort de voiles et de charmes magiques.

Je vois comment Nadiya en est venue à posséder autant de fées : c'étaient celles qui étaient piégées dans le sceptre de la sorcière. Nadiya est miraculeusement parvenue à le subtiliser et l'a brisé, les libérant juste avant de s'en aller pour Auveny. Depuis, les fées lui sont loyales – au point de risquer leur propre vie durant la démonstration d'aujourd'hui avec la bête.

Quant à la Sorcière des Cauchemars… si seulement je pouvais en découvrir plus à son sujet. Je me questionne sur ma théorie. S'agit-il d'une Prophétesse ? La magie à laquelle elle s'est livrée dépasse mon entendement. Mais il y a peu de temps encore, je n'aurais jamais imaginé créer une épine à partir de mon sang et d'un peu de bois sacré. La sorcière possédait un sceptre de fées. Si j'en avais un, pourrais-je manier la magie comme elle ?

Mes pensées s'étiolent à l'approche de ma tour. Le sentier est étroit, coincé entre la rivière agitée, gonflée par la pluie récente, et la falaise qui soutient les jardins du palais.

Nadiya trébuche en avant, relâchant les fées sur un coin d'herbe près des escaliers de la tour. Les créatures grimpent le long du mur. Sous nos yeux, elles se ravivent, leurs minuscules ailes s'agitant comme si le vent venait de se lever. Un soulagement collectif nous inonde. De légers rubans dorés, fins et clairsemés, flottent depuis les buissons jusqu'aux fées, comme si elles en aspiraient l'essence. La végétation se flétrit…

Noircit.

Une mauvaise odeur s'élève. Celle des roses mortes. Elle emplit mes narines avec une telle soudaineté que je suis prise d'une nausée et me pince le nez.

Quand je regarde à nouveau, une traînée de pourriture s'est formée dans le sillage des fées. La tache s'épanouit et se diffuse à travers les plantes comme de l'encre ; entêtante, elle se propage rapidement en formant des veines noires.

La tête me tourne ; je pousse Nadiya de côté et appuie une main contre le mur pour tenter de stopper le phénomène.

— Qu'est-ce que c'est que ça ? dis-je, sentant les deux jeunes hommes s'agiter derrière moi.

Du bout des doigts, je détache les parties mortes et corrompues de la plante, mais la décomposition se poursuit au-dessous. Les tiges noircies s'effritent, pétrifiées au-dehors, suintantes à l'intérieur.

Comme la pourriture qui s'est manifestée autour de l'épine née de mon sang.

Comme la pourriture dans mes rêves.

Pivotant sur moi-même, je saisis Nadiya par le col de la veste qui n'est pas la sienne.

— Qu'est-ce que tu as fait ?

— Je… je ne savais pas que ça allait arriver, je vous le jure ! couine-t-elle en levant les mains. Tout ce que je sais, c'est que c'est dans les Bois Sacrés qu'elles se rétablissent. Pitié, ne me frappez pas, Messagère !

— Les fées ont dû absorber la magie noire des bêtes et l'emmagasiner ; elles ont besoin de la relâcher quelque part.

Dante, le front plissé, s'empare de la lanterne et examine les buissons et plantes grimpantes, le souffle saccadé. Le phénomène de décomposition a cessé de s'étendre, mais les dégâts sont déjà énormes et irréversibles.

— Leur magie s'écoule grâce au bois sacré ; elles doivent donc s'en servir comme d'une éponge.

Les fées ravivées s'envolent et me fondent dessus en gazouillant comme pour me présenter leurs excuses. Résultat, j'éternue tout en secouant violemment Nadiya.

— Ç'aurait été bien de le savoir avant qu'elles ne ruinent ma tour !

— Je… je vais arranger ça ! Je ne l'ai pas fait exprès.

— Ça me fait une belle jambe ! Tu sais ce que je vois quand je te regarde ? (J'étrécis les yeux.) Un boulet.

Je la relâche brutalement. C'est la dernière fois que je fais une bonne action.

Cyrus s'interpose entre nous et me foudroie du regard en guise d'avertissement.

— Du calme. Je vais demander à mes hommes d'abattre la partie pourrie dès demain.

Facile à dire pour le prince charmant. Il n'a jamais eu à se soucier de quoi que ce soit.

— Comment vas-tu expliquer la présence de cette marque ? De la magie noire sur ma tour ! Je vais encore passer pour la coupable !

— Je trouverai un moyen.

Il m'effleure le bras avec la même douceur dont il a fait preuve envers Nadiya, et je m'écarte violemment. Son numéro ne prend pas avec moi. Son regard se voile un instant, mais il passe devant moi avant que j'aie l'occasion de le déchiffrer.

— C'est bien que nous ayons pu secourir vos fées, Nadiya, mais ça ne résout pas nos problèmes. (Cyrus arpente le sol boueux.) Je dois mobiliser des soldats pour retrouver la sorcière, qui pourrait être n'importe où. Il se peut qu'elle soit à l'origine de la survenue de ces bêtes, et elle a visiblement un plan en tête. Ah ! et puis... (Il pose une main sur sa poitrine.) Ce ne sera pas une surprise pour vous, il est évident que je n'étais pas amoureux de Raya, mais je vous présente mes excuses si je vous ai conduite à penser le contraire. Nous devrons trouver une manière de révéler votre véritable identité.

— Pas tout de suite, proteste Dante.

— Pourquoi pas ?

— À choisir, mieux vaut épouser une fausse Raya. (Il essuie ses mains sur son pantalon, laissant sur le tissu des empreintes noires.) Le peuple a foi en elle. Briser cette confiance *maintenant* ? Les dommages n'en seront que plus regrettables pour vous deux. Il n'y a pas si longtemps de cela, on remettait en question ton accession au trône parce que tu n'avais pas encore trouvé d'épouse, Cyrus. (Le prince fait la grimace.) Et honnêtement, Nadiya, Violet a raison. Vous êtes effectivement un poids. Il n'y aura jamais de bon moment pour révéler votre identité, mais tant que les bêtes foulent nos terres, le timing ne saurait être *plus mal choisi.*

Nadiya empoigne sa robe et crispe le poing autour du tissu.

— Je vais devoir continuer à faire semblant ?

— Je n'aime pas l'idée de prolonger cette mascarade, dit Cyrus.

Dante hausse les épaules.

— Je ne fais que soumettre mon avis.

— Et il y a le mariage à prendre en compte…

— Au pire, vous vous mariez. Ce n'est pas comme si tu avais prévu d'en épouser une autre.

Le prince bascule la tête en arrière avec un soupir, vaincu par la logique implacable de son ami.

— Non, tu as raison.

— Comme toujours.

La lanterne étant dirigée vers Cyrus, je le vois redevenir la version la plus charmante de lui-même, toutes fossettes dehors.

— Si vous voulez bien continuer à incarner lady Raya, Nadiya, cela me rendra grandement service. Je vous promets de retrouver la sorcière et de la punir.

Je lève les yeux au ciel si fort que l'ensemble de ma tête se tord.

— Ses promesses ne valent rien.

Je ne supporte plus son ton sirupeux.

— Violet, le moment est mal choisi…

— Cyrus agira toujours dans l'intérêt d'Auveny. Il n'a pas le choix, dis-je à Nadiya, ignorant le prince.

Autant être honnête avec cette fille, c'est la moindre des choses, si on doit la lâcher dans la fosse aux lions. Je ne supporterai pas qu'une autre misérable tombe sous le charme du prince pour sa supposée charité d'âme.

— Tu seras entourée de personnes qui chercheront à t'exploiter et à te faire chanter, je poursuis. Si tu as le malheur de te placer en travers de sa route, à choisir entre la couronne et toi, il n'hésitera pas. Je me méfierais de sa parole à ta place. Et je parle en connaissance de cause. Le prince brûle de me bannir car, à ses yeux, je suis devenue trop *gênante*.

Cyrus me couve d'un regard noir. Dante semble surpris.

— Nous en reparlerons plus tard, murmure Cyrus en soupirant, avant de se recomposer un sourire pour s'adresser à Nadiya. La situation de Violet est différente. Je la sais parfaitement capable de se débrouiller toute seule, autrement, je n'aurais pas songé à lui faire quitter la capitale. Où qu'elle aille, elle s'en sortira…

— C'est précisément le genre de compliment qu'une fille rêve d'entendre, je marmonne. *Assez forte pour l'exil.*

— … et ça n'a pas d'importance car j'ai promis. (Il place sa main sur le bras de Nadiya.) Je ne vous ferai jamais de mal.

Sa parole ne vaut rien, j'articule en silence à l'intention de Nadiya.

Si nous continuons à nous chamailler, Nadiya risque de faire un trou dans sa robe. Nous l'avons terrifiée.

— Je… je dois décider maintenant ?

— Non, non, bien sûr que non…, réplique Cyrus.

— Non, dis-je en couvrant sa voix. Va te coucher, la nuit porte conseil. Puis accepte le plan du prince – techniquement celui de Dante, raison pour laquelle il est convenable. Je ne t'en voudrai pas.

En arrière-plan, Dante pousse un soupir.

— J'aimerais rentrer chez moi et dormir. Écoutez, réunissons-nous plus tard. Demain, par exemple. Je dois relire d'anciens courriers, maintenant que je sais que le manoir de Raya est compromis.

Sur ces paroles, nous nous séparons. Cyrus et Dante échangent quelques mots en privé, puis Dante prend congé de nous pour rejoindre son appartement du District de l'Université.

Cyrus se met en devoir de raccompagner Nadiya au palais. La grille nord, que j'emprunte tous les jours, est l'entrée la plus proche. Je leur emboîte le pas, avec l'impression de tenir la chandelle.

Nous gravissons l'escalier en colimaçon de ma tour. Lorsque nous parvenons à mi-hauteur, Cyrus invite Nadiya à franchir la passerelle en premier en direction du palais. Les lumières de sa lanterne et de ses fées s'éloignent sur le pont ; le prince et moi nous attardons, seuls, sous le ciel étoilé. J'hésite à regagner dare-dare mon logis, redoutant une salve de reproches de sa part.

Tripotant ses boutons de manchettes, il évite mon regard.

— Merci, dit-il avec la douceur qu'il réserve en général aux personnes telles que Raya et Nadiya et toutes celles qui ne sont pas moi. Je te… suis reconnaissant pour ton aide, aujourd'hui. Même si, comme toujours, tes manières laissent à désirer.

— Quand tu auras traité tes problèmes majeurs, tu t'en prendras à nouveau à moi.

— Tu seras toujours un problème majeur.

Son ton n'est pas agréable, mais lorsqu'il lève la tête, je remarque que son regard n'est pas sur la défensive, contrairement à d'habitude. Chagrin, il s'attarde sur mon visage.

— Ne me regarde pas comme ça.

— Comme quoi ?

— Comme si j'avais de l'importance à tes yeux.

Ses sourcils se froncent. Son expression change.

— Ce serait si terrible ? Tu m'as reproché de ne pas savoir ce que je voulais. Et si c'est toi que je veux après tout ?

Un frisson me parcourt qui n'a rien à voir avec la fraîcheur de la soirée.

— Je ne te croirais pas.

— Évidemment. Tu n'es pas facile, tu sais. Tu ne penses qu'à toi, tu as toujours peur de te faire avoir.

Je m'apprête à protester, mais en fait…

— C'est vrai.

— Jamais dupe de rien.

Cyrus affiche un sourire victorieux. Je me hérisse.

Nous sommes plus dangereux quand nous nous chamaillons comme ça, francs et oublieux des dommages que nous pourrions occasionner, comme si tout n'était qu'un jeu. Comme si Cyrus n'avait pas passé tout ce temps à essayer de se débarrasser de moi. Comme si je n'avais pas été tentée de lui transpercer le cœur à plus d'une reprise. Comme si le monde ne cessait pas d'exister dès que nous sommes en présence l'un de l'autre.

— Bonne nuit, Violet, dit-il sans pouvoir s'empêcher de me dévorer des yeux.

Je rentre chez moi sans lui répondre.

Le vent s'engouffre par la porte du balcon, accompagné d'un chœur de voix enjouées :

Vi-o-let

Vilaine sorcière

Stupide souillon.

Je me redresse brusquement dans mon lit, en nage et gelée, me préparant à affronter une forte migraine. Dehors, le brouillard est épais, et le ciel plus bas que jamais. À l'autre bout de la chambre, la lune ondule dans le miroir de plain-pied.

Les Parques sont de retour.

J'enfonce mes ongles dans ma paume mais les murmures ne cessent pas. La journée n'a-t-elle pas été assez éprouvante ? Je me glisse hors du lit et traverse la pièce plongée dans la pénombre. Devant le miroir, je pose la main sur mon reflet, couronné du clair de lune.

Dans un coin de ma tête, je perçois des fils futurs encore insaisissables.

Une vie due, fredonnent les voix.

Tu brûleras pour lui.

Tu seras réduite en cendres.

— Je ne déclencherai pas une guerre pour vous. C'est ce que vous voulez, n'est-ce pas ? (J'ai enfin une vision d'ensemble claire – je comprends les manigances des dieux. Leur soif de sang. De pouvoir.) Vous aidez cette sorcière vous aussi, n'est-ce pas ?

Elle a choisi, elle a choisi,
le sang, les roses et la guerre.
Pion, marionnette, actrice :
quel rôle choisiras-tu ?

Donc c'est vrai.

— Ai-je vraiment le choix si vous ne m'en donnez aucun mis à part le meurtre ou la mort ? Si vous m'avez bien observée, alors vous savez que j'ai horreur qu'on me dise ce que je dois faire.

Nous ne nous apitoierons pas
quand ils te trahiront.
Tu n'es personne, rien –
une ombre, incomplète.

— Et j'ai horreur qu'on me dise qui je suis.

Dans le miroir, mon visage me contemple. Mes cheveux dénoués encadrent mes traits fatigués et tendus, ma figure exsangue dans l'obscurité de la nuit. Ma chemise de nuit est froissée, témoin d'un sommeil agité. Dans le reflet, ma main brandit l'épine, pourtant quand je porte les yeux sur ma vraie main, je ne la vois pas.

Tu t'opposes à ton destin.

Il empoisonne ton cœur.

— Mieux vaut lui que vous.

L'épine s'anime soudain ; les tiges se faufilent le long de mon bras, mon cou et mon corps. Je titube en arrière et cherche un objet pour briser le miroir, mais les sourdes pulsations dans ma main abîmée me troublent : je ne sais pas si je suis endormie ou éveillée.

La végétation s'entortille autour de mon reflet jusqu'à recouvrir mon corps tout entier. Les voix s'unissent et célèbrent en chantant :

Quelque chose de pourri repose dans ta tanière.

Elle surgira, elle surgira.

— La ferme, la ferme, *la ferme* ! je hurle en me rétractant dans mon lit.

Quelque chose de pourri repose dans ton cœur.

Quelque chose de pourri y repose.

18.

Les Parques n'arpentent pas la surface de la terre ; les bêtes et les sorcières, si.

Peu importe ce que les dieux savent, peu importent les menaces qu'ils profèrent, ils ne sont pas *là, physiquement.* Même si cela demande beaucoup de soldats, beaucoup de stratégie, nous pourrons canaliser les bêtes, puis les retransformer. Nous pourrons retrouver la Sorcière des Cauchemars et l'arrêter.

Je vaincrai le destin par mes propres moyens.

Le roi Emilius est moins stupéfait par les nouvelles que nous lui apportons que par le fait que Cyrus et moi nous trouvions ensemble dans son étude et nous comportions de manière civilisée.

— Ce n'est pas Fairywood qui a créé les monstres, dis-je, un peu essoufflée. (Cyrus et moi avons déboulé dans le bureau et faisons mine d'avoir tout juste découvert cette information.) C'est une sorcière qui est derrière tout ça. Je crois qu'elle puise son pouvoir dans les Bois Sacrés et que c'est elle aussi qui est à l'origine de la pourriture qui s'y répand.

Pas question de révéler au roi l'identité de Nadiya ni la mort de la vraie Raya. Aussi, j'affirme avoir vu la sorcière en lisant dans l'avenir de Raya et Cyrus. Je le mets en garde contre les pouvoirs imprévisibles de cet être maléfique, et lui apprends la scène de carnage qui se déroulera lors du mariage de Cyrus. Celui-ci, fidèle au rôle du fiancé épris de sa future épouse, insiste pour superviser la chasse à la sorcière personnellement.

— Cherchez un corbeau, dis-je, me rappelant ma vision, la métamorphose de la sorcière.

En l'espace d'une nuit, le mal s'est répandu sur ma tour, à présent tapissée de plantes noires. Il va falloir en interdire l'accès afin d'arracher la végétation compromise qui en couvre la base. Je rejette la faute sur la sorcière également – c'est la preuve qu'elle se rapproche. Personne n'en sait suffisamment pour avancer une autre hypothèse. Du moins, c'est ce dont je me persuade.

L'avantage, c'est que ma tour est fermée au public. Donc pas de clients à gérer pour le moment. J'ai le temps d'assister à quelques réunions stratégiques dans les appartements de Nadiya, qui me tape moins sur les nerfs que je ne le redoutais. Je prends plaisir à décortiquer les cartes et les lettres que Dante apporte, à découvrir les manœuvres entreprises par Balica pour gérer la venue des bêtes. Comme nos voisins manquent de personnel militaire, ils ont pris la décision d'évacuer les zones infestées et ont déplacé les réfugiés dans des villes mieux protégées. On s'aperçoit aussi que les monstres redoutent Fairywood. Du moins qu'ils s'en tiennent à l'écart. À Balica, il est rare qu'on les voie traverser les Bois Sacrés.

Durant ces entrevues, je me tiens à bonne distance du prince et rejoins Nadiya, assise au bord de son lit. Quoique naïve, elle n'est pas insupportable ; par exemple, elle ne cherche pas à faire la conversation quand un silence tombe. J'en profite pour fouiller son avenir plus en détail, ne cessant que quand les scènes de son mariage sanglant s'avèrent trop insoutenables.

— Hurlements et chaos. Des ronces envahissant la salle de bal, je marmonne, dissimulant un frisson. Rien d'éclairant, toutefois.

Je sens que ma vision est tronquée ; quelque chose ne va pas, c'est comme si on m'arrachait les fils avant que je puisse les lire.

Nadiya, qui n'a plus à faire semblant en notre présence, s'est ouverte à nous.

— On ne pourrait pas… tendre un piège à la sorcière ? suggère-t-elle, hésitante, en tripotant son bracelet à breloques.

Avachi sur un fauteuil, Dante pousse un grognement dubitatif.

— Si on ne l'a pas capturée d'ici là, je ne sais pas si c'est même envisageable, mais c'est une idée.

— Et nous déploierons un maximum de sécurité le jour du mariage, ajoute Cyrus.

Je ne demande pas : *Et si ça n'était pas suffisant ?* ou bien : *Et si ça se retournait contre nous ?* parce que ce serait admettre qu'on ne peut pas modifier l'avenir tel qu'il m'apparaît dans mes visions.

Dante nous fait part d'une découverte macabre. Pendant des semaines, un sort a empêché quiconque de pénétrer dans le manoir de Raya. Il suffisait d'effleurer les murs d'enceinte ou les grilles pour oublier la raison de sa venue et jusqu'à sa présence en cet endroit. Le charme s'est enfin rompu quand le manoir a pris feu. Par la suite, les gens du coin ont découvert des cadavres de bêtes parmi les ruines.

— Les autres servantes se sont enfuies tout de suite, lorsque la sorcière a attaqué, rapporte Nadiya, décrivant sa dernière journée à Lunesse. Mon amie Lili a aidé toute la maisonnée à sortir par la porte arrière. J'étais la seule à l'étage à chercher à rejoindre notre maîtresse. J'ai cru les aider en faisant exactement ce que la sorcière me demandait, mais je me suis rendu compte trop tard hélas que rien ne l'aurait empêchée de les tuer de toute façon, que j'obéisse à ses ordres ou pas. Pire encore, elle les a transformés en bêtes…

— Vous ne pouviez pas savoir, la réconforte Cyrus.

Il lui a tenu la main tout du long, l'effleurant affectueusement du pouce.

Nadiya ne réagit pas à sa caresse – est-ce parce que ça ne signifie rien pour elle ou parce qu'ils y sont habitués ?

— J'aimerais seulement que leurs familles sachent ce qui leur est réellement arrivé.

— Bientôt, je l'espère. Une fois la malédiction rompue, promet Dante.

Au fil des jours, toutefois, il semble de moins en moins probable que Nadiya puisse *jamais* révéler sa véritable identité. Mais personne n'ose le dire.

On passe à des sujets plus légers : quelles tenues pour le mariage, si oui ou non il serait raisonnable de confier le menu du banquet à Camilla, à moins que le palais désire avoir suffisamment de gâteaux pour toute une année.

Nadiya avoue ne pas savoir danser.

— Je crois que tout le monde était trop envoûté lors du bal pour s'en rendre compte.

— Les fées peuvent créer des souliers magiques ; tu n'auras même pas à apprendre, dis-je fièrement, comme si j'en étais personnellement responsable.

— Mais c'est toujours mieux d'apprendre. (Cyrus, toujours si gracieux et affable – envers tout le monde sauf moi –, lui prend la main et l'invite à se lever.) C'est facile aussi. Je vais vous montrer.

Ils virevoltent alors à travers la pièce ; Nadiya le suit maladroitement, trébuchant à maintes reprises, les joues roses. On se croirait dans un conte ! Le prince et la paysanne ! Ce spectacle devrait me réjouir au lieu de me faire grimacer.

Je me penche à l'oreille de Dante, prête à exprimer à quel point je trouve cela cruel de mener Nadiya en bateau, mais je me ravise soudain. Peut-être que le changement de comportement observé chez Cyrus n'a rien à voir avec moi. Et tout avec elle.

Aussi, je lâche une autre pensée à voix haute :

— La prophétie est toujours valable.

Dante, qui est plongé dans sa lecture, relève la tête dans ma direction.

— Hum ?

— Celle que la voix m'a glissée avant le bal, la même qu'il a reçue de la Prophétesse balicane. Cyrus ne te l'a pas répétée ? *Le voyage qui mène à l'amour n'est jamais calme, et le tien, ton père ne l'approuverait pas.* Cette prophétie-là.

Ça a du sens à présent. J'ai cru qu'il me manquait un élément, car Emilius ayant arrangé le mariage de son fils avec Raya, il approuvait nécessairement cette union. Mais puisqu'il s'agit finalement de Nadiya…

— Le roi n'approuverait pas le mariage de son fils avec Nadiya, alors peut-être que c'est vraiment celle qui lui était destinée, je conclus.

Une lueur curieuse passe sur son visage, comme s'il avait eu une pensée et qu'il l'avait rejetée.

— C'est possible.

— C'est forcément positif, non ?

Cinq fées, un subterfuge qui a tenu sur la durée, et à présent l'attention du prince. Nadiya est effectivement un être à part. Enfin une lueur d'espoir ! Peut-être que la prophétie sera rompue, en fin de compte.

Je me frotte la tête. Il me semble qu'on tambourine à mes tempes ; ce sommeil entrecoupé depuis des jours... ! Je ne me suis pas reposée à proprement parler depuis des lustres, et je peine à réfléchir.

Quoi qu'il en soit, mes pensées s'interrompent d'un coup. Camilla surgit, contrariée, dans la chambre, le visage auréolé de boucles flamboyantes qui rebondissent au gré de ses pas.

— C'est donc ici que vous vous cachez !

Elle agite une fiole de sang tout autour d'elle, foudroyant du regard Nadiya, qui se recroqueville contre Cyrus.

— Vous êtes atrocement proches de Raya.

Elle passe la fiole sous mon nez comme s'il s'agissait d'un flacon de sel volatil, et elle claque dans ses doigts.

Je lui abaisse le bras.

— Je ne suis pas envoûtée.

Je jette un coup d'œil à Nadiya, qui s'écarte maladroitement du prince.

— C'est exactement ce que dirait une personne qu'on a ensorcelée !

Sans surprise, Camilla refuse de s'en aller ou d'accepter la moindre excuse qu'on lui offre. Nos chuchotements furtifs ne font qu'accentuer son agitation, et nous finissons tous les quatre par l'asseoir dans un fauteuil outrageusement rembourré pour lui expliquer la situation.

Silencieuse, Camilla accueille la nouvelle avec calme.

— Donc j'avais raison au sujet de Raya – enfin, Nadiya, c'est cela ? Depuis le début ? Elle a trompé tout le monde ?

— Oui, soupire Cyrus.

— Mais je dois faire comme si je n'avais *pas* raison ?

— Pitié, oui.

— Dieux du ciel, vous m'en serez tous redevables.

Nadiya incline la tête jusqu'à ses genoux.

— Je suis vraiment désolée de tous les problèmes que j'ai causés, Votre Altesse.

Camilla se contente de lâcher un petit cri narquois.

— Complimente-la, je souffle dans le dos de Nadiya.

— Oh… Ah ! D'autant que vous êtes la femme la plus… belle de la Capitale du Soleil, ajoute la jeune fille. Ça a dû être terriblement frustrant pour vous de me voir capturer toute l'attention à l'aide des charmes prodigués par les fées.

La princesse se détend immédiatement. Son front se déride ; elle affiche une petite moue.

— Bon. Du moment que vous en avez conscience. (Elle se lève et, s'approchant de Nadiya, qu'elle prend de haut, piétine les papiers éparpillés au sol. Elle enfonce ses ongles rose fuchsia dans le menton de la pauvre misérable, qui émet un couinement.) Vous avez de belles pommettes hautes. Pas étonnant que vous ayez pu vous faire passer pour votre maîtresse. Vous êtes plutôt jolie dans votre genre.

— M… merci, Votre Altesse.

Camilla tourne la jeune fille d'un côté puis de l'autre en la tenant par le menton, par les épaules ; elle lui lève les bras. Elle fait la grimace tout en jaugeant le reste de sa personne – son corps recourbé, ses mains crispées, sa modeste robe bleue, qu'aucun artifice n'enjolive.

— Si vous restez, vous allez devoir apprendre à prendre des airs. Et si vous restez près de *moi*, vous allez devoir être au moins à moitié aussi chic que moi.

— M… merci, Votre Altesse, bredouille Nadiya, mi admirative, mi-apeurée.

— Vous aimez bien vous fixer des objectifs de ce type, dis-je à Camilla.

— En effet.

C'est une bonne chose que la princesse prenne Nadiya sous son aile, à la fois pour son statut social et sa couverture. Je suis plutôt pessimiste quant à l'issue de tout ça, mais je ne vais pas faire la difficile.

J'ai beau être remontée contre les Parques, leur mise en garde résonne dans un coin de ma tête, aussi tenace que mon mal de crâne. Je parcours la chambre du regard : l'une de ces personnes serait-elle capable de me trahir ? Il serait facile de pointer du doigt Cyrus, mais il n'a plus aucune raison de le faire maintenant que nous avons trouvé un terrain d'entente. Je ne connais Nadiya que depuis peu, mais j'ai lu dans son esprit – son passé et son avenir – et à ce titre, la connais mieux que quiconque ici ; or il me semble peu vraisemblable qu'elle me trompe.

Le jeu a changé, et je ne sais pas trop où me positionner exactement. Difficile à imaginer, mais si nous voyons…, *quand nous verrons* enfin le bout de cette malédiction, Auveny aura à sa tête un nouveau roi et une nouvelle reine.

Quoi qu'il arrive, idéalement, je resterai dans la Capitale du Soleil sans faire de vagues – moins docile avec le nouveau monarque que je ne l'ai été avec Emilius, mais égale à moi-même.

Seule dans ma tour, presque omnisciente et sans attaches.

Peu à peu, je cesse de me rendre dans les appartements de Nadiya pour assister à ces réunions.

De toute façon, ce n'est pas comme si ma présence était indispensable. Dante supervise tout. Il a toujours deux coups d'avance, il connaît les derniers chiffres et les tactiques déployées par les deux pays voisins. Quant à Cyrus et Nadiya, ils sont occupés à roucouler. Les soldats ont été envoyés aux frontières pour combattre la vague de bêtes qui infeste les terres et pister la sorcière. Lady Raya brille par son absence à la cour, qui s'agite et se questionne ; nous prions pour que Nadiya puisse donner le change jusqu'au mariage.

Jamais je n'aurais imaginé qu'on remarquerait ma propre absence. Jusqu'à ce qu'un mot me parvienne, déposé sur le rebord de ma fenêtre par le faucon de Cyrus : *Rdv aujourd'hui ? Nouvelles bêtes aperçues dans le Cinquième Territoire.*

Je jette le papier dans la cheminée. Je les rejoindrai si le cœur m'en dit.

Je décide que non.

À la place, je me rends dans le District de la Lune, vêtue d'habits passe-partout, et avec une poignée de sous récoltés lors de mes séances de lecture. Ici aussi, on parle de monstres et de mariage, mais à un degré moindre, et c'est relativement calme. J'achète des babioles sur le marché – des figurines en céramique, des bracelets de bonbons, une coquille de noix qui révèle un message astrologique quand on la casse –, des trucs stupides que je n'avais pas les moyens de m'offrir quand j'étais gamine. Je m'assieds dans un luxueux salon de thé près du District des Arts dont font l'éloge tous les dignitaires de passage dans la capitale, mais, bien que les mets servis soient excellents, l'endroit est bien trop guindé. Je finis de me gaver en avalant des brochettes frites préparées par des marchands ambulants dans la rue, puis lèche mes doigts couverts de gras.

Une fois que j'ai fini mes emplettes, le carrosse me raccompagne au palais, et le prince envahit de nouveau mon esprit comme une mauvaise herbe.

J'aimerais froisser de nouveau son mot pour le jeter encore au feu.

Cyrus et moi nous sommes installés dans une sorte de routine d'interaction fonctionnelle, avec pour accord tacite de se supporter, nous et notre situation, en silence. Quand il discute plan d'intervention, il m'inclut dedans, comme si j'étais censée rester Prophétesse de ce royaume. Désormais, nous sommes tous liés les uns aux autres par la supercherie, et Nadiya est notre facteur commun, aussi improbable soit-il.

Je sens toujours son regard peser sur moi, à l'autre bout de la pièce. Par moments, j'ai envie de l'embrasser ; à d'autres, je voudrais l'anéantir. Mais le plus souvent, j'aimerais faire les deux à la fois.

Peu de temps s'est écoulé depuis le bal, et le mariage aura lieu bientôt. Tout se produit à grande vitesse cet été, j'en ai le tournis. Heureusement, bientôt les choses rentreront dans l'ordre. Ces sentiments s'éteindront, et la prophétie sera brisée.

Dans l'escalier de ma tour, je sors la clé de ma salle de divination. Lorsque j'approche de la porte, je m'aperçois qu'elle n'est plus verrouillée.

Un voleur ? Nul n'a osé pénétrer chez moi par effraction depuis des années.

Je me précipite à l'intérieur. Personne.

À la place, appuyé contre la table de divination, Cyrus, qui patiente.

Bras croisés et jambes étendues. Dépourvu de tout attirail royal. Rien que la chemise ample et la culotte de cheval qu'il porte quand il prend une journée pour lui – ce qui n'arrive plus très souvent.

— Tu n'as pas répondu, dit-il.

Et tu n'as pas compris le message ? suis-je tentée de lui rétorquer, mais j'ai la bouche sèche. Il a trouvé le moyen de se placer pile à l'endroit qui met le mieux en valeur ses traits, sous la lumière mordorée de fin d'après-midi. Son col est un peu trop déboutonné et une mèche rebelle lui balaie le front. Le tableau est très alléchant.

Un peu trop. Je plisse les yeux.

— Ça fait combien de temps que tu prends la pose ?

Cyrus s'écarte de la table.

— Je t'ai entendue monter les escaliers.

— Une demi-heure ?

— Dix minutes.

Autrement dit, vingt.

Il émane de toute sa personne un désir de séduire ; il est venu ici pour une raison précise, et ce n'est pas pour rien qu'on l'a surnommé le prince charmant. Mais si je ne bouge pas, il croira qu'il m'impressionne, donc je me force à avancer dans sa direction.

— Que veux-tu ?

— Tu m'évites.

— Non, seulement je me passe très bien de ta compagnie. Elle ne m'est pas utile.

— Tu fais beaucoup de choses inutiles. (Il a un regard ténébreux.) Tu es jalouse de la manière dont je traite Nadiya ?

J'éclate de rire.

— Je cherche seulement à la mettre à l'aise, se justifie-t-il.

— Je m'en fiche complètement. Que veux-tu ? je répète.

Cette question – la vraie question sous-jacente – reste en suspens entre nous, même si elle revient sans cesse.

Cyrus hésite une seconde. Une seconde durant laquelle j'imagine tous les fils qui pourraient se dérouler à partir de cet instant ; tant de choix s'offrent à lui. Le garçon qui n'a jamais manqué de rien rencontre mon regard.

— Toi, articule-t-il sans détour.

Je déglutis avec peine. Gênée, je me détourne de Cyrus et m'approche de la cheminée dans l'espoir de trouver de quoi m'occuper les mains. Sous la fenêtre grande ouverte, des livres empruntés à la bibliothèque et des assiettes sales jonchent la table. J'ai très peu fait le ménage ces dernières semaines ; la robe que j'ai portée au bal est toujours fourrée dans un coin, dépourvue à présent de magie et réduite à l'état de lambeaux.

— Violet.

— Je ne te pardonne pas d'avoir voulu me chasser, dis-je du tac au tac en regardant droit devant moi, comme s'il était invisible.

— Je sais.

— Je ne comprends pas à quoi tu joues ; c'est encore un de tes numéros de charme.

— Si c'est ce que tu penses.

Un frisson me parcourt quand Cyrus s'approche de moi. Il ne cherche pas à contre-attaquer, et cela me déstabilise. Ma langue trébuche sur des répliques que je n'ai pas l'occasion de lancer. Le prince sent la rivière ; avant, il adorait passer ses après-midi à nager, et je suis suffisamment proche de lui pour constater que sa peau est humide, sous son col.

Je l'empoigne par la chemise.

— Ne cherche pas à me séduire.

— Je crois que c'est déjà trop tard.

Cyrus baisse la tête et presse ses lèvres sur mon cou, s'engouffrant dans mon décolleté. J'ai beau tenter de le repousser, ça ne sert à rien. Si je n'avais pas le souffle coupé, je pousserais un juron ; c'est trop facile pour lui, je ne devrais pas lui céder aussi aisément…

— Tu es sur le point de te marier, j'articule avant de perdre la raison.

— Et ?

— *Et ?* Et la prophétie ? Qu'est-ce que tu en… *Cyrus.*

— J'ai une fiancée. (Ses lèvres remontent sous mon oreille.) Mais c'est toi que je veux.

Je l'agrippe par les cheveux et songe à l'écarter mais il lâche alors un gémissement qui m'ôte toute envie de le repousser.

— Je suis une *Prophétesse.* Je refuse d'être ta *maîtresse.*

— Tu voudrais être reine ?

Un rire stupide m'échappe. Je ne veux pas que cela *continue.* Je ne sais plus qui est Cyrus – le garçon plein de rancœur d'avant ou le sale gosse sournois qui me tient dans ses bras.

Alors que je m'apprête à lui répondre, il me soulève et je m'écrase contre lui. En un éclair, il me porte jusqu'au canapé.

Il me met à cheval sur ses genoux, mes jupes retroussées sur mes cuisses, les oreillers en velours s'enfoncent sous notre poids. Il ne va pas plus loin – pour l'instant. Peut-être que même ça, c'est prémédité. Il m'embrasse doucement, comme s'il me posait une question. Avec un peu de condescendance, à vrai dire, conscient d'avoir été plus audacieux que moi, conscient de mon désavantage.

Aussi, je cherche à le décontenancer. Me dégageant de ses caresses, esquivant sa bouche, je le saisis par le menton et prends l'initiative du baiser suivant. Je sens ses lèvres s'étirer en un sourire tandis que je les mordille.

Cyrus entreprend de baiser ma paume meurtrie, s'attardant sur ma cicatrice encore fraîche, qu'il effleure délicatement.

— C'est la bête aussi qui t'a fait ça ?

L'épine issue de mon sang est cachée dans un placard à quelques mètres de nous. Si j'avais choisi un autre fil, je serais en ce moment même en train de la lui planter dans le cœur. Ce serait si facile. Il est à ma merci, distrait par nos ébats. Il ne verrait rien venir.

Une boule se forme dans ma gorge.

— Je me suis blessée avec un couteau.

Un demi-mensonge.

Il ne relève pas. Ses doigts glissent sur ma nuque, un geste intime dont je ne saisis pas toute la portée pour l'instant, le genre de détail qui ouvre la voie à toute une série de possibilités futures.

Ma raison me hurle d'arrêter. Un prince ne batifole pas avec une sorcière à ses heures perdues. Que se passera-t-il quand quelqu'un découvrira notre aventure ? Les secrets d'alcôve sont les moins bien gardés, et les premiers à surgir. Je lis les journaux ; *Les Dessous d'Auveny,* entre autres, déposé tous les deux jours sur ma fenêtre, avec sa rubrique consacrée aux scandales de la cour. Cyrus et moi ne ferions pas seulement la une. Nous deviendrions un conte, un récit qui servirait de mise en garde dans les livres d'histoire.

Mais alors, il m'attire à lui et j'écrase ma bouche contre la sienne dans un baiser à lui couper le souffle, et le pouvoir que j'exerce sur lui est trop enivrant.

Du genou, je le repousse dans le canapé, et il s'étend sur les coussins, un sourire espiègle au coin des lèvres. Il joue avec l'extrémité de ma natte, qui pend entre nous, et tire dessus pour m'attirer tout contre lui.

— Pas de promesses, dit-il.

Mon cœur cogne, mon corps se consume. Nos sentiments sont indissociables des rôles qui nous sont dévolus au palais, raison pour laquelle, à tout moment, il préférerait encore me donner une leçon d'humilité que me souhaiter une douce nuit. Mais je n'ai besoin ni de sa confiance ni de son dévouement. Notre attirance se base sur cette simple règle : nous pensons chacun avoir une longueur d'avance sur l'autre et nous ressentons le besoin de prouver à l'autre que l'un a raison et l'autre tort. C'est précisément parce que je me méfie de lui que je le désire.

L'amour est un sentiment capricieux qui lie deux imbéciles ; le désir se résume précisément à cela : pas de promesses.

Et moi, je le désire lui.

— Pas de promesses, je réponds en l'embrassant à pleine bouche.

Sous mon corps, Cyrus frémit ; ses mains s'affairent autour de ma taille et retirent mon chemisier de la ceinture de ma jupe. Rien ne m'empêche de descendre et de le planter là, mais à quoi bon ? Nous finirions par recommencer, à un moment ou à un autre.

Un baiser après un bal, c'est une erreur. Deux baisers, c'est de la provocation. À partir de trois, on peut parler d'habitude.

Il dénoue ma tresse et engouffre les doigts dans ma chevelure, qu'il ébouriffe.

— Violet, souffle-t-il d'une voix rauque et très sérieuse.

J'aime tellement l'entendre prononcer mon prénom.

Il défait les boutons et les lacets de mon corsage avec une certaine dextérité tandis que je me démène avec ses habits – monsieur est expérimenté… contrairement à moi. Je lui passe sa chemise par-dessus la tête et son torse est tellement sublime que ça me rend dingue. Il s'impatiente avec ma camisole et tente de la glisser le long de mes hanches, tirant sur les coutures.

Camilla a couché avec plein de filles ; elle m'a raconté certaines de ses aventures, et je sais que, en général, ça dégénère. Que ça se passe souvent plus vite qu'on ne le pense la première fois. Qu'il faut redoubler de vigilance avec les hommes. Ce qu'on est en train de faire est stupide, irréfléchi, on s'en mordra sans doute les doigts par la suite. J'ai beau en avoir conscience, j'ai envie de savoir…

Ses mains s'immiscent sous ma chemisette. Je devrais le stopper maintenant. Nous allons trop loin. Après, il sera trop tard. Je maudis ma fierté. Je maudis mes genoux qui tremblent sous ses caresses. Et par-dessus tout, je le maudis, lui.

— Tu en veux plus ? souffle-t-il sur un ton implorant.

Il me retourne sur le dos et je bascule sur les coussins.

Oui, j'articule, la tête renversée en arrière. *Oui. Oui. Oui.*

On frappe à la porte, juste à l'instant où ses doigts se posent à un endroit stratégique qui me fait frétiller contre lui. Heureusement que la pièce est insonorisée !

Les coups se répètent. Le son me paraît tellement lointain que j'ai l'impression de rêver. J'enroule mes jambes nues autour de Cyrus. Mon corps est sur le point de céder.

C'est alors que retentit la voix de Dante, qui me fait l'effet d'un seau d'eau glacée.

— Violet ? Tu es là ?

— Bon sang ! je halète en redressant le buste.

Cyrus dégringole par terre, les pieds pris dans son pantalon.

Dante frappe encore. Et encore, et encore, avec insistance. L'avertissement poli de celui qui est sur le point d'entrer pour jeter un coup d'œil à l'intérieur. Je remets de l'ordre dans les vêtements qui me restent et farfouille dans les coussins en désordre à la recherche de mon chemisier. Mon cœur tambourine à mes oreilles. Cyrus fixe la porte du regard, les joues en feu, le souffle haletant. Son sang a dû quitter son cerveau pour migrer ailleurs. Je lui jette sa chemise au visage pour le remuer un peu.

— Dépêche-toi ! Je n'ai pas fermé la porte à clé. Il va ouvrir si je ne réponds pas.

— Pourquoi l'avoir laissée ouverte…

— Tu m'as distraite ! (Je remonte ma jupe et la pince au niveau de ma taille ; je n'ai pas le temps de la boutonner.) Tu as eu le temps de poser pendant une heure en m'attendant, mais tu n'avais pas prévu ça ?

Les jambes flageolantes, je me précipite dans la pièce du bas pour aller répondre à mon invité.

— *Vingt minutes*, pas une heure, marmonne Cyrus.

— Vio… ?

Je bloque la porte pour qu'elle reste entrebâillée. J'aventure ma tête au-dehors, cachant le reste de mon corps.

— Coucou. J'allais prendre un bain.

Et si je suis essoufflée, c'est parce que j'ai dû dévaler les escaliers en quatrième vitesse et non pas parce que j'étais allongée sous ton meilleur ami. Ça, je ne le dis pas.

Gêné, Dante détourne les yeux. Il a les bras remplis de cahiers de notes et de papiers.

— Ah ! Désolé. Nous aimerions avoir ton avis. Au sujet des précautions à prendre pour le jour du mariage. Mais… on verra ça plus tard. Désolé encore ! Je repasserai.

— Je peux te retrouver dans le parc ou à la bibliothèque dans peu de temps, à la place ? je suggère.

À moins que Cyrus ne préfère sortir en se défenestrant.

Des bruits s'élèvent derrière moi ; trop légers pour qu'on les perçoive depuis le pas de la porte… je crois. Puis Dante fronce les sourcils et se tourne lentement vers moi.

— Euh… tu as de la compagnie ?

Je me raidis.

— Non.

— Tu sais, quand tu mens, tu as un tic.

— Quoi ? (J'affiche une grimace. Il faut que j'arrête de faire ça.) Non, je…

— Écoute, tu n'as pas à avoir honte d'avoir de la compagnie, insiste-t-il avec un petit ricanement. (Son expression se fige alors et une pensée l'effleure.) Sauf si c'est…

— Il n'y a personne !

— Je n'ai pas réussi à lui mettre la main dessus avant de venir, je t'en prie, dis-moi que ce n'est pas…

— Si, c'est bien moi, ronronne une voix dans la pièce.

Dante porte sa main à son visage et la pile de papiers qu'il portait tombe par terre.

— Pour l'amour de…

Cyrus saisit la porte et je lâche un petit cri, empoignant mes vêtements pour qu'ils ne tombent pas. Il est totalement habillé, quoique débraillé.

Dante lève les yeux au ciel ; il tend la main, lisse les cheveux de Cyrus et lui rentre sa chemise dans son pantalon.

— Je ne veux rien savoir… En fait… si, je voudrais bien. Ta couronne est en jeu. Une prophétie menaçant ton royaume pèse potentiellement sur ton mariage, et ton pantalon n'est pas correctement boutonné, donc j'espère que ça en vaut la peine.

— Oui, jusqu'à ce que tu nous interrompes, râle Cyrus.

— Ça n'est arrivé qu'une seule fois, dis-je, mortifiée.

Dante ramasse ses papiers.

— Je vais vous laisser quelques instants pour régler… vos histoires, *quelles qu'elles soient.* (Il recule jusqu'à l'escalier, pointant un doigt accusateur en direction de Cyrus.) Je me fiche que tu sois à poil, si tu n'es pas dehors dans cinq minutes, je viendrai moi-même te chercher et je te traînerai par la peau des fesses.

Je ferme la porte, m'y adosse, enfouis mon visage dans mes mains. Je jette un coup d'œil entre mes doigts. Le prince affiche un rictus.

— Arrête de faire le malin.

Je finis de boutonner mes jupes. Puis les mains de Cyrus se redéposent sur ma taille et il m'attire contre lui.

Je tressaille.

— Qu'est-ce que tu fais ?

— Je crois que nous avons encore cinq minutes devant nous.

Son sourire est léger, fatal.

— Sérieusement, tu veux…

— Je me suis déjà donné beaucoup de mal. Il n'aura qu'à me traîner dehors tout nu.

Mon excitation est retombée, mais sa manière de flirter remue quelque chose en moi, si ce n'est que pour son caractère imprévu. Cyrus a dit qu'il me désirait, mais ce n'est que maintenant que je le crois vraiment.

Ses doigts s'entrelacent aux miens et mon esprit s'emplit d'images tirés de ses fils de vie, tandis qu'il m'embrasse à nouveau :

Une horloge qui frappe onze coups. Dans le labyrinthe végétal, une fille masquée vêtue d'une robe semblable à la brume sourit.

La vieille Prophétesse de Balica prenant sa paume au creux des siennes et lui récitant une prophétie sous forme de poème.

Son corps ensanglanté, égratigné, entortillé de plantes rampantes, couvert de terre et d'épines pointues. « Violet », articule-t-il, épouvanté.

Je lâche Cyrus.

— Violet ?

Il prononce mon prénom d'un ton doux, interrogateur, mais c'est l'écho terrifié du futur qui résonne encore à mes oreilles.

— Tu…

Je suis à deux doigts de lui dire la vérité. De lui dire que j'ai déjà rêvé de lui, que son corps était mutilé. Que cette fois, la scène s'est précisée. J'ai aperçu le décor.

Une pièce du palais.

Ce n'est pas une version imaginaire de lui que j'ai aperçue, mais lui, pour de vrai.

— Qu'est-ce que tu as vu ?

Cyrus veut savoir ce qui m'a perturbée, pour arranger les choses. S'il veut les arranger, c'est parce qu'il me désire, et plus j'y pense, plus je trouve cela ridicule. Une question me brûle les lèvres – une question stupide que je n'oserais jamais poser. Mais si je la posais, je le ferais l'air de rien, comme si c'était simplement rhétorique : *Je suis la meilleure chose qui te soit arrivée, mais je n'en vaux pas la peine et on ne s'apprécie même pas, alors… Pourquoi moi ?*

Malheureusement, j'ai beaucoup de réponses en tête, et je ne supporterais pas d'en entendre une seule.

— Ça n'a pas d'importance, dis-je, m'écartant un peu plus à chacune de mes paroles. Nous n'avons pas d'avenir. Je ne suis pas… (Un éclat de rire m'échappe.) Tu vas être *roi.* Et je serai ta Prophétesse.

Un point c'est tout. Nous avons eu ce répit dans la salle de divination, hors du temps et hors du monde. Nous avons mis nos devoirs de côté l'espace d'un instant, sous le regard des dieux qui nous observent de là-haut. À présent, il nous faut passer à autre chose, parce que nous n'avons pas le choix.

Comme Cyrus ne bouge pas, j'ouvre la porte pour lui imposer ma décision. Quand il s'en va enfin, il n'a l'air ni stupéfait, ni contrarié, simplement résigné, se recomposant un masque distant, imperturbable, une expression qu'il a eu le temps de peaufiner au fil des ans.

19.

Ce n'est pas une réunion mais une joute verbale qui rassemble aujourd'hui le Conseil des ducs.

Quand quatorze territoires s'affrontent pour obtenir des armes, du ravitaillement et des soldats dans un climat prophétique des plus anxiogènes, chaque bribe d'information donne lieu à une nouvelle voie de négociation. C'est une scène bestiale qui se déroule dans la Chambre du Conseil ; une meute de loups se battrait pour une carcasse de manière plus civilisée.

Alors que les rapports annonçant l'apparition et la propagation des bêtes ont ralenti, les régions luttent pour contenir celles qui infestent déjà les terres. À présent que nous savons que ces créatures ont naguère été humaines, tout le monde a bon espoir qu'elles le redeviennent. De vieille forteresses ont été converties en corrals de fortune, mais la tâche est difficile, risquée.

Je pénètre dans la Chambre du Conseil avec un quart d'heure de retard ; les esprits ont eu le temps de s'échauffer et les insultes commencent à fuser. À mon arrivée, lord

Ignacio traite lord Oronnel de « cervelle ramollie » ; en retour, Oronnel qualifie la perruque d'Ignacio d'« écureuil avorté ».

Je prends place sur un siège à la perpendiculaire du roi, contre un mur. Emilius n'a pas requis mon intervention pour cette réunion, en revanche il a souhaité que j'y assiste.

À l'autre bout de la salle, Cyrus se tient debout face à la table. Son manteau cousu de fil d'or luit sous l'éclairage vaporeux. Le regard noir, un air qu'il n'affiche habituellement jamais en public, il descend l'argument de lord Denning.

— Rien ne nous indique que le fait de brûler Fairywood empêche la prolifération des bêtes. En fait, d'après Raya, les Bois Sacrés seraient notre meilleur atout pour débarrasser ces êtres humains de la magie noire qui les ensorcelle.

— Son numéro ne m'a pas dupé, rétorque lord Denning, qui, avec lord Ignacio et lord Arus, est l'un des tout premiers à avoir affronté les bêtes.

Il est récemment rentré du Onzième Territoire, où au moins deux villages se sont fait attaquer et ont recensé des victimes.

— Elle tire sa magie des fées qui la bénissent, mais l'homme s'est retransformé en bête en moins de quelques heures. Ma femme sait de source sûre que lady Raya est une charlatane. Je ne m'excuserai pas pour mes propos, Votre Altesse. Votre épouse est de mèche avec la Sorcière des Cauchemars, et je me demande si elle n'est pas elle aussi une sorcière.

— Comment osez-vous ? (Le prince joue à merveille le rôle du fiancé courroucé ; personne ne pourrait imaginer notre idylle.)

— Rien ne…

La discussion s'enflamme, cédant vite la place à un chahut de tous les diables. Même si le roi et moi avons déclaré que la sorcière était à l'origine de l'apparition des bêtes, la situation s'est envenimée et le climat d'incertitude a permis aux rumeurs de proliférer, portées par le fait que je n'ai pu fournir aucune information utile concernant ladite sorcière. Et je n'en sais pas assez moi-même pour apaiser les gens. Beaucoup se méfient toujours de Raya à la cour.

Finalement, le roi Emilius tambourine sur la table.

— Silence, rugit-il d'une voix à peine audible qui suffit pourtant à calmer la salle. Nous ne souffrirons aucune calomnie au sujet de lady Raya. Il est primordial à l'heure actuelle de privilégier une proche collaboration avec nos voisins. La prophétie est claire. Lady Raya constitue notre salut, et j'irai même jusqu'à dire qu'elle est la preuve d'une chose : le désir des Parques de voir s'unir un jour Auveny et Balica. Les Parques ont sans doute leur raison de contaminer nos terres de magie noire. Réfléchissez-y : se peut-il qu'elles nous encouragent à la vaincre en unissant un prince auvenien à une cheffe balicane ? Prophétesse, votre avis sur la question ?

Je lève les yeux. D'ordinaire, le roi Emilius me prévient à l'avance s'il souhaite que j'intervienne. Or je n'ai rien préparé. Il patiente avec un calme apparent, mais son regard est chargé d'attente et je sais qu'il me teste. Il cherche à voir vers qui se porte ma loyauté.

Je préfère défendre la réputation de Raya.

— Lady Raya est à la fois l'élue des fées et des Parques. Quoique certains d'entre vous doutent encore d'elle, quand nous regarderons en arrière, dans dix ans de cela, voilà ce dont on se souviendra : une fougueuse étrangère assista au bal, selon la volonté des Parques, nous charma tous, et apporta une lueur d'espoir dans les ténèbres. Les premiers pas d'Auveny dans une nouvelle ère.

Somme toute, de belles paroles. Juste assez, sans tomber dans l'excès.

Cyrus pince les lèvres. Ce n'est pas la réponse qu'il espérait. Mais ce n'est pas à moi qu'il en veut ; c'est son père qu'il couve d'un regard assassin.

— Quoi qu'il en soit, le moment est mal choisi pour envisager d'élargir nos frontières. Des bêtes infestent nos terres. Concentrons-nous sur le plus important.

— Au contraire, je pense que le moment ne saurait être mieux choisi, réplique lord Ignacio d'un air songeur. Balica est distraite. Affaiblie. Elle implore notre aide. Nous devrions en profiter pour exiger quelque chose en retour des soldats que nous lui envoyons.

— À ce propos, nous envoyons *beaucoup trop* d'officiers à Lunesse. Raya a requis un petit bataillon, qui les aide à sécuriser la capitale, et non pas une telle armée, qui occupe l'ensemble du territoire. J'étais censé coordonner ces déploiements avec le général, mais quelqu'un d'autre s'est entretenu avec lui en premier. De qui s'agit-il ?

— La consigne vient de moi, rétorque sèchement le roi Emilius. L'excédent de soldats visait à assurer la sécurité de ses terres.

— *La sécurité...*, répète Cyrus d'un ton narquois. (Son regard se pose sur moi, comme si ses propos m'étaient réellement adressés.) C'est une invasion, en d'autres termes, une invasion qui ne sera pas vue d'un très bon œil par les Balicans une fois que Lunesse se sera remise sur pied.

Me mordant l'intérieur de la joue, je reste silencieuse sur mon siège. Je ne vais pas faire semblant d'être emballée par ces plans stratégiques, mais je ne vais pas faire comme si je n'avais rien vu venir.

Le débat s'envenime à nouveau et les cris deviennent vite insupportables. À tel point que la réunion est ajournée. Lords et conseillers quittent la salle en gesticulant et en se chamaillant, poursuivant leurs conversations à l'extérieur.

— Prophétesse, m'interpelle le roi au moment où je me lève. J'aimerais m'entretenir un instant avec toi dans mon bureau.

— Bien sûr, Votre Majesté.

Je l'attends devant la porte voûtée.

Cyrus passe près de moi sans m'accorder un regard. Du dos de la main, il frôle la mienne et je sursaute. Le roi Emilius lui emboîte le pas, et je me compose rapidement un sourire pour donner le change.

Aujourd'hui, le roi n'a pas besoin d'un soutien pour marcher. Je lui propose tout de même mon bras par politesse, et il l'accepte. Le stress, plus que le reste, semble aggraver son état. Ses cheveux sont devenus encore plus gris depuis le début de l'été.

Nous parlons de la pluie et du beau temps, des préparatifs du mariage. Les salles du palais ont été redécorées dans des tons blanc et doré. De délicieux effluves s'échappent des cuisines à toute heure du jour et de la nuit.

Quand nous approchons de son bureau, j'entreprends d'aborder des sujets plus sérieux.

— Je pense vraiment que les propos de Cyrus méritent considération, dis-je en prenant soin de paraître neutre. Je crains qu'on n'encourage Balica à entrer en guerre – or la prophétie de Felicita nous a mis en garde contre la guerre.

Le roi produit un grognement dédaigneux.

— Balica ne possède qu'une minuscule armée. Si nous devions en arriver là, nous les écraserions.

Mais il ne s'agit pas de victoire ou de défaite, suis-je tentée d'ajouter. *La guerre, c'est la guerre ; la guerre, c'est le sang ; la guerre, c'est la mort.*

Quand j'étais enfant, mes rêves étaient troublés par des images de la guerre. Ce n'est pas la même chose que de lire des résumés sur le sujet dans les livres d'histoire. Je vois des éléments qui ne sont pas répertoriés : les larmes, la lâcheté, les confessions faites au moment du dernier soupir. Des images tombées dans l'oubli qui se rapportent à des temps lointains, ou des temps qui ne viendront jamais. C'est du pareil au même ; dès lors qu'il ne reste aucun rappel d'une histoire, c'est comme si elle n'avait jamais existé.

Les peuples et les terres au-delà de nos frontières ne sont que des nombres aux yeux du roi Emilius. Des punaises et des drapeaux sur une carte, qui n'ont d'intérêt que dans la mesure où ils peuvent nous être utiles. Il s'en fiche.

Le roi ouvre la porte à clé et s'assied à son bureau.

— Cyrus est un passionné. Il désire élever ce royaume, songe-t-il. Certaines de ses idées sont malavisées, mais avec le temps, il apprendra. Je suis ravi de constater que vous vous entendez mieux. J'ai cru comprendre que vous collaboriez de près pour répondre aux besoins de lady Raya.

— Oui.

— Parfait, parfait. Mais ne sois pas trop gentille avec lui pour autant. Il est toujours aussi impulsif, idéaliste, trop influencé par ses voyages et ses fréquentations. (*Ses fréquentations.* Il fait référence à Dante.) Mon fils croit que nous devrions nous détourner du verger à présent que les fruits sont mûrs. Il ne veut pas qu'on annexe de nouveaux territoires car il redoute d'en assumer la responsabilité.

Tu ne réagirais jamais comme cela – toi, tu saisis la moindre opportunité. C'est le signe d'une véritable ambition.

Je souris, même si son compliment me fait soudain grincer des dents.

Le roi pose ses mains à plat sur la carte du Continent du Soleil accrochée au mur. En l'examinant de plus près, on voit clairement évoluer l'emplacement des frontières d'Auveny, tracées et retracées au gré de la destruction de Fairywood, au profit de nouveaux territoires. Au sud, Balica semble si minuscule en comparaison ; un tiers de la taille de notre royaume.

Il tousse dans un mouchoir qu'il replie et fourre dans sa poche.

— Auveny est un puissant royaume. Tu le sais déjà. Nous sommes bons et généreux – aucune guerre n'a éclaté depuis le règne de mon grand-père. Cyrus sera un bon roi, en dépit de nos désaccords. Et tant que nous serons un grand royaume avec un bon roi, comment se pourrait-il que Balica ou que d'autres pays voisins se plaignent ? Ils nous seront reconnaissants.

Évidemment, Auveny ne peut être qu'un grand royaume ! Le contraire serait impensable. Car si nous ne l'étions pas, nous ne serions que des brutes. Des agresseurs.

— Quand le prince doit-il vous succéder ?

— Pour le moment, je suis suffisamment en forme pour continuer à régner. Peut-être pour une année, ou plus encore… tout dépend du temps que mettra mon fils à laisser tomber ses idées naïves.

— Oh.

Jusque-là, le roi avait sous-entendu qu'il abdiquerait après le mariage de Cyrus, à la fin de l'été ; a-t-il changé d'avis récemment ?

Le roi Emilius ne semble pas remarquer mon trouble, changeant de sujet tout en tapotant la barbe à sa mâchoire.

— J'ai une petite requête pour toi.

— Oui, messire ?

— Durant la cérémonie, j'aimerais que tu fasses un petit discours à propos de Cyrus et Raya. Que leur union soit officiellement bénie des Parques. Quelques paroles divines encourageront les pessimistes à reconsidérer leur point de vue. La raison a ses limites et les prophéties permettent de maintenir l'ordre, comme tu le sais. Cela préparera le terrain pour l'unification à venir.

— Bien entendu. Je vais préparer quelque chose.

— Excellent. (Il sourit.) Je peux toujours compter sur toi.

Avec une révérence, je prends congé de lui.

Dans le couloir, je reprends mon souffle. Les divers futurs qui se présentent à moi sous forme de rêves me rendent malade, tout comme les manigances du roi.

La voix dans ma tête a certifié que la guerre est inévitable. N'est-ce pas ce que je crois aussi ? Le monde est fait pour les loups et leurs guerres. Pour le gain. Chaque siècle a son lot de rois et de querelles, mais il y aura toujours la même étroitesse d'esprit, la même avidité.

Pour qu'on se souvienne de vous comme de quelqu'un de bien, il faut *faire* le bien.

Pour qu'on se souvienne de vous comme de quelqu'un de grand, il faut retrousser ses manches et se salir les mains, puis en ressortir impeccable.

On se souviendra du roi Emilius comme d'un grand souverain.

Grâce au roi Emilius, le royaume d'Auveny est passé de huit à quatorze territoires. Il a détruit des zones entières de Fairywood, qui, nous le savons tous, est un lieu dangereux et inhospitalier, à moins d'être une créature magique. Je me suis toujours demandé dans quelle mesure le roi est responsable de cette croyance.

Sa grande spécialité, c'est de donner l'impression que toutes ses décisions sont sages et nécessaires. Pour chaque arpent de forêt incendié, Auveny a récupéré un arpent de terre. C'est intéressant, non ? Une manière habile d'élargir nos frontières, et je n'en ai pris conscience que le jour où Dante me l'a fait remarquer.

Quand les botanistes ont découvert comment distiller l'ambroisie, le roi Emilius en a fait une mine d'or. Toutes ces terres brûlées transformées en champs de fleurs de fée en vue de fabriquer le précieux nectar… Les charmes magiques sont devenus à la mode, le symbole d'une vertu marchandable. De vieilles fables sur les fées ont resurgi, édulcorées pour vendre du rêve aux nouvelles générations. Et ils vécurent heureux et eurent beaucoup d'enfants… Encourageant ce fantasme, Felicita s'est prêtée au jeu, remplissant le rôle d'entremetteuse auprès de la population de la Capitale du Soleil, du temps où elle officiait comme Prophétesse.

Prises séparément, ces coïncidences ne signifient pas grand-chose. De simples détails, disséminés à travers le temps et les anecdotes. Mais réunis ? Peut-être que la lueur rusée qui brille dans le regard âgé du roi est un peu trop vive…

Le succès d'Auveny ne tient pas à son pouvoir, son territoire, ou aux charmes dispensés par les fées. Il repose sur les récits qui narrent notre grandeur. Ces récits nous racontent que nos accomplissements sont le fait du destin, et que nous méritons tout ce qu'il y a de mieux au monde, et plus encore.

Quand la vérité est relative, il est aisé d'en devenir soi-même l'axe majeur.

Dans le réfectoire, je tombe sur mon seul rayon de soleil de la journée : enfin, un rayon de soleil voûté, yeux gonflés, vêtements froissés. L'intellectuel devenu conseiller non officiel. Dante est également en train de déjeuner, et les misérables aiment bien se retrouver, ça tombe bien.

Je m'affale dans un siège voisin du sien et place un exemplaire des *Dessous d'Auveny* sous mon bol de soupe en guise de set de table. Sous mon repas, un gros titre : RETOURNEMENT DE VESTE HAUT EN COULEUR : CAMILLA ENVOÛTÉE. L'article détaille les apparitions de la princesse et de Lady Raya à travers la ville. Comme toujours, Ziza Lace n'y va pas avec le dos de la cuiller dans ses suppositions.

Elles ont fait les boutiques et soupé dans tous les districts. D'après plusieurs témoins, elles partageraient le même style vestimentaire, ce qui nous fait nous demander : s'agit-il d'une simple amitié ? Quand les cloches retentiront, dans deux semaines, célébrant l'union royale, il se peut que nous assistions sur l'autel à une joute nuptiale entre Cyrus et Camilla pour remporter la main de lady Raya. Après tout, notre princesse obtient toujours ce qu'elle désire.

Je frétillerais si ce scénario se produisait, mais Nadiya est trop effacée pour Camilla. Ce n'est pas son genre. Cela dit, peut-être que ça changera une fois que la princesse aura achevé de la transformer. En général, Ziza ne se trompe pas sur toute la ligne. Elle pointe certaines vérités.

Je suis en train de lire l'article pour mieux m'en moquer quand l'intendant de lord Denning passe près de moi, une assiette de poisson à chair blanche à la main. Jetant un coup d'œil sur le journal puis sur Dante, il lâche à voix haute :

— J'aurais dû voyager plus. Visiblement, nos monarques ont un goût prononcé pour tout ce qui est exotique.

Dante voit rouge. Ses bonnes manières s'évaporent en un éclair. Je l'empoigne par la manchette, imaginant la réponse qui lui brûle les lèvres : *Visiblement, tu as envie de tâter de mon poing*. Mais Dante a appris à se contenir, autrement il n'aurait pas survécu très longtemps au sein de la cour d'Auveny.

Une fois l'homme hors de portée de voix, Dante marmonne :

— Ce salaud. J'aurais dû le frapper.

Il récupère les croûtes de pain que je n'ai pas mangées et les tartine d'une noisette de beurre.

— Pour te retrouver avec un duel sur le dos ? je le sermonne. La réunion du Conseil n'était pas de tout repos. Le roi cherche à imposer l'idée d'une unité Auveny-Balica, mais je crois qu'il se met beaucoup de gens à dos en faisant cela.

— Le plus frustrant dans tout ça, c'est que si Balica pouvait effectivement se fier à Auveny, nous travaillerions de concert pour trouver la sorcière, soupire-t-il. Les gens pensent qu'on ne collabore que sur un seul plan, si tu vois ce que je veux dire. Mes visites répétées dans l'aile royale ne sont pas passées inaperçues. Comme si je n'avais de bon à offrir que mon corps, certes très esthétique.

— Eh bien, tu es en effet très bien fait de ta personne, dis-je sèchement. Ils te respecteront quand tu seras nommé conseiller du roi.

Il agite sa cuiller dans les airs avec véhémence.

— Si jamais cela arrive, on croira que j'ai couché pour obtenir ce poste. Le pire, et de loin, c'est que je suis franchement un excellent coup…

Alors que je suis en train de laper ma soupe, j'avale de travers.

— … et je ne serais pas contre certains arrangements en d'autres circonstances. J'aimerais que Cyrus ait des critères élevés.

— Comme c'est généreux de ta part !

— Merci. (Dante me coule un regard en coin.) Ça pourrait te profiter à toi aussi.

— *La ferme.*

Après le repas, nous allons prendre l'air dans le parc. Je sens que Dante cherche à fouiller le sujet dès qu'on évoque Cyrus, mais il ne serait pas prudent d'aborder la question dans un lieu public.

Comme s'il avait lu dans mes pensées, il me demande alors :

— Tu veux qu'on aille faire un tour en dehors de la ville ?

— Tu n'es pas trop occupé ?

— Je suis *extrêmement* pris. Mais si je dois déchiffrer encore une page d'écriture de la cheffe de Gramina, je vais en perdre mon alphabet. (Il dégaine le pistolet à sa taille et le fait tourner autour de son index.) Tu ne voulais pas apprendre à tirer à une époque ?

— Non, c'est Camilla qui voulait m'enseigner l'art du tir.

L'hiver dernier, il n'a pas cessé de pleuvoir, la pluie se transformant parfois en grésil. Camilla ne tenait plus en place à l'intérieur. Une princesse yuenienne lui avait offert une collection de pistolets dont le manche était gravé de serpents jumeaux. Le sol était toutefois trop marécageux pour se promener et chasser. Résultat, à la fin de la saison, le palais était criblé de trous de balle et avait perdu deux lots d'assiettes en porcelaine. Camilla m'avait laissé essayer ses pistolets, mais je ne savais pas viser. Quant à elle, elle n'avait aucune pédagogie.

— Je pourrais t'apprendre à te battre ? propose alors Dante. Par les temps qui courent, on ne sait jamais quand on risque de se retrouver nez à nez avec une bête.

Je l'ai vu s'entraîner au combat avec Camilla, mais je pensais qu'il faisait cela pour lui faire plaisir ; j'ignorais qu'il aimait ça.

— Tu as appris à l'université ?

— Trop d'aristocrates à distraire ; des fils à papa qui s'ennuyaient à cent sous l'heure. (Il sourit.) J'apprends vite, c'est tout. Allez, j'ai besoin de me distraire.

On quitte l'enceinte de la ville et on se dirige vers le terrain de chasse, où se trouve un vaste champ de tir. L'herbe y est drue et d'un vert presque doré ; s'y mouvoir est presque aussi sensuel que de peigner la crinière d'un cheval. J'écarte les bras dans les airs pour sentir la caresse du vent.

Dante noue ses cheveux bouclés en arrière à l'aide d'une cordelette, et nous commençons. Il me montre quelques points faibles, une posture où je me peux me servir de mon corps pour faire levier, et comment balancer mes membres en fonction des prises dont je suis victime. Pour une plus grande aisance, j'attache mes jupes ; je me coordonne plutôt bien à ses mouvements, mais je suis moins rapide que lui. J'avais beau savoir qu'il était fort, il me surprend tout de même.

Tandis qu'on pratique les coups de poing, j'oublie de le prévenir et manque de lui écraser le nez avec ma paume.

Dante saisit ma main, encore proche de son visage, et l'abaisse.

— Alors. À propos de ton histoire avec Cyrus…

— On est vraiment obligés d'en parler ?

J'essaie de le frapper, mais il esquive d'un pas de côté.

— Je me demandais simplement, dit-il en haussant les épaules avec une désinvolture exagérée. Tu es… amoureuse de Cyrus ?

— Je ne me donnerai pas la peine de répondre à cette question.

— Je ne te jugerai pas si c'est le cas.

— Je n'arrive pas à croire que ce genre de pensée te traverse l'esprit !

Dante plonge et évite facilement mon coup suivant.

— Avec sa belle gueule, il a brisé bien des cœurs…

— Ton goût en matière d'homme laisse vraiment à désirer.

— … et tu l'as dans la peau, ça saute aux yeux.

J'inspire à fond.

Il affiche un sourire en coin malgré son air solennel, comme s'il se forçait à prendre un air amusé.

— Je n'ai pas besoin de te l'apprendre, tu le sais déjà : tu prends un risque en te lançant dans une histoire avec Cyrus.

— C'est lui qui a commencé, tu sais. C'est lui qui est venu me titiller. Maintenant qu'il a trouvé une fiancée pour briser la prophétie, il veut faire de sa Prophétesse sa maîtresse, je marmonne. Mais c'est vrai, on ne devrait pas prendre le risque de faire rater ce mariage et…

— Je voulais dire que c'est risqué *pour toi.*

Dante se meut avec une telle agilité. En un éclair, il m'agrippe par les jambes et me soulève dans les airs, me retourne, et me rattrape, une main sous mon dos, l'autre derrière ma tête, juste avant que je ne percute le sol.

Il se penche ensuite au-dessus de moi. Son visage se découpe sur le ciel bleu.

— Sais-tu pourquoi certains aiment garder leur Prophétesse dans la plus haute tour du royaume ? (Son front est luisant de sueur et sa queue-de-cheval pend par-dessus son épaule.) Parce que si les choses tournent mal, tout le monde peut la pointer du doigt.

Je reprends mon souffle.

— Je le sais déjà.

— Vraiment ?

Une mystérieuse étincelle brille dans ses yeux. L'espace d'un instant, son expression me rappelle celle de Cyrus. À force de se fréquenter, ils ont adopté les mêmes mimiques. Comme cette façon qu'ils ont d'enfouir leurs mains dans leurs cheveux, ou d'incliner la tête après avoir entendu des propos absurdes qu'ils ne peuvent commenter. Je me demande s'il existe un fil de vie dans lequel j'aurais embrassé Dante au lieu de Cyrus, le soir du bal, et si cette version de moi assume mieux cette décision, sans regrets.

— Tu as une fâcheuse tendance à te persuader que tu es invulnérable, me lance-t-il.

Je me rembrunis.

— Je m'en sors toujours parce que je suis une battante. C'est grâce à ça que je survis. Que j'en suis là aujourd'hui.

— Je ne dis pas ça pour critiquer le chemin que tu as parcouru, Violet. Mais plus tu voles haut, plus la chute sera fatale.

Dante me saisit par les poignets et m'aide à me lever.

Quand il me relâche, j'effleure sa paume du bout des doigts.

Une virée à la campagne. Le soleil qui apparaît à l'horizon. « Je te promets », dit Cyrus.

Le souvenir est d'une incroyable netteté ; c'est récent. D'instinct, je m'empare de sa main pour en découvrir davantage, pressant ma paume contre la sienne. La scène se déroule dans son intégralité.

— Je te promets d'empêcher Auveny d'empiéter sur les frontières de Balica, dit Cyrus. Maintenant et quand je serai roi.

— Et si tu ne peux pas ? demande Dante.

— Je promets d'être un roi juste envers eux. Plus que juste.

Dante secoue la tête.

— Si tu n'y parviens pas, ce sera la guerre.

— Balica n'est pas une puissance militaire…

— Je sais bien que ce serait du suicide de résister à une invasion. Ce que je veux dire, c'est que nous les Balicans ne serons pas pacifiques.

Dante s'arrache à mon étreinte et l'image disparaît instantanément.

— Désolée, je lâche. Je ne voulais pas…

— Ah bon ? (Il me décoche un regard noir. Sa colère est d'autant plus violente qu'elle s'exprime rarement.) Tu as fouiné dans ma tête ?

— Je n'ai vu qu'une conversation que tu as eue avec Cyrus lors d'une promenade à cheval.

Dante a le droit de douter de moi, mais même si je ne me gênerais pas avec d'autres, jamais je ne violerais son intimité comme ça.

Ses sourcils demeurent froncés, et il se frotte les mains comme si ce geste pouvait effacer ce que j'ai vu.

— Je croyais que Balica cherchait à éviter la guerre, dis-je calmement. Tu ne peux pas laisser un conflit éclater. C'est exactement ce que veut la sorcière. Précisément ce contre quoi la prophétie m'a mise en garde.

Un soupir lui échappe et il s'affaisse.

— Alors ça veut peut-être dire que c'est inévitable.

— Ne dis pas ça.

Ce mot, je l'ai suffisamment entendu dans ma propre tête.

— Cette sorcière qui sème le trouble et la méfiance entre les royaumes ne fait qu'aggraver les problèmes qui existaient déjà. Même si on la retrouve et qu'on se débarrasse des bêtes, même si Cyrus et « lady Raya » se marient, ça ne résoudra pas forcément tout. Ça n'empêchera pas Auveny d'empiéter sur notre territoire. C'est facile de tout imputer à la prophétie, mais le nœud du problème, c'est… *ici.* L'avidité de ce royaume.

Je ne dis pas à Dante que le roi m'a demandé de faire un discours à l'occasion du mariage en faveur de l'unification. C'est une culpabilité que je porterai en silence, comme l'épine dissimulée dans mon placard. *Je prendrai cette décision en temps voulu,* me dis-je, même si je sais qu'il n'y a pas de place pour l'empathie dès lors qu'il s'agit de survie.

Mieux vaut courir parmi les loups que de se faire dévorer par eux.

— Que peut-on faire ? je demande.

— J'*espère* que les relations seront différentes sous le règne de Cyrus et que les tensions s'apaiseront alors. Raison de plus pour que ce mariage ait lieu rapidement. Certains ducs se rangent à son avis, mais ils se taisent pour le moment, en attendant qu'il récupère la couronne.

— Mais le roi Emilius ne va peut-être pas abdiquer tout de suite.

Son air soucieux s'accentue.

— Je pensais qu'après le mariage…

— Il est en meilleure forme. (Je donne un coup de pied dans une motte de terre.) Vu la conduite de Cyrus, je suppose qu'il souhaite régner encore un peu, le temps que son fils mette fin à ses… élans idéalistes.

Dante passe sa main sur son visage, essuyant un filet de sueur qui lui strie la joue.

— Dieux du ciel, cette sortie était censée nous détendre. C'est comme si rien de ce que nous prévoyons ne changera quoi que ce soit.

Dans le ciel, la lune apparaît imperceptiblement. Je ne trouve que peu de réconfort dans les nuages qui défilent et le ciel qui s'obscurcit – signe que les jours raccourcissent tandis que l'été touche à sa fin. Une fée égarée en route vers la capitale laisse une traînée brillante sur son passage.

Cette lueur me paraît étrangement familière ; je la contemple longuement, songeant à certains des rêves que j'ai faits récemment, non pas ceux où les Parques s'adressent à moi, mais ceux où les fées semblent s'être immiscées. Les fées ont illuminé le ciel quand j'ai rêvé de bêtes sillonnant la campagne, et avant cela encore, ce sont elles qui m'ont conduite vers un Cyrus maudit, dévoré par les ronces. C'est comme si elles cherchaient à m'avertir d'un danger que ma Vue n'aurait pas détecté.

Mes lèvres se pincent.

Je repense à la vision que j'ai eue, il y a sept ans, et qui m'a permis de sauver la vie à Cyrus.

Je m'en souviens comme si j'en avais rêvé la nuit dernière : le ciel empli d'une infinité de lumières, surplombant le marché où le prince mourait. Aujourd'hui, je sais à quoi correspondent ces lueurs, ce que j'ignorais encore à l'époque : ces lumières, c'étaient des fées.

M'avertissaient-elles d'un danger là encore ?

Une pensée longtemps enfouie resurgit et prend un sens nouveau.

— Ça changera tout, je murmure. Et c'est ce que les Parques redoutent.

Dante lève la tête.

— Quoi donc ?

— Le fait que Cyrus devienne roi. (Les fils qui flottent dans mon esprit se fondent en une image nette.) Je pense que s'il est l'objet d'une malédiction, c'est parce que les Parques ne veulent pas qu'il règne – car c'est le seul avenir qui permette d'éviter un bain de sang. (Les Parques ont soif de sang, donc elles désirent la guerre, et donc un roi belliqueux.) C'est pour cela qu'elles voulaient qu'il meure, il y a sept ans. C'est pour cela que je n'étais pas censée le sauver.

Tout m'apparaît très distinctement à présent. Ce n'est qu'une théorie, mais tout concorde dans mon esprit. Je peux désormais offrir une lueur d'espoir à Dante – peut-être que tous ses efforts ne seront pas vains. Du moment que Cyrus survit et accède au trône.

Mais mes rêves actuels sont toujours mêlés de menaces et d'épines, et il y a tant de choses que je ne peux pas lui confier. Je ne suis toujours pas en mesure de répondre à la question la plus importante.

Dans quel camp me tiendrai-je après le mariage et l'éloignement de la menace ?

Dans la nuit, le sang s'écoule à nouveau entre mes cuisses. Dans mes rêves, la Parque qui n'en est pas une pousse un soupir. Elle se tapit dans les confins obscurs de mon esprit, l'endroit mystérieux et insondable auquel ma Vue n'a pas accès, même si elle sait que quelque chose s'y cache.

Le garçon vit encore.

Son dédain m'est insupportable.

— Qu'est-ce que tu fais là ?

Je suis venue te rappeler la trahison du prince. Et rire de ta naïveté.

J'étrécis les yeux.

— Si tu désires tant que je tue Cyrus, dis-moi précisément en quoi consistera sa trahison.

J'en ai ma claque des phrases cryptiques.

Qu'arrivera-t-il quand il se sera lassé de toi ? Quand tu le mettras en colère ? Fais preuve d'imagination. Ainsi se comportent les rois. C'est dans leur nature.

— Ça n'est pas une preuve.

Il nous aura fallu affronter un problème de taille pour finalement accepter de collaborer, toujours est-il que travailler main dans la main avec Cyrus s'est révélé possible. Quand bien même nos activités annexes demeurent imprudentes. La voix dans ma tête m'a fourni l'épine au moment où j'étais au plus mal, or elle le savait. À présent, elle serait prête à tout pour me faire replonger.

Mais c'est lorsque la situation devient critique que ressort notre véritable personnalité.

— Tu dis que tu n'es pas une Parque, mais tu travailles de concert avec elles. Je sais qui tu es, dis-je avec une arrogance bien marquée. Et vous désirez toutes que la prophétie se réalise, de la pire des manières. Tu es de mèche avec la sorcière, n'est-ce pas ? C'est une Prophétesse. Et maintenant, tu cherches à me recruter. Réponds-moi. À moins que tu n'essaies simplement de gagner du temps.

Tu dis vouloir des réponses, jusqu'à ce que la vérité soit trop inacceptable et que tu refuses de l'affronter. (Sa parole s'envenime.) *Tu es sa chose, son joujou. À vrai dire, tu te hais. Tu t'en veux de le désirer. Pourquoi laisser cette haine pourrir ?*

Mes joues me brûlent. Mes doigts s'agrippent à mon lit.

— Je ne…

Violet de la Lune, l'éhontée – tu portes pourtant un sentiment de honte tout au fond de toi, d'autant plus grand qu'il se dissimule, caché dans un recoin sombre où tu n'oserais jamais fourrer ton nez.

Je m'humecte les lèvres ; le goût du sang s'y attarde encore, laissé là par le baiser trop fougueux de Cyrus.

— Tu cherches à m'atteindre… à me manipuler.

La manipulation est le langage commun des mortels. C'est en cela que consiste l'amour, l'espoir.

À mesure que sa ferveur augmente, je perçois à nouveau une tonalité humaine dans sa voix, et je me fige.

— Qui es-tu réellement ?

Oh, petite étoile. Tu ne te poses pas les bonnes questions.

Je scrute l'obscurité, et je jurerais sentir la présence de quelqu'un à proximité, à l'origine de cette voix. Glissant ma langue sur mes dents, j'aspire ce goût de fer une dernière fois. Le sang avive la magie des Prophétesses… mais quelles en sont les limites ? Peut-on devenir assez puissantes pour envahir l'esprit d'un autre ?

D'une Parque qui n'en est pas une ?

— Non, je chuchote. Tu es une Prophétesse.

Ah ! Encore faux. Et maintenant, je me lasse de toi.

Cette fois, je *sens* notre connexion s'interrompre. Je me raccroche au rêve, faisant mon possible pour ne pas me réveiller quoique l'obscurité se rétracte…

Je me mords brutalement la langue.

La douleur s'épanouit. Ma bouche s'emplit de sang. Je peine à avaler le liquide visqueux et amer, et je sens un pouvoir nouveau m'inonder, me reliant au monde des ténèbres tandis qu'il se dissout. Un ricanement me répond, délirant, hystérique, plus proche de moi que jamais. Ce rire, je me le rappelle, retentissant depuis un balcon en feu, surplombant, triomphal, le corps sans vie de Raya. Dans l'espace éclatant qui précède l'éveil, j'entrevois une paire d'yeux noirs qui se referment, au milieu d'un visage en partie dissimulé par des plumes de corbeau.

La Sorcière des Cauchemars.

20.

Je brûle l'épine.

Sous mes yeux, elle noircit et se consume jusqu'à ce qu'il ne reste plus que des cendres dans l'âtre.

Dans quelle mesure ai-je aidé la sorcière sans m'en rendre compte ? Dans quelle mesure a-t-elle épié mes pensées ? Elle ne s'est pas présentée comme une Prophétesse, mais elle possède le don de la Vue – forcément, si elle connaît l'avenir. En outre, elle évoque les Parques comme si elle leur avait parlé directement.

Aussi malveillante soit la sorcière, après avoir assisté à ses prouesses, je me demande de quoi *moi*, je serais capable, si l'envie m'en prenait…

Ta Vue n'est que la surface de ta magie.

Ce n'est pas parce que la sorcière est maléfique qu'elle a tort.

Je suppose aussi que c'est précisément ce qu'elle veut que je pense.

Le mariage est dans deux semaines à peine. Deux semaines avant que ne s'accomplisse le destin. Les réponses viendront alors, que je le veuille ou non, et je frémis d'une sorte d'excitation qui ne relève pas totalement de la peur.

Pendant ce temps, le prince se préoccupe de tout sauf de sa fiancée. Les trois fées du palais sont collées à ses basques, amplifiant son pouvoir de séduction tandis qu'il erre dans les couloirs en fulminant, furieux contre son père et les projets qu'il mûrit pour Balica, trop remonté pour faire mine d'être calme. Si seulement le charme que lui confèrent les fées pouvait affecter les membres du Conseil, il aurait beaucoup plus d'alliés.

Au cours de la réunion suivante, dans la Salle du Conseil, le général rapporte que ses patrouilles ont réussi à pister un corbeau anormalement grand qui tournoie dans le ciel. Néanmoins elles n'ont pas pu l'abattre. L'oiseau s'est réfugié dans Fairywood. On l'a aperçu pour la dernière fois non loin du Troisième Territoire – il n'a jamais été aussi proche de la Capitale du Soleil.

J'envisage de confier à quelqu'un les conversations que j'ai eues avec la sorcière – le roi Emilius, Cyrus, Dante ou même Camilla. Je songe à leur avouer ce qu'elle m'a demandé de faire pour qu'ils comprennent à quel point elle est démoniaque. Mais il y aurait trop à confesser, à expliquer, et ma langue est désormais nouée. J'ai tu trop de choses. Si je leur avoue qu'elle m'a demandé de tuer Cyrus, ils sauront que j'ai été tentée de le faire.

S'ils savaient pour l'épine, ils auraient peut-être même peur de moi.

Le retour de mes responsabilités quotidiennes est une distraction que j'accueille à bras ouverts. Ma tour n'étant plus sujette à la moisissure, je peux de nouveau recevoir des clients. Le spectacle qui les attend en parvenant au pied de l'édifice est troublant ; de nouvelles branches se faufilent le long de la façade, remplaçant les buissons arrachés. Elles poussent si vite qu'on pourrait presque voir le phénomène se produire en temps réel.

Dans un registre moins agréable, je suis en proie à des migraines de plus en plus fréquentes. « Adieu la moisissure, bonjour le mal de crâne », je peste en ouvrant la porte de ma salle de divination.

Je me force à assurer trois séances d'affilée, tant bien que mal, marmonnant des avenirs qui n'ont quasiment pas de sens. Les gens sont assez transparents ; ce n'est pas compliqué de deviner ce qu'ils ont envie d'entendre, malgré ma tête qui tambourine. Leurs incertitudes se dissimulent en filigrane dans leurs propos, leurs espoirs se trahissent dans leur rire.

Une mère se présente avec ses deux filles. L'une d'entre elles a environ mon âge ; l'autre, beaucoup plus jeune, se contente de soupirer en flanquant des coups de pied dans la table. L'aînée s'était préparée à emménager chez de riches cousins dans le Sixième Territoire pour y remplir le rôle de nourrice, toutefois le voyage demeure encore trop risqué, des bêtes transgressant de temps à autre le périmètre de sécurité déployé par l'armée.

Les mains moites, j'entreprends de lire dans sa paume. J'entrevois brièvement son arrivée dans les fils qui se présentent à ma Vue, mais pas tellement plus.

La mère m'interrompt en pleine lecture.

— Messagère, pardonnez ma franchise, mais seriez-vous malade ?

Je palpe mon front. Il est brûlant.

Vers midi, une énorme fatigue m'accable. Je tâche de rester alitée, mais l'idée de m'endormir me terrifie. J'alterne les phases de rêve et d'éveil, encore et encore. Seules quelques bribes de ce que j'ai vu et entendu me reviennent. La sensation désagréable d'être épiée ne me quitte pas.

La sorcière me nargue depuis les profondeurs.

Notre chance a tourné parce que j'ai osé m'emparer du pouvoir. J'ai été rebelle comme toi à une époque, quand j'étais encore naïve. Tu as choisi la difficulté. Mais tu apprendras de tes erreurs.

Mes pensées s'effilochent, se transforment en une gueule béante, avec des crocs acérés. Celle d'une bête.

Les bêtes ont faim. Il mourra et la guerre éclatera. Tu seras sa damnation.

Les ténèbres éclatent en une lumière éblouissante. Je me redresse dans mon lit, aveuglée par les rayons du soleil. Pestant, je remonte la couverture sur ma tête et me laisse retomber contre mon oreiller, à bout de forces.

Les jours suivants, je reçois la visite de Camilla et de Dante, inquiets, mais, à force de repos, je finis par reprendre des forces. Après l'accès de fièvre, plus aucune voix ne perturbe mon sommeil.

Un matin, un faucon familier tape à mon carreau.

Ses yeux perçants me toisent quand j'ouvre la fenêtre. Attaché à sa patte, un parchemin couleur crème marqué du sceau de Cyrus. Logique : j'embrasse le prince à quelques occasions, et soudain, il me submerge de lettres.

Son message est aussi succinct que les précédents : *J'ai entendu dire que tu allais mieux. Peux-tu me retrouver dans mon bureau ?*

Parfois, quand les rayons du soleil frappent ma table de divination, je songe à Cyrus, appuyé contre. À la caresse de ses lèvres sur mon cou, aussi discrète qu'un murmure. Je devrais froisser cette note, comme celles d'avant. Je devrais continuer à l'ignorer, car son mariage est imminent, et il serait imprudent de remettre de l'huile sur le feu alors que les choses semblent s'être apaisées.

Ou alors je pourrais lui rendre la pareille.

C'est très tentant. J'arrange ma natte. Farfouille tout au fond de mon armoire, débusque une robe avec un décolleté en cœur, un choix que Camilla saluerait. L'habit est confectionné dans un tissu rouge carmin très flatteur, brodé de libellules argentées, et cintré à la taille par une écharpe. Plus raffiné et mieux coupé que mes tenues habituelles, mais pas trop suggestif non plus, pas comme si je me donnais du mal pour le séduire.

Ce qui est pourtant le cas.

Par-dessus, j'enfile ma robe d'apparat. Après tout, il s'agit d'une visite officielle.

Comme je franchis la passerelle qui mène au parc du palais, je me repasse toutes les conversations qui pourraient justifier que Cyrus me convoque aujourd'hui. S'il me demande quels sont les projets de son père pour le mariage, je ferai mine de n'être au courant que du strict minimum. S'il a besoin d'un service, je demanderai quelque chose en retour – une légère forme de chantage. C'est la seule monnaie d'échange qui compte, quand la confiance n'est pas au rendez-vous.

Puis défilent des scénarios moins innocents. Me rappelant la chaleur de sa bouche, je déglutis avec peine. Les manches de ma robe tiennent à peine sur mes épaules, ce serait si facile pour lui de m'ôter mon haut si l'envie lui en prenait.

Stop.

Me faufilant à travers des sentiers peu fréquentés, je pénètre dans une cour par une entrée de service. Les magnolias ont perdu presque toutes leurs fleurs, et je n'en trouve aucune qui soit suffisamment intacte pour être cueillie. Le crépitement d'une cape pourpre au vent attire mon attention sous le porche voûté d'en face, suivi par l'éclat de bottines à bouts dorés. La silhouette se dirige vers ma tour.

— Cyrus ?

Les pas cessent et l'individu se retourne. C'est bien lui.

— Bon… jour, bafouille-t-il alors que je m'avance vers lui et que les pans de ma robe d'apparat s'écartent pour révéler la tenue que je porte en dessous.

— Tu ne m'avais pas donné rendez-vous dans ton bureau ?

— J'ai cru que tu allais ignorer ma lettre une fois de plus. (Des battements d'ailes résonnent dans les airs. Profitant d'un instant d'inattention de ma part, il me reluque à nouveau, pensant que je ne le vois pas. Son faucon s'est posé sur une branche en surplomb.) Tu vas attraper froid dans cette tenue.

— Pas si tu continues à me regarder comme ça. Qu'est-ce que tu veux aujourd'hui ?

Il marque une pause, comme si le fait de m'avoir vue dans cette toilette le poussait à réévaluer la situation.

— Mon innocente fiancée a le trac avant le mariage. Elle se pose des questions. Ce serait bien que la Prophétesse puisse lui apporter des réponses.

Finalement, on ne rejoint pas son bureau. Ni la chambre de Nadiya. À la place, nous nous dirigeons vers les appartements de Camilla, où la future épouse passerait désormais la moitié de son temps.

Le trajet s'effectue dans un silence relatif ; ni lui ni moi ne prenons la peine de parler de la pluie et du beau temps, et les sujets d'une autre importance ne peuvent être abordés à l'air libre. Je lui demande néanmoins :

— Comment ça se passe avec ton père ?

— Il ne m'a pas encore renié, réplique-t-il avec cynisme.

Dans l'aile royale, j'éternue brusquement. C'est alors que je repère les fées qui volettent près de nous. J'essaie de les chasser, mais elles m'esquivent et vont se placer hors de ma portée. L'une d'entre elles virevolte sur elle-même et une fleur s'épanouit dans les airs – une fleur de magnolia. Absolument parfaite. Elle se dépose au creux de ma paume.

— Merci…

Je la cale derrière mon oreille. Les fées s'éloignent en bourdonnant.

Quoique Cyrus ait les yeux rivés devant lui, je devine un sourire sur son visage.

— Elles t'aiment bien.

— Pourquoi ?

— Je pourrais me poser la même question. (Peut-on parler de flirt quand ses paroles résonnent comme une insulte ?) Certains pensent que les fées sont attirées par l'espoir.

— Eh bien, on dirait que certains ont *tort*.

L'antichambre de Camilla consiste en un petit salon. Au plafond, un miroir reflète mon visage fragmenté. Un lustre bas dégouline de saphirs.

Dès que Cyrus referme la porte, ses épaules s'affaissent comme s'il était soulagé d'être enfin à l'abri du regard scrutateur constant du public. Il passe sa main dans ses cheveux, évitant toujours mon regard.

— Camilla a tâché de stimuler la confiance de Nadiya en l'emmenant faire de petites virées en ville, mais elle est encore… nerveuse. Elle s'agite dès qu'on aborde le sujet du mariage, ce qui n'augure rien de bon pour la cérémonie. Elle redoute l'avenir que tu as lu en elle – l'apparition de la sorcière à nos noces. Ce que je comprends tout à fait. Cela dit, le palais sera sécurisé et il faut absolument que le mariage ait lieu. Ça la rassurerait que tu lui accordes une lecture un peu plus optimiste de l'avenir.

— Je ne décide pas de ce que je vois, dis-je comme si ça coulait de source. L'avenir est l'avenir.

— Dans ce cas… fais ce que tu sais faire de mieux.

Amusée, j'incline la tête.

— Petit prince, serais-tu en train de me demander de lui *mentir* ?

— Je te demande de faire ce que tu fais de mieux. (Il s'éclaircit la voix avant de frapper à la porte de la chambre, se redressant à nouveau comme un I.) C'est moi, Cyrus. Violet m'accompagne.

Les portes s'ouvrent à la volée, et un nuage de pétales jaunes m'explose à la figure. Camilla pousse un cri d'exclamation.

— Violet… tu es ravissante ! Bénies soient les étoiles !

Des portants de robes de toutes les couleurs encombrent la suite de la princesse, transformée en labyrinthe de tissu. Des dédales de brocart, de soie sauvage et de taffetas froissé. D'énormes bouquets et des tables basses couvertes de nourriture emplissent les moindres recoins. Il y a dans cette chambre de quoi préparer une dizaine de mariages.

Pour une fois, Camilla porte une tenue sobre, drapée d'une serviette, le visage badigeonné d'un masque hydratant gluant. Derrière elle, la salle d'eau baigne dans la vapeur ; un parfum fruité s'en échappe. Cyrus bascule la tête en arrière dans un juron, les yeux levés au ciel, et elle lui tire la langue avant de retourner nonchalamment dans le nuage de condensation d'où elle vient de jaillir.

— Ne faites pas attention à moi. Nadiya est sur le canapé !

Je ne distingue pas le sofa. Un froissement résonne et un visage délicat se hasarde au travers d'une montagne de jupons.

— Bonjour, Messagère ! Désolée de vous avoir fait vous déplacer jusqu'ici.

Je me faufile entre les portants et finis par dénicher le coin salon flanqué d'échantillons de tissu et d'un poste de couture où s'accumulent bobines et rubans. Nadiya s'empresse d'apporter un plateau, enjambant Catastrophe, qui se prélasse dans un rayon de soleil. Cyrus se sert une tasse de café, je décline pour ma part, et elle va replacer le plateau sur le buffet.

— J'irais bien vous rendre visite, mais dès que j'ai le malheur de mettre le pied dehors, c'est comme si la ville tout entière le savait, babille-t-elle. Je vous jure, il y a des nobles planqués derrière des fougères en pots, prêts à me poser des questions sur Balica, sur mes intentions, à me demander si je suis une sorte de *sorcière.* Comment allez-vous ? Vous êtes charmante aujourd'hui, Messagère. Oh ! Vous aussi, Votre Altesse.

— « Cyrus » fera très bien l'affaire, lui répète le prince pour la énième fois apparemment.

— Je suis sûre que vous devez traiter beaucoup d'affaires à la fois, Votre Altesse, répond-elle, interprétant mal sa réponse.

Elle apporte un second plateau et je prends un biscuit pour qu'elle cesse d'aller et venir.

— Tu es bien bavarde aujourd'hui.

— Son Altesse Camilla trouve que ce n'est pas de bon ton de se donner des airs mystérieux, donc j'essaie de faire la conversation. (Nadiya glousse, essoufflée par son débit de paroles.) D'après elle, il faut faire comme si on avait quelque chose d'important à dire, de sorte à irradier la confiance en soi.

— On se met en condition pour la cérémonie ?

— Oh. Je… (Elle s'assied. Croise les mains sur ses jupes bleu et beige.) Son Altesse vous a sans doute fait part de mes inquiétudes.

— Tu redoutes la sorcière ?

— C'est pire que ça. (Elle fait la grimace, cherchant l'expression appropriée.) Ça… va être une journée très éprouvante, Messagère. Une longue célébration suivie d'une autre, un banquet tout entier. Je ne suis pas sûre que la magie de mes fées dure assez longtemps. De hauts dignitaires de Balica seront présents, des gens qui connaissaient personnellement ma maîtresse. Avec un peu de chance, ils ne seront pas trop nombreux, en raison des risques liés au voyage – oh ! je ne veux pas dire que je suis heureuse que les bêtes nous compliquent la vie. (Sa voix se mue en couinements.) J'ai reçu des lettres de la sœur de Lady Raya, qui a l'intention d'entreprendre le voyage, et je… je suis persuadée qu'elle verra la supercherie. J'ai peur que…

Je l'interromps avant qu'elle ne fasse de l'hyperventilation :

— Je comprends. La situation n'est pas idéale. Mais tu serais surprise de voir ce que les gens sont prêts à croire ; beaucoup *veulent* que tu sois Raya ; ça les rassure. Ils souhaitent qu'elle soit en vie, qu'elle leur apporte un peu d'espoir. Je peux regarder dans ton avenir, si ça te tranquillise. Qui sait ? Peut-être que nous avons déjà influé sur le destin.

— Ce serait bien. Si seulement je n'avais pas à affronter tout ça ! (D'un geste fébrile, elle ajoute :) Ne le prenez pas mal, Votre Altesse, je suis sûre que des tonnes de femmes feraient la queue pour vous épouser.

Cyrus sourit dans sa tasse.

— Elles ne seraient sans doute pas aussi ordonnées.

— Je… pardonnez-moi, mais j'espérais tomber amoureuse un jour.

— Eh bien, ce n'est pas trop tard, hum ? dis-je sèchement en tendant les mains. Allons, fais-moi voir.

Nadiya place ses paumes à plat sur les miennes. Échaudée par les visions que j'ai eues la dernière fois, je me prépare à revivre des scènes atroces. Mes yeux se ferment, et je plonge dans les ténèbres. Au loin, des fils du passé m'appellent, mais je les ignore. Je me concentre sur le futur…

Dans le futur, je ne vois rien. Pas même l'ombre d'un fil évasif.

Rien que du vide. Un vide intersidéral. Une absence de ce qui devrait être.

Une grimace s'empare de mes lèvres, mais je me rappelle que je suis censée rassurer Nadiya.

— Hum, je murmure d'un ton encourageant alors que je voudrais hurler de frustration.

C'est la première fois que je suis confrontée à ce genre de situation.

Cela dit, mes dernières nuits furent étrangement privées de rêves. La dernière fois que ma Vue s'est animée, c'est lors de mon accès de fièvre, plus tôt dans la semaine, quand la sorcière m'a tourmentée…

Je rouvre les yeux et je mens, plongeant mon regard dans celui de Nadiya sans ciller :

— La cérémonie se passera en douceur. Garde la tête haute. Ne bois pas trop, et reste aux côtés du prince. Je te recommande quelques artifices magiques, mais pas trop non plus. Pour ne pas envoûter le peuple. Pour ne pas paraître suspecte si leurs effets s'estompent avant la fin des festivités.

— Oh… oh, d'accord.

Elle se rassied en arrière d'un air hésitant, affichant un sourire plus poli que sincère.

Je garde sa main une seconde supplémentaire et ajoute :

— Les gens de haute lignée parlent beaucoup, mais ils n'ont pas de cran. Crois-moi. C'est une fille qui est née dans la misère qui te le dit. Tu ne sais peut-être pas comment marchander avec un roi, mais tu es capable de camper sur tes positions. Tu as fait un sacré chemin, Nadiya Santillion. L'avenir n'est pas toujours clément, mais ça ne t'a jamais empêchée d'aller de l'avant.

Un sourire plus lumineux éclaire son visage.

— Merci, Messagère. Je ferai de mon mieux.

Peut-être que ces encouragements modifieront un tant soit peu l'avenir. C'est tout ce que je peux espérer. Mes pensées se tournent à nouveau vers le vide qui enveloppe mon don, et une terrible appréhension me prend au ventre. Que m'arrive-t-il ?

Depuis la salle de bains s'échappent les fredonnements de Camilla et le bruit de l'eau qui s'écoule. Le tintement de la tasse en porcelaine de Cyrus, près de moi, me fait sursauter.

— Je ferais mieux d'y aller, dis-je tandis que ce décor trop joyeux commence à me faire suffoquer.

Je deviens claustrophobe.

Cyrus m'imite et se lève.

— Je vais te raccompagner.

Je lui décoche un regard.

— Je connais le chemin, petit prince.

Il plaque sa main sur son cœur dans un geste innocent. Bon sang, son numéro de séduction me semble toujours grotesque quand il en use avec moi.

— Tu es encore convalescente. Et si tu t'évanouissais ?

— Il ne me restera plus qu'à prier pour que les bras des rosiers me rattrapent.

En partant, je l'entends prendre congé de Nadiya derrière moi.

Nous quittons ensemble les appartements de Camilla. Dès qu'on se retrouve seuls, Cyrus me demande :

— Tu lui as menti ?

— Évidemment. À charge de revanche, hypocrite.

— Les temps sont trop critiques pour se reposer sur la vérité, réplique-t-il calmement en caressant l'ourlet doré de son manteau. Entre la prophétie de Felicita qui menace de se réaliser, cette malheureuse qui se fait passer pour ma fiancée, les ducs et mon père qu'il faut canaliser… et toi…

Moi. Celle qu'il désire. Celle dont il aurait souhaité ne jamais croiser le chemin.

— Mais quand n'as-tu pas posé problème ? soupire Cyrus. (Quelques pas en silence plus tard, il pivote face à moi en tirant sur son col.) Violet…

— Ne va pas t'imaginer des choses, dis-je avant que son ton ne devienne suave. Je tâche de faire en sorte qu'une fichue malédiction ne nous anéantisse pas tous. C'est tout.

Et je m'en sors plutôt mal.

Il affiche un sourire canaille.

— C'est pour ça que tu t'es faite toute belle pour moi ?

— C'est arrogant de ta part de penser ça.

— Tu m'accompagnes dans mon bureau ?

Sa question est une proposition – indubitablement.

Je m'apprête à décliner quand il ajoute, d'une voix plus douce :

— Rien que cette fois ?

Une dernière fois avant le mariage. Voilà ce qu'il sous-entend. Les palpitations qui m'agitent me semblent encore plus absurdes dans cette robe que j'ai, en effet, mise rien que pour lui. Comme si mon cœur, sous ce décolleté pigeonnant, était mis à nu. Si on nous épiait en cet instant, on trouverait bizarre qu'un prince et sa Prophétesse s'observent de si près et on verrait qu'il n'y a rien d'innocent dans son regard à lui.

Mais nous sommes seuls.

Et je le suis dans son bureau.

21.

À peine a-t-il tourné la clé dans la serrure qu'il me plaque contre le mur et s'empare de ma bouche. On ne vous raconte pas ces scènes dans les contes. On s'étend longuement sur le grand amour, même si personne n'est vraiment en mesure d'en donner une définition précise. On ne vous dit pas où se faufilent les mains du prince charmant quand il veut faire joujou. On ne vous parle pas de sa bouche, fruit rouge vermeil, poison ou délice, ou les deux à la fois. Il faut y goûter pour se faire une idée.

Du reste, je n'ai rien à faire dans ses bras. Je suis la mauvaise fille, la sorcière, celle à qui il ne devrait jamais se livrer…

Je repousse Cyrus, trébuchant presque contre le tapis en fourrure au centre de la pièce. Il cherche à dénouer l'écharpe à ma taille. Mon esprit bouillonne, mais si on prend le temps de réfléchir, on se ravisera, or je ne veux pas que ça s'arrête. Entre nous, il n'y a ni promesses, ni avenir à envisager. Quand je quitterai ce bureau, il faudra tout oublier. Ce sera comme si rien n'était jamais arrivé.

Ma manche glisse de mon épaule tandis qu'il répand une traînée de baisers le long de mon décolleté. J'ai beau faire mon possible pour rester de marbre, un éclat de rire m'échappe.

— Tu es tellement prévisible.

Ma robe d'apparat glisse et vient former une mare à mes pieds.

— Eh bien, éclaire-moi. (Cyrus me pousse sur son bureau, ses mains remontent le long de mes cuisses…) Dis-moi ce que j'ai envie de te faire.

Je n'ai confiance en personne, encore moins en lui. En revanche, je m'y connais en affaires, et ces caresses sont un commerce, ni plus ni moins. Il y a un temps pour la douceur et l'émotion, mais pas quand son sourire me met au défi. Là, il n'arbore plus le masque charmant que je méprise tant, mais un air espiègle, plus cachottier. J'aime cette facette de sa personnalité. J'aime qu'il me la réserve à moi.

Je l'oblige à s'agenouiller.

— Remets-moi à ma place, je lui ordonne.

Trônant sur son bureau, j'apprends la signification du terme compromis : un prince agenouillé devant moi, prêt à me dévorer. Il retrousse mes jupes jusqu'à ma taille, m'interroge du regard, un sourire collé au visage, contre ma cuisse, un sourire qui m'appartient aussi. Mes joues me brûlent. Je me sens vulnérable et il savoure sa position.

Quand ses lèvres se posent enfin sur ma peau, je lâche un petit cri et empoigne ses cheveux en détournant la tête. Il m'embrasse jusqu'à ce que mes jambes flageolent, jusqu'à ce que je m'abandonne totalement aux sensations qui me balaient.

Je saisis l'ourlet de sa chemise et la lui passe par-dessus la tête. Cyrus m'ôte ma robe. On dégringole par terre.

Bien que j'aie commencé à boire les breuvages concoctés à partir des herbes de Camilla, je redoute soudain que ça ne suffise pas ; depuis notre dernier tête-à-tête, j'ai eu l'occasion de m'inquiéter au sujet de toutes les bêtises que nous avons failli faire. Quand son corps se place sur le mien, je me redresse d'un bond.

— Je ne… on ne devrait pas prendre le risque.

— D'accord, réplique Cyrus, essoufflé, la langue salée, posant sur moi un baiser radouci. Entendu.

C'est alors que je prends conscience de ma crainte d'aller toujours trop loin, trop vite avec Cyrus.

Mais les limites ne sont-elles pas faites pour être franchies ? Lui et moi, nous avons toujours joué avec le feu. Il glisse son pouce, puis sa bouche, sur les zones sensibles de mon corps, et j'empoigne le tapis. Peu importe ce qu'il fait ; c'est lui que je désire – lui qui me désire. Ensemble, nous optons pour la même insouciance. Les contes nous mentent : le destin n'est fait que des battements de cœur explosifs d'un prince, et le sien tambourine contre le mien.

Quand son expression devient trop arrogante, je le renverse sur le dos d'un coup de hanches. Il me nargue de son air coquin, mais je suis encore plus douée que lui à ce jeu. S'il est une certitude entre nous, depuis le temps qu'on se cherche, c'est que ni lui ni moi ne nous retiendrons.

J'enroule une main autour de sa gorge, je place l'autre sur cette partie de lui qui me désire ardemment, et je savoure ma victoire tandis qu'il prononce mon nom d'un ton implorant.

Si je ne hante pas déjà ses rêves, ce sera désormais le cas.

Étendus sur le tapis, à moitié dévêtus, nous contemplons le plafond étoilé de son bureau. Nos bras dénudés, qui se frôlent à peine, irradient une vive chaleur.

— C'est une mauvaise idée, murmure Cyrus.

— C'était, je rectifie.

C'était une mauvaise idée. C'est du passé, tout est déjà fait, seule raison pour laquelle nous avons à présent l'esprit clair. Le courant qui parcourait ma peau s'est éteint, et je ne songe plus à ses lèvres chaque fois qu'il a le malheur de respirer. Les mauvaises idées sont soit répugnantes, soit très tentantes, le pendule oscillant d'un extrême à l'autre. À présent, il revient sur la première option.

Je tourne la tête vers lui et m'aperçois qu'il me regarde. Je songe que certaines seraient prêtes à se faire piétiner rien que pour toucher son visage. Il a plus de taches de rousseur que dans mes souvenirs. En posant les yeux sur sa bouche, je repense tout de même à ses lèvres qui, il y a dix minutes à peine, étaient enfouies au creux de mon cou.

Je m'esclaffe, c'est plus fort que moi.

— Qu'est-ce qui te fait tant rire ?

Nous. Tout.

— Ça. (J'écarte les mains.) Le prince charmant qui fricote avec la sorcière locale. Nous sommes un cauchemar diplomatique.

— Ce n'est pas drôle.

— Un peu quand même.

Le sort de tout une ère repose sur nos lèvres. J'annonce des prophéties qui pourraient couronner des rois, et un baiser de lui peut changer le cours de l'histoire, l'avenir d'un empire, pour peu qu'il l'accorde à la bonne personne. Ce que je ne suis pas. Les enjeux sont si élevés que c'en est absurde. En d'autres circonstances… Bon, inutile d'y penser.

Certains de mes clients ont avancé avec peine dans la vie, prenant de mauvaises décisions en dépit de mes conseils. Pourtant, la balance a fini par pencher en leur faveur, de sorte qu'ils ont évité le chagrin d'amour de justesse. Ils vieillissent dans le bonheur car ils n'ont pas idée des fils qui les menaçaient et de ce qui aurait pu être. Ils n'en ont pas conscience.

Le problème, c'est que moi, je connais tous les différents chemins possibles.

Je ne peux pas voir mes propres fils, mais je les imagine. Je sais pertinemment que je ne devrais pas titiller Cyrus. Je ferais mieux de tenir ma langue et de faire semblant, le flatter et m'adresser à lui par son titre plutôt que par un surnom puéril. Je ne devrais pas l'embrasser en retour. C'était inévitable ; à force de frotter des allumettes et de les jeter au pied d'un baril de poudre, le fût allait finir par exploser… j'aurais dû cesser de jouer avec le feu.

Mais à présent, tout est calme. Un filet de lumière se faufile à travers les rideaux et caresse le corps de Cyrus. Les cheveux en désordre, il me contemple comme s'il voyait quelque chose qui m'échappe, comme si cet instant avait un sens particulier.

— Je t'ai demandé de ne pas me regarder de cette manière, dis-je.

Cyrus part d'un éclat de rire et mon cœur bondit dans ma poitrine. Il s'excuse ensuite d'un sourire, comme si ça lui avait échappé, et un vœu irréalisable me traverse, le désir le plus naïf, le plus stupide…

Si seulement notre histoire était sérieuse.

Son rire était sincère. Mais Cyrus sait aussi bien que moi que nous avons chacun un rôle à jouer, et nous nous sommes trahis l'un l'autre trop souvent par le passé pour prendre le moindre risque. Comme ç'aurait été différent entre nous si on ne s'était pas disputés chaque fois que l'enjeu était de taille… Aujourd'hui, nous partagerions sans doute une certaine complicité au lieu de nous regarder en chiens de faïence.

Je ne regrette pas mes mensonges, pas plus que je ne m'en veux d'avoir obéi à son père ou d'avoir conservé l'épine trop longtemps avant de la détruire. En revanche, je déplore cet instant-ci, qui appartient à un autre fil de vie, une existence où nous sommes oublieux du monde et heureux.

Jamais je n'aurais dû l'entendre rire aux éclats comme ça.

— Tu te rappelles la prophétie que tu m'as rapportée ? La comptine ? murmure Cyrus.

Le voyage qui mène à l'amour n'est jamais calme,
et le tien, ton père ne l'approuverait pas.

— Elle s'adapte à Nadiya. (Je ravale la boule qui s'est formée dans ma gorge.) La prophétie ne collait pas, quand on la prenait pour Raya, mais maintenant qu'on sait qui elle est, ça correspond.

— J'imagine que oui. (Son regard navigue de mon visage au plafond.) Elle pourrait aussi s'appliquer à toi.

Ton amour te prendra par surprise, déguisé,
mais quittera ton étreinte avant les douze coups de minuit.

Je l'ai surpris dans le labyrinthe. Je me suis enfuie du bal.

Et surtout, son père serait vert de rage s'il nous découvrait là.

J'ai la bouche sèche.

— Qu'est-ce que tu essaies de dire ?

Il répond par un silence.

Je redresse le buste ; le sang me monte d'un coup à la tête.

— Cyrus.

— Peu importe. (Il ferme les yeux et me répète les paroles que j'ai prononcées lors de notre dernière entrevue.) Je vais être roi, et tu seras ma Prophétesse.

— Tu pourrais avoir qui tu veux. Pourquoi moi ? Pourquoi, au bout de toutes ces années…

Il s'esclaffe avec lassitude.

— Ce n'est pas *au bout de toutes ces années.* C'est depuis toujours.

Toujours.

Toujours.

Il a *toujours* voulu…

— La première fois que je t'ai vue, j'ai su que tu étais différente. À t'entendre, tu avais vu tellement de choses déjà. Beaucoup trop pour une gamine qui avait résidé dans le District de la Lune toute sa vie, explique calmement Cyrus. Tu étais intelligente et vive et tu ne faisais jamais quoi que ce soit contre ton gré. Il faut que tu comprennes à quel point c'était stupéfiant pour un jeune prince tel que moi. J'étais persuadé que tu irais loin. (Il se tourne vers moi.) J'en veux à mon père pour beaucoup de raisons. Mais surtout pour avoir fait de toi une menteuse. *Sa* menteuse. Quelle aubaine pour lui que je t'aie trouvée. Une Prophétesse orpheline. Mon père savait que tu serais malléable à souhait…

Je me hérisse.

— Personne ne m'a manipulée !

— … et en retour, tu l'as aidé mille fois plus qu'il ne t'a aidée, toi. Mais tu as mûri depuis, poursuit-il sans faire de pause. Nous sommes tous les deux adultes. J'ai cru que tu t'émanciperais. Tu as vu le monde en dehors d'Auveny, tu sais que c'est un homme impitoyable. Il est prêt à me marier et à annoncer un avenir qui mènera à la guerre.

— Ton père suit les règles du jeu ; et il a toujours été juste avec moi. Je ne vais pas fiche en l'air sept années de bons et loyaux services rien que parce que tu es tout gentil avec moi pendant la moitié d'un été.

— Fais-le pour toi, pour l'avenir que tu désires voir se réaliser. Dante m'a rapporté ta théorie selon laquelle mon accession au trône changera tout, ce qui redonne déjà de l'espoir, mais imagine que tout dépende de *toi* ? (Son regard vert me transperce.) Et si c'était toi qui faisais en sorte que mon père abdique en inventant une prophétie ? Et si tu n'avais pas peur de…

— Je n'ai pas peur de lui !

Cyrus se redresse sur un coude sous mon regard furibond. Sa chemise glisse et révèle son torse si tentant, ce qui me rend encore plus folle de rage. Toute cette perfection sans le moindre effort !

— Tu soutiens le regard quand tu mens, remarque-t-il. Quand tu dis une vérité qui te terrifie, tu détournes les yeux. C'est comme ça que je sais.

Mon souffle s'accélère, mon pouls s'emballe, trahissant mon trouble.

— Et qui me protégera quand je le défierai ? je chuchote.

Il recueille le dos de ma main au creux de la sienne.

— Moi.

— Tu n'hésiterais pas à m'anéantir.

Ce sont ses propres mots.

Il dépose un baiser sur l'extrémité de mes doigts.

— Pas si tu faisais ça pour moi.

— J'ai ta parole ?

Il hésite un bref instant avant de répondre :

— Oui.

— Je ne te crois pas.

Je me mets debout.

Voilà. Nous choisissons différentes voies : je ferai au mieux pour moi et le prince fera au mieux pour son royaume. La seule chose qu'on puisse exiger de l'autre, c'est de se tenir à l'écart.

Tandis que je me penche pour récupérer ma robe, Cyrus s'agenouille. Prend mon visage en coupe, me force à le regarder dans les yeux.

— Tu ignores ce dont tu serais capable si tu avais du courage !

Je m'écarte ; ses mots doux me laissent un arrière-goût amer.

— Ce n'est pas parce que tu fais passer la *bêtise* pour du courage que ça en vaut la peine.

J'ajuste mon habit et remonte mon corsage d'un geste pudique. Je glisse la main le long de ma natte. Elle est un peu défaite, mais pas assez pour soulever des interrogations si je me balade comme ça dans le palais.

— Bon *courage* à toi. Mais ne compte pas sur moi.

— Je ne veux pas qu'on se quitte en froid une fois de plus. C'était irréfléchi de ma part de vouloir te forcer à partir, mais j'avais mes raisons. Il faut que j'arrive à mener à bien ma propre vision d'Auveny, et pour ce faire, je vais me mettre mon père à dos, ainsi que le Conseil… et toi, s'il le faut.

Mon sang se glace. Voilà la menace que je redoutais.

Ainsi se comportent les rois. C'est dans leur nature, a dit la sorcière.

Le souffle court, Cyrus s'humecte les lèvres, desséchées par nos baisers.

— Je sais que mon père t'a demandé de faire un discours à mon mariage. Au lieu de l'écouter, force-le à abdiquer. Dis au peuple que mon règne doit débuter pour que la malédiction cesse…

— Même maintenant, tu n'as qu'un souhait, c'est que je t'obéisse. (Je suis incapable de cracher mon venin habituel, et les mots sortent mollement de ma bouche. Je suis fatiguée et blessée. J'ai mal à la tête ; le cœur en miettes.) Tu feras peut-être un meilleur roi que ton père, mais tu resteras un *roi.*

— Je promets de ne pas être comme mon père. Je ne…

— Pas de promesses, tu te rappelles ?

À mon grand désarroi, je prononce ces mots d'un ton presque navré. *Mieux vaut combattre un idiot que faire équipe avec lui,* je tente de me persuader. Mon corps se met à trembler. Il faut que je m'en aille.

Son pouce s'enfonce dans mon poignet pour me retenir. Il se penche vers moi comme pour m'embrasser encore, mais je me dérobe avant. Avant que l'image implorante de son visage ne s'imprime dans ma mémoire.

22.

Plus aucun rêve, plus aucune lettre n'interrompt la fin de l'été, et dans un calme bien trop prégnant le jour du mariage arrive.

J'ignore les festivités qui se déroulent en sourdine dans les rues de la capitale. Toutes sont orchestrées par le palais pour regonfler le moral de la population. Un cortège de danseurs et de musiciens balicans processionne dans le District du Palais en l'honneur de Raya. Des marchands ambulants vendent des petits gâteaux glacés et des masques en papier pour divertir les enfants.

Dans le ciel, le soleil est rouge sang. Au-delà de la Capitale du Soleil, Fairywood brûle et les nuages de fumée, apportés par le vent, défilent au-dessus de la ville. On rapporte que de nombreuses bêtes ont été tuées, tandis que beaucoup pleurent des proches disparus au cours des dernières semaines. Je les plains ; on leur a bourré le crâne en leur racontant le tour de force de lady Raya, en qui tous placent désormais leurs espoirs.

Dans l'intimité de ma tour, je tourne en rond en robe de chambre. Le vide qui habite mon esprit me trouble au plus haut point. Le soulagement a laissé place au sentiment d'avoir été privée d'une partie de moi-même.

Je veux recouvrer ma Vue.

Je veux en finir avec tout ça.

Je ne sais pas ce que je veux.

Dans un sens, toutes ces choses sont vraies.

Au crépuscule, je me tiendrai face à la congrégation réunie à l'occasion du mariage, et je prononcerai les mots que le roi Emilius a exigés de moi. *Que les Parques bénissent l'union de Cyrus Lidine et Raya Solquezil. Ils étaient destinés à s'unir, comme le sont Auveny et Balica.* D'ici là, j'ajouterai quelques belles paroles pour enrober le tout. Ce n'est pas idéal, mais la vie l'est rarement.

Je pourrais inventer une prédiction qui mette tout le monde d'accord. Faire mine de soutenir les ambitions du roi Emilius, choisir des propos assez évasifs pour permettre à Cyrus de les déformer ensuite, quand il accéderait au trône.

Le roi s'en rendrait-il compte ? Cette pensée me traverse l'esprit.

Tant pis s'il s'en aperçoit. Il ne me fait pas peur.

Je ne suis pas l'un des pions du roi. Je vois clair dans son jeu. D'après Cyrus, je suis suffisamment adulte aujourd'hui pour faire preuve d'un peu de courage ; eh bien, je suis assez mûre pour savoir que rien ne sert d'être bon ou courageux en ce monde. La bonté, ça vaut moins encore que le porridge froid. Et au moins, le porridge, je peux le manger.

Je ferme les yeux. Je pense au sourire de Cyrus. Je songe à cette stupide comptine.

Je le revois, implorant.

Le prince imagine une version de moi qui n'existe pas. L'histoire qu'il se raconte, je la connais : comme je suis contre ce que font son père et sa cour, je me rebelle et j'anéantis leurs plans et soutiens l'ascension rapide de Cyrus sans poser de questions. Et peut-être que je peux être le domino qui changera tout.

Ou bien une goutte d'eau dans l'océan.

Changer de camp à un moment si précaire, c'est un peu comme placer mon cou sur le billot et me fier à Cyrus pour stopper la hache. Je ne possède pas la même foi inébranlable que le prince. J'ai vu les souvenirs de gens ordinaires et le legs de gens extraordinaires, et au lieu de m'encourager à croire aux contes de fées et leur fin heureuse, c'est l'inverse qui s'est produit.

Mais si seulement…

Je lâche un soupir.

Si seulement ses sentiments suffisaient à me faire changer d'avis.

Si seulement ils comptaient.

Je n'avais jamais eu ce genre de désirs.

Une lueur capte mon attention. Une seconde plus tard, j'éternue. Les trois fées du palais atterrissent sur ma table de divination, en équilibre sur mon service à thé. J'ai dû laisser une fenêtre entrouverte à l'étage.

Déprimée, je m'impatiente.

— Quoi maintenant ?

Un ruban en tissu apparaît entre elles dans les airs et retombe par terre à mes pieds. Camilla a fait porter tout un portant de robes dans ma tour hier, mais je n'en ai pas encore sélectionné une pour la cérémonie. De toute façon, elles sont plus appropriées pour une mariée que pour une invitée.

Avec un nouveau soupir, je lève les bras et capitule, me soumettant aux caprices des fées.

— Bon, bon. Qu'on en finisse.

Le décor de la salle de bal paraît bien terne en comparaison de la mise en scène féerique déployée pour la Ménagerie masquée. Le lieu est magnifiquement orné certes – arcades dégoulinantes de magnolias blancs et de fleurs de fée, tentures à profusion, meubles et vaisselles lustrés –, mais le tout est dépourvu de la moindre magie. À la lumière des récents événements, tout ce qui est excessif semble désormais vulgaire. Aussi, pour le mariage royal du siècle, nous n'aurons ni ciel éclairé aux chandelles, ni sculpture de glace se liquéfiant au milieu d'une myriade de gâteaux aux goûts multiples.

Les babillages résonnent. Flagorneurs et courtisans déjà légèrement ivres grouillent parmi les rangées de sièges et l'allée centrale que remontera la mariée. Un malaise plane dans l'air – l'espoir collectif que ce mariage améliorera l'avenir. Tous les convives ont été fouillés par les gardes ; on teste les charmes magiques par mesure de précaution, ce qui a légèrement entamé la bonne humeur générale ; personne n'aime avoir le nez aspergé de sang, en dépit du mouchoir en tissu offert ensuite pour s'essuyer. Mais c'est la seule manière de s'assurer que la Sorcière des Cauchemars ne s'est pas glissée parmi les invités.

Je jette un coup d'œil à la dentelle de mes manches tandis que je me fraie un chemin parmi la foule. Les fées m'ont tissé une robe gris pastel croisée sur le devant. Des fleurs nacrées et des feuilles dorées se nichent dans les plis des jupes et du corsage. Un vêtement à la fois élégant et plutôt discret, un choix parfait pour celle qui n'est pas censée se trouver ce soir au centre des regards.

Camilla aide Nadiya à se préparer et, de ce fait, arrivera parmi les derniers invités. Je crois repérer Dante tout au fond de la salle, mais il s'agit en fait d'un homme à la mâchoire similaire et au goût tout aussi prononcé pour les chapeaux mous. Je suppose que mon ami tient compagnie à Cyrus, que je n'aperçois pas encore parmi les personnes présentes.

Je déteste être seule à ce genre d'événement. Une Prophétesse isolée risque à tout instant de se faire aborder.

— Mademoiselle Lune !

Je tressaille. Jamais on ne m'appelle comme ça. Soit c'est une personne qui veut me prendre de haut, soit c'est quelqu'un qui se fiche des titres.

Il s'avère que c'est un peu des deux : la professionnelle des rumeurs lady Ziza me fond droit dessus avec deux verres de vin. Sa chevelure noire est relevée en une coiffure qui défie la gravité, ses joues et son décolleté sont en feu. Quant à sa robe, elle flirte avec la bienséance.

— Bonjour bonjour ! Vous avez bu un coup ? J'ai un verre pour vous. Tenez. (Elle me le fourre dans la main.) Une fois que la cérémonie aura commencé, il n'y en aura plus. Alors buvez tant qu'il en est encore temps !

Si je tente de m'éloigner, elle me suivra et se montrera d'autant plus tenace. Je lui réponds donc par un sourire et avale une goutte de vin pour lui faire plaisir.

— Merci.

— Je vous en prie ! C'est toujours excitant pour moi de ne pas être la seule lady originaire de Yue dans la salle. Vous auriez pu prédire cela, mademoiselle Lune ? (D'un geste, elle exhibe ses doigts couverts de bagues aux nuances vives comme des bonbons.) Un mariage éclair. Dommage que nous n'ayons que ça à nous mettre sous la dent… J'espère que nous aurons droit à une cérémonie plus somptueuse une fois que cette histoire de bêtes sera réglée – à supposer que Cyrus et Raya soient encore ensemble, évidemment.

Elle marque une pause, comme pour me permettre de commenter sa remarque. Malheureusement pour elle, je n'ai rien à dire sur le sujet.

— Vous êtes une petite rusée, reprend-elle en trinquant avec moi. Vous en savez plus que vous ne le laissez paraître. Vous trouvez qu'ils forment un beau couple ? À mon avis, il leur manque comment dire… *l'étincelle* ! Mais ça n'engage que moi.

— S'ils paraissent nerveux, c'est sans doute parce qu'ils sont la cible d'une sorcière démoniaque, dis-je, impassible, en avalant une grande gorgée de vin.

Ziza est forcément au courant : elle a publié de longs articles sur la Sorcière des Cauchemars, s'interrogeant sur ses origines, ses intentions, et même son signe astrologique. Tout ça pour la comparer à Raya et soulever la question suivante : l'amour de Raya suffira-t-il à nous sauver ?

— Toute cette pression étouffe un peu le caractère romantique de cette union, dis-je.

— Tout à fait, tout à fait. Ou *l'exalte.* Tout dépend du point de vue ! Vous êtes encore jeune… profitez-en avant de devenir toute fripée comme moi. (Sa peau est parfaite.) J'ai surpris les rumeurs les plus *intéressantes* au sujet de Son Altesse, et je me demande si sa réputation est fondée. S'il est un prince charmant en public mais un véritable conquérant au lit…

J'avale ma gorgée de travers. Bon sang ! Il faut que j'arrête de boire lors des conversations.

— … lascif et exigeant avec ces dames. De nos jours, les femmes adorent les mauvais garçons. Peut-être que c'est pure invention, mais mon petit doigt m'a dit que vous étiez peut-être au courant.

— Moi ?

Je n'aime pas du tout le tour que prend la discussion.

— D'après ce que j'ai pu observer, des sentiments aussi passionnés que la haine et l'ardeur sont indissociables. L'un déteint sur l'autre sans qu'on s'en rende compte, à condition que le contexte s'y prête. Les querelles engendrent plus d'étincelles que l'entente, après tout. Parfois, on déteste tellement une personne qu'on en tombe amoureux.

— Le vin vous monte à la tête, lady Ziza.

Je commence à m'éloigner.

— Je suis parfaitement sobre… bon, un peu pompette peut-être. (Elle trottine dans mon sillage et se penche à mon oreille.) Il vaut mieux que vous me disiez la vérité. Autrement, je vais devoir la découvrir à ma manière, et ce ne sera certainement pas beau à voir. On vous a aperçue en compagnie du prince… vous sembliez très proches – même en privé.

Mon cœur frémit.

— Si vous n'êtes pas ivre, alors vous êtes en plein délire. (Je soutiens son regard, même si j'ai les joues en feu, l'alcool n'aidant pas.) Laissez-moi tranquille ou je vous ferai mettre dehors pour avoir harcelé la Prophétesse.

— Allons bon, nous n'allons pas en venir là, mademoiselle Lune. Je ne fais que vous offrir l'opportunité de livrer votre propre version des faits. Des femmes de tête telles que nous se doivent de se serrer les coudes. Mais peut-être ferions-nous mieux d'en reparler à un autre moment, en privé. À tête reposée.

Le sourire de Ziza s'élargit. Et ce n'est que lorsque je me retourne que je comprends pourquoi.

Cyrus est entré dans la salle de bal par une entrée secondaire. Il est vêtu d'un costume blanc cygne qui épouse à merveille les muscles saillant de son corps athlétique. Un tourbillon de perles et de broderies déferle le long des ourlets de son habit. Une boucle s'échappe de ses cheveux, lui caressant le front, ce qui ajoute encore à son charme. Et au centre de son visage, ses yeux vert émeraude – qui me scrutent.

Me *scrutaient.* J'ai à peine le temps de croiser son regard qu'il porte son attention ailleurs.

Bon sang ! Nous ne sommes vraiment pas discrets. Ça crève les yeux.

Dans la salle, les convives prennent place sur leur siège. Le harpiste entonne un air romantique. Pendant ce temps, lady Ziza attend ma réponse, les sourcils arqués.

— Pardonnez-moi, dis-je en la foudroyant du regard. Je dois monter sur scène.

Je pose mon verre sur le plateau d'un domestique qui passe près de moi, et m'éloigne de cette vipère et de son ricanement aviné.

En m'approchant de l'estrade, je comprends pourquoi ce coin de la salle est si vide. La zone est entièrement sécurisée par la garde impériale, qui se fond presque avec le papier peint. Personne ne désire boire son vin cul sec sous le regard d'une vingtaine d'officiers.

Ça prouve qu'ils ne sont pas vraiment préparés à intervenir au cas où la sorcière débarquerait. Que comptent-ils faire ? La choper en plein air si elle apparaît sous la forme d'un corbeau ? Que pouvons-nous faire face à la magie noire, une force qui est totalement étrangère à nos terres ?

Pourtant, la sorcière me connaît moins bien qu'elle le croit. Elle a examiné les fils de l'avenir, et j'ai quand même réussi à la surprendre, en refusant son aide. Aujourd'hui, le royaume tout entier est à ses trousses. Elle est acculée. En position de faiblesse.

Je gravis les marches tapissées pour me prosterner devant le roi Emilius, assis sur son trône. Il s'est récemment teint et coupé les cheveux, et sa cape dorée s'amasse tout autour de lui, miroitante sous les lumières. Il m'adresse un sourire paternel, qui, aujourd'hui, ne me procure aucun réconfort.

— Tu prendras la parole après moi et avant le célébrant. Je compte sur toi pour prononcer un discours sage.

Je hoche la tête et vais me placer sur le côté de la scène. Alors les pensées traîtresses resurgissent.

Et si je n'obéis pas aux consignes du roi et annonce qu'à la suite de ce mariage, Cyrus devrait monter sur le trône ? Le roi Emilius contestera-t-il ma parole ou bien le mal sera-t-il déjà fait ? Je peux certainement compter sur Cyrus pour me protéger de la colère de son père, non ? J'aimerais tellement pouvoir me fier à lui.

Plus la cérémonie approche, moins je tiens en place. Et ma confrontation avec Ziza Lace m'a donné envie de prendre un risque inconsidéré, rien que pour prouver que j'en suis capable.

L'assemblée ne s'est pas encore tue. Je n'aperçois toujours pas Camilla ou Dante parmi la foule. Pourvu que Nadiya ne se soit pas dégonflée à la dernière minute.

Je sens une présence près de moi et perçois un souffle qui n'est pas le mien. Je ne le regarde pas.

— De quoi discutais-tu avec lady Ziza ? murmure Cyrus.

Mon visage avait retrouvé une couleur normale. Et voilà que le rouge me monte à nouveau aux joues.

— Ton manque de discrétion.

— Le mien ou le nôtre ?

— À quatre-vingt-dix-neuf pour cent le tien. Tu passes ton temps à me regarder avec des yeux de merlan frit.

— Sois indulgente. Je suis éperdument amoureux.

— Arrête. C'est faux.

Heureusement, il n'y a personne près de nous, et les bourdonnements des conversations couvrent notre échange. Je jette un coup d'œil au roi. Il est accaparé par un membre de la garde impériale qui lui chuchote quelque chose à l'oreille.

— On doit vraiment en discuter maintenant ? je marmonne. Les gens nous voient. Ensuite ils parleront.

— On n'empêchera jamais les gens de parler. La cérémonie va débuter. C'est la dernière fois qu'on aura l'occasion d'échanger avant que je ne prenne une décision que je regretterai peut-être. Je suis prêt à prendre le risque. (Il s'agite.) Et si je te disais que j'aimerais que ce soit toi, la mariée qui franchira cette porte ?

Je me tourne vers lui. Son sourire m'accroche. Son ton – mi-figue, mi-raisin – me trouble. J'ignore si Cyrus est sincère ou s'il me roule dans la farine. Peut-être est-il amoureux sans l'être. Peut-être joue-t-il la comédie et reviendra-t-il sur ses paroles plus tard.

Je ne devrais pas me prêter à son jeu. Mais j'ai besoin de savoir. Alors je lui demande dans un murmure :

— Tu es amoureux de moi ?

Il hésite ; mon regard se durcit et son expression change.

— Arrête d'essayer de deviner ce que je veux entendre. C'est oui ou non. *Es-tu amoureux de moi ?*

— Je ne sais pas, chuchote-t-il, optant pour la plus cruelle des réponses.

La musique de l'orchestre s'amplifie. Il est l'heure pour Cyrus d'aller prendre place devant le trône, où la mariée le rejoindra. Pourtant il s'attarde quelques instants à côté de moi pour me répondre d'une voix pressée par le temps :

— Tu trouves ça stupide que je t'aime. Que quiconque t'aime. (Chaque phrase est saccadée, incisive, comme son regard.) Parce que tu te crois trop avisée pour ça. Tu as un cœur de pierre. Mais en vérité, tu n'as jamais eu à être froide, cruelle et vénale pour en arriver là. Tu t'en persuades simplement pour ne pas culpabiliser de te comporter ainsi.

Sur ces mots, il s'éloigne. Je tremble comme une feuille. Il se trompe. Sur toute la ligne. Ma réaction est instinctive à ce stade, et la colère monte dans ma gorge. Je brûle de le remettre à sa place. Si seulement nous n'étions pas sur scène, à son mariage.

Tandis que j'étouffe ma rage, un autre sentiment m'envahit. Une sorte de lassitude face à ce monde qui ne changera jamais.

Tu es fière, mais tu n'es toujours pas heureuse.

Dans la salle, le public s'est assis et observe le silence. L'espace qui me sépare de Cyrus ne m'a jamais paru si vaste et si froid. Je détourne mon regard de lui, dissimulant mes poings dans les fleurs et les plis de mes jupes.

La porte à double battant finit par s'ouvrir. C'est à peine si je le remarque ; je pensais qu'un valet ouvrirait la cérémonie. Une étrange clameur jaillit du dernier rang.

La foule se lève. Même le roi se met debout.

Sur l'estrade, le célébrant s'exclame :

— Bordel de…

Ce qui n'est pas le genre d'introduction auquel on s'attendrait.

C'est pourtant ainsi que sont annoncées les deux femmes qui surgissent dans la salle en hurlant. Leur robe blanche est déchirée, leur coiffe défaite, et elles montrent les dents. Dans leurs yeux brûle la même furie.

Exactement la même.

Sur le seuil de la salle de bal, deux lady Raya se sautent à la gorge.

23.

Pour une fois, je suis aussi perplexe que le reste du public. Je me précipite vers le rebord de la scène. Cyrus dévale déjà l'allée, chassant la foule au passage.

Les gardes impériaux cernent les deux Raya. Tandis que les convives se bousculent pour être aux premières loges, et que Cyrus et les officiers essaient de rétablir l'ordre, la Raya de gauche pointe un doigt accusateur sur son sosie, s'écriant :

— *Cette* fille…

— Je suis la vraie Raya Solquezil ! l'interrompt l'autre.

Le visage en feu, elle n'aurait pas hésité à frapper sa rivale si un garde ne s'était pas interposé.

— … s'est fait passer pour moi !

— Ne l'écoutez pas !

La Raya de gauche affiche un sourire contrit, calant une de ses boucles derrière son oreille.

— Cette imposteuse est l'une de mes servantes. Elle m'a volé mes fées, a usurpé mon identité.

— Elle a voulu me tuer ! s'écrie l'autre Raya. Mais je me suis battue. Cette femme est dangereuse !

— *Calmez-vous !* hurle Cyrus comme si ça servait à quelque chose. Il serait préférable de régler cette affaire en privé…

— Nous allons régler ça ici et maintenant, en présence de tous ces témoins, proteste la Raya de gauche. J'exige un procès équitable ! (Elle écarte les bras en grand.) Testez-moi, voyez si je porte le moindre charme magique. Aspergez-nous de sang s'il le faut. Je n'ai rien à cacher, contrairement à d'*autres.*

Je m'approche et elle pose son regard noir *sur moi.* Pas sur son sosie, mais sur moi. Mon cœur cogne de plus en plus fort, comme s'il planait un danger qui m'échappait encore. Je me repasse ses paroles, et le timbre sinistre de sa voix me fait soudain tiquer. Un frisson remonte le long de ma colonne…

La Sorcière des Cauchemars.

Elle perçoit mon trouble et affiche un bref rictus, qu'elle efface d'un battement de cils innocent. Je perds pied, mon sang se glace dans mes veines, et je suffoque.

— C'est…

Je me ravise aussitôt. Non. Impossible de la démasquer devant l'assemblée. Il y aurait trop de choses à expliquer. L'autre Raya, ce doit être Nadiya ; or Nadiya ne sait pas jouer la comédie. Et si jamais son véritable visage est révélé, on la jugera immédiatement coupable alors que la véritable ennemie, c'est l'autre !

— Qu'on me laisse fouiller dans leurs fils, dis-je, en passant entre les gardes. Inutile que le sang coule aujourd'hui. Je peux découvrir laquelle des deux est Raya.

La sorcière étrécit les yeux.

— Et pourquoi ce serait à vous de trancher ?

— Je suis la Prophétesse.

— Les Prophétesses peuvent mentir. (Elle secoue sa chevelure.) Qu'on nous teste toutes les deux pour voir si on porte des charmes. Qu'avez-vous à perdre ? À moins, peut-être, que vous ne soyez de connivence avec l'imposteuse depuis le départ ?

— Rien ne nous empêche de faire les deux, je rétorque en ôtant mes gants. Ce n'est pas aux accusées de choisir comment nous devons démêler cette affaire. Je pense que Son Altesse partage mon avis, n'est-ce pas, Cyrus ?

Pourvu qu'il soit capable de distinguer Nadiya de sa rivale. Il ignore que cette dernière n'est autre que celle qui s'est immiscée dans mon esprit et m'a suggéré de *le poignarder*.

Je décoche un regard au prince. Il fronce les sourcils, l'air tiraillé.

— Qu'est-ce qui ne va pas ?

Il contemple la foule muette, les deux Raya, et hésite un instant.

— La seule personne… qui a vérifié si Nadiya disait la vérité… c'est toi.

Il prononce ces mots à mi-voix, mais toute l'attention étant focalisée sur nous, on ne manque pas une miette de ce qu'il vient de dire. Un murmure parcourt l'assemblée. *Qui est Nadiya ?*

Je secoue la tête.

— Et alors ? J'ai lu dans son passé. Ce sont des souvenirs, pas des prédictions. Ce n'était pas un jeu de devinettes. Ce que j'ai vu était la vérité.

Mais Cyrus continue de me dévisager, et je comprends que ce n'était pas ce qu'il insinuait.

Il ne me fait pas confiance.

Je le regarde, bouche bée.

— Tu ne peux pas remettre en question ce que j'ai vu – tu dois me croire, je le jure. J'ai vu Raya, m… (Mais je dois me taire. Je ne peux pas dire que je l'ai vue mourir, pas devant tous ces gens. Il y aurait trop à expliquer.) Tu ne me crois pas, c'est ça ?

Il inspire à fond, me répond par un silence. Se contente de marmonner dans sa barbe : « Je n'arrive pas à croire que je n'ai pas vérifié. Nous nous sommes fiés à ton témoignage, par ta faute nous avons pourchassé un fichu corbeau… »

— Assez, dit la sorcière d'un air renfrogné. Les seules imposteuses présentes ici sont mon ancienne servante et… d'après ce que je constate… votre Prophétesse. Elle a manifestement prophétisé des mensonges pour me calomnier. Elle tente de séduire le prince pour servir ses propres intérêts, et on dirait qu'elle est parvenue à ses fins.

Je décoche un coup d'œil coupable à Cyrus, qui me dévisage sans ciller. Je ne comprends pas pourquoi il tarde tant à reprendre le contrôle de la situation.

Dégoûtée, je rugis :

— C'est grotesque. Le prince Cyrus et moi ne nous apprécions pas le…

— Tu as raison. (Le prince reprend enfin la parole. Mais je m'aperçois un peu tard que ce n'est pas à moi qu'il s'adresse.) Violet a bien tenté de me charmer.

Mon ventre se tord douloureusement. Je suis à deux doigts de m'écrouler à genoux. Un murmure stupéfait balaie la salle. Je virevolte face à lui. *Qu'est-ce que…*

Mon regard se pose sur la foule derrière lui. Si je n'étais pas sur mes gardes, je n'y aurais vu que du feu. Ces yeux un peu trop écarquillés, ces bouches béantes qu'arborent tous les visages. Comme si tous ces gens n'étaient plus vraiment maîtres de leurs pensées. Ils ont été envoûtés. La sorcière leur a jeté un sort à tous.

— *La Prophétesse m'a dit que je n'avais aucune chance avec Son Altesse.*

— *Je n'aurais jamais dû l'écouter.*

— *… a menti au sujet des autres prophéties avant…*

— *Sa mère était la putain d'un prince elle aussi.*

Je suis prise de frissons. L'avertissement arrive un peu tardivement. Le sol se dérobe sous mes pieds tandis que Cyrus poursuit, le visage inexpressif :

— Violet était jalouse de Raya. Je savais qu'elle voulait me garder pour elle toute seule, mais j'avais pitié d'elle et je lui ai pardonné.

— Tu es envoûté… Elle a jeté un sort à tout le monde…

Mais mon ton est désespéré, mes paroles trop hâtives. La colère me gagne ; je suis désemparée. On doute de moi, et je suis complètement démunie face à cette méfiance.

Je bondis en avant, attrape Cyrus par le bras. Au même instant, on s'empare du mien – ce sont les gardes qui me retiennent.

— Sortez le prince d'ici ! Apportez du sang ! (On m'entraîne à l'écart.) *Arrêtez !*

Mes cris de protestation sont pathétiques. Ce sont les pleurnichements de la fille qui crie au loup. Je suis à court de mots ; mon cœur s'affaisse. Je finis par capituler.

J'ai raconté tellement de mensonges, et personne dans cette ville ne m'a jamais totalement fait confiance. Les habitants se sont toujours méfiés de moi, ont toujours bu mes inventions seulement quand cela les arrangeait. Qu'ils soient envoûtés ou non, qu'est-ce que ça change, au fond ? Tous me regardent de travers depuis mon arrivée.

Et c'est la parole de Cyrus contre la mienne. Qui me croirait, moi, plutôt que lui ? Qui n'a jamais désiré un prince ? C'est moi qui suis grotesque.

Les murmures s'intensifient.

— *Vous avez vu la pourriture sur sa tour ?*

— *… entendu dire qu'elle se déplaçait en cachette…*

— *Et si la sorcière était sous nos yeux depuis le début ?*

— *… a fait venir les bêtes… a même orchestré sa propre attaque.*

Non… Ces accusations me vaudront l'échafaud. Pourtant elles me semblent plausibles, même à moi. Depuis le départ, j'en sais trop, et j'en ai dit trop peu. Comme il est facile de me faire à présent porter le chapeau.

Nadiya s'est recroquevillée sur elle-même. Elle tend le bras vers Cyrus, tente de solliciter son attention d'une main implorante.

— Votre Altesse… vous devez me croire. Nous sommes en danger.

— Nous verrons où se trouve le véritable danger, rétorque Cyrus en nous ignorant toutes les deux. Gardes, arrêtez les deux lady Raya ! Veillez à ce que les fées les surveillent aussi. Soyez prudents… elles savent employer la magie, mais il s'agit peut-être d'un simple cas d'imposture.

— Et la Prophétesse, Votre Altesse ? demande un garde.

— Elle n'est pas responsable de l'apparition des bêtes, mais il se peut qu'elle ait joué un rôle dans la supercherie. Emmenez-la… (Sa gorge se noue quand il croise mon regard assassin.) Isolez-la dans une chambre et tenez-la à l'œil. Je m'occuperai de son cas plus tard.

Un garde me saisit le bras ; je m'efforce de conserver mon sang-froid pour ne pas ruiner davantage ma réputation. Quoi que je réplique, ça se retournera contre moi. Cette bataille, je ne la remporterai pas en tenant tête au prince en présence de la cour.

Derrière moi retentit un ricanement familier. Celui qui a hanté mes rêves. Un caquètement semblable aux hurlements du vent.

Je t'avais prévenue.

— Tu l'as envoûté, je rugis en me retournant.

La sorcière ne change pas d'expression, actrice parfaite, tandis qu'elle envahit mon esprit. *J'ai envoûté toute la salle à une exception près – lui. Je n'ai pas influencé son jugement ; il est seul responsable de ses décisions.*

Je pivote face à lui ; Cyrus ne semble ni envoûté, ni fâché, ni méfiant. Il me dévisage d'un air résolu.

— C'est pour ton bien, murmure-t-il.

Ses paroles me font l'effet d'une gifle.

J'avais focalisé toute mon attention sur les deux Raya. C'est là que j'ai commis une erreur. J'ai oublié un instant que, quoique Cyrus et moi ayons des ennemis communs, j'étais la première sur sa liste de personnes à éliminer. Il se serait débarrassé de moi depuis longtemps si je n'avais pas été aussi tenace.

Nous pourrions nous anéantir l'un l'autre, et nous n'hésiterions pas un instant à le faire.

Il m'a distraite avec ses sourires enjôleurs et ses belles paroles, au point que j'en ai presque oublié notre rivalité viscérale. Mais à présent, je n'ai plus qu'elle en tête. Une sombre pensée se distille en moi comme un poison : la sorcière avait raison. J'aurais dû le poignarder quand j'en avais l'occasion.

J'en arrive presque à me résigner à mon sort. Je vais être la risée de la cour. On me dévisagera et on fera courir toutes sortes de rumeurs à mon sujet jusqu'à ce que je n'en puisse plus et accepte de m'exiler. Comme un lapin piégé dans un collet, je ne peux que me débattre.

Toutefois je n'ai jamais su tomber avec grâce.

— C'est Cyrus qui a voulu me séduire, je bouillonne en m'ancrant solidement dans le sol, résistant au garde, qui se voit contraint de me traîner de force derrière lui.

Les éclats de rire retentissent. Tant pis. Cyrus me tourne résolument le dos. Il n'ose pas croiser mon regard.

— Il a voulu se servir de moi. Il m'a fait croire qu'il tenait à moi, qu'il fallait que je sois *courageuse.* Mais tout ce qui sort de sa jolie bouche en cœur n'est que mensonge.

Ce qui se produit ce soir m'a fait redescendre sur terre. M'a permis de me souvenir que je suis différente. Au-delà de mon don, de ma chevelure sombre et de mes yeux noirs, au-delà de cet air renfrogné qui ne me quitte jamais, je me suis battue bec et ongles pour me faire une place au sein de cet univers. Rien n'est jamais acquis pour moi. Je dois me battre.

La foule se réjouit de ce déballage de linge sale. Toute distraction est bonne à prendre. L'envoûtement semble s'être dissipé. Les gens sont comme ça au naturel, futiles et voraces. Dans le fond, ils se fichent pas mal de la vérité. Ils veulent juste avoir quelque chose de croustillant à se mettre sous la dent.

— Il se fait passer pour le prince charmant, mais personne n'est dupe. Comme moi, vous avez entendu les rumeurs sur sa conduite avec les femmes. C'est un vaurien. Eh bien, c'est lui qui est venu me chercher.

Je me fiche pas mal qu'on me croie. Il faut que j'aie le dernier mot, c'est plus fort que moi. Peu m'importe ce que la sorcière fera ensuite subir à tous ces gens. Qu'ils brûlent tous en enfer. Qu'ils pourrissent tous autant qu'ils sont.

— Il m'a embrassée dans ma tour et plus encore. Puis il a voulu me chasser du royaume pour cette raison. Car il sait que je suis une menace pour son règne. Et peut-être que vous vous en moquez. Peut-être que vous vous dites que je l'ai bien mérité. Mais sachez que quels que soient mes torts, il est coupable des mêmes !

Je marque une pause pour reprendre mon souffle. C'est alors qu'un ordre du roi Emilius retentit au milieu du chahut général. Dans un soupir, il s'écrie :

— Emmenez-la, et vite ! Hors de ma vue !

24.

On m'enferme dans une chambre d'invités inoccupée. Une cellule confortable, mais tout de même une cellule.

J'arpente l'espace de long en large. À force, je finis par laisser une marque dans le tapis en fourrure mouchetée. Je n'arrive pas à me calmer et d'ailleurs je m'y refuse. Le futur, le passé, toutes mes erreurs, tout ce qui reste à venir, tout cela s'embrouille dans ma tête, ne laissant aucune place à des pensées sensées.

Je pourrais m'enfuir. La pièce se trouve au rez-de-chaussée et elle est pourvue de grandes fenêtres par où il serait facile de m'échapper. Mais que ferais-je alors ? Les gardes sont partout, et en prenant la fuite, je donnerais l'impression d'être coupable, d'avoir vraiment quelque chose à cacher. Ça ne ferait qu'aggraver la situation et les accusations qui pèsent sur moi.

Je suis prise au piège de l'opinion populaire.

Les gardes postés devant ma porte – des officiers au service du prince Cyrus – m'ont remis une carafe de vin et un plateau de nourriture du banquet. Je me suis installée sur le lit, et je grignote des crackers en songeant à ce que l'un des gardes a dit en m'apportant cet en-cas :

— *Son Altesse est trop bonne. C'est plus que tu ne mérites.*

Il n'y a pas si longtemps de ça, il m'était impensable qu'on me chasse de la capitale, le seul endroit au monde où je me sente vraiment chez moi. À mes yeux, c'était le pire sort envisageable. Mais je manquais alors cruellement d'imagination. C'était loin d'être le plus mauvais des scénarios. Aujourd'hui, Cyrus m'a humiliée devant toute la cour et a laissé entendre que j'avais pris part aux manigances de la sorcière. Ces calomnies me hanteront jusqu'à la fin de mes jours.

On gratte à ma porte. Cyrus surgit dans la chambre et fouille fiévreusement la pièce jusqu'à ce que son regard se pose sur moi.

Je pose mon plateau et m'élance vers lui.

— Violet. Je…

Il est venu seul, autrement dit je peux donner libre cours à ma rage, et je commence par le bousculer de toutes mes forces.

— *Va te faire foutre.*

Il me saisit par les poignets avant que je puisse lui arracher le col de sa chemise. Et en plus il ose afficher un air désemparé.

— Mon père sera bientôt là…

La porte s'ouvre et claque. Le roi Emilius est le seul d'entre nous à arborer encore une tenue impeccable, comme s'il s'apprêtait à assister à un banquet nuptial au lieu de venir réprimander des enfants qui se comportent mal. Il croise les mains sur le pommeau de sa canne, qu'il plante entre ses pieds.

Le roi n'a jamais exprimé ouvertement son mécontentement devant moi. Mais je vois aujourd'hui transparaître son courroux – les mouvements saccadés de son menton, son souffle rauque, lourd. S'il tremble aujourd'hui, ce n'est pas à cause de sa maladie. C'est parce qu'il est furieux.

— Je ne sais pas lequel de vous deux me déçoit le plus. Qu'est-ce qui t'est passé par la tête, Cyrus ? Tu as conscience des conséquences de…

— Oui. (Cyrus se libère de moi et va rejoindre son père au centre de la pièce. Il se redresse, bombe le torse.) Maintenant, vous ne pouvez plus vous servir d'elle non plus.

Un éclat de rire m'échappe. Est-ce sa vision de la galanterie ? M'anéantir, faire en sorte que je ne puisse plus jamais occuper le poste de Prophétesse, au service de ce roi ou d'un autre ? Bon sang… On dirait qu'il pense m'avoir fait une fleur !

Cyrus se tient devant son père et m'empêche de voir l'expression de ce dernier. En revanche, je constate que le roi crispe les poings. Je m'attends à entendre des cris. Je m'y prépare.

Le roi frappe Cyrus au visage.

Ses bagues entaillent la joue du prince. Puis il abat sa canne dans les côtes de son fils avec une force surprenante. Tout se produit si vite – un craquement sec, Cyrus qui s'écroule par terre, le visage en sang. Par réflexe, j'esquisse un pas en arrière et m'agrippe à la coiffeuse, la gorge sèche. La surprise est telle qu'aucun son ne jaillit de mes lèvres.

— Tu te reposes trop sur ta beauté. (Le roi donne un petit coup de canne à Cyrus, encore à terre.) Tu devrais diversifier ton jeu.

Cyrus tousse et asperge le tapis de postillons de sang.

Le roi Emilius reporte son attention sur moi et je frémis. Ses yeux vert pâle sont froids.

— Alors c'est vrai ? Tu as une liaison avec mon fils ?

— C'est si important que ça ?

Je tremble.

— Tu as raison. Ça n'a aucune importance. Comment as-tu prévu de régler ça ?

— Je… euh. (Ma voix est toute petite. Stupide. Apeurée. Je n'y peux rien.) Le plus simple serait que Cyrus se rétracte.

— Malheureusement, je ne ferai pas passer mon fils pour un menteur pour sauver ta peau. (Son regard s'attarde sur moi une seconde de trop. Il se rembrunit.) Il vaut peut-être mieux couper le mal à la racine. Deux Prophétesses résident à Verdant. Nous négocierons avec eux pour qu'ils nous en cèdent une. Tu vas pouvoir te retirer.

Je m'affaisse contre la coiffeuse, réprimant un rire – d'horreur ou de soulagement, je l'ignore. Ç'aurait pu être pire. Cyrus obtient tout de même ce qu'il désirait depuis le début : il se débarrasse de moi. En échange de quelques côtes fêlées. L'art du compromis ?

Cyrus s'est agenouillé ; il se tient le flanc en vacillant. Maintenant que le choc est passé, je me réjouis un peu de sa souffrance.

— Je sais que vous avez arrangé ma rencontre avec lady Raya, dit-il en dévisageant son père. Vous avez persuadé Violet de me mentir. Je le savais déjà avant le bal…

— Et alors ? se moque le roi. Raya est un bon parti. Tu n'aurais jamais trouvé mieux. Mais il a fallu que tu gâches tout – et dans quel intérêt ? Il n'y a qu'un seul amour qui compte, Cyrus, c'est celui de ton peuple.

— Et un empire, ça le rendra heureux ? Nos sujets ne veulent pas qu'on les envoie vivre hors de leur royaume. Ils ne voudraient pas d'une terre volée si vous ne les obligiez pas à le vouloir. La *gloire* ne suffit pas à nourrir ou à protéger son peuple. Ces décisions ne profitent qu'aux pires de nos ducs…

— Qui te soutiendront. Qui n'auront aucune raison de t'appuyer autrement. Si tu veux accomplir quoi que ce soit, tu vas devoir garder la tête sur les épaules. (Il agite sa canne dans ma direction avant de lui asséner un autre coup.) Vous êtes tous deux intelligents et orgueilleux. Trop pour votre propre bien. Aujourd'hui, vous vous êtes donnés en spectacle, vous vous êtes humiliés. Que cela ne se reproduise pas. Je ne tire aucun plaisir de la situation. Cela dit, je ne serai pas mécontent de chasser enfin Dante Esparsa de la capitale.

Cyrus inspire lentement. Je relève trop vite la tête.

— Pour nous punir ? je lâche.

— C'est un espion. Plus tôt dans la soirée, nous avons saisi une correspondance qui le prouve. Cela fait un certain temps qu'il envoie des lettres codées à Balica.

— Un *espion* ? Non. C'est impossible.

Quand Dante aurait-il trouvé le temps d'espionner ?

Ma mâchoire se décroche.

Sauf si c'est précisément pour cette raison qu'il était toujours aussi pris.

Cela expliquerait aussi pourquoi il ne m'a jamais autorisée à lire dans les paumes de sa main.

Pourquoi il sait se battre.

C'est pour ça que je ne l'ai pas vu ce soir ?

— C'est seulement grâce à lui que nous ne sommes pas en guerre, crache Cyrus. (Il ne semble pas surpris le moins du monde.) Ce n'est pas un espion… Il est résolu à aider les deux pays. Je lui ai fourni de quoi monnayer la paix entre Balica et Auveny ; c'est ainsi qu'il a pu éviter que la situation dégénère. En l'échange de promesses que je remplirai quand j'accéderai au trône. Sans cela, Balica n'aurait jamais toléré la manière dont on les traite.

— Tu ignores qui sont tes vrais alliés, siffle le roi. Mais ils se sont fait duper en fin de compte. Tu ne régneras pas. (Il consulte nonchalamment son sablier avant de le remettre dans sa poche.) Nettoyez-vous. Tâchez d'être présentables. Ensuite nous mettrons de l'ordre dans tout ce bazar.

Il s'en va. Quand la porte se referme sur lui, la chambre tombe dans un silence assourdissant. Cyrus se rallonge lentement par terre. Quant à moi, je tremble de colère, encore sous le choc.

— Je te hais, je murmure.

Franchement, je ne sais pas ce qui me retient de lui casser la figure à mon tour, tant qu'il est encore en position de faiblesse.

— Je ne regrette rien, dit-il en grimaçant. S'il le fallait, je referais exactement la même chose.

— Ne t'avise pas de dire que tu as fait ça dans mon intérêt. Ton numéro ne prend plus… (Je lui fonds dessus et m'écrase sur lui à quatre pattes. Je le plaque au sol, enroulant mes mains autour de son cou.) Ne me sors pas le numéro du prince honorable qui a agi par pur altruisme ! Tu voulais te débarrasser de moi, avoue-le !

— Ce sera toujours comme ça entre nous. L'un aux commandes, l'autre réticent à obéir. (Il ferme les yeux et laisse sa tête basculer en arrière. Affiche un sourire triste, révélant des dents blanches tachées de sang.) Je n'ai jamais été impulsif avec toi, Violet. J'ai attendu trop longtemps pour me séparer de toi, c'est tout. Je savais qu'on ne serait jamais en mesure de faire équipe. On se méfiera toujours l'un de l'autre, et mes sentiments pour toi n'y changeront rien.

Mon pouce s'enfonce dans le creux de sa gorge et il se laisse faire. Je suis complètement chamboulée, je ne ressemble à rien, mes jupes sont retroussées au-dessus de mes genoux couverts de bleus, mes mains tremblent encore. Mon seul réconfort, c'est le souffle rauque de Cyrus et les gémissements que je lui arrache en plantant mon coude dans son thorax.

— Je n'ai pas menti au sujet de Nadiya. Même si tu t'en fous. Cette Sorcière des Cauchemars va tuer tout le monde, et moi aussi je m'en fiche. Ce sera ta faute, et j'espère que tu en seras témoin.

Cyrus secoue la tête.

— Le général et ses hommes la retiennent prisonnière. Au moindre geste suspect, ils n'hésiteront pas à lui trancher la gorge. Il y a eu tellement de mensonges et de tromperies. Nous allons procéder aux vérifications préalables pour une fois et nous assurer que nous avons arrêté la vraie coupable avant de l'exécuter.

— Tu ne m'as pas écoutée ? Cette sorcière est capable d'envoûter les gens. Elle a envahi mes rêves, elle a… (Je lâche un rire amer. Elle a essayé de me persuader de me joindre à elle. J'aurais mieux fait de la suivre.) Tu as de la chance que je ne l'aie pas écoutée.

— Comment ça ?

— Des rêves ont agité mes nuits pendant des semaines. Jusqu'à récemment. La dernière fois que j'ai pu dormir sur mes deux oreilles remonte à… bon sang, je ne sais même plus… ça devait être avant le bal. J'ai cru bien faire en faisant la sourde oreille à ce qu'on me disait. Les Parques me glissaient que je leur devais une vie parce que je n'étais pas censée t'avoir sauvé de la mort. Et maintenant je comprends pourquoi.

Si j'avais écouté la sorcière et tué Cyrus, j'aurais éprouvé une satisfaction temporaire. J'aurais eu le mauvais rôle, mais au moins, ç'aurait été une victoire en soi, quoique brutale. Ç'aurait été mieux que de passer pour l'imbécile éperdue d'amour vite remplacée et oubliée.

Elle m'avait prévenue. Même les Parques m'ont mise en garde. *Il te trahira. Ils te trahiront tous.*

Cyrus écoute mon récit et me fixe d'un air ahuri, comme si j'avais perdu la tête. Peut-être que c'est le cas. Son cœur pourri – *damnation ou salut,* a annoncé la prophétie de Felicita. Manifestement, c'était la damnation. J'aurais dû le poignarder.

À cet instant, un objet capte mon attention en périphérie de mon champ de vision. Comme une réponse.

Mon œil est attiré ; il est difficile de détourner son regard de la magie, surtout quand elle sait qu'on désire quelque chose. À l'autre bout de la pièce, nichée entre une vitrine et un fauteuil, se trouve une plante en pot. Ses feuilles sont vert vif – d'un vert trop éclatant, presque comme si la plante brillait. Elle est taillée comme un buisson ornemental. La tige épaisse présente à son extrémité une fleur dorée semblable à une étoile. Une fleur de fée.

Le genre de végétation qui pousse à Fairywood. Ou au pied de ma tour.

La cicatrice au creux de ma paume se met à me démanger.

Je pourrais le faire, non ?

Oui, oui, répond une voix distante, bien trop familière.

Je ne suis même pas sûre que ça marcherait, pourtant mon sang vibre. Intuitivement, je le sais.

Il le mérite. Ils le méritent tous. Sois cruelle, et tu survivras peut-être.

Je relâche Cyrus et me lève. Ma tête tourne. Je suis à moitié guidée par mon instinct, complètement sous le joug de la colère, parcourue d'un profond désespoir.

— Violet ?

Tu t'en veux de le désirer.

Je plante les ongles dans la cicatrice de ma main et gratte la croûte avec frénésie. Je me sens totalement vide. Il ne me reste plus rien. À quoi bon avoir des ambitions quand tout n'est que tromperie autour de moi ? Je n'ai rien bâti de réel, personne n'a rien construit. L'empire d'Auveny sera le fruit d'un espoir tronqué, d'un amour factice, car les mensonges sont la devise de ce monde. Les mensonges, grands et petits, sont le fondement des rêves.

Tu t'en veux. Tu te détestes.

Mes doigts sont couverts de sang. L'entaille est à vif, rouge et douloureuse. Qu'importent mes sentiments s'ils ne sont tous qu'une déclinaison de la même peur ?

— Violet. (Cyrus grogne. Il roule sur le flanc.) Qu'est-ce que tu fais ?

Je m'assure de ne plus jamais perdre le contrôle de moi-même par sa faute. Il a trop exigé de moi.

Je saisis la plante et la badigeonne de sang.

Comme dans un cauchemar, une épine à l'extrémité rouge jaillit sous ma main.

Utilise l'épine, et tu t'en tireras en toute impunité. Quand elle frappera son cœur, elle détruira son corps.

Je détache l'épine. La prise est parfaite. Elle épouse parfaitement la forme de ma main.

Je suis destinée à manier cette arme.

Cyrus essaie de se mettre debout, mais je le rejoins en un éclair et plaque mon genou contre son torse blessé. J'enroule une main autour de sa gorge et serre. Un gémissement lui échappe. Il suffoque. Je ne sais pas si ce sont les Parques qui me donnent de la force ou bien s'il est très affaibli, mais il ne se débat quasiment pas.

— C'est ce que désirent nos divinités. (Je serre plus fort ; l'épine dégouline de sang.) J'ai eu tort de les défier. Elles avaient raison sur toute la ligne.

Un son remonte de sa gorge. Un rire peut-être.

— Fais-le, si tu en es persuadée.

Cyrus est sans doute en proie au délire qui précède une mort imminente. Il me saisit le poignet et, au lieu de repousser ma main, il place la pointe de l'épine sur son torse avec une force que je ne lui soupçonnais plus.

— Vas-y.

Je plonge l'épine dans sa chair à travers sa chemise, mais, tandis que ses doigts se crispent autour de mon pouls, je m'aperçois que je tremble toujours.

— La pire erreur que j'ai commise, reprend Cyrus, lèvres ensanglantées, fendues et enflées, c'est d'avoir écouté Camilla ce jour-là, quand elle m'a persuadé d'échapper à nos chaperons pour filer en cachette dans le District de la Lune.

Je finis sa phrase à sa place.

— Parce que tu m'as rencontrée ?

— Parce que je suis tombé amoureux.

Menteur. Charmeur. Menteur.

— Tu dis ça pour sauver ta peau, je murmure.

— Ma malédiction, ma chute, ma Violet… Mon cœur t'appartient. Depuis toujours. Prends-le. Je te le donne.

Cyrus tend la main vers mon visage et m'effleure la joue. Je tressaille au contact de sa peau. Ses doigts sont humides. Ce sont mes larmes.

Je le hais. Je hais cette manière qu'il a de m'affecter.

— Tais-toi.

— Fais-moi taire.

Il a le culot de sourire.

Je brandis l'épine dans les airs. Assez joué. Qu'il sorte de ma vie. Qu'il ne soit plus lié à ma destinée.

— Vas-y. (Son regard est résolu, confiant, trop confiant ; il sonde mon visage avec l'émerveillement d'un homme amoureux.) Au moins, je ne suis pas un lâche.

— Tu ignores tout de moi, je rugis.

Et je plonge l'épine dans sa poitrine.

Une odeur de fer et de terre inonde la pièce. L'étincelle de la victoire se consume rapidement tandis que Cyrus entrouvre les lèvres de surprise, trop tard.

Il ne pensait pas que je le ferais.

Le sang ruisselle entre mes doigts ; ma main, tremblante, s'en couvre. Il est trop tard pour regretter ; pourtant mon cœur se soulève d'un coup et je détourne les yeux de lui, incapable de le regarder une seconde de plus…

La blessure éclate ; une myriade de feuilles en jaillit.

Des tiges s'épanouissent le long de son corps et se faufilent sur mes genoux, le tapis et le plancher. Je recule avec maladresse, trébuchant contre les pousses qui s'enroulent autour de mes chevilles.

Son corps est pris de spasmes, comme si une force mystérieuse avait envahi ses veines et – vivant et horrifié – il plaque ses mains sur le trou dans sa poitrine.

— Qu'as-tu… Qu'est-ce qui m'arrive ?

Je le fixe, bouche bée, parce que je ne sais pas. Le cauchemar me revient et m'accable : Cyrus dans un lit de végétation, les lèvres rouge sang. Rouges *de* sang. La plaie est déjà refermée. Il ne reste plus sur sa poitrine qu'une cicatrice marron où sont enracinées des tiges. La croûte s'effrite et tombe comme de la terre. L'épine a disparu.

La porte s'ouvre en grand. J'essaie d'extirper mes pieds de la végétation pour reculer, comme si la distance supplémentaire me donnait l'air moins coupable.

Mais ce n'est ni le roi ni un membre du palais qui entre. Les deux gardes postés à ma porte sont étendus par terre.

Sur le seuil se dresse une silhouette épouvantable que certains prendraient pour lady Raya, si la moitié de son visage n'était pas en train de fondre. Une lumière éblouissante l'enrobe, et le reste de son déguisement s'estompe pour révéler la Sorcière des Cauchemars que j'ai entrevue dans les souvenirs de Nadiya.

— Tu auras pris ton temps, roucoule-t-elle.

25.

Prise de tournis, je me relève tant bien que mal. Ma soif de réponses l'emporte sur l'instinct de survie, qui me pousserait à courir ou à me battre.

— Tu as violé mes pensées, je fulmine.

— *Violé.* Quel mot atroce. J'essayais simplement de t'aider.

Elle pénètre dans la chambre, drapée d'une cape sombre comme les ténèbres. Elle n'est ni jeune ni vieille – ses yeux creusés et sages contrastent avec la jeunesse de son visage, encadré de boucles noires soyeuses. Elle aurait pu être reine, si elle avait possédé un royaume.

— Qui es-tu ?

Je me prépare à me battre. Puis je prends conscience de ma propre apparence : la robe que m'ont confectionnée les fées est trouée par endroits, entamée par le sang de Cyrus, et laisse apparaître ma chemise. Mes cheveux sont ébouriffés. De nous deux, c'est moi qui ressemble le plus à une sorcière.

— Je ne me suis jamais inventé de nom, contrairement à toi, rétorque-t-elle. Sur ces terres, on m'a surnommée la

Sorcière des Cauchemars, la Sorcière des Feux Obscurs, la Sorcière du Manque. Mais toi, petite étoile, tu peux simplement me considérer comme ta sœur.

— Tu… Tu n'es pas…

— Allons, petite étoile, tu le sens. Nous partageons un lien de parenté, d'esprit si ce n'est de sang. Nous appartenons à la même espèce. (D'un pas nonchalant, elle tourne autour de Cyrus et du tapis de branches qui a vu le jour après que je l'ai poignardé. Elle glousse.) C'est un bel homme. Corrompu par les fées, mais charmant.

Il respire encore ; son souffle est saccadé et humide. Sa peau est cendrée comme l'écorce d'un bouleau. Je ravale la boule dans ma gorge et me replie davantage vers le fond de la pièce, cherchant du regard les objets qui pourraient me servir à assommer la sorcière – vases, plateaux…

— Qu'est-ce que l'épine lui a fait ?

— Tu voulais seulement le tuer ? Il mourra en temps voulu, ne t'en fais pas. Il est maudit par les roses, comme les autres bêtes.

Elle se penche sur Cyrus sans vraiment me quitter des yeux, et place un doigt sous son menton pour le forcer à relever la tête. Son regard est vitreux, ses membres mous. Quelque chose brille sur son crâne.

Des cornes. Elles viennent de se former.

Je devrais crier. Ce n'est pas possible ! Elles poussent sous mes yeux et la transformation physique qui l'accompagne est sonore – grognements de douleur, craquement des articulations, réalignement des os… Cyrus est pris de spasmes. Appeler à l'aide… mais alors comment expliquer la situation ? C'est moi qui lui ai infligé ce sort pire que la mort.

— S'il ne se nourrit pas, il se métamorphosera complètement en bête, m'informe la sorcière. Alors il chassera ou il sera chassé. Un merveilleux jeu de sang.

— Pourquoi ? Pourquoi tu as…

— Le chaos qu'elles engendrent plaît aux Parques, et la vigueur de ces bêtes me transmet des forces. Tu le sens peut-être aussi, maintenant que ton épine a frappé le cœur du prince : sa vie te donnera de la vitalité. Quelle chance tu as de t'être approprié le cœur d'une personne qui t'aime… c'est comme si tu avais vendangé un village tout entier. Tu arriveras peut-être même à rompre le sortilège que je t'ai jeté pour que ta Vue ne puisse pas me voir venir.

Mes nuits sans rêves. Ma Vue obscurcie. Elle possède une magie que je ne soupçonnais pas.

Mais à l'instant, j'ai aussi accompli une prouesse. J'ai transformé le prince en lui plantant dans le cœur une épine issue de mon propre sang. C'est un pouvoir que je recèle en moi depuis toujours.

— Qu'est-ce que tu es ? Si tu n'es pas une Parque, es-tu une simple Prophétesse ?

— « Prophétesse » est le titre que l'on donne aux Voyantes qui se rabaissent à servir les mortels. Ne m'insulte pas. (Ses lèvres s'incurvent en un sourire. Elle se rapproche de moi d'un pas glissé, sa cape ondule comme si ses pieds effleuraient à peine le sol.) Je suis Voyante – c'est vrai. C'est ce qui me permet de communiquer avec toi par la pensée. Et c'est pour cette raison que je souhaite t'aider. Petite étoile, nous étions plus proches des dieux à une certaine époque – nous toutes, les Voyantes. C'est ce qui fait de nous des êtres à part, ce lien que nous entretenons avec le destin, et le sang qui coule dans nos veines. Si nous en sommes ici aujourd'hui, c'est parce que nous avons chuté, il y a bien longtemps. Une très ancienne incarnation de notre espèce a commis une grossière erreur. Elle a opté pour la mortalité. Elle a choisi de vivre parmi des créatures qui ne valent pas mieux que des bêtes.

Je contemple mes mains qui tremblent. Elles sont faites de chair. Mais en me rappelant nos origines, la sorcière me permet enfin de comprendre pourquoi je ne me suis jamais sentie complètement à ma place sur cette terre. Comme si ce qui relie mon corps terrestre aux fils du destin était bien plus ancien que moi. Je suis venue au monde désabusée, à croire que j'avais déjà trop vécu.

— Nous ne sommes pas comme eux. Tu le sens.

La sorcière me tend sa paume – une proposition d'avenir, aussi tentante qu'une pomme d'amour.

— J'ai vu les fils. Ensemble, nous sommes destinées à la grandeur. Nous servirons les Parques, les vénérerons comme il se doit jusqu'au jour où nous pourrons à nouveau les rejoindre. Donnons-leur le sang qu'elles désirent. Les fées sont faibles et leurs Bois Sacrés brûlent ; rien ne peut plus nous arrêter. Ensemble, nous pourrons récupérer le pouvoir qui nous revient de droit.

— Je ne te connais même pas.

— Les menteurs ne font jamais confiance à personne. (Elle soupire comme si elle s'était attendue à ma réponse. Je me demande ce qu'elle sait au juste de l'avenir.) Regarde ce qui se passe maintenant, petite étoile. Raya est une imposteuse. Son mariage avec le prince n'aura pas lieu. Et quand la cour constatera sa métamorphose, en plus des événements de ce soir, elle t'en tiendra pour responsable. Toi et la sorcellerie qu'ils imaginent issue des contrées étrangères. Beaucoup pensent que les bêtes viennent de Balica. L'armée s'y trouve déjà. Envoyée sur le terrain il y a plusieurs semaines par ta faute. La guerre approche, comme nous l'avons prophétisé. La vie dont tu es redevable sera compensée par des dizaines de milliers de morts.

Ses paroles semblent sincères, quoique pleines de venin. À maintes reprises, elle m'a avertie de ce qui arriverait si je ne tuais pas Cyrus. Elle a sans doute ouvert la voie à la barbarie, apporté le sang, les roses et la guerre sur le pas de notre porte, mais elle n'a encore jamais menti.

Même si c'est un piège, ai-je vraiment le choix ? Ce n'est qu'une question de temps avant qu'on nous trouve. Je n'ai nulle part où me réfugier, aucun sanctuaire, à supposer que je m'enfuie.

Peut-être que l'unique issue envisageable est celle qu'elle me propose. Un seul avenir possible, même s'il me débecte. Et c'est la seule raison qui me fait hésiter. Je hais l'idée de ne pas avoir le choix. D'être contrainte.

Depuis les rois jusque dans les livres de contes, on invente des règles pour justifier la manière dont fonctionne le monde, dans l'espoir que le bien engendre le bien et que le mal soit puni. Mais la vie est injuste et se fiche que je sois entêtée.

Je lève ma main blessée et agrippe la sienne.

Maintenant que ma Vue m'est revenue, je vois mon avenir pour la première fois.

Moi, libérée de mon corps physique, flottant entre humanité et lumière, éclatante du savoir d'une divinité déchue.

Une goutte de mon sang sur la terre. Ombres et épines se lèvent.

Les mers virent au cramoisi. Des bêtes dépècent des bêtes.

Mes bras ensanglantés se tendent vers la nuit. La lune me couronne.

Un éclat de rire froid jaillit de mes lèvres. On dirait une chanson.

Je semble éthérée. Invulnérable. Si le pouvoir est la seule vérité, peut-être que la réaction parfaite est la joie. Peut-être que l'horreur seule est vivante.

— Ne l'écoute pas, croasse-t-on.

Derrière la cape sombre de la sorcière, la végétation s'étend et se transforme ; les feuilles bruissent, les tiges claquent. Des membres verts et nervurés jaillissent. Cette vision n'a pas de sens. C'est impossible. Ça ne peut pas être Cyrus.

La sorcière pivote sur elle-même et s'esclaffe.

— Tu la protégerais ? Après qu'elle a tenté de te tuer ?

Cyrus se dresse d'un coup sur ses pieds. Des perles de sueur luisent sur ses muscles en pleine transformation, et un duvet de mousse se déploie sur sa peau. Son buste se développe rapidement, tirant sur les coutures de sa chemise, déjà déchirée par notre bagarre. Entremêlée à ses cheveux, une couronne de ronces et de boutons de rose. Même à l'état de bête, il demeure un prince. Aussi terrifiant que beau.

Sa bouche s'ouvre, révélant des crocs proéminents.

— Violet. La prophétie…

Son cœur sera damnation ou salut.

— … tu peux encore nous sauver.

Cyrus me regarde comme il l'a fait si souvent, comme si j'étais une étoile à qui il adressait un vœu. Ses yeux sont d'un vert éclatant. Il était épris d'une fille imaginaire, une fille avec un cœur en or et pas un cœur de glace. Une fille courageuse, sans artifices. Le trou dans sa poitrine devrait être la preuve que je ne serai jamais celle qu'il désire.

Et pourtant il m'aime. C'est ça, sa vraie malédiction.

Les regrets me rappellent à la raison. *Qu'est-ce que je lui ai fait ?* Le pire qui soit. C'est trop tard. Il est davantage bête que prince. Je suis davantage monstre que fille.

Nous n'avons plus d'avenir possible.

— Violet, implore-t-il alors que son corps est détruit.

Il sait l'effet que ça me fait, lorsqu'il prononce mon prénom. À présent, c'est comme si on m'enfonçait un ciseau entre les côtes.

Je n'arrive pas à détourner le regard. J'aimerais le toucher… prendre sa main… le sauver une fois encore… accomplir un miracle.

Il m'appartient toujours. Peu importent la haine, les mensonges et les vérités.

Je peux décider de l'anéantir. De l'aimer.

Je le hais.

Mais est-ce que je ne l'aime pas également ?

La seule chose inévitable, c'est nous.

— Vous n'êtes vraiment tous que des imbéciles, siffle la sorcière. (Elle nous observe de ses yeux ronds et noirs.) Je vais vous le dire maintenant : les hommes sont faits pour saigner. Vous êtes des dindons, des sangsues, les résidus brûlés au fond d'une marmite. Rien qu'un fléau. L'amour ne vous sauvera pas.

Vive comme l'éclair, elle dégaine un poignard de sa cape et l'abat sur Cyrus.

Un cri jaillit de ma bouche. Cyrus se protège du coup et la lame s'enfonce dans son avant-bras au lieu de sa poitrine ; une sève laiteuse mêlée de sang s'écoule sur sa peau.

D'instinct, je projette un plateau sur la sorcière, l'atteignant à la cuisse. Ça suffit à la distraire. J'en profite pour me jeter sur elle.

On bascule contre la vitrine dans une explosion de verre. Cyrus me rattrape avant que je percute le sol.

Son corps vacille ; il se raccroche à moi autant que l'inverse.

— Récupère le poignard, souffle-t-il.

Les tiges s'enroulent alors à mes chevilles, me retiennent et me font trébucher avant que je puisse lui retirer la lame de l'avant-bras.

La sorcière se relève, le visage en sang. Elle sort une boule rougeoyante de sa poche ; à l'intérieur, cinq lueurs vacillent. Les fées de Nadiya. Elle brandit la sphère dans les airs ; ses doigts s'enfoncent dedans ; elle en absorbe le pouvoir.

— Donc c'est encore lui que tu choisis. Alors tu souffriras comme lui.

Un buisson s'érige soudain entre Cyrus et moi. Les branches s'élèvent de plus en plus haut et leurs épines se plantent dans ma jambe. Je hurle de douleur.

La sorcière s'avance vers nous.

C'est peut-être de cette manière que c'était censé finir pour moi – dans la lutte et la souffrance.

Je ne veux pas mourir comme ça.

Je ne veux pas mourir.

Cyrus m'aime. Son cœur vaut plus que tous ceux dont la sorcière s'est emparée. Si elle est capable d'invoquer ce genre de magie, alors moi aussi.

Je ferme les yeux et ma Vue s'anime. Une énergie s'infiltre dans mes pensées, la sombre antithèse des fils dorés du temps. En l'effleurant, je perçois les plantes qui s'enroulent autour de mes jambes. Je les vois au-delà de leur forme physique, une force que je peux détourner à mes propres fins et dissoudre à ma guise.

Les branches se rompent. Je trébuche vers l'avant, libérée de leur emprise. Cyrus pousse un grognement.

— Ah ! Tu apprends vite.

La sorcière fait croître de nouveaux buissons ; les fées dans l'orbe qu'elle brandit couinent et hurlent. Je démêle les tiges avant qu'elles puissent s'accrocher à moi.

— Savais-tu que quand tu fais appel à ton pouvoir, tu puises également dans ses ressources ? Son cœur maudit alimente ta magie. Mais il est toujours mortel. Seras-tu prête à le sacrifier pour te débarrasser de moi ?

— Oui.

Je suis essoufflée. Du bout des doigts, je frôle le manche du poignard planté dans le bras de Cyrus. Je l'empoigne complètement et l'extirpe de la plaie. Il hurle de douleur. Je fonds sur la sorcière et je lacère sa robe, transperçant la chair qu'elle recouvre.

Elle siffle et se replie. J'assène un autre coup, la forçant à reculer encore. Je m'empare de sa boule. Les fées poussent de petits cris perçants en crépitant. Deux d'entre elles se réduisent en poussière. Les trois autres sont très affaiblies.

— Je suis désolée, je murmure, ignorant si ces créatures m'entendent ou me comprennent. Vous avez toujours tenté de me mettre en garde.

J'enfonce les doigts dans la boule, et une énergie nouvelle m'inonde les veines. Les dernières fées grésillent à leur tour. Si je dois avoir le mauvais rôle, c'est moi qui déciderai lequel. Mais ce soir, je me servirai de ce pouvoir pour chasser la sorcière.

Façonnant et modelant les ombres dans mon esprit, je retourne le mal contre ma rivale, détournant les plantes de nous pour les diriger contre elle. Ce n'est pas grand-chose, mais j'ai seulement besoin de faire diversion. Elle m'arrache l'orbe des mains, peu importe, je n'en ai plus besoin.

Mon bras s'élève dans les airs, et je plonge le poignard dans sa poitrine.

Un éclair de surprise passe dans ses yeux noirs.

Pourtant, elle éclate de rire, toussant et recrachant du sang.

— Tu as créé ton propre enfer, lâche-t-elle. Ton destin reste le même.

Son corps se déforme, diminuant à mesure qu'elle titube. Je veux saisir l'ourlet de sa robe, mais l'habit m'échappe, fusionnant avec elle comme une seconde peau. Des plumes bleu nuit jaillissent de ses bras et se déploient pour former des ailes. La femme disparaît alors, remplacée par un corbeau qui s'envole maladroitement par la fenêtre pour rejoindre la nuit sans lune. Au creux de ma main, une poignée de plumes ensanglantées.

Une violente migraine me saisit tandis que le vent s'engouffre dans la chambre, glaçant mon corps fiévreux. J'inspire à fond et, au moment d'expirer, un sanglot m'échappe.

Son ricanement résonne dans ma tête. *Je te reverrai – en chair et en os, ou en rêve.*

26.

Je rampe jusqu'à Cyrus, qui gît par terre, affaibli par la magie que j'ai puisée en lui.

Ses membres et ses doigts se sont allongés, et il s'étire sur toute la longueur du tapis. Ses veines distribuent plus de sève que de sang, un mélange visqueux dont se sont imbibés ses vêtements en lambeaux. Le peu de peau humaine qu'il possède encore est pâle et translucide. Le reste de son corps se constitue désormais d'écorce, de fourrure ou de pousses délicates qui grandissent sous mes yeux. Derrière chacune de ses oreilles, une corne de la taille d'un bois de cerf, dotée de boutons de rose.

Si je l'avais tué, je l'aurais simplement effacé de mon esprit. Mais j'ai eu trop de cœur pour jouer le rôle de la méchante, et pas assez de courage pour jouer l'héroïne, la sauveuse. Aussi, à la place, je l'ai frappé d'une double malédiction : la première en lui plantant l'épine dans la poitrine, la deuxième en devenant l'objet de son amour.

Il n'est plus le prince invulnérable que j'abhorrais. Il s'est métamorphosé en une créature tout autre.

Mon souffle s'accélère, les regrets m'accablent. Il me reste tout juste assez de force pour me battre, et je la dépense entièrement en luttant pour ne pas m'effondrer.

Je ramasse le poignard. Ma vision est trouble et mes blessures m'ont affaiblie, mais j'arrive à découper un morceau de drap. Je plaque Cyrus au sol au cas où il serait pris d'un accès de violence en se métamorphosant, et j'examine la plaie à son bras. J'ai sûrement causé plus de dégâts en lui retirant la lame de la blessure, et je suis étonnée qu'il n'ait pas complètement perdu connaissance. Toutefois, après avoir nettoyé le liquide sirupeux qui lui badigeonne la peau, je m'aperçois que la plaie s'est presque entièrement refermée. Une croûte marron et ambre s'est formée, comme sur sa poitrine.

Il cicatrise.

Cyrus est saisi d'un spasme. Ses cornes ont poussé d'un centimètre et les roses qui s'y entortillent s'épanouissent.

— Violet…

Sa voix est grave, comme s'il parlait au travers d'un tronc creux. Je glisse ma main sur la peau rugueuse de sa joue.

J'ignore combien de temps il lui reste avant que sa transformation soit complète.

S'il ne se nourrit pas, il se métamorphosera complètement en bête, a prévenu la sorcière.

Les bêtes se nourrissent d'hommes ; j'ignore comment inverser le processus. Peut-être que mon sang, contaminé par la magie qui l'a transformé en cette créature, a ce pouvoir.

Je place ma paume encore saignante devant sa bouche.

— Bois.

Cyrus redresse brusquement le torse, comme si l'odeur du fer avait animé une sorte d'instinct primaire en lui, puis il hésite. À son expression de dégoût, je comprends que son côté encore humain s'y refuse.

— Il le faut.

Je presse ma main contre ses lèvres.

L'instinct prend le dessus et il sort ses crocs, les plante dans ma peau. La morsure est douloureuse. Si je ne m'y étais pas préparée et que je n'étais pas déjà blessée, je ne la supporterais sans doute pas. Mais en l'état actuel des choses, j'agrippe son flanc incrusté d'écorce, et je serre les dents.

Ses cornes cessent de pousser. Les roses flétrissent et fanent. Son corps tremble à chaque nouvelle gorgée. Il passe sa langue sur la plaie béante, qui se referme, ne laissant qu'une marque rouge irrégulière.

Ses membres finissent par se rétracter et reprendre leur place habituelle. Il lèche mes autres blessures, les trous percés par les épines dans mes jambes, les égratignures sur mes épaules. L'écorce s'émiette enfin, remplacée par de la peau, et il s'interrompt pour me contempler. Il est redevenu le Cyrus que je connais ; ses lèvres et son menton sont badigeonnés de rouge. On dirait presque les traces d'un rouge à lèvres laissées par une maîtresse.

Mais…

— Tes yeux…

À moins que l'étrange couleur ne soit causée par l'éclairage ? Ses yeux ont toujours été verts, mais pas autant. Ils sont désormais aussi éclatants que les pousses nouvelles des Bois Sacrés. Presque luisants, comme une paire de pierres précieuses enchantées.

Cyrus se tourne vers le miroir de la coiffeuse. Il se lève tant bien que mal, dans un mouvement visiblement douloureux. Ses entailles ne saignent pas, mais elles sont nombreuses.

Ses vêtements sont en lambeaux et ne cachent plus grand-chose de son corps.

Il fixe la glace pendant une longue minute, fait courir ses doigts sur son visage, les presse contre la cicatrice sur sa poitrine. Son aspect est humain. Mais se sent-il humain ?

Qu'est-ce que je suis censée lui dire ? *Désolée d'avoir voulu te tuer ?* C'est tellement facile de faucher une vie… Un simple coup de couteau, dans un accès de colère. Il est si facile de plonger une lame dans de la chair. Un acte aussi grave devrait demander plus de difficulté.

— Je comprends que tu souhaites n'avoir jamais croisé mon chemin, dis-je finalement.

C'est ma façon à moi de m'excuser.

Les bougies vacillent ; elles se sont presque entièrement consumées. Elles brûlaient déjà quand on m'a amenée dans cette pièce. C'est un miracle qu'on ne nous ait pas encore trouvés. Comment Cyrus expliquera-t-il la situation ? Personne ne me croira, quelle que soit ma version de l'histoire. On ne me pardonnera jamais ce que j'ai fait, et c'est normal.

Cyrus se détourne enfin du miroir. Il titube ; il est épuisé.

— Allons-y.

Et d'un pas lourd, nous allons rejoindre l'avenir que nous avons choisi.

Juste avant de quitter la chambre, Cyrus se couvre d'un peignoir trouvé dans une armoire aux pieds en forme de griffes de lion. Puis nous sortons. Il s'appuie sur moi. J'ai l'impression que sa cheville droite ne s'est pas correctement rétablie, à moins qu'elle ne soit juste tordue et enflée.

Je jette un coup d'œil dans le couloir. Nous nous trouvons quelque part dans l'aile ouest du palais, loin de la salle d'audience. À mes pieds, deux gardes morts, étouffés par des roses, le corps transpercé d'épines.

Nous les abandonnons derrière nous.

Le palais est étrangement silencieux. Quand nous parvenons devant une des portes secondaires de la salle de bal, j'aventure mon regard à l'intérieur. Le parquet est couvert d'une substance rouge, visqueuse. J'ai une idée du spectacle qui nous attend.

Nous poussons la porte. Je plaque ma main sur mon nez et ma bouche pour masquer la puanteur et retenir un haut-le-cœur. La salle est jonchée de corps – pas tous humains. Des plantes pétrifiées et pourries recouvrent le sol et le plafond, leurs racines se nourrissant des morts à nos pieds. Feuilles et tiges se répandent en craquelant, indifférentes à l'horreur ambiante.

Cette vision s'imprime dans mon esprit. Je suis à deux doigts de défaillir, tant c'est douloureux. Cyrus s'avachit contre la porte, le souffle fébrile, le poing pressé contre sa tempe.

Derrière nous, un bruit s'élève. Je sursaute.

— On ferait mieux…, bafouille Cyrus en jetant des coups d'œil furtifs en direction des alcôves et des portes fermées.

À l'extrémité du couloir se dresse soudain une ombre cornue massive.

Nous esquissons tous deux un mouvement de recul, et nous élançons tout d'abord dans des sens contraires, en nous tenant par la main. Une bête aux cornes entortillées de roses nous fond dessus. Ses jambes sont semblables à deux troncs épais.

Ce monstre est à un stade beaucoup plus avancé de sa métamorphose que ne l'était Cyrus, mais son allure est encore quelque peu humaine. C'est la panique qui le propulse.

Nous dévalons ensemble le couloir d'où nous venons, sûrs que cette partie du palais était encore sécurisée quand nous l'avons quittée. Mais la distance qui nous sépare de la bête diminue.

Je m'élance vers la première porte ; elle est verrouillée. Je tente celle d'en face, qui est fermée à double tour elle aussi. Cyrus essaie de l'enfoncer.

Le sol tremble sous les pas de la bête. Merde, merde, merde.

J'ôte une épingle de mes cheveux, mais mes mains tremblent trop ; elles m'empêchent de l'introduire dans la serrure pour la faire céder.

— À l'aide ! hurle Cyrus, pris d'une quinte de toux.

Comme un écho, la bête gémit :

— À l'aide…

Le sang lui redonnerait son aspect initial. Mais la mâchoire de ce monstre ne m'inspire pas confiance et je n'ose lui offrir mon bras de peur d'y laisser le membre tout entier.

Je glisse enfin l'épingle dans la serrure. Une griffe s'accroche à ma chemise et me force à me retourner. Je hurle, me retrouvant nez à nez avec le monstre, tous crocs dehors.

Ses paroles sont confuses, et je suis trop pétrifiée pour le repousser. La bête se raidit brusquement, penche d'un côté. Une sève verte dégouline le long de son cou.

Un éclair. Celui d'une lame. La créature s'affale, décapitée, sous le coup d'épée de Camilla, qui se dresse juste derrière elle.

La princesse, haletante et hébétée, le pantalon et les bras crasseux, laisse retomber son arme. D'un coup de pied, elle retourne la dépouille et la fixe d'un air un peu perplexe, ne sachant comment réagir face à cette mort. Après tout, il n'y a pas si longtemps de cela, cette chose était encore humaine.

— Est-ce que ça va ? s'empresse-t-elle de demander.

Cyrus est sur le point de tourner de l'œil.

— Non.

— Que s'est-il passé ? je demande.

Elle passe son bras sur son front pour en chasser la sueur.

— Cette satanée lady Raya – cette *chienne* – a liquidé le capitaine de la garde. Elle a tué tous ses hommes – non, elle les a transformés. Et ensuite, *nous* avons dû les achever. (Elle déglutit avec peine.) La plupart des bêtes, ce sont eux, probablement. D'anciens soldats. Nous n'avons pas eu le choix quand ils ont attaqué la salle de bal. Mais ça aurait pu être bien pire. La moitié des convives se sont retranchés dans l'aile est. Ils sont à l'abri. Je suis revenue ici pour vous. Je vous cherchais.

Nous sommes tous sous le choc.

— Et toi, est-ce que ça va ? je demande en retour.

— Cette satanée sorcière a bien failli me tuer quand elle m'a coincée avec Nadiya dans mes appartements juste avant le mariage. Mais il en faut davantage pour me mettre à terre. Ce ne sont pas quelques plantes grimpantes qui me font peur. (Elle affiche un sourire fiévreux.) Je n'ai pas revu Nadiya depuis. C'est bien Nadiya, hein ? J'ai entendu parler des deux lady Raya.

— Oui. (Cyrus ferme les yeux, reconnaissant son erreur bien trop tard malheureusement.) C'est bien Nadiya. Tu as vu Dante ?

— Il était avec moi tout à l'heure, mais dans la confusion, je l'ai perdu de vue. Je suis sûre qu'il va bien – forcément. Dante n'est pas du genre imprudent. (Puis, se rendant compte qu'elle est justement face aux deux personnes les plus irréfléchies qu'elle connaisse, elle ajoute :) Et si je vous raccompagnais à l'étage ? Vous y serez plus en sécurité. Vous avez l'air *remués.* Vous ne nous serez pas d'une grande aide ici.

Camilla se charge de Cyrus et nous nous dirigeons laborieusement vers l'escalier principal. Sous nos pas, tapis déchirés et bris de verre. Je lui apprends que la sorcière s'est échappée après que je l'ai poignardée. Camilla me félicite, et je me garde bien de lui raconter ce qui s'est vraiment passé dans cette chambre. Cyrus se tait, lui aussi.

Quand on parvient à l'aile royale, je suis à bout de souffle. Je pourrais m'effondrer et m'endormir sur la moquette. Non loin des appartements de Cyrus, une porte entrouverte dans le couloir attire mon attention. En d'autres circonstances, je n'aurais pas relevé, mais la soirée est pour le moins particulière.

— Ce sont les quartiers de votre père ? je demande en indiquant la pièce d'un geste du coude.

Méfiants, nous nous approchons tous les trois à pas de loup. Un étrange silence règne dans cette partie du palais. L'adrénaline me redonne quelques forces. Camilla jette un coup d'œil dans l'antichambre et esquisse un brusque mouvement de recul, retenant un sanglot.

À l'intérieur, les gardes sont morts – l'un poignardé en plein œil, l'autre salement amoché, un couteau planté dans le cou. Il a dû se battre jusqu'au bout.

Cyrus nous bouscule toutes les deux. Il titube jusqu'à la porte de la chambre du roi, qui est fermée.

— Fais gaffe ! Ce n'est pas prudent ! siffle Camilla, en dégainant son épée.

Mais son frère ne l'écoute pas. D'un coup brusque, il pousse la porte, le souffle rauque, pressé de découvrir ce qui se cache à l'intérieur, comme s'il savait déjà à quoi s'attendre. Puis il se fige.

Je le rejoins et à mon tour, je prends la mesure de la scène. Mon regard retrace un chemin, depuis la porcelaine brisée, en passant par la canne à tête de lion, abandonnée par terre, jusqu'au fauteuil près de la cheminée. Où Dante, tout de noir vêtu, menace le roi Emilius, une lame pressée contre sa gorge.

Un espion.

Un assassin.

— Non, non… tu ne peux pas…

Mais comme Cyrus esquisse un pas vers lui, Dante enfonce le couteau dans la peau diaphane du monarque ; une trace rouge s'y imprime. À peine conscient, le roi lâche un faible grognement. Cyrus s'arrête et écarte les mains en signe de paix.

— Personne ne saura. Ne…

— Tu crois vraiment que je serais ici si j'avais d'autres options ? l'interrompt Dante d'une voix posée. (Son regard n'est pas dénué d'humanité. J'y lis même de la compassion.) La Prophétesse de Balica m'a présenté différents avenirs possibles. C'est le seul qui puisse peut-être nous sauver.

— *Pitié…*

D'un geste, Dante tranche la gorge du roi.

Emilius s'avachit contre sa cheminée, les yeux écarquillés. Le sang gicle de son cou.

Camilla hurle. Cyrus s'avance en boitant, penché d'un côté, comme si le monde s'était incliné. Je suis la seule à ne pas avoir détaché le regard de Dante. Son acte m'horrifie. Pourtant je comprends ses raisons.

Il a vu son destin. Il a choisi sans hésiter.

Dante recule jusqu'à la fenêtre ouverte derrière lui et, d'un bond, grimpe sur le rebord. Il marque un temps d'arrêt, encadré par la nuit et les rideaux agités par le vent. Ses yeux se posent sur Cyrus et il articule des mots en silence.

Finalement, les paroles sortent de sa bouche.

— Pardonnez-moi, Votre Majesté.

Et il se laisse tomber dans le vide.

27.

Plongée dans le chaos, la Capitale du Soleil est en deuil. Les banderoles festives accrochées à travers la ville pour le mariage sont retirées. Les tenues d'apparat laissent place aux habits noirs. Les murmures redoublent d'intensité.

Je ne pleure pas le roi Emilius, pourtant il était comme un père pour moi, même s'il n'a pas toujours été exemplaire. Il faisait partie de ma vie. Il fut un temps l'homme le plus puissant du continent. Et maintenant, il n'est plus. Sa disparition me perturbe.

Son assassin n'a pas été officiellement nommé, surtout parce que Cyrus s'y refuse. Camilla a beau se taire, elle trépigne. Elle ne trahira pas Dante – quoiqu'elle n'en montre rien, elle a le cœur sensible –, mais elle était suffisamment attachée à son père pour exiger des comptes, tout du moins une explication.

Quand je questionne Cyrus au sujet de Dante, il se contente de répondre :

— Il a fait en sorte que je monte sur le trône, quel qu'en soit le prix.

Je me demande à quel moment Dante a pris sa décision. S'il a agi sur un coup de tête ou s'il avait prévu depuis le début de frapper le soir du mariage. Je me repasse en boucle la journée que nous avons passée tous les deux en dehors de la ville. Un moment qui m'avait paru si innocent. C'est là que je lui ai donné l'espoir que l'accession au trône de Cyrus change tout. Et si c'était la Prophétesse de son pays qui le lui avait soufflé ?

Et surtout, une fois le choc passé… il me manque. Celui qu'il était me manque. Ceux que nous étions tous, avant le carnage.

Au palais, je fais profil bas. On me fiche la paix. Ma disgrâce n'est rien en comparaison du massacre de la salle de bal et de l'assassinat du roi. De nombreux témoins ont vu la sorcière transformer les gens en bêtes. Aussi, on ne me croit plus responsable. Ce qui n'empêche pas certains de se demander si je n'étais pas de mèche avec elle. Chaque fois que je quitte ma tour, je surveille mes arrières. J'ai désormais conscience que la mort peut vous tomber dessus sans crier gare. Et je suis devenue une cible. Plus personne ne croit ce que je dis, et la cote de popularité de Cyrus est en chute libre. Il se réjouit sans doute de me faire porter le chapeau de notre liaison. Il faut dire qu'avec les menaces de guerre imminente, il est déjà submergé.

À la première assemblée publique, tout le monde hurle et personne n'écoute.

— Notre roi ne peut pas continuer à favoriser son cœur au détriment d'Auveny – ou de la justice ! s'exclame lord Ignacio depuis son siège. (Il a perdu un pied durant l'assaut de la sorcière. Les médecins ont failli le lui sauver avant que la gangrène le gagne.) Tout tend à prouver que Balica est impliquée dans la mort d'Emilius.

Sur le trône, Cyrus répond calmement :

— La sorcière s'est fait passer pour lady Raya ; c'est elle qui a créé les monstres. Il y a fort à parier que c'est elle qui a assassiné mon père également.

— Et qui nous dit que ce n'est pas Balica qui a chargé la sorcière de cette mission ? Qu'ils n'étaient pas de connivence ? Il ne manquerait pas un visage aujourd'hui à cette assemblée ? Où est passé votre cher ami, Votre Majesté ?

— Dante Esparsa est un intellectuel. Il est incapable de tuer qui que ce soit.

— Où se trouve-t-il, Votre Majesté ?

Cyrus passe sa main dans ses cheveux, s'attardant sur la zone où une corne avait poussé. Parfois, je le vois pincer les lacets de sa chemise, comme pour dissimuler mieux la cicatrice que j'ai laissée sur sa poitrine. Il ne m'a jamais accusée de quoi que ce soit. L'imbécile au cœur faible.

— J'espère qu'il est en sécurité et qu'il se porte bien. J'ai déjà perdu un proche dans la bataille. Je ne suis pas prêt à en pleurer un autre. Malheureusement, nous n'avons pas encore identifié toutes les dépouilles des bêtes, et il est fort possible qu'il se trouve parmi elles. Une chose est sûre, toutefois : nous ne tirerons pas de conclusions hâtives dans le but de déclencher une guerre.

À partir de là, la situation dégénère. Les cris et les insultes fusent. Comme toujours, il y a trop de questions et pas assez de réponses.

Le roi Emilius est mort et Dante nous a quittés. Nadiya a disparu aussi. Je crains qu'elle n'ait été victime de la sorcière ; personne ne l'a revue.

Voilà ce que retiendra le public de l'histoire : deux Raya sont apparues et se sont volatilisées la nuit même où le roi s'est fait assassiner et où les bêtes ont envahi le palais. L'une des deux Raya était une imposteuse se faisant passer pour une sauveuse. Quant à l'autre, c'était une sorcière qui a bien failli tuer tout le monde.

Cyrus a présenté ses condoléances à Lunesse pour la perte de Raya, allant jusqu'au bout de son subterfuge. Mais ça ne suffit pas. Une épouse, un espion et une sorcière, tous trois venus de Balica ? Ça fait beaucoup. Notre voisin du sud inspire plus que jamais la méfiance.

La guerre éclatera. C'est écrit sur l'expression des lords, et c'est ce que veut le Destin. Personne n'espère plus échapper à la dernière partie de la prophétie. Cyrus devrait céder aux demandes des ducs et les autoriser à envahir Balica. Histoire de s'assurer leur soutien en retour.

À défaut de quoi il risquerait d'affronter un coup d'État.

La seule bonne nouvelle, c'est que la terre a commencé à guérir. Tant que la sorcière se cache, la campagne revit. Fini les bêtes et les buissons épineux qui infestent tout. Seule ma tour est encore infectée.

Malheureusement, je ne le remarque que trop tard. Les quelques zones de moisissure se sont déployées jusqu'à manger la moitié de l'édifice. Le lieu tout entier empeste la charogne. À en juger par la vitesse de propagation de la pourriture, j'imagine que la sorcière a répandu son sang sur ma tour le soir du mariage. Peut-être que c'est là qu'elle a puisé les épines magiques qui ont transformé les hommes en bêtes. À moins qu'elle n'ait fait ça pour me faire porter le chapeau.

Je rends visite à Cyrus dans son bureau pour discuter de l'avenir. La pièce est quasiment comme dans mes souvenirs. Certains objets proviennent de l'étude de son père, comme la grande carte du continent maintenant accrochée là. La dernière fois que je me suis trouvée ici, Cyrus me tenait dans ses bras et m'implorait d'écouter mon cœur.

Regardez ce que ça nous a apporté !

Installé à son bureau, Cyrus lève à peine les yeux quand j'entre. Ses yeux sont creusés de cernes noirs, camouflés par les charmes des fées.

— Ta tour…, entame-t-il, parlant directement affaires parce que c'est la forme d'interaction la plus simple entre nous.

— La sorcière l'a probablement souillée. Sans doute à un stade trop avancé. Irrattrapable, dis-je simplement.

Il soupire dans ses mains, croisées devant son visage.

— Je redoute que ça ne se propage aussi. Nous devons tout brûler. Le plus tôt possible. Déménage les effets dont tu as besoin.

C'est peut-être la lueur des chandelles, mais j'ai l'impression de voir quelque chose briller dans sa tignasse. Surprenant mon regard, il s'assied droit dans son fauteuil et redresse la tête pour que je ne distingue plus le sommet de son crâne. Son iris arbore toujours ce vert surnaturel.

— Est-ce que ça va ?

Je prononce ces mots avec un certain malaise. Mon ton n'est pas vraiment doux mais tente de l'être. De toute façon, c'est une question stupide. Bien sûr que non, ça ne va pas.

Évidemment, il me répond :

— Ça va.

— Tu as eu des nouvelles de lui ?

Cyrus hésite ; jette un coup d'œil à la pile de lettres non ouvertes entassées dans une corbeille sur son bureau.

— Non.

Tous les sujets sont épineux entre nous : son père, sa couronne, Dante, ses cicatrices. Dans ce nouvel Auveny, où la guerre menace et la magie noire surgit des entrailles de la terre, je goûte le regret. Il y a des choses que j'aimerais presque lui dire ; aucune qui vaille la peine d'être abordée. S'il me désirait toujours, s'il voulait s'abandonner un instant contre mon corps pour oublier ses soucis, il le ferait. Il ne s'en est jamais privé par le passé.

Mais il a un royaume à redresser ; et il y a cette cicatrice sur son cœur. Je le laisse donc travailler en paix et regagne ma tour sous le regard méfiant des soldats.

Tous les articles cérémoniels ayant déjà été retirés, je n'emballe que quelques vêtements ainsi que mes économies. J'ai accumulé quelques bibelots au fil des ans, mais rien qui mérite d'être conservé. Aucune lettre qui me rappelle qui que ce soit, aucun cadeau que j'affectionne, à l'exception d'un petit carnet que Dante m'avait donné. Je n'ai écrit que sur la première page. Je le glisse entre les plis de mes habits. Je suis presque gênée que ma malle soit si légère quand un valet vient la chercher.

Je m'avance sur le balcon et jette un ultime coup d'œil sur la Capitale du Soleil depuis ce qui est – pour la dernière fois – le point culminant de la ville.

Peut-être que je la reverrai dans un de mes rêves.

Les buissons poursuivent leur ascension, s'agrippant sans répit à ma tour. À la tombée de la nuit, elle en est entièrement recouverte. Des ronces entortillées et pointues se déversent alors par les grilles nord du palais. Une odeur nauséabonde s'en dégage, portée par le vent. Un mélange de pluie et d'eaux usagées, comme les roses fanées.

J'observe le feu depuis les jardins, à l'écart mais pas trop, afin d'éviter les regards suspicieux. Les soldats scient les branches les plus robustes, les entassent et les brûlent. La silhouette de la tour se détache comme une ombre contre le ciel étoilé. Bientôt, elle est complètement éclipsée par la fumée.

Le garçon doit mourir avant la fin de l'été, ou tu brûleras, m'ont annoncé les Parques. Or Cyrus est vivant et moi aussi. Est-ce le fait que j'ai tenu tête à la sorcière qui nous a sauvés, à moins que ça n'ait failli nous condamner ? Cet avenir était-il à deux doigts de se réaliser ?

Et celui que nous avons choisi vaut-il vraiment mieux ?

Tout le mal que je me suis donné depuis toujours ne valait pas grand-chose en fin de compte. Je maudirais volontiers les étoiles et les dieux qui vivent parmi elles… mais tout ça n'a plus d'importance.

Je comprends pourquoi certains ont une telle foi en les Parques : ne souhaitons-nous pas tous – plus encore que l'or et la renommée – bien faire ? Ne désirons-nous pas qu'une autorité supérieure nous affirme que nous avons mené notre vie dans la pleine mesure de nos moyens ? Aussi, nous écoutons gentiment les rois et les dieux, sans nous poser de questions. Ils nous disent quoi faire, même quand nous ignorons leurs intentions véritables. Même si tout ce qu'ils veulent, c'est du sang.

Il est plus facile de s'en remettre aux autres que de se débrouiller tout seul. Que de nourrir des regrets quand on prend les mauvaises décisions. Pour une fois, je laisserais volontiers un autre que moi choisir à ma place, rien que pour pouvoir lui reprocher ensuite mes erreurs. Rien que pour ne pas avoir le sentiment de n'avoir pris que de mauvaises décisions.

Sous mes yeux, ma tour s'embrase comme je l'ai vu dans mes rêves.

Et enfin, je fonds en larmes.

28.

Je décide de partir.

Chaque nuit, je me demande où est la sorcière. Chaque nuit, je crains de m'endormir, de peur d'entendre sa voix dans mes rêves. Dans l'avenir que j'ai entrevu quand je lui ai pris la main, j'étais heureuse, forte, mais je n'étais pas moi-même.

Elle a dit que nous étions destinées à de grandes choses, elle et moi. Je doute qu'elle ait menti – c'est seulement pour cette raison qu'elle m'a épargnée. Qu'elle m'a donné l'occasion de me joindre à elle. Sauf qu'elle ne s'attendait pas à ce que je choisisse une autre voie, un autre fil, celui où je décline son offre.

Franchement, je me suis surprise moi-même.

Mon avenir n'est plus à Auveny. Ici, je ne suis qu'une ombre errante, hantée par les souvenirs, impuissante.

Préparer mon départ de la Capitale du Soleil ne me demande que très peu de temps. Ma malle est déjà faite ; il me reste seulement à réunir quelques provisions indispensables. Je n'ai pas fait savoir que je m'en allais. Inutile d'en faire tout un plat. Camilla me manquera, mais nous pourrons toujours correspondre. En outre, elle a bien d'autres amis.

Je n'ai aucune destination particulière en tête, cela dit je n'ai pas l'embarras du choix. Les zones frontalières flambent. Rejoindre Balica n'est pas une option, et il est difficile de trouver un passage au nord vers Verdant. Il ne me reste plus que le Continent de la Lune, outre-mer, où avec un peu de chance on aura très peu entendu parler de moi.

Dans la chambre d'invités du palais où je réside depuis mon éviction de la tour, je me lave et me prépare à me coucher. J'entreprends de dénouer ma natte, quand on frappe à ma porte.

Je jette un coup d'œil dehors et manque de claquer la porte illico. Une silhouette encapuchonnée se tient dans le couloir. Toutefois son souffle et sa carrure me sont familiers.

— Cyrus ?

Cyrus découvre sa tête. Au sommet de son crâne, deux petites cornes en cristal luisent.

Bouche bée, je l'invite à entrer.

Il s'assied sur le lit et ôte sa cape. Son visage est rugueux comme de l'écorce. Il retrousse ses manches ; ses bras sont couverts de mousse et de tiges récemment brisées.

D'un coup, je suis reprise de tremblements. Évidemment ! Le sang n'a soigné que temporairement le mal, comme les fées de Nadiya n'avaient que partiellement absorbé la magie noire. La malédiction qui le frappe se niche dans son cœur ; elle coule dans ses veines en permanence.

Je traverse la pièce et fouille dans le sac à dos où j'ai fourré un couteau.

— Depuis quand ? je demande en sortant également un bandage.

— Ça fait des jours que ma peau change et rechange. J'ai cru que ça s'en irait. Mais les cornes…

— Comment as-tu pu croire un seul instant que ça s'en irait *comme par miracle*, petit prince ? (Je pivote face à lui et me mords la langue avec un temps de retard ; Cyrus est désormais roi.) Je sais que tu as beaucoup de pain sur la planche, mais tu ne penses pas que tu aurais dû t'occuper de ce problème en priorité ? Tu es en train de te remétamorphoser en bête.

Je plonge le couteau dans la cicatrice, au creux de ma paume. La douleur est plus vive que dans mes souvenirs, et les larmes me montent aux yeux. M'asseyant près de lui, je lui tends ma main et il prend délicatement mon poignet. Sa bouche se déforme en une grimace, même si je l'entends saliver.

Il se dégoûte.

Finalement, il se résout à approcher ma main de sa bouche. Ses lèvres se referment sur la plaie et il boit. L'entaille est plus petite, et le sang s'écoule plus lentement que la dernière fois. Les cornes mettent plus de temps à se rétracter, les plantes à flétrir et disparaître. Nous ne parlons pas, pas plus que nous ne nous regardons. Mais par moments, il accentue la pression et mon pouls palpite sous son pouce.

Quand les signes extérieurs de sa métamorphose se sont estompés, Cyrus s'allonge sur le lit en soupirant de soulagement. Je panse ma main en prenant garde à ne pas tacher ma chemise de nuit blanche.

Au bout d'une minute, il se redresse, parcourt la chambre des yeux, repère mes bagages, et fronce les sourcils.

— Tu…

— Je vais enfin te laisser la voie libre.

— Tu ne peux pas partir, rétorque Cyrus d'un ton ferme et résolu tout en observant mon pansement.

Je comprends le sous-entendu et lâche un rire hésitant.

— Parce que tu as besoin de mon sang ? Tu prends le problème à l'envers. Toi aussi, tu dois t'en aller. Confie le trône à Camilla, par exemple. Non mais, tu t'es vu ? Tu ne peux pas régner dans cet état-là.

— Si je cède la couronne à ma sœur, je ferais aussi bien de mettre le feu au royaume. J'obtiendrais le même résultat plus rapidement. Elle accepterait sans doute, à contrecœur, mais… Non, je dois rester au pouvoir. Autrement, Dante aura fait tout ça pour… pour rien.

Je me rappelle à qui j'ai affaire – un prince victime de son courage. Mon rire redouble et il finit par comprendre.

— Ce qui est fait est fait. Ton père est mort ; au diable ce royaume ! Les ducs étaient prêts à t'écarter du trône au nom d'une prophétie qui ne s'était même pas produite. À présent, elle se réalise. Tu te transformes bel et bien en *bête.* Ils te *décapiteront* !

Mais Cyrus a vite fait de confondre instinct de survie et égoïsme. Je vois dans son regard qu'il ne saisit pas la nuance. Il ne comprend pas que tout ça est ridicule.

— Ils n'auront pas à me voir dans cet état. C'est pourquoi il faut que tu restes. Toi et moi, on peut se retrouver comme ce soir une fois par semaine, et ça devrait suffire…

— Non.

Je me lève et il s'empresse de m'imiter.

— C'est *ta* faute !

Nous y voilà ! Toute l'amertume qu'il a refoulée. Jusqu'à maintenant. Tout est ma faute, en effet. Et je préfère fuir la situation. Car il s'agit bien d'une fuite.

— Tu vas nous faire exécuter tous les deux.

Je détourne les yeux.

— Faut-il que je te menace ?

— Je n'ai plus rien à perdre.

Cyrus pose les doigts sous mon menton et me force à le regarder. Il me contemple en silence, l'air désemparé.

— Reste. Je t'en prie. Que veux-tu en échange ? finit-il par me demander.

— Rien que tu puisses me donner.

— Je peux faire de toi une reine.

Le sang gronde à mes oreilles.

Cette expression sur son visage m'est familière. Au fil des ans, je l'ai connu plein d'espoir, las, monstrueux, toujours si beau, le regard mystérieux, les joues toujours constellées de taches de rousseur, comme quand on était enfants. Son expression n'est ni trompeuse ni affectée.

Du pouce, il me caresse la mâchoire.

— J'ai toujours su que la reine qui serait à mes côtés devrait être dure, murmure-t-il. Que ce serait cruel d'épouser une femme faible, peu résistante. Mais je ne m'attendais pas à y être tout disposé.

J'empoigne ma jupe sans craindre cette fois que le sang traverse mon pansement et imprègne le tissu. Ne lui en ai-je pas fait assez baver ? Je me rappelle quand il a dit, sous la contrainte, que la prophétie de Felicita dépendait de moi. Il n'en croit sûrement plus un mot. La prophétie s'est réalisée. La damnation s'est abattue.

Mais la sorcière court toujours, et la guerre n'a pas encore éclaté.

Et moi, je pourrais quand même être son épouse…

Suis-je ivre de victoire ? Je triomphe d'un jeu auquel je ne suis pas censée jouer.

— Le peuple ne… m'accepterait jamais. Et puis, qu'ai-je à gagner dans cette histoire ? M'unir à un roi condamné…

— Les gens peuvent tout accepter du moment qu'on les divertit. Tu le sais mieux que personne. Et où prévois-tu d'aller autrement ? (Cyrus indique d'un geste mes quelques effets personnels.) Tu n'as jamais quitté la capitale. Tu ignores tout de la vie à l'extérieur. Je peux compliquer ton voyage, faire en sorte que tu veuilles revenir.

C'est à mon tour de fulminer.

— Je me débrouillerai. Tu as plus besoin de moi que l'inverse.

— Quoi qu'il en soit, nous avons besoin l'un de l'autre.

Mon cerveau bouillonne. Avec l'aide de Cyrus, je pourrais écrire une histoire qui entrerait dans la légende. Une histoire qui m'absoudrait de toutes mes fautes passées, quitte à passer pour une damoiselle éperdue. C'est comme ça que ça fonctionne ; les petits mensonges sont plus faciles à avaler. Ce serait une histoire d'amour prédestinée. Elle éclipserait tout le reste.

Mon cœur s'emballe – d'excitation, pas de peur.

Un sourire s'affiche sur son visage. C'est la première fois que je le vois se dérider depuis son quasi-mariage.

— Tu as déjà une idée en tête, hein ? Dis-moi tout, Violet. Fais-moi rêver.

Il faudra jouer une comédie dangereuse ; jamais il n'acceptera. Les règles du jeu ont changé. Son père n'est plus. Sa cote de popularité est instable. Les ducs sont à deux doigts de se révolter. Mais à choisir entre fuir et les prendre tous par la ruse – m'asseoir sur un trône que tous convoitent…

— Il faudra que ce soit vraiment très convaincant, dis-je en lui donnant ma main. Un miracle, rien de moins.

Cyrus pose les lèvres sur ma main bandée.

— Alors nous leur en offrirons un.

LA FIANCÉE DU ROI DES RONCES

Il était une fois une princesse qui sauva un prince destiné à mourir.

Vous entendrez de nombreuses versions de cette histoire, et aucune ne sera exactement fidèle, mais c'est cette dernière qui demeure gravée dans les livres et la mémoire collective. Ils grandirent ensemble. Empruntèrent différents chemins. C'était dans leur nature de se détester, car un prince élevé dans un palais et une fille ramassée dans la rue sont deux créatures que tout oppose.

Mais un soir que le prince devait rencontrer le grand amour, comme l'avait décidé le destin, ils se redécouvrirent, tous deux masqués, dans un labyrinthe éclairé par la lune.

Ils s'aperçurent qu'ils n'étaient pas si différents que ça, après tout.

La même nuit, une sorcière maléfique ayant jeté son dévolu sur le prince se présenta à la cour. Elle changea d'apparence et se fit passer pour une lady d'une contrée voisine. Elle envoûta le prince, qui tomba amoureux d'elle. Elle s'arrangea pour qu'il éconduise la jeune fille et la trahisse.

Le cœur brisé, la jeune fille pleura et enragea.

La sorcière propagea sa sombre influence depuis la capitale. À travers le pays, des bêtes cornues surgirent des ronces, le corps couvert de mousse. Tandis qu'approchait son mariage avec le prince, elle se lassa de lui ; elle avait tant d'autres jouets avec lesquels s'occuper à présent.

Aussi, elle remit un poignard à l'amoureuse éconduite. Elle lui susurra à l'oreille : « Tue-le pour le punir de ses inconstances. »

Mais la fille en fut incapable, car elle l'aimait.

Elle plongea alors la lame dans le cœur de la sorcière.

En rendant son dernier soupir, la sorcière libéra le reste de sa magie noire, l'infiltrant dans la terre, maudissant le royaume pour les décennies à venir. Elle accabla le prince d'un maléfice : il se changerait en bête.

Le prince, désormais roi, se métamorphosa lentement. Il dissimula son état le plus longtemps possible jusqu'à ce que, un matin, une servante trouve une bête enracinée de manière grotesque dans le lit royal, les membres pareils à des branches et la tête couverte de roses.

Le palais céda à la panique. La fille, disgraciée et oubliée du monde, se fraya tant bien que mal un passage au travers des spectateurs horrifiés. Elle se jeta au cou de la bête et l'embrassa jusqu'à ce que ses lèvres se mettent à saigner.

Quand elle détacha enfin son visage de lui, dans ses bras le roi avait retrouvé apparence humaine et il se souvint qu'il l'aimait.

Selon une prophétie, le cœur du roi serait ou damnation ou salut. La terre sombrerait dans les ténèbres avant de retrouver la lumière. La fille était l'axe autour duquel ces paroles s'articulaient – car le cœur du roi lui appartenait. Il lui appartenait depuis qu'il était prince.

Trois fois, elle lui sauva la vie. Et elle les sauverait tous encore. En vérité, des forces supérieures manigançaient ; nous ne sommes que les jouets du Destin et certaines choses nous échappent.

C'était tout ce qui importait : la terre se couvrait de sang et de roses, et la guerre ne tarderait pas à éclater.

Il lui demanda d'être sa reine et elle accepta.

REMERCIEMENTS

Il y a onze ans, j'ai commencé à écrire l'histoire d'une héroïne qui voyait le monde avec trop de discernement. Elle était impétueuse, cynique, et étonnamment originale. J'ignorais alors qu'elle inspirerait mon premier roman. Tant de personnes m'ont permis d'accomplir ce projet.

Tout d'abord, merci à mon éditrice, Hannah Hill : nous avons ressenti l'une pour l'autre, dès le départ, cette énergie réciproque. Tu es avisée et vive d'esprit et j'ai l'impression que tu connais mieux mes personnages que moi. C'est un véritable plaisir de travailler à améliorer mes histoires avec toi. Merci à l'équipe incroyablement futée de Delacorte Press, notamment à Beverly Horowitz, Barbara Marcus, Wendy Loggia, Dominique Cimina, John Adamo, Tamar Schwartz, Colleen Fellingham, Alison Kolani, Casey Moses, et Jen Valero. Ce roman n'aurait pas été publié sans vous.

À mon agente, Elana : je ne saurais imaginer meilleure partenaire. Tu as senti le potentiel de cette histoire et désormais elle existe.

À mes amis : merci d'être là pour moi, en dépit du chaos que ça engendre. Zeba, où serais-je sans toi ? Onze années de folie, et ça ne fait que commencer. Si tu étais ma seule lectrice, ça me suffirait. Haley, le monde a beau être petit, je suis heureuse que tu en fasses partie et pas seulement parce que tu poses toujours les bonnes questions. Diya, ce roman est ta longue histoire ; tu peux t'en vanter autant que tu le souhaites. Em, ma complice d'émoticône-poignée de main, aucune taxinomie se saurait quantifier l'ampleur de mon affection pour toi. Farah, je ne partagerais avec personne d'autre que toi une benne à ordures, et ça, c'est ce qu'on appelle l'amour. June et Andrea, merci de m'avoir permis d'avoir l'air cool en me tenant à côté de vous. Hannah et Allison, vous êtes mes personnes préférées du monde entier. Wendy, nous mènerons la lutte contre la haine nous-mêmes. Jade, toi et ton oasis de gamers cool sont un baume au cœur.

À mon plus ancien groupe d'écriture : certains d'entre nous n'écrivent plus aujourd'hui, mais quels super souvenirs nous partageons ! Je suis ridiculement ravie de ne pas avoir été la première à être publiée, et je ne serai pas la dernière. Annie, Julia, Sarah – c'est grâce à vous si je suis toujours drôle.

À Lena : je suis ridiculement ravie d'*être* la première à être publiée, mais tu le savais déjà. Merci d'avoir hurlé hyper fort quand j'ai appris la nouvelle.

À William et Sally : merci de me supporter, ce qui évite à d'autres d'avoir à le faire.

Merci aux blogueurs, aux libraires et à mes premiers lecteurs pour leurs encouragements. Ça me réjouit que tant de personnes apprécient mon héroïne faite d'épines.

Et aux lecteurs à travers le monde qui m'ont suivie au fil des ans : je conserve toutes vos remarques dans mon cœur.

Vous m'avez vue évoluer en tant qu'autrice, vous étiez les premiers à me dire que mes mots avaient un sens, et vous avez permis qu'ait lieu le plus gros rebondissement de ma vie. Merci pour votre soutien sans faille et votre patience. Je vous le promets : du nouveau très bientôt ! ♥

Entrez
dans un
nouvel

R

avec d'autres romans
de la collection

LE PREMIER QUI MEURT À LA FIN

de Adam Silvera

La préquelle du best-seller mondial
***Et ils meurent tous les deux à la fin* de Adam Silvera**

« Ne cherchez pas à comprendre comment nous savons que vous allez mourir, concentrez-vous plutôt sur votre manière de mener à bien votre existence. »

New York, la veille de la mise en fonction de Death-Cast...

Orion Pagan vit dans la crainte de mourir, il s'est inscrit à Death-Cast pour cesser d'avoir peur.

Valentino Prince vient juste de s'installer à New York prêt à mordre la vie à pleines dents.

Lorsque Orion et Valentino se croisent à Times Square, c'est le coup de foudre. Mais les premiers appels de Death-Cast commencent à tomber, bouleversant leur vie : l'un a reçu l'appel, l'autre pas.

Du même auteur :

Et ils meurent tous les deux à la fin
Tu ne m'as laissé que notre histoire
Plus heureux que jamais
Fils de l'Infini / Fils du Néant

Rendez-vous au mois de mai
pour découvrir l'édition collector reliée.

VAMPS

de Nicole Arend

Bienvenue à VAMPS l'académie d'élite pour les filles et fils des plus riches et puissantes familles de vampires au monde.

Pas de chance pour Dillon, c'est un outsider.

Plus précisément, un dhampire : mi-vampire, mi-humain.

S'il veut survivre plus d'un trimestre dans cette école high-tech nichée au cœur des Alpes, il lui faudra apprendre à dégainer ses canines.

Mais le sang ne ment pas, et bientôt il est évident qu'un fluide aussi extraordinaire que dangereux coule dans ses veines.

Une nouvelle saga sensuelle et addictive pour les fans d'*Atlas Six* et des *Assoiffés*.